Trouble

Helene Uri

Trouble

Traduit du norvégien par Alex Fouillet

ÉDITIONS
FRANCE
LOISIRS

Titre original *Den Rettferdige*
publié par Gyldendal Norsk Forlag

Édition du Club France Loisirs,
avec l'autorisation des Éditions Lattès.

Éditions France Loisirs,
123, boulevard de Grenelle, Paris
www.franceloisirs.com

ISBN : 978-2-298-03582-7

I

Une fille tourne sur elle-même. Ses cheveux blonds sont attachés en couettes, et elle porte un tutu long. Elle est torse nu, et quand elle soulève très haut sa jupe, comme font les jeunes enfants qui s'appliquent à faire une vraie révérence, on voit qu'elle ne porte rien d'autre que ce vêtement en tulle blanc transparent. Il fait assez sombre dans la pièce. Un homme la regarde depuis le canapé. Il y a un verre plein sur la table devant lui, mais il n'y touche pas. Il ne fait que regarder. Il se renverse en arrière dans le canapé, ferme les yeux un instant, mais les rouvre pour regarder la petite fille. Elle danse. En bonds patauds qui font ressortir son petit derrière et son ventre proéminent. Tourne, commande le type. La petite virevolte, rit, manque de tomber. Jolie pirouette, complimente le bonhomme. Fais une révérence, maintenant. La fillette s'exécute, soulève sa jupe de tulle aussi haut qu'elle le peut et s'incline. Tu continues ? demande-t-il. La petite fille se remet à tourner sur elle-même jusqu'à ce qu'elle heurte la table. Le liquide clapote dans le verre. Viens [...]sseoir, Élise, dit l'homme. La fillette le regarde, [...] grimpe bien gentiment sur ses genoux. Il passe les bras autour de son petit corps. La petite sœur a été couchée plus tôt que d'habitude, elle a attrapé un rhume carabiné ; un sacré rhume. Maman est allée au cinéma avec des amies. Papa et Élise sont seuls au monde. Il l'embrasse derrière une oreille. Ma petite. La grande fille de son papa. Le lapin en peluche jaune d'Élise tombe par terre.

Un faux pas est vite arrivé. La chair est faible, les tentations innombrables. Il lève les bras et s'immobilise ainsi, comme une croix dodue devant le décor de fond orné de Jésus. Il baisse les bras, hésite, il doit en être à peu près à la moitié de son discours funèbre, ça fait déjà plusieurs minutes qu'il le fait traîner, ce qui est probablement aussi pénible pour lui que pour ses auditeurs. Il s'arrête pour de bon, garde le silence si longtemps que la chose n'échappe à personne. Il doit reconnaître que sans le vouloir, il s'est aventuré en eaux dangereuses. Dans son trouble, et sans doute pour atténuer sa nervosité, il frotte plusieurs fois un index gras à l'intérieur de son col de clergyman. Les tentations, recommence-t-il tandis qu'un côté de sa gorge rougit violemment après le passage répété de l'index. Des tentations que personne d'autre n'aurait considérées comme telles.

Il s'arrête de nouveau, perplexe et vaguement troublé. Ou des tentations qu'on laisserait de côté, qu'on ne relèverait pas pour se colleter avec. Il hésite. Une petite vieille recroquevillée sur [illegible] banc au premier rang se tortille, mal à l'ai[illegible] quelques mètres seulement du prêtre. Sa voisine est une jeune femme blonde en pantalon noir.

Ce n'est pas facile d'être un homme, assène le prêtre. Cette explication semble le satisfaire. Son front est toujours luisant de sueur et un côté de sa gorge ne décongestionne pas, mais il paraît plus sûr de lui, à présent, sa voix est plus claire, presque vivante. Il est immédiatement sorti de la zone problématique, il a déjà quitté les eaux profondes et sombres où le courant est mauvais, et il doit manœuvrer avec d'infinies précautions afin de ne pas se fourrer dans les remous. Il est dans un secteur plus tranquille, proche de la rive. Dans peu de temps, ses pieds toucheront un fond bien ferme. Il en a bientôt terminé et il pourra classer l'événement avec les autres missions désagréables liées à son travail. Il baisse les yeux sur ses auditeurs : Et n'oubliez pas, le doute a sa place. Le doute a toujours sa place. Ils sont plus d'un à avoir l'impression que le prêtre les regarde, eux ; plus d'un à ressentir ses paroles comme une accusation ciblée. Il tourne imperceptiblement la tête vers la droite et reprend pied, il parle de la miséricorde divine, de la résurrection ; ces mots paraissent déjà rattachés les uns aux autres comme les perles d'un collier bien connues dans la conscience du prêtre, car ils quittent sa bouche sans effort de réflexion apparent. Ce n'est pas facile d'être un homme. Mais il faut pardonner. Alors que nous nous apprêtons aujourd'hui à dire adieu à Karsten Wiig, c'est le pardon qui doit dominer nos pensées. Il n'est pas facile de pardonner aussi aisément tous les actes, mais il faut essayer. Cela, nous le devons à Karsten Wiig. Nous le devons à celle qui l'a mis au monde. Nous le devons à Dieu qui lui a donné la vie.

Le prêtre parle pour un crématoire presque désert. Sa voix résonne entre les murs de pierre blancs et les rangées de bancs inoccupés. C'est une journée automnale magnifique, le genre de journée qu'adorait Karsten Wiig, à ce que l'on m'a raconté. Un sanglot bref monte du premier rang. Le prêtre sursaute mais se ressaisit bien vite. La jeune femme entoure son aînée d'un bras. C'était la jeune qui avait sangloté, elle n'avait pas su d'où venait ce son avant de l'entendre. C'était elle qui avait sangloté, et c'est à présent elle qui passe un bras protecteur autour de sa grand-mère paternelle. La vieille femme pleure ; elle pleure comme si elle avait honte de sa peine, ce qui n'est pas le cas. Cela fait plusieurs années qu'on essaie de lui prendre sa dignité. Elle a douloureusement conscience que de nombreuses personnes penseront que c'est elle, en tant que mère et éducatrice, qui a failli, qu'on ne peut pas élever impunément un tel monstre. Elle a entendu ce que les gens disent de lui, de son garçon. Et elle est là, tête baissée. Elle a mis son plus beau manteau bleu. Elle porte de jolies chaussures de marche à talons compensés, et un foulard en soie autour du cou. Elle n'a pas cherché à se faire belle, mais elle voulait être bien habillée pour dire adieu à son fils unique. À quoi pense-t-elle ? À quoi pense la mère de Karsten, assise au premier rang de la chapelle avec toute la dignité qu'elle est parvenue à mobiliser ? Pense-t-elle à la confirmation de Karsten ? À son mariage ? À l'époque où il a fait d'elle une grand-mère pleine de fierté ? Ou ne pense-t-elle tout simplement pas à son fils ? Ses idées sont peut-être en un tout autre endroit, elle pense peut-être à un épisode à moitié oublié de sa propre enfance, un instant heureux où elle mangeait des fraises des bois fraîchement cueillies et où un petit voisin insolent avec des taches de rousseur aussi grosses que des grains d'orge sur le dos des mains lui tirait les cheveux, elle pense peut-être à un instant bien avant qu'elle sache quels chagrins une mère peut endurer. Non, elle pense à l'accouchement. Elle pense au jour où Karsten est né. Il doit être impossible de *ne pas* y penser aujourd'hui. De la naissance à la mort, du berceau à la tombe.

À cet instant précis, à cette seconde même, la mère de Karsten Wiig pense au tout début, au jour où elle a vu Karsten pour la première fois. Dès l'aube, elle avait remarqué les contractions comme des coups secs dans son ventre. C'était une douleur très différente de tout ce qu'elle avait connu jusqu'alors. Elle savait qu'en l'espace de quelques heures elle deviendrait mère, qu'un nouvel être allait voir le jour. Vers la fin de l'après-midi, il était très précisément quatre heures et demie, il avait jailli d'elle, comme un poisson fort et aveugle qui voulait sortir ; avec une belle détermination, il s'était frayé un chemin à travers les muscles rouges et la chair meurtrie. Karsten. Le nom avait été choisi plusieurs mois auparavant. Il s'appellerait Karsten, en souvenir de son grand-père maternel. Elle était persuadée que ce serait un garçon. Ses amies avaient observé son ventre d'un œil plein d'expérience, déclaré qu'il était rond et large, que c'était un ventre à fille typique. Ce sera sans doute une fille, prédisaient-elles, les mains posées sur la peau de son ventre distendue. Elle s'était contentée de sourire. Elle savait que ce serait un garçon, même si ni le médecin ni la sage-femme n'avaient rien dit dans ce sens. Elle le savait. Point. Elle et son mari n'avaient même pas discuté de prénoms féminins.

Elle prit Karsten, son premier et, apparut-il, son unique enfant, dans les bras, et sentit immédiatement qu'elle aimerait sans restriction cet être, toujours. Elle aimerait Karsten jusqu'à son dernier jour. Elle joue avec son foulard, le tissu lisse qu'elle sent sous le bout de ses doigts. Jamais elle n'aurait imaginé qu'il partirait avant elle. Elle n'aurait pas imaginé non plus que l'amour maternel pût être mis si rudement à l'épreuve.

Assise à côté d'elle, sa petite-fille a passé un bras autour de ses épaules, son coude repose près de l'omoplate de la vieille, sa main caresse la peau flasque dans la nuque de sa grand-mère, sous le foulard. Il fait froid dans cette grande pièce presque vide, mais la peau de l'aïeule tient chaud à sa main. La fille de Karsten Wiig est habillée en noir, elle a les cheveux blonds et des taches de rousseur sur le nez, on dit qu'elle est assez jolie ; mais, les yeux rougis par les larmes, elle n'a cure de son apparence. Henriette fait de gros efforts pour ne pas écouter le prêtre. Elle pense à son père. Ses yeux sont braqués sur le cercueil blanc tout devant, un cercueil blanc brillant sur le couvercle duquel on a déposé quatre bouquets. Dans quelques minutes, il disparaîtra par un trou dans le sol, jusqu'à une pièce où des hommes en combinaison de travail sombres s'activent autour d'un four allumé. Un endroit bien trop semblable à celui où aurait dû arriver Karsten Wiig, selon beaucoup de gens. Elle lève la tête, regarde pendant quelques secondes la haute voûte avant de fermer les yeux pour faire barrage à la voix du prêtre. Elle sent faiblement le parfum de sa grand-mère. *Tosca*, elle le reconnaît, sa grand-mère n'en a jamais porté d'autre. Puis l'odeur disparaît, remplacée dans ses narines par une tout autre senteur, bien plus forte. Elle la connaît aussi bien que *Tosca*, mais ne parvient pas à l'identifier avant qu'elle n'emplisse toute la pièce. La chapelle entière sent les crêpes fraîches. Ça sent le beurre (du véritable beurre fin !) qui chauffe dans une poêle en fonte. Ça sent la pâte qui se fige, la crêpe qui se couvre de taches brun clair et frise sur les bords. Henriette ouvre les yeux, inhale ce parfum ; il est encore plus fort, mais la grand-mère regarde droit devant elle, comme avant.

Deux hommes sont assis sur le banc derrière Henriette et sa grand-mère. Ils ont cinquante et quelques années ; à peu près l'âge du disparu. Henriette se retourne légèrement, il lui semble voir leurs narines frémir comme si eux aussi avaient perçu l'odeur, mais elle n'en est pas sûre. Elle ne les connaît pas, il doit s'agir de deux copains de l'École supérieure. Ou peut-être d'amis d'enfance ; deux types qui ont grandi avec lui et n'ont jamais réussi à croire ce que l'on racontait sur Karsten. Nous te connaissons, lui ont-ils assuré. Nous te croyons, nous croyons ce que tu dis. Nous savons que tu n'aurais jamais pu faire ce dont ils t'accusent. Mais quelque chose dans leur façon de s'habiller, dans leur maintien, indique que ce sont peut-être des collègues, des copains de travail de Karsten. Il en avait quelques-uns sur qui il pouvait compter, lui a dit Barbara.

Henriette a raison. Les deux hommes sont respectivement maître de conférence et professeur de l'École supérieure d'Oslo. Si, durant ses premières années, Henriette avait passé davantage de temps avec son père, elle aurait sans doute été plus au courant des usages en vigueur pour les enterrements. Car le fait qu'ils aient décidé de s'asseoir du côté gauche de la chapelle, juste derrière Mme Wiig, rend complètement improbable qu'ils soient des amis d'enfance de Karsten, qui viennent d'un quartier où l'on connaît bien les usages de la bienséance. Mais aucun de ceux-là n'assiste à ses funérailles.

Un homme chenu est installé presque tout au fond de la grande salle. Ses épais cheveux ondulent en vagues depuis son front haut vers l'arrière de son crâne. Malgré sa dense crinière, il donne l'impression d'être très âgé, un vieillard, le survivant d'une époque très lointaine. Il est grand

– c'est manifeste même s'il est assis sur un banc de bois dans la chapelle : grand, mais voûté. Il a l'air infiniment triste, comme s'il portait le poids d'une faute considérable. Oui, on dirait qu'il a *personnellement* causé la mort de Karsten Wiig. À présent, il secoue la tête aux mots du prêtre. Il éprouve le besoin de se lever, de crier comment Karsten Wiig était *en réalité*. Mais il reste assis. Évidemment. Cet homme chenu et voûté s'appelle Edvard Frisbakke. Comme beaucoup, dans l'assistance, il pense au défunt. Il pense à Karsten Wiig et à ses filles, à Henriette et Élise. Et il ne serait pas aberrant qu'Edvard Frisbakke pense aussi à une corne à poudre qu'il possède depuis environ soixante ans. Quand il n'a plus la force de regarder le cercueil, il se détourne vers les murs de pierre, blancs et stériles. Dans son dépouillement, l'endroit est on ne peut plus protestant. Edvard Frisbakke frissonne et plante son regard sur la femme au premier rang du crématoire, mais du côté droit. Elle trône là-bas, assez seule. Impossible de ne pas la remarquer, car ses cheveux sont teints en rose vif. Une couleur tout à fait étonnante, qui lui fait penser à des fêtes foraines et à des parcs d'attractions bon marché. On dirait nettement qu'elle a de la barbe à papa à la place des cheveux, songe Edvard Frisbakke. Elle a le dos bien droit et les épaules remontées vers les oreilles, comme si tous ses muscles étaient tendus. Elle est sans cesse en mouvement. Elle passe une mèche martyrisée derrière son oreille, tourne sèchement la tête et fait retomber ses cheveux, lève une main et les remet en place derrière les oreilles. Elle se retourne presque entièrement, et quand Edvard Frisbakke la voit de profil, il reconnaît son visage, ou pour le formuler plus précisément : il sait pertinemment qu'il l'a déjà vue, mais sans savoir où ni quand.

Hormis le prêtre, il n'y avait que ces six-là – la mère, la fille, les deux hommes, Edvard Frisbakke et la femme à la chevelure de barbe à papa – à l'enterrement de Karsten Wiig. En sortant, ils s'arrêtèrent sur les marches, penauds, paralysés par l'incertitude quant à ce qu'ils devaient faire, ce qu'on attendait d'eux, l'attitude à adopter. Quelles paroles de réconfort adresser à la mère d'un homme pareil ? Que dire à sa fille ? Quels propos échanger ? Le silence était complet quand le prêtre sortit sur les marches. Il grommela quelques mots, sans regarder personne. Edvard Frisbakke se pencha vers lui, une expression interrogatrice sur les traits et une main en cornet derrière l'oreille. Mais le prêtre avait parlé à voix si basse et inintelligible que personne, quel que soit son âge, n'avait compris. Il se remit à triturer l'intérieur de son col. Personne ne pipait mot. Les gens n'avaient peut-être rien à se dire. Ou plus exactement, il y avait tant à dire que personne ne se lançait. La fille de Karsten Wiig adressa un signe de tête à la femme aux cheveux roses, l'embrassa rapidement. Puis elle passa un bras autour des épaules de Mme Wiig, lui glissa quelques mots à l'oreille et l'embrassa sur la joue. Henriette huma l'air quelques instants avant d'inspirer à fond et de quitter le petit groupe. Elle avait l'air de sourire en s'en allant. Les deux hommes lancèrent un coup d'œil vers le bas du sombre escalier de pierre et partirent soudain, comme s'ils étaient convenus par télépathie de descendre *maintenant*, ensemble, pour rejoindre leur petite vie tranquille, leur femme et leurs enfants presque adultes, leurs labradors et leurs maisons de banlieue financées par la Banque nationale.

Edvard Frisbakke fit un signe de tête à Mme Wiig, en essayant de faire passer beaucoup de choses dans ce geste. De la compassion et de la compréhension. De la douleur. Du regret. Oui, peut-être surtout du regret. Elle le regarda. Puis finit par lui retourner son hochement de tête. Le geste se propagea dans son foulard. Ce beau foulard que Mme Wiig avait reçu de Karsten. Peut-être pour la fête des mères. Ou plutôt pour Noël, elle avait fait croustiller la couenne du porc, exactement comme il aimait, tout en sachant qu'il ne pourrait pas manger avec elle, et il avait apporté une bouteille de son alcool préféré – du Grand Marnier. Puis il lui avait offert ce foulard en soie, présenté dans une élégante petite boîte. Elle avait plaqué sa joue molle contre celle plus dure de son fils, où n'allaient pas tarder à pointer de courts poils de barbe. Quel foulard *ensorcelant* ! s'était-elle exclamée. Merci beaucoup, mon garçon ! Elle ne l'avait encore jamais porté. Non, la mère de Karsten s'était contentée de passer ses mains ridées sur le foulard, il est bien trop beau pour être porté au quotidien, avait-elle décidé. Avant de le ranger soigneusement dans un tiroir, où il attendrait une digne occasion. Une réception, avait-elle peut-être pensé, ou une autre fête.

Mme Wiig lâcha des yeux Edvard Frisbakke. Ils descendirent l'escalier de conserve. Il lui offrit son bras, mais elle secoua la tête avec un très léger sourire. Puis ils s'en allèrent chacun de son côté. Deux personnes âgées quittant les funérailles d'un être bien trop jeune. Edvard Frisbakke fit pivoter son grand corps et regarda partir Mme Wiig, et ne put s'empêcher de constater que les cheveux de la vieille dame étaient fins sur son crâne. Elle marchait rapidement. Son beau manteau bleu, des jambes maigres, des chaussures à talons compensés, ce qu'on appelait alors, quand Edvard était jeune, des talons bottier ; un pan de son foulard battait contre son épaule.

Edvard regarda longuement Mme Wiig, puis déglutit et se mit en marche sur l'une des étroites allées de gravier entre les tombes. Il avança un moment avant de s'arrêter et de lever la tête vers le soleil d'automne, de fermer les yeux devant la forte lumière. Des taches rouges et jaunes dansaient derrière ses paupières. Soudain, il se sentit pris de vertige, comme s'il allait tomber. Il fit quelques pas chancelants, passa un bras autour d'une haute et belle pierre commémorative (érigée au tournant du siècle par une femme en deuil à la mémoire de son chef de bureau), appuya son corps contre le granit et y plaqua sa joue. La peau de son visage appuyait contre la pierre brute, un parfum cru et frais montait de la terre, comme depuis une cave – exactement comme ce jour-là près de la cuve en ciment au sous-sol –, et il ne peut plus se retenir. Il s'effondre, en s'agrippant toujours à la pierre. Les genoux de son pantalon se couvrent de terre. Un vieil homme respectable, correctement vêtu d'un élégant manteau, d'une cravate noire et de chaussures soigneusement cirées, étreint à genoux la pierre commémorative dédiée à un chef de bureau dont il ignore tout, et pleure en silence. À ce qu'il en sait, personne ne le voit ni ne l'entend. Dans quelques minutes il en sera reconnaissant, mais pour l'heure cela n'a aucune importance pour lui. Edvard Frisbakke pense à Lisbeth Petit Elfe. Il pense à d'autres enfants anonymes. À tous ceux qui se taisent. Il sent le granit contre sa joue, et c'est comme avoir la tête appuyée contre un mur de cave. Il pense à Karsten Wiig. À Élise et Henriette. Edvard Frisbakke pleura longtemps, car il ne lui vint pas à l'idée que rien n'est plus triste qu'un homme très âgé, incapable de corriger ses injustices.

Lorsqu'il fut relevé, il se remit à penser à elle, la femme aux cheveux roses. C'est une couleur ravissante – pour un églantier, une linnée ou Dieu sait comment se nomment toutes ces plantes – mais parfaitement déplacée pour des cheveux. Qu'est-ce qui pousse une femme à se teindre les cheveux ainsi ? C'était peut-être moderne, bien sûr. Edvard n'était pas un spécialiste de la mode capillaire féminine, mais il avait le sentiment qu'elle n'avait pas perdu son temps à lire le genre de magazines de mode sur papier glacé dont les kiosques à journaux regorgeaient. Non, elle avait certainement eu d'autres raisons pour choisir cette couleur grotesque. Car en réalité, elle était brune. Il savait qui elle était, à présent. Évidemment. Comment avait-il pu ne pas la reconnaître sur-le-champ ? Il n'y avait que quelques mois qu'elle était venue le voir, en passant d'un pas décidé son portail pour lui expliquer qu'elle était animée par une mission affective. Depuis, il l'avait rencontrée plusieurs fois. Mais elle avait une tout autre apparence. La différence ne tenait pas qu'à ses cheveux.

Une jeune femme se tenait sur le trottoir, à moitié dissimulée derrière un montant de porte cochère. Elle avait passé un bon moment là, à regarder qui entrait puis sortait de la chapelle. Elle lança un coup d'œil à Edvard Frisbakke, toujours agenouillé ; elle regarda le vieil homme et réfléchit. Elle avait vingt-cinq ans, elle en aurait vingt-six avant la fin de l'année. Elle avait été une enfant de décembre adorée, en 1981. De loin, elle avait une allure de gamine, avec ses jambes fines dépassant d'une veste informe.

Le prêtre la distinguait tout juste de sa place sur les marches, mais il l'enregistra à peine. Sa bedaine saillait sous son aube blanc crème, et il avait croisé les mains dans son dos. Il n'était pas très satisfait de sa prestation, et se sentait soulagé que ces désagréables funérailles soient terminées. Il se retourna et entra dans la chapelle.

L'ex-femme de Karsten Wiig se trouve à un autre endroit de la ville. Marianne Henriksen, anciennement Marianne Henriksen Wiig. Dans un bref accès d'une méchanceté suscitée par le chagrin et rien d'autre, la femme aux cheveux roses s'était figuré Marianne entamant une polka joyeuse et peut-être même débouchant une bouteille de mousseux doux pour célébrer le trépas de son ex-mari. Mais elle sait que Marianne n'est pas ainsi. Elle ne l'a jamais rencontrée, mais elle sait que Marianne ne se réjouit pas de la mort de Karsten. Bien sûr que non.

Non, Marianne est installée à sa table de cuisine, la tête dans les mains, et elle regarde fixement par la fenêtre sans pouvoir interpréter ses impressions. Dans le salon, il y a le vieux fauteuil à bascule, celui que Karsten et elle avaient acheté d'occasion avant de le repeindre immédiatement en vert pétard. (— Il sera vert. — C'est entendu ! — Je veux qu'il soit vert haricot, Karsten. — Vert haricot, d'accord ! — Mais je ne parle pas du vert des haricots en conserve, je veux dire vert vif, la couleur des haricots surgelés, tu sais. — C'est entendu, il sera vert haricot surgelé, mon amour !) C'était le tout premier meuble qu'elle et Karsten achetaient pour l'appartement exigu qu'ils habitaient avant leur mariage. Une fois le fauteuil repeint, ils reculèrent de trois pas dans le minuscule salon dépouillé pour contempler le résultat. Ils rirent tellement que leurs genoux les trahirent. (— Ah, ça, il est... *vert* ! — Ma Marianne à moi, ce fauteuil est d'un vert haricot surgelé parfait, tel que tu me l'as demandé. — Il aura peut-être une autre apparence à la lumière du jour. On verra demain… — La nuit, tous les fauteuils sont verts ? — Karsten, je te préviens… Ce n'est pas drôle.) Et il était tout aussi vert le lendemain matin. (— Il est sec ? — Oh oui. — Certain ? — Je te le garantis ! — On y va ? — Et comment ! Viens.) Pleins d'une soudaine frénésie érotique, ils se livrèrent à un coït brouillon dans le fauteuil à bascule vert. Ils en prirent possession, le firent leur. Faire l'amour dans un fauteuil à bascule en pin relativement petit, c'est une occupation réservée à des gens très jeunes et très amoureux ; la scène fut nettement plus drôle que physiquement satisfaisante. Marianne découvrit plus tard qu'en dépit des affirmations de Karsten le fauteuil n'était pas parfaitement sec : à la base de son annulaire droit, elle avait une petite bande de peinture verte, laissée par un barreau du dossier auquel elle s'était agrippée au plus fort des balancements. Entre-temps, le fauteuil et ses passagers avaient voyagé d'une extrémité de la pièce à l'autre, et les patins avaient laissé des traces vertes sur tout le sol. Karsten les fit disparaître au white-spirit, puis il leva la main droite de Marianne en l'air et étudia l'anneau, le baisa et proclama que les restes de peinture étaient une alliance, un cadeau de lui à elle. Et la bague qu'il lui passa au doigt quelques mois plus tard était ornée d'une petite émeraude vert haricot surgelé. Voilà plus de quinze ans que Marianne a jeté cette bague, dans un mouvement de colère.

Elle entre au salon, s'assied dans le fauteuil à bascule dont elle aurait bien sûr dû se débarrasser aussi – elle y pense chaque fois qu'elle le voit. Elle se balance d'avant en arrière, sans parvenir à s'arrêter. Elle ne veut pas se balancer, car à ce moment-là elle réfléchit. Toujours à la même chose, qui se colle à son cerveau. Elle sait que le mieux à faire, c'est se lever, aller ailleurs dans l'appartement, se livrer à une tâche ménagère. Vider la machine à laver, trier les chaussettes, arroser les fleurs qui ne sont pas encore mortes de soif. Car quelle que soit la nature de cette tâche, elle la distraira, lui fera penser un instant à autre chose. Mais elle n'en a pas la force, elle reste assise, prisonnière de ce balancement et de ses pensées.

Marianne et Karsten se sont rencontrés un vendredi de septembre 1980 lors d'une soirée chez l'ami d'un ami. Plusieurs fois auparavant, ils s'étaient vus sans qu'il arrive quoi que ce soit de remarquable, mais cette fois, il se trouva que « ça fit clic, tout simplement » (Karsten) et qu'ils tombèrent « éperdument amoureux » (Marianne). Karsten fut sans doute subjugué avant tout par le rire de Marianne, tandis que cette dernière était incapable d'expliquer en détail ce qui l'avait attirée de prime abord chez Karsten. Ce devait être son caractère entier, avoua-t-elle en riant de nouveau, de sorte que Karsten puisse affirmer encore une fois que le rire de Marianne n'avait pas son pareil (Karsten allait découvrir très vite que Marianne avait à la fois un rire et des pleurs bien à elle). Ils devinrent amants le soir même. À ce moment-là, Karsten était avec une autre (bien plus jeune que lui, ce qui serait par la suite utilisé contre lui), avec laquelle il rompit immédiatement. Marianne ne parvint jamais à tirer un trait sur l'ex de Karsten, elle ne pouvait s'empêcher de s'enquérir des détails, pour plaisanter. Est-ce qu'elle avait beaucoup étudié, *elle* ? Est-ce qu'elle était plus douée que moi pour faire la cuisine ? Peut-être pas pour faire des *gambas con ajo*, si ? Avait-elle de plus gros seins que moi ? Dans quoi travaillaient ses parents ? Tu ne *sais* pas ?

Karsten et Marianne se marièrent au début du mois de janvier 1981. Le hasard voulut que leurs noces tombent le jour du soixantième anniversaire d'Alma Frisbakke. Ed et Alm, Marianne et Karsten, ils ne se connaissaient pas, ils ne se doutaient pas que leurs vies allaient s'entremêler, mais une ironie du sort leur fit faire la fête, trinquer, boire le même jour, dans la même ville.

Pour Marianne et Karsten, ce furent des noces de conte de fées, c'est l'expression que la mariée employa pour les décrire à ses amies – puis par la suite à Edvard Frisbakke. Marianne portait une robe garnie d'un peu trop de ruches et aux manches bouffantes un peu larges. Toute sa vie, Marianne a eu une irrésistible tendance à l'exagération, pas beaucoup, mais juste assez pour que ça fasse trop et que ce soit déplacé. Son rouge à lèvres était d'une teinte cerise trop prononcée pour son teint de blonde, un peu fade. Mais en dépit de sa robe et de son rouge à lèvres, tous ceux qui la virent ce jour-là trouvèrent que Marianne était la plus belle mariée qu'ils aient jamais vue. Car si Marianne était belle, aucun doute là-dessus, elle demeurait assez ordinaire. Pourtant, l'expression de son propre bonheur lui allait à ravir. Alors quand elle était heureuse, tout le monde pouvait croire qu'elle était *véritablement* belle. Karsten l'aimait tant et avait une telle envie de la débarrasser de sa robe de mariée qu'il se pencha pour lui mordiller trois fois l'oreille, comme il le faisait quand le désir le submergeait. Maintenant ? chuchota Marianne avec coquetterie. Ici, devant l'église ? Elle ajouta que trois petites morsures à l'oreille, ce serait *leur* caresse secrète. Karsten avait mordillé trois fois tant d'oreilles féminines qu'il ne voyait pas cela comme un symbole approprié pour leur amour, mais il voulait à tout prix éviter de l'expliquer à Marianne, le jour de leur mariage, devant l'église, devant un public de cinquante invités en liesse. Il lui grignota donc sans grand enthousiasme le lobe de l'oreille et approuva à contrecœur, et ce fut convenu : trois morsures, c'était *leur* signe.

Élise, première née de Marianne et Karsten, fut un enfant très attendu. Elle avait été soigneusement programmée, et fit partie de ces bébés nés après que les cycles de menstruation de la mère eurent été affichés sur le réfrigérateur, avec de petites étoiles dorées autocollantes sur les jours où il pouvait y avoir fécondation. Ces jours étoilés étaient exploités à plein, à grands renforts de bougies sur la table du petit déjeuner, massages préparatoires à l'huile et coïts plusieurs fois par jour dans toutes les positions possibles et imaginables et dans chaque pièce de leur maison mitoyenne. (— Prends-moi encore une fois, priait Marianne. — Bien, puisqu'il le faut..., soupirait Karsten. — Je sais que c'est une lourde tâche pour toi, gémissait Marianne, si certaine de son pouvoir de séduction et de son bonheur conjugal sans se douter que ce genre de plaisanterie se transformerait un jour en amère vérité.) Non, Karsten ne se faisait pas prier, il était étonnamment dispos, il était encore relativement jeune et, qui plus est, il était très amoureux de son épouse. Par ailleurs, il ne demandait qu'à être père, de préférence d'une ribambelle d'enfants. Au moins cinq ou six, rêvaient-ils. Son sexe gonflait dans toute sa splendeur aussitôt qu'il flairait le giron humide de Marianne, et l'inondait inlassablement au cours de ces jours marqués d'une étoile dorée de ce qui allait peut-être devenir leur descendance.

Marianne et Karsten n'avaient pas planifié l'ovulation et les règles parce que les résultats s'étaient fait attendre ; ce n'était pas parce que Marianne s'était révélée difficile à féconder qu'ils avaient déterminé les jours où elle serait le plus fertile. Non, pas du tout. Ils l'avaient fait parce que cela les amusait, parce qu'ils avaient découvert ce type de planning dans un livre et avaient apprécié la mise en forme, et parce qu'ils ne savaient pas que ce genre d'activité conduit souvent à une absence de fécondation, que les représentations graphiques, les calculs et les mesures de température génèrent surtout de la frustration et des rapports sexuels aussi forcés que mornes, mais aucune grossesse. Marianne et Karsten vivaient dans la béate ignorance de ce genre d'information, et il ne fallut guère plus de deux mois avant qu'ils ne décrochent en riant le planning des règles de Marianne. Elle décolla l'une des étoiles dorées et la colla sur le front de Karsten. Il en décolla une autre et tenta de la recoller sur le nombril de son épouse. Si tu jettes un coup d'œil maintenant, petit enfant, tu verras une étoile de l'or le plus pur, avait-il braillé en posant les mains en conque autour de sa bouche. Mais la colle n'était plus bonne après le temps déjà passé sur le papier, et l'étoile était tombée assez vite sur le sol, où Marianne allait la piétiner. Peut-être auraient-ils dû remarquer ce signe et le prendre au sérieux. Mais ils ne s'en aperçurent pas, ils étaient trop occupés à célébrer la grossesse de Marianne, en faisant l'amour sur la table de la cuisine. Ne regarde pas maintenant, l'ami, fut ce que cria ensuite Karsten à son enfant à venir, car tu verrais une partie de l'anatomie de ton père qui ne te concerne pas ! Marianne avait éclaté de rire et replié les jambes comme une paire de ciseaux enamourés dans le dos de son mari. Elle n'avait jamais été si heureuse, et ne le serait plus jamais, si belle qu'en cet instant, allongée sur la table, ses cheveux comme une cascade blonde autour de sa tête, son époux entre les cuisses et un embryon de deux semaines dans l'utérus.

Plusieurs années plus tard, Marianne se rappellerait subitement la remarque de Karsten à propos d'une partie honteuse de son anatomie. Elle avait été sur le point de le révéler à Edvard Frisbakke, mais s'était abstenue.

Ils la prénommèrent Élise, comme le personnage féminin principal des *Rêveurs* de Knut Hamsun. Salut, Élise l'unique, murmura Karsten en se penchant sur le petit lit pour regarder avec amour sa fille, qui avait exactement la même couleur que du saumon poché. Allez, arrête, répondit Marianne, on va avoir plein d'enfants. Salut, Élise l'aînée, se corrigea Karsten de lui-même.

Quand Élise l'aînée eut un peu plus d'un an, sa petite sœur fut conçue. Contrairement à Élise, ce n'était pas un enfant attendu et programmé. Si Henriette commença son existence dans le silence absolu, elle n'en fut pas moins aimée pour autant. Personne n'avait programmé son existence, aucun père et aucune mère n'avaient gaiement déterminé les jours les plus favorables à la fécondation, et lorsque, après deux semaines passées dans l'utérus de sa mère, elle provoqua une telle production de nouvelles hormones qu'un test de grossesse fut envisagé, elle ne fut pas fêtée. Aucun kit de diagnostic n'avait été acheté, et le niveau de HCG continua donc de monter sans déclencher de manifestations frénétiques sur la table de la cuisine ou ailleurs dans la maison. Tout ce qui en résulta, ce fut une certaine fatigue chez Marianne. Mais cela faisait déjà longtemps qu'elle était fatiguée.

Elle avait déjà pas mal à faire pour équilibrer sa vie entre le travail, un mari, et une fille qu'il fallait déposer et récupérer au jardin d'enfants. Ils projetaient toujours d'avoir quatre ou cinq enfants, mais plus avec la même fougue et la même conviction ; ils en parlaient même assez rarement, et jamais avant qu'Élise ait été définitivement couchée pour la nuit. Marianne ne découvrit pas l'existence de Henriette avant que celle-ci ait grandi pendant plus de trois mois en elle, et surtout parce qu'un matin, elle se rendit compte qu'elle n'avait pas eu ses règles depuis un bon moment.

L'après-midi, tandis que Karsten et Élise riaient de Dieu sait quoi dans la cuisine, Marianne s'enferma dans la salle de bains où, dans un passé lointain, elle et Karsten avaient souvent bu un verre de vin dans la grande baignoire d'angle. Elle s'assit sur la cuvette et urina pensivement, contracta les muscles de son bas-ventre et interrompit le jet à mi-parcours, attrapa un petit flacon et termina dedans, avant d'y plonger le test de grossesse (acquis au cours d'une pause déjeuner agitée). Elle ne se releva pas avant d'avoir vu apparaître le trait bleu. La future Henriette était trahie. Marianne sourit, se caressa le ventre (Salut, mon petit, bienvenue – quand tu arriveras !), se lava les mains et retourna tranquillement informer son mari qu'il serait bientôt père de deux enfants. Ils s'embrassèrent. Élise tira sur la jambe de pantalon de Karsten et, n'obtenant pas de réponse immédiate, elle planta solidement les dents dans sa cuisse, juste au-dessus du genou, avec une telle force qu'il en conserva une cicatrice en demi-lune jusqu'à la fin de ses jours. (Tu as eu très tôt une denture parfaite, espèce de vampire, la charriait-il en lui tirant gentiment les cheveux quand elle montrait la cicatrice en riant.) Le lendemain, Karsten acheta un bouquet de tulipes à Marianne, un énorme bouquet de tulipes blanc crème, les fleurs préférées de Marianne. Élise se vit offrir une poupée et fut sommée de ne plus mordre ses parents – pas plus que son frère ou sa sœur à venir. Et même si Élise donna quelques coups sur la tête d'Henriette, et la mordilla de temps en temps, elles devinrent petit à petit les meilleures amies au monde. Le premier mot que Henriette apprit à dire ne fut ni *maman* ni *papa* ; ce fut le prénom de sa sœur.

Henriette descendait lentement vers Majorstuen. Elle aurait dû raccompagner sa grand-mère à la maison, mais elle n'y avait même pas pensé, elle était partie. De toute façon, elle irait la voir le lendemain. Il ne fallait pas que sa grand-mère restât seule en ce moment. Perdre un enfant, c'est probablement plus douloureux que de perdre un père, car il faut bien qu'on perde ses parents un jour ou l'autre. Et elle connaissait mal son père. En fait, si ; elle le connaissait bien. Mieux que beaucoup d'enfants adultes connaissent leurs parents. Mais pendant de nombreuses années, elle ne l'avait pas vu du tout. La lumière de septembre était crue, et lorsqu'elle plissa les yeux, les larmes qui menaçaient de couler depuis que Barbara l'avait appelée une semaine plus tôt pour lui apprendre la mort de Karsten se mirent à ruisseler sur ses joues. L'air était assez frais pour qu'elle sente l'humidité comme deux raies froides qui disparurent rapidement. Il n'en vint pas davantage, même en contournant l'angle du parc Frogner, quand elle pensa aux moufles qu'elle avait tricotées et offertes à son père ; une paire de moufles clownesques aux pouces démesurés. Il l'avait remerciée, embrassée longuement, et dit qu'il avait hâte de pouvoir les porter. Il n'en eut jamais le temps. Papa n'irait pas faire du ski avec elle cet hiver ; tous les deux, se suivant dans les traces vers les Nordmarka. Sapins chargés de neige, chocolat à Ullevålseter. Papa avec les moufles offertes par Henriette et sa doudoune bleue antédiluvienne, mais équipé de chaussures et de skis coûteux, flambant neufs. Il n'eut jamais l'occasion de porter ses moufles. Elles n'auraient d'ailleurs pas été d'un grand secours, les mailles étaient trop lâches, et papa aurait eu les doigts gelés. Henriette avait toujours aimé les mains de son père. Elles étaient grandes et rassurantes. Belles de surcroît : une couche de poils en recouvrait le dos et la première phalange, et ses ongles étaient ovales et unis. Petite, Henriette n'avait jamais réfléchi à la beauté de ces mains, elle s'était contentée de les aimer et de les admirer pour tout ce qu'elles étaient capables d'accomplir. Papa était très fort. Il pouvait lancer ses deux filles très haut dans les airs. Une par une, pendant que l'autre regardait, bouche bée et la tête basculée en arrière, les mains de papa tenant la sœur tout là-haut. La sœur-en-l'air, les cheveux pendants contre les joues, souriait à la sœur-en-bas. Elle était l'élue entre les mains de papa, et la sœur-en-bas souriait aussi car elle savait que ce serait bientôt elle l'élue. Papa prenait son temps. Ce n'était *pas* injuste. Il leur faisait faire l'avion pour qu'elles puissent toucher le plafond, voir le dessus des suspensions, embrasser maman pile au sommet du crâne. Et quand ils étaient dehors, il les soulevait pour leur faire toucher le ciel, les nuages et presque le soleil. Papa pouvait soulever de lourdes charges. Il pouvait soulever l'armoire si un jour maman voulait déplacer les meubles et mettre l'armoire à la place du bureau, le bureau à la place du fauteuil à bascule, le fauteuil à bascule en un tout autre endroit. Il portait toujours leurs valises quand ils partaient en vacances, même si elles étaient si lourdes que ni Henriette ni Élise ne pouvaient les faire bouger. Papa faisait les meilleures crêpes du monde, et il pouvait les envoyer en l'air, où elles se retournaient comme par magie avant de retomber pile dans la poêle. Il prenait les commandes et faisait exactement la crêpe que chacun désirait. Élise et Henriette les voulaient toujours si épaisses que le centre était pour ainsi dire cru, tandis que maman les désirait presque transparentes (Eh bien, princesse Marianne, comment vos crêpes seront-elles, aujourd'hui ? Épaisses comme de la peau d'éléphant, moyennes, superfines ou dentelle ? Élise ? La spécialiste du matafan ? Comment les voulez-vous ? Peau d'éléphant, comme d'habitude ? Au sucre ? Ou à la confiture ? Et si je mettais de la crème et du miel ? Ou des œufs de poisson et du dentifrice ? De la mousse de savon et du sel ?).

Pendant qu'Henriette se dirigeait vers Majorstuen en pensant aux crêpes, aux mains de papa et aux moufles qu'il ne porterait jamais, Élise allait dans la direction opposée, à quelques kilomètres de sa sœur, en réfléchissant à ce que ça avait été d'être petite. De ne rien contrôler, d'être dépendante des autres. D'être à la merci de ses parents. Elle s'arrête, elle regarde autour d'elle et ne voit personne. Elle observe sa main gauche, serre le bout de ses doigts pour les faire ressembler à cinq grains de raisin brillants (ses ongles sont totalement rongés ; elle en a honte un instant, avant de se convaincre qu'elle a de bougrement bonnes raisons de se les ronger). Elle glisse sa main dans sa bouche et referme les lèvres autour, place sa langue au centre du bouquet de doigts, en un geste qu'elle n'a pas accompli depuis vingt ans peut-être. Mais, aussitôt qu'elle a la main dans la bouche, elle se souvient que c'était *exactement* cette impression que ça faisait, et elle entend sur-le-champ la voix de sa mère : ôte la main de ta bouche, Élise ! Et celle de sa grand-mère : Élise, ma petite, tu esquintes tes menottes en les mettant tout le temps dans ta bouche. Sa grand-mère émettait souvent des petits claquements de langue mécontents : nt, nt, nt, faisait-elle en tirant sur la main d'Élise. Des sons si amusants que la fillette se fourrait systématiquement la main dans la bouche quand elle allait voir sa grand-mère.

Quand Henriette et Élise dormaient chez leur grand-mère, elles occupaient toujours le lit superposé dans la chambre du coin, comme l'appelait leur grand-mère (toutes les pièces de la vieille et grande maison de leur grand-mère avaient des noms : la chambre du lit à baldaquin, la salle jaune, la chambre de Karsten, la chambre d'amis et la chambre du coin, donc). Quand Élise se réveillait la première, elle restait souvent allongée pour regarder le store déroulant. Le tissu noir et usé était criblé de petits trous, en tir groupé à certains endroits, plus espacés à d'autres. Le soir, on ne les voyait pas, ils étaient invisibles, mais le matin, la lumière passait à travers. Élise aimait bien observer cette surface sombre semée de points lumineux. Élise aurait dit un ciel étoilé.

À présent, elle marche à pas rapides, dans une veste bien trop chaude sous le soleil de septembre, dans la direction opposée de sa sœur. Au cours de l'hiver qui s'annonce, elle lèvera la tête pour regarder un ciel nocturne au-dessus de la ville, des étoiles qui lui font autant penser au store qu'à un père défunt. Élise tire sur les manches de sa veste, comme à son habitude, elle aime les avoir si longues qu'elles couvrent largement son poignet. La veste est noire. En réalité, elle n'aime pas cette couleur. Elle préfère le mauve et le bleu ciel. Et le rouge, sa couleur favorite. J'ai *besoin* d'un peu de gaieté ! Du plus loin qu'elle s'en souvienne, le rouge a toujours été la plus jolie couleur qu'elle connaisse. Petite, quand elle en avait la possibilité, elle choisissait toujours le rouge (pour les vêtements, dans les jeux, les jeux de société). Mais quand Élise voulait le rouge, Henriette le réclamait aussi (elle ne comprit pas avant d'être assez grande que le plus rusé était de dire qu'elle voulait le contraire de ce qu'elle souhaitait, puis de jouer à la gentille grande sœur et de l'abandonner à Henriette). Aussi, de relativement bonne heure, le rouge était-il devenu la couleur préférée d'Élise, et le bleu celle de Henriette. Elles ne se disputaient pas pour ça, il y avait bien d'autres raisons — qui devait se servir en premier, qui devait occuper quelle place à table, qui avait le plus joli nom, qui déciderait de l'emplacement de la nouvelle plante en pot. Élise était rouge. Henriette était bleue. C'était aussi simple que ça. Quand ils partaient tous les quatre en excursion, Élise avait toujours l'assiette rouge. Henriette avait la bleue. La brosse à dents d'Élise était toujours rouge, celle de Henriette était bleue. Quand les deux sœurs jouaient aux petits chevaux, Élise avait toujours les pions rouges, et Henriette les bleus. Le vert, c'était la couleur de maman. Le vert, c'est une couleur de maman, déclarait Marianne en levant son annulaire droit. Regardez. Et elle leur montrait la minuscule émeraude. Papa avait les pions jaunes.

Élise avait beaucoup pensé à son père depuis qu'Henriette avait repris contact avec lui. Elle se souvenait d'une fois où elle avait eu une otite. Henriette dormait depuis longtemps, mais Élise avait été tenue éveillée par une vive douleur à l'oreille, qui la tirait du sommeil dès qu'elle sombrait dedans. Ses parents recevaient en bas. Ils riaient tant et plus en bas, entre adultes, sur fond de musique discrète et de tintements de verres. Papa était monté : Je voulais juste voir comment tu allais, ma petite, avait-il expliqué. Avant de se glisser sous la couette, de s'allonger à côté d'elle.

Élise se souvenait que son père était capable de partager une pomme en deux à la seule force des mains, qu'il savait faire sauter les crêpes. Elle se souvenait qu'il leur chantait des chansons (mais sans toutefois réussir à se rappeler lesquelles). Tôt l'été dernier, Henriette l'avait invitée à une soirée de souvenir ; elles allaient regarder de vieilles photos. Élise fut surprise que Henriette ait pu mettre la main sur les albums de leur enfance (Comment les as-tu eus ? Vous vous êtes *vus* ?) Installées côte à côte dans le minuscule appartement d'Henriette, elles regardaient de vieux clichés. Vise un peu les lunettes de soleil ! pouffa Henriette en montrant une photo de Marianne. Ce qu'on était petites, répondit Élise. Mmm, ce qu'on était *mignonnes*, tu veux dire, rectifia Henriette. Elles avaient déjà pas mal bu les merveilleux cocktails à la vodka d'Élise, ce qui n'empêchait pas cette dernière de fermer les yeux chaque fois que sa sœur tournait avec enthousiasme une nouvelle page. Élise *sait* qu'elle ne le verra pas dans cet album, mais elle le craint malgré tout : son père à la porte. Une silhouette sombre qui la regarde.

Edvard Frisbakke a grandi entouré de parents qui laissaient rarement une heure s'écouler sans prononcer un ou deux mots de louanges à l'adresse de leur fils. Durant presque toute sa vie, Edvard Frisbakke fut donc persuadé qu'il en savait davantage et était plus capable que la plupart des gens. Il se considérait comme une personne avisée unique, quelqu'un à qui les autres pouvaient s'adresser pour obtenir des réponses aussi pondérées que perspicaces. Il avait reçu le don de *voir*. Dieu l'avait choisi. Il pensait avoir le droit de prononcer des jugements sur autrui. Rien d'étonnant à ce qu'il se comporte ainsi. On ne peut pas lui en tenir rigueur, car quand on entend quelque chose, encore et encore, on finit par y croire. Il s'est détrompé il y a peu.

Edvard Frisbakke est dans sa quatre-vingt-onzième année. Le matin, il a le dos un peu raide, et nouer ses lacets peut représenter une tâche insurmontable. Il est aussi devenu un peu dur d'oreille, surtout d'un côté. Et son sommeil a été agité toute sa vie adulte. Il en a l'habitude. Mais ces derniers temps, d'intenses douleurs le tourmentent. Elles sont d'une nature telle qu'il évite d'en discuter avec Alma. On ne débat pas de problèmes qui touchent ce qu'on a sous la ceinture, hormis avec le personnel médical. Le docteur Dueken n'a rien cherché à dissimuler. Edvard Frisbakke sait qu'il n'a plus si longtemps que ça à vivre. Il a d'ailleurs vécu assez longtemps. Mais qui donc va s'occuper d'Alma ?

En dépit de son âge très avancé, Edvard Frisbakke a des neurones en pleine forme. Il lui arrive de souhaiter être un tout petit peu moins clairvoyant. La vie aurait été plus facile à affronter si sa tête n'avait pas aussi bien fonctionné, si ses idées n'avaient été aussi précises que dans sa jeunesse. Pour lui, c'est une malédiction d'avoir l'esprit toujours aussi clair.

Edvard Frisbakke est né à Kristiania en 1918. Il paraît qu'il est né les yeux grands ouverts. 1918 fut aussi l'année de naissance du poète André Bjerke et du héros de la guerre Gunnar Sønsteby. Ainsi que de l'architecte danois Jørn Utzon. Et Ingmar Bergman est lui aussi né cette année-là. À l'instar de Kakuei Tanaka et Alexandre Soljenitsyne. Toute une série de grands hommes qui ont réalisé des choses importantes, qui ont laissé des traces derrière eux. Mais Edvard Frisbakke n'a pas accompli grand-chose, rien de comparable avec ces hommes. Il n'est à l'origine d'aucune grande littérature ni d'aucun opéra, et il n'a pas été Premier ministre au Japon. Il ne peut s'enorgueillir d'aucune entreprise de ce genre. Pourtant, à une époque, il a connu un succès non négligeable dans son domaine. Les journaux parlaient de lui, son nom suscitait le respect.

D'aucuns prétendront que s'il n'y avait pas eu Edvard Frisbakke, Karsten Wiig serait encore en vie. Ils n'ont probablement pas tort. Si seulement Edvard Frisbakke était mort plus tôt au cours de sa carrière, si seulement le tram bleu lui était passé dessus alors qu'il traversait Storgaten pour se rendre à son bureau, par un jour d'été. S'il avait trépassé de la diphtérie dans sa sixième année, si sa mère avait cogné son ventre de femme enceinte contre le canapé Louis-Philippe et avait perdu l'enfant, oui, si pour une raison quelconque Edvard Frisbakke n'avait pas existé, Karsten Wiig ne serait peut-être pas mort.

En 1993, la République tchèque proclama son indépendance et Václav Havel fut élu président. Rudolf Noureev et Audrey Hepburn décédèrent, ainsi que Kakuei Tanaka. C'est cette même année que Rosemarie Köhn devint la première femme évêque de Norvège. 1993 fut aussi l'année de ce qu'on appela l'affaire Bjugn : sept personnes de la petite commune de Bjugn, dans le Sør-Trøndelag, dont le lensmann local, furent inculpées pour agression sur plus de soixante enfants. Cette année-là, Edvard Frisbakke rencontra Karsten Wiig pour la première fois.

En 1993, Edvard Frisbakke avait un dossier concernant Karsten Wiig et Marianne Henriksen Wiig sur une étagère de son bureau, et un carton plein à ras bord de papiers traîna longtemps à même le sol. À présent, tout se trouve dans son bureau personnel, chez lui. Il lui arrive encore de parcourir le dossier ou de fouiller dans le tas de documents, même s'il n'est plus en mesure de rien y faire, l'eût-il ardemment désiré. Il abat ses mains sur le bureau, si violemment que des bleus apparaissent. Il tape si fort qu'il en pleurerait. Si Alma avait eu toute sa tête, elle aurait probablement ramassé d'office tous les papiers pour aller les brûler dans le grand poêle en stéatite.

Tout le monde appréciait Karsten Wiig. Pour sa part, il ne voyait aucune raison de ne pas apprécier tout le monde ; c'est donc ce qu'il faisait plus ou moins, et il avait un faible particulier pour les filles. Qui le lui rendaient bien. Karsten Wiig avait toujours attiré l'autre sexe. Ce devait être ses yeux, joyeux et bleus. Ou peut-être son éternel abord si satisfait, si sûr de lui. Quand il était petit, les amies de sa mère avaient envie de lui caresser la tête, d'ôter les traces noires de son front en crachant tendrement sur un coin de mouchoir. Jeune adolescent, la moitié des filles de la classe étaient amoureuses de lui. Pendant ses études, il aurait pu coucher avec davantage de condisciples qu'il en aurait eu la force. Si seulement il l'avait su. Karsten Wiig n'était pas particulièrement bel homme. Il n'était ni grand ni athlétique. À vingt ans, ses cheveux blonds commençaient à se clairsemer tout doucement. S'il se donnait la peine de faire un peu d'autocritique, il devait penser qu'il avait un menton trop effacé, trop féminin. Mais il avait ses yeux, et promenait une assurance et une nonchalance assez irrésistibles. Malheureusement, ce n'est qu'un peu avant d'atteindre trente ans qu'il comprit que les femmes le trouvaient exceptionnellement attirant. S'il l'avait découvert plus tôt, il l'aurait probablement mieux géré. Pendant de nombreuses années, il avait pensé que les nanas ne se retournaient jamais deux fois sur lui (sans que ça ait eu une grande importance pour lui ; il ne souffrit jamais d'un manque particulier de femmes dans sa vie). Il constata alors qu'elles le regardaient plutôt deux fois qu'une – voire plus, et de préférence dans un plumard, par-dessus le marché. Il en résulta naturellement ce qui était prévisible : Karsten ne laissait jamais ces demoiselles en paix, parce qu'il devait sans cesse se prouver qu'elles voulaient de lui ; il se pensait injustement chanceux, victime d'un sort favorable aussi incroyable que récurrent. Karsten Wiig était devenu une conquête prisée, et ne s'y était jamais fait. Ce qui eut bien sûr une influence néfaste sur son ménage.

C'était du couple Marianne-Karsten qu'il s'agissait quand Marianne alla voir Edvard Frisbakke en 1992. Elle avait pleuré au téléphone en mendiant un rendez-vous, et quand elle s'était enfin trouvée devant lui, elle lui avait raconté dans le détail combien ils avaient été heureux, elle et Karsten, et combien elle se sentait malheureuse maintenant. La façon dont le bonheur avait progressivement abandonné son ménage avec Karsten ne touchait pas directement le domaine de compétence d'Edvard Frisbakke, et il n'éprouvait aucun besoin particulier de se plonger dans ce récit. Mais comme il était poli de nature et par son éducation, il écouta. Il écouta attentivement, aimablement, mais sans aucun engagement personnel. Ses doigts tambourinèrent un peu sur le bureau de façon caractéristique, sans que Marianne ou lui le remarquent : Edvard écoutait, sans savoir ce que ses doigts révélaient. Marianne parlait sans se laisser distraire par ces doigts.

Quand Marianne Henriksen Wiig avait rencontré Edvard Frisbakke pour essayer d'exposer sa situation, elle avait déployé une énergie considérable pour expliquer au vieil homme (en 1992, Edvard Frisbakke avait soixante-quatorze ans) ce que c'était d'*être vue*. En effet, Marianne estimait que, dans son couple, elle était devenue transparente. Edvard Frisbakke tenta réellement de comprendre, sans toutefois parvenir à dissimuler qu'il considérait avant tout cela comme une singulière trouvaille féministe. J'ai eu l'impression de me réveiller après plusieurs années de grossesse, d'accouchements, d'allaitement, de veilles nocturnes. Les enfants ont commencé à se débrouiller seules. La vie devait reprendre. Mais tout ce que je pensais, c'était : Quoi, c'est tout ? Dieu merci, Alma est d'une tout autre trempe, songea Edvard, mais il hocha la tête. Je pensais que Karsten ne m'accordait pas assez d'attention. Qu'il ne me *voyait* pas. Est-ce ainsi que doit être le mariage, la vie ? N'y a-t-il rien d'autre ?

Oui, Marianne s'était réveillée un matin, avait plongé le regard dans les plis que faisait la nuque de son époux entre deux âges, et avait conclu qu'elle devait discuter d'une chose avec lui, ou tout au moins lui en parler. Bien qu'elle l'ait décidé, elle n'en trouva en quelque sorte jamais l'occasion. Elle y songeait un soir après l'autre.

Le temps passait, Marianne se taisait. Ils vivaient leur vie côte à côte. Le matin, ils coopéraient sans heurt et efficacement, et à 7 h 20 exactement, les époux quittaient leur maison, accompagnés de leurs deux filles. L'après-midi, ils se relayaient pour les emmener aux cours de danse, entraînements de football ou pour assister aux réunions de parents d'élèves. Le soir, Marianne et Karsten passaient un moment dans le salon. Cela faisait plusieurs années que Karsten ne surprenait plus son épouse, il y avait longtemps qu'il n'avait plus rien tenté simplement pour susciter ce qu'il avait adoré naguère : le rire de Marianne. Leur couple n'était pas malheureux, mais Marianne, qui n'était belle que quand elle était heureuse, était devenue insignifiante.

Il y avait aussi une autre chose, croyait savoir Marianne, sur laquelle elle ne parvenait alors pas à mettre le doigt. Comme elle le formula par la suite, il y avait *quelque chose de bizarre chez Karsten*. Elle éprouvait parfois un profond malaise en observant à la dérobée son époux.

— Tu en veux encore ?

Marianne et Karsten étaient au salon. C'était le soir, les enfants étaient couchées. Le fauteuil à bascule vert haricot est poussé dans un coin. Inoccupé. Lui était avachi dans le canapé devant la télé, elle assise sur le bord d'un fauteuil, le dos droit. Marianne attendit impatiemment la réponse, se servit puis se figea, la cafetière dans la main droite.

— Est-ce que tu en veux ?

Avec mauvaise humeur, elle plaça la Thermos dans le champ de vision de Karsten et la tint légèrement penchée jusqu'à ce qu'il l'aperçoive et secoue la tête.

— Tu regardes peut-être quelque chose de passionnant ?

— Oui. Un peu.

Nouveau silence, puis Karsten demanda :

— Tu n'as jamais regardé cette série ?

— Non.

— Bon. Elle est assez drôle.

Pour appuyer ses dires, il rit et fit un vague geste de la main vers l'écran. Marianne poussa un soupir et, devant l'absence de réaction de son auditoire, elle soupira derechef. Marianne fait partie de ces gens qui soupirent rarement quand ils sont seuls, car pour elle, le soupir est un moyen sonore de communiquer aux autres son mécontentement. Après une salve de soupirs qui se révélèrent eux aussi sans effet, elle annonça avec une certaine agressivité qu'elle avait la migraine, qu'elle ne se sentait pas bien, et qu'elle avait la nausée. Une sacrée *nausée*. Karsten hocha la tête, mais son regard n'avait pas quitté l'écran.

Oui, Marianne devait avoir le vague sentiment que tout n'était pas comme ça aurait dû, elle trouvait que Karsten se comportait singulièrement. Il avait des côtés qui non seulement l'agaçaient, mais la troublaient aussi. Mais ce fut le reste qui fit pencher la balance : le programme télé, le rire de Karsten, les journaux sur la table, les plantes qui avaient besoin d'eau, les vêtements des enfants qu'il fallait plier. Tout cela plongea Marianne dans une fureur dangereuse, longtemps contenue. Marianne dit ce qu'elle avait prévu de dire depuis longtemps. Et bien plus que ça. Elle dit des choses qu'elle n'avait pas prévu de dire – et surtout pas de cette façon. Elle entendit des choses qu'elle n'oublierait jamais.

Mais pour le moment, la conversation ressemblait à celles que Marianne et Karsten avaient déjà eues un nombre incalculable de fois :

— Mercredi, il y a une réunion des copropriétaires. C'est toi qui y vas ou c'est moi, cette fois ? demanda Marianne.

— Je peux y aller, répondit Karsten, plein de bonne volonté.

— Bon. À propos, tu n'as pas oublié d'appeler l'électricien ?

— Non. Mais non.

Nouvelle petite pause. Marianne soupira et se mit à tapoter l'accoudoir de son annulaire droit. Karsten émit un petit rire. Marianne se plaignit encore une fois de son malaise et de ses nausées, poussa un soupir exagérément bruyant et demanda à Karsten de deviner ce qu'il lui était arrivé au boulot dans la journée. Si Karsten avait fait plus attention, il aurait perçu un petit frémissement dans la voix de Marianne, une nuance l'informant qu'il s'agissait d'une question importante. Il aurait dû écouter, se tourner vers elle, prendre son visage entre ses grandes mains sèches et la supplier de tout raconter, absolument tout, ce qu'elle avait vécu au boulot depuis un mois. Il aurait pu la prendre dans ses bras et la porter jusque sur le fauteuil à bascule vert haricot, l'embrasser partout et lui mordiller le lobe de l'oreille, la serrer fort entre ses bras et la *voir*, comme elle en avait tant besoin. Mais il n'en fit rien. Ce soir de 1991, le frémissement et la nuance dans la question de Marianne ne le touchèrent absolument pas.

— C'était sympa. Pour commencer, Nilsen a voulu me parler.

— Bien.

Puis plus personne ne dit rien. Pour quiconque se serait trouvé près de Marianne à cet instant, il aurait été flagrant qu'elle était blessée. Elle *rayonnait* de douleur indignée. Karsten n'écouta pas davantage quand son épouse essaya de lui raconter quelque chose concernant son supérieur direct, qu'elle appelait le plus souvent Nilsen (à vrai dire, Karsten ne savait pas s'il s'agissait d'un homme ou d'une femme, même si Marianne en avait parlé de nombreuses fois et avait fatalement dû employer un pronom personnel, *il* ou *elle*). Ce fut cette indifférence qui décida Marianne.

Bien sûr, un événement unique ne déclencha pas tout, il y en avait eu beaucoup de similaires, mais Marianne insista néanmoins pour que ce soit *cet* épisode qui ait précipité les choses. Par la suite, Marianne ne se souvint pas précisément de ce que Karsten et elle avaient dit. Lui se le rappelait encore moins. Ni l'un ni l'autre ne savait quelle signification aurait cette soirée pour eux deux, pour les enfants, pour tous ceux qui étaient liés à la famille Henriksen Wiig ou les connaissaient. Et bien sûr, personne ne connaissait le rôle d'Edvard Frisbakke dans cette histoire. À ce stade, il ne les avait pas encore rencontrés, mais Marianne – et Karsten aussi, vraisemblablement – avait déjà entendu son nom et vu des photos de lui dans les journaux.

Marianne sentit qu'il n'était pas question de l'agacement classique ou de l'incompréhension habituelle chez n'importe quel couple, un vendredi soir devant la télévision, surtout quand l'un regarde une émission et l'autre s'ennuie. C'était autre chose. Qu'elle n'avait jamais connu. Pas de cette façon.

— Nilsen a dit…

— Quoi ? répondit Karsten sur un ton lointain après un petit temps d'arrêt. Qui a dit quoi ?

— Tu reprends du café ?

— S'il te plaît.

— Il faut qu'on fasse quelque chose pour l'aération de la cuisine. C'est incroyablement pénible à entendre. Il *faut* que tu appelles l'électricien lundi.

— Mmm.

— Ou faut-il que je le fasse ? s'enquit Marianne en se posant en victime.

— Non, non, pas de problème.

— Je suis enceinte.

Je suis enceinte, dit Marianne, en veillant à conserver le même ton neutre que quand elle parlait d'appeler l'électricien. Elle avait redouté cette discussion, mais dans le même temps, elle se réjouissait de triompher de lui, de lui annoncer ce qu'il aurait dû découvrir par ses propres moyens devant les plaintes répétées de son épouse concernant ses malaises et ses nausées, au cours des dernières semaines. Il *aurait pu* lui demander pourquoi elle se plaignait de nausées. Il aurait dû ? Non ?

Elle se contenta de le dire une seule et unique fois. Constatant que Karsten ne répondait pas, elle le répéta, avec aussi peu d'enthousiasme qu'on annonce la température qu'il fait dehors :

— Je suis enceinte.

— Oui, j'ai entendu.

— Bon. Je n'étais pas sûre.

— Oh si, oh si.

Mais il allait falloir un moment avant qu'il comprenne ce qu'elle venait de dire, et encore davantage de temps pour qu'il perçoive ce que cela impliquait. Pour l'instant, il savait seulement qu'il n'avait pas la moindre idée de la façon de réagir. Et tout en se creusant la tête à la recherche d'une réaction appropriée, il s'entendit demander comment c'était arrivé, et quand.

— Oh, ça a dû arriver comme ça le fait d'habitude, ironisa Marianne.

Elle était ravie de pouvoir lui faire un petit cours sur la reproduction, car c'était justement ça qu'il demandait, « comment c'est arrivé ». Quel charlot, songea-t-elle avant de poursuivre :

— Tu sais… un spermatozoïde qui pénètre un ovule, et c'est parti.

Karsten ne fit que la regarder, avec l'air d'un chien qui vient de prendre une tape phénoménale sur la truffe, par son maître bien-aimé, et qui ne comprend pas pourquoi. À cet instant précis, Marianne éprouva de la pitié pour lui. Cela la rendit moins maligne, plus humble. En tout cas, quand Karsten répéta sa question sur la date, elle répliqua sur-le-champ.

— Il y a deux mois. Tu as faim ?

— Non.

— Tu veux manger quelque chose ?

— Non merci.

— Sûr ?

— Oui-i, hésita Karsten.

— Alors je vais nous faire à manger, lui sourit Marianne avant de partir dans la cuisine.

Karsten renversa la tête en arrière. Il avait le tournis. Il avait dû s'endormir – ou s'évanouir, qui sait ? – car Marianne se tenait juste devant lui, avec deux œufs dans la main droite.

— Je nous ai préparé des œufs.

— Des œufs, murmura Karsten.

Marianne acquiesça et s'assit. Elle posa précautionneusement un œuf sur la table (qui oscilla un peu et finit par s'immobiliser pour de bon) et tapa l'autre contre le bord de la table pour l'écaler avant d'en mordre pensivement un morceau. Karsten la regardait.

— Alors ça fait un moment que tu le sais ?

— Quelques semaines, oui.

— Quelques semaines ? répéta Karsten d'une voix incrédule, exactement comme s'il lui était plus difficile d'accepter cette dernière réponse que la maternité en elle-même. Sa langue lui donnait toujours l'impression d'être trop épaisse, étrangère, dans sa bouche. Il s'était levé et faisait les cent pas dans le salon.

– Ça fait *plusieurs semaines* que tu le sais ? Pourquoi n'as-tu rien dit ? On se retrouve ici régulièrement. Tous les soirs.

— Oui, nous sommes ici. Chaque soir, confirma Marianne, même s'il ne faisait pas un pli que ce genre d'allusion perfide glissait sur lui comme l'eau sur les plumes d'un canard.

Marianne lui assura qu'elle avait essayé plusieurs fois, mais qu'il ne l'avait pas écoutée, qu'il avait rigolé trop fort devant la télé pour entendre son épouse lui annoncer qu'il allait avoir un enfant. Elle lui avait fait face, enceinte et patraque, pendant qu'il travaillait sur une intervention pour une conférence ou une note pour le conseil et n'avait même pas levé la tête. Elle avala son dernier morceau d'œuf et poursuivit. La langue de Karsten se délia. Il rétorqua que c'était tout sauf compliqué de voir que Marianne était enceinte – c'étaient peut-être même des jumeaux ? Marianne riposta sur le délabrement physique de Karsten : il y avait longtemps qu'il ne s'était pas regardé dans un miroir ? Il se pensait vraiment séduisant avec ses plaques dégarnies sur le crâne ? Le ton monta. Ils appuyèrent aux endroits les plus vulnérables, où ça fait le plus mal. Ils s'envoyèrent des choses qu'on ne dit qu'aux gens qu'on a aimés, vis-à-vis de qui on s'est mis à nu. Si on a un jour soulagé sa conscience en confiant ses complexes à une autre personne, on risque de se les voir resservir par la même personne.

C'est épuisant de se blesser continuellement l'un l'autre. Marianne se fatigua la première. Karsten, qui se considérait à ce moment-là comme la seule partie lésée, continua ses attaques. Il avait par ailleurs l'habitude de dominer – verbalement en tout cas. Mais quand Marianne lui eut plusieurs fois demandé de baisser le ton, en lui rappelant que les enfants dormaient, et en réponse directe à sa prière de se modérer, de *penser aux enfants*, Karsten se tut.

— Je pense à elles, souffla-t-il. C'est à elles que je pense, Marianne.

Celle-ci déglutit, car Karsten semblait véritablement perdu.

— Tu vas... Tu vas le garder ? lui demanda-t-il, toujours à voix basse.

— Je ne sais pas.

— Tu ne sais pas.

— Si. Non. Je ne sais pas, Karsten.

— Oui, les filles nous tannent pour avoir une petite sœur, reprit-il avec une amabilité extrême.

— Karsten, pas ça, supplia Marianne, mais Karsten poursuivit :

— Oh, maman, vous ne pouvez pas nous faire une petite sœur ? parodia-t-il en imitant le ton implorant des petites. On ne peut pas avoir un bébé ? Juste un petit, un tout petit bébé ?

— Karsten. Non. S'il te plaît.

Mais ce soir-là, il méprisa ses *s'il te plaît*, il se moqua éperdument de ses prières; elles ne servirent qu'à l'enflammer davantage. Il voulait l'atteindre là où ça faisait le plus mal. Il rebondit sur le thème des enfants, rappela qu'ils formaient une famille :

— Nous quatre à la table du petit déjeuner. C'est dimanche, et on mange des œufs mollets. Les enfants ont des moustaches de lait. Élise raconte une de ses mauvaises blagues, Henriette rit tellement qu'elle avale de travers un morceau de fromage. C'est cela que tu veux détruire ? Hein ?

Il le répéta, encore et encore. Jusqu'à ce qu'elle se mette à pleurer, de ces sanglots silencieux si étranges. Marianne se cacha le visage dans les mains et pensa à ses deux filles à l'étage au-dessus. Les filles qui dormaient sous leur couette à super-héros roses et à motifs joyeux (Élise, dix ans) et ours en peluche (Henriette, huit ans), les filles qui faisaient d'innocents rêves puériles poudrés de sucre et de cannelle. Les deux enfants de Marianne Henriksen Wiig et Karsten Wiig dormaient chacune dans une chambre, sans avoir conscience de la catastrophe qui couvait sous elles. Le pire qui pouvait leur arriver, c'était de ne pas recevoir leurs sucreries du samedi (des Crocos !) pour accompagner les émissions pour enfants, de ne pas avoir le droit de jouer avec la collection de chouettes de leur grand-mère, ou peut-être que leurs collants préférés soient dans la machine à laver au moment où elles voudraient les porter. Oui, Marianne *savait* que la pénurie de Crocos, l'interdiction de jouer avec les chouettes et des collants adorés au sale étaient les pires choses imaginables pour elles, et en même temps elle sentait que quelque chose clochait. Mais quoi ?

— Tu as parfaitement le droit de me crier dessus, Karsten. Tu peux me frapper aussi, si tu veux. Gifle-moi, va, sanglota Marianne.

Les larmes avaient laissé de jolies plaques rouges. Karsten la regarda, soudain troublé ; il aurait pourtant dû savoir que Marianne pouvait dire les choses les plus étranges sous l'emprise de ses émotions.

— Je ne t'ai jamais frappée, Marianne. Ni toi ni personne d'autre, d'ailleurs.

— Bon, alors ne me frappe pas. Continue à m'abreuver d'injures. Gueule-moi dessus, hurle-moi dessus. Je crois que ça m'aiderait à me sentir un peu mieux.

— Je n'en ai pas la force.

— Que si. Pense à ce que j'ai fait.

— Catin !

Le mot claqua bien faiblement, même si au moment où il le prononça, Karsten comprit qu'il le pensait de toute son âme :

— Tu es vraiment une putain de salope. Comment as-tu pu faire une chose pareille ? À moi ? Aux enfants ?

— Je ne sais pas, répondit Marianne.

Les larmes continuaient à jaillir de ses yeux, sans qu'elle émît le moindre son. Marianne pleurait à sa façon toute particulière, comme Edvard Frisbakke allait bientôt l'apprendre.

— Je ne sais pas. Nos filles.

La raison de Marianne la poussait à dire quelque chose, à présent ; elle devait ravaler son orgueil et s'efforcer d'éviter le désastre, sauver les débris de leur ménage. Marianne coupait en tout petits bouts les morceaux de coquille d'œuf. Mais lorsqu'elle releva la tête, Karsten lui feula en plein visage, de sa voix la plus arrogante d'aristocrate, celle qui la faisait toujours frémir :

— Dis-le, nom de Dieu ! Qui est-ce ?

L'idée d'une éventuelle réconciliation disparut sans laisser de trace. Il n'y avait plus moyen de faire machine arrière, car Karsten le *croyait* et exigeait une réponse d'elle. Le père de l'enfant. Il demandait qui était le père de l'enfant. Marianne regarda bien en face ce visage écumant qu'elle pensait connaître, observa sans détour cet homme qu'elle pensait aimer, et répondit avec une hésitation calculée que ce n'était personne... Personne ?! Il a bien fallu que quelqu'un te fourre sa bite quelque part !

— Personne que tu connaisses, précisa-t-elle.

Il resta coi un instant, avant de lui crier qu'elle allait finir par répondre, oui ou merde ?! Sa voix fit trembler les tympans de Marianne, et sa colère lui resta dans l'étrier, tambourina sur son enclume et poussa Marianne à répondre ainsi :

— Ça n'a pas d'importance, qui c'est, répondit-elle sur un ton glacial, mais elle eut honte immédiatement.

— C'est quelqu'un du boulot ? Celui qui vient de commencer ? Celui qui bossait à la Banque de Bergen avant d'entrer chez vous ? Oui, c'est lui. C'est lui, hein ?

— Non. En plus, c'est une femme qui est passée de la Banque de Bergen à chez nous, répondit-elle plus calmement.

— C'est le mec de Trondheim, alors ?

— Nils ? Non.

Devant les questions de son époux, Marianne songea à une version distordue et haineuse du genre de devinettes auxquelles Karsten et elle avaient joué pendant des années. (— Devine qui j'ai croisé en allant bosser aujourd'hui ? — Un homme ? — Oui. — Ah, mon sexe préféré. Quelqu'un avec qui tu allais à l'école ? — Non. — Avec une moustache ? — Non, des favoris. — Quelqu'un que je trouve sexy ? — Non, doux Jésus, non !) Et pendant quelques secondes, elle pensa qu'il n'était pas encore trop tard. Elle pouvait faire demi-tour. Elle pouvait se coller contre lui, laisser Karsten refermer ses bras autour d'elle. Elle n'obtiendrait peut-être pas la compréhension, mais au moins le pardon. Puis le besoin de capituler passa, et elle *voulut* achever ce qu'elle avait commencé.

— Non, Karsten. Ce n'est personne du boulot. Ce n'est pas quelqu'un que tu connais. C'est quelqu'un que je... Que j'ai rencontré dehors. En ville.

— En ville ? Quand ça ?

— Je l'ai rencontré il y a un an. Avant Noël, quand j'étais sortie avec Siri et Laila.

— Ah, ces salopes de Siri et Laila !

— Chéri, enfin, ce n'est pas leur faute !

— Je n'ai jamais aimé Laila. Je l'ai toujours dit.

— Mais non, tu ne l'as jamais dit !

— Salope de Laila ! cria-t-il, en proie à une telle fureur que seul quelqu'un qui le connaissait bien pouvait percevoir combien il était troublé.

Il tapait sans relâche sur l'accoudoir du canapé, grognait le nom de Laila, la maudissait comme s'il s'était agi de la créature la plus malfaisante de tous les temps. Marianne finit par se lever. Elle resta plantée quelques secondes devant lui, avant de se pencher pour lui caresser le dos. Il pleurait. Elle tapota et caressa, de pitié, de repentir. Tout à coup, il la saisit par les hanches et l'attira à lui dans le canapé, et elle se retrouva à moitié assise sur lui.

— Sale pute. Sale putain de salope, gronda Karsten Wiig à son épouse, mais le ton et les mots n'allaient pas ensemble. Les mots n'avaient pas changé, mais le ton avait pris de l'avance et s'était fait tendre et attentif : Salope. Marianne ?

— Lâche-moi.

— Ma Marianne à moi.

Karsten retenait Marianne sur ses genoux. Elle commença par essayer de se libérer, mais abandonna assez vite. Ils restèrent longtemps ainsi. Au début sans rien dire. Karsten avait simplement posé la tête sur sa poitrine, elle lui caressait le dos. Puis ils se mirent à parler. Ce à propos de quoi

Marianne avait perdu tout espoir se produisit. Ils parlèrent de leur relation les premiers temps, à quel point ils avaient été amoureux. Ils évoquèrent des souvenirs aussi romantiques que curieux datant de juste après leur rencontre, des caresses, des noms affectueux. (— Je t'appelais la Princesse. — Oui, j'étais ta princesse vert haricot. Et tu étais mon Clodo. — Allez, arrête, tu m'appelais l'Étalon !) Ils parlèrent de la première visite de Marianne chez les parents de Karsten, quand elle avait laissé tomber un morceau de gâteau sur la table. Marianne évoqua le talent de Karsten pour surprendre, faire la fête au quotidien (elle résista à la tentation de mentionner que la dernière fois remontait à pas mal d'années). Karsten parla du rire magique de Marianne, celui qui pouvait tout soigner. Et quand Marianne partit d'un rire sourd, ce fut comme s'ils n'avaient rien échangé de méchant. Mais qu'est-ce qui te prend de faire ça, Marianne ? Nous quatre ? Détruire tout ça ?

Sûr de lui comme il l'était souvent, Karsten pensait évidemment que la trahison venait de Marianne. Elle, de son côté, avait le sentiment que c'était avant tout Karsten qui avait trahi, puisqu'il ne la voyait plus depuis si longtemps. Lorsqu'il y avait eu des moments agités à la Kreditkasse, cette année-là, elle avait espéré qu'il l'écouterait et la réconforterait. Il était resté vautré dans le fauteuil à oreilles, avalant un livre après l'autre – et Marianne estimait qu'il ne les *appréciait* plus, qu'il ne faisait que les disséquer et les analyser. Et voilà qu'il demandait comment elle pouvait détruire tout ce qu'ils avaient en commun ? *Elle ?* Marianne ne courba pas l'échine de honte, comme Karsten s'y attendait, bien au contraire : elle se redressa autant qu'elle le put, prête au combat. Elle était sa mère, l'aide-infirmière et la meneuse de grève, tout craché. Elle posa les mains sur ses hanches, comme une vraie bonne femme, et lui expliqua en termes clairs que leur relation n'était plus ce qu'elle avait été, ni ce qu'elle aurait dû être. Elle déclara qu'elle ressentait comme une provocation *majeure* que Karsten la présente comme celle qui avait abîmé quelque chose de parfait, sans la moindre rayure ni le moindre défaut. Comme celle qui avait détruit tout ce qu'ils avaient en commun, comme la seule responsable du saccage de leur petite idylle personnelle. Comme s'ils avaient tous deux passé les douze derniers mois à se caresser amoureusement le cou et à s'entre-mordiller les oreilles (trois fois !). Non, elle ne le tolérerait pas !

— Mais, commença Karsten dans une tentative pour restaurer la bonne ambiance, ça va bien, pour nous, même si ce n'est pas exactement comme au début de notre relation ? Les choses changent. Ce doit être la même chose pour tout le monde après quelques années de mariage. On ne peut pas être aussi amoureux et passionné tout le temps. Les sentiments s'estompent. La magie disparaît.

— Ta gueule, intima-t-elle. Elle avait fini de tout voir en rose. Ce qui nous est arrivé à tous les deux dépasse largement des sentiments qui s'estompent et une magie qui disparaît. Tu sais aussi bien que moi que nous n'avons rien eu en commun ces dernières années.

— On n'a rien eu en commun ? répéta Karsten d'une voix aiguë qui feignait la surprise.

Il fit un large geste des bras, comme pour lui montrer leur maison, le salon qu'ils avaient meublé ensemble, certes avec bien trop de bibelots et d'objets décoratifs à son goût à lui, mais cela montrait bien – une fois de plus – qu'il n'était pas quelqu'un d'excessif.

— Bien sûr, bien sûr, répondit Marianne. Et nous avons des enfants. Nous avons des finances communes. Nous dînons ensemble presque tous les jours de la semaine. Nous partageons la machine à laver, la tondeuse à gazon… *Mais je ne te connais plus*. C'est si infâme, Karsten. Je sais que je t'ai trahi, mais ne pouvons-nous pas *parler* ensemble ? En adultes, comme on dit ? Nous ne discutons plus du tout.

— On discute chaque jour.

— Karsten…

— On le fait. Des enfants, de la maison, de…

— De l'électricien, et de qui va assister à la réunion de copropriétaires… Toi qui écris sans arrêt sur les structures narratives et les je-ne-sais-plus-quoi communicatifs, tu dois quand même bien…

À cet instant, une voix d'enfant résonna en haut, une voix frêle qui appelait sa mère. Une petite voix qui se demandait pourquoi papa et maman parlaient si fort, avec autant de colère.

— Ce n'est rien, répondit machinalement Marianne.

Elle était déjà à mi-hauteur de l'escalier et avait pris sa voix maternelle.

— Maman et moi discutons seulement de quelque chose, tenta Karsten pour la rassurer. Rien de grave, recouche-toi et dors, petit têtard !

— Bonne nuit, maman ! Bonne nuit, papa ! lança la voix, manifestement réconfortée.

— Il faut qu'on fasse attention, chuchota Marianne. Soyons raisonnables, parlons calmement.

— *Moi*, je suis raisonnable, répondit Karsten sur le même ton. Il y a aussi plein de choses qui vont bien. Tu devrais te focaliser là-dessus, de temps en temps. Plein de choses vont bien. La maison. On a payé une bonne partie de la dette.

— Grâce au prêt avantageux que *je* nous ai trouvé !

— Je sais, Marianne. Et nous avons deux beaux enfants.

— En effet. Oui, tu as raison. Comme la plupart du temps, Karsten. C'est toi qui as fait le plus d'études…

— Et comme tu le fais remarquer régulièrement : tu es celle qui gagne le plus.

— Karsten, écoute. Il faut que quelque chose cloche quand une femme raconte à son mari qu'elle est enceinte, et que son mari sait instantanément que ça ne peut pas être son enfant à lui.

— Ça aurait pu l'être. Je me disais juste…

— Karsten chéri, à moins que Dieu ait brusquement décidé que dorénavant, la grossesse durerait deux ans chez les humains, ça n'aurait pas été possible.

— Ça fait si longtemps que… ? Je ne me doutais pas que c'était si ancien.

— La dernière fois remonte à octobre.

Karsten ne répondit pas.

— Octobre de l'année dernière, ajouta laconiquement Marianne.

— Ça fait un bail…

— Oui, on peut le dire. Tu te souviens de la dernière fois ?

— Mouais…

— Tu t'en souviens ?

— Pas sans y réfléchir.

Peu de ce qu'elle déclara ce soir et cette nuit-là n'était clairement prévu et préparé, mais jamais elle n'avait envisagé d'aborder un jour ce sujet avec lui. Leur vie sexuelle lamentable impliquait une double accusation, dirigée autant contre lui que contre elle. Car il n'était quand même pas le seul responsable ? Elle aurait pu faire quelque chose ? Marianne était une femme moderne, avec une formation féministe, pourrait-on dire (bien que ladite formation se soit limitée à une adhésion à un club du livre et à des participations à des cercles de lecture – avant son premier enfant, bien entendu) ; pourtant, il lui était impossible de se libérer du sempiternel rôle de femme. Et à ce moment-là, c'était la faute de Marianne, c'était son pouvoir de séduction qui avait disparu. Elle avait grossi. Elle n'avait plus autant de temps pour soigner son apparence qu'au début de leur histoire. Il lui arrivait de ne pas se raser les jambes, de ne pas mettre de rouge à lèvres. Elle gardait parfois son confortable pantalon de survêtement toute la journée. Elle pouvait se défaire de ses lentilles de contact et porter ses lunettes l'après-midi et le soir – bien qu'elle sût parfaitement que Karsten la trouvait plus jolie sans ces sévères lunettes. Elle aurait au moins dû s'offrir une nouvelle monture ! Bientôt, il n'y aurait plus de différence entre elle et sa mère. Elle aussi aurait bientôt sa propre collection de chouettes ! Marianne *savait* qu'il n'en était rien, elle *savait* que le risque d'adultère chez les époux de nanas bien fichues et aux jambes lisses n'était pas moins élevé que chez les hommes mariés à des filles comme elle. Simplement, elle ne parvenait pas à éviter ce genre de réflexions. Elle estimait que ce qui se passait dans le lit conjugal était fort compréhensible : compte tenu de son apparence, pas étonnant que Karsten ne veuille plus faire l'amour avec elle. Pas étonnant qu'il soit allé voir ailleurs. (Avait-il pu ? *Karsten était-il allé voir ailleurs ?*) Ça, c'était plutôt sa faute à elle. Mais il avait promis ! Il avait promis de l'aimer pour le meilleur et pour le pire, de ne jamais la quitter. Ils en avaient parlé sérieusement, et ils avaient déconné avec l'idée. (— Karsten, tu me quitteras quand j'aurai les cheveux blancs ? — Non, je resterai avec toi quelle que soit la couleur de tes cheveux. — Mais tu me quitterais si j'avais des verrues plein la figure ? —

Non, ma princesse. — Et si ce n'étaient pas des verrues, mais des mamelons ? — Le visage entier couvert de mamelons ? Mmm, c'est moins bien. Fais voir, relève ton pull. Ils sont jolis, caramel, mais sur tout le visage ? Je ne sais pas trop. Si, je te quitterais probablement, Marianne. — Mais *seulement* à ce moment-là ? — Oui, pas avant. Tant que tu n'as pas des mamelons plein la figure, je ne te quitte pas. C'est promis. — Promis juré ? — Promis juré, ma princesse !)

Non, Marianne ne voulait surtout pas parler de leur dernier rapport sexuel. Elle n'en avait pas la force, pas le courage. C'est pourtant ce qu'ils faisaient, et Marianne est par bien des aspects une femme perspicace ; une fois lancée, elle comprit rapidement où elle allait l'emmener.

Ils étaient sortis dîner, rappela Marianne. Karsten ne s'en souvenait pas ? Dans ce restaurant près de la Galerie nationale, le petit avec les vitres fumées et les nappes à carreaux rouges.

— Oui, c'est ça, acquiesça Karsten.

Il savait au moins de quel restaurant Marianne parlait ; et il comprenait bien qu'il aurait dû être plus complaisant, que c'était de toute évidence quelque chose qu'il *aurait dû* se rappeler.

— Ma mère gardait les enfants. Tu te souviens ?

— Oui. Oui, je me souviens.

— La cuisine était bonne, poursuivit Marianne. Ce n'est pas du risotto que j'ai mangé ? Et tu as pris du saumon, j'imagine.

— D'accord.

— Puis nous sommes rentrés, nous avons remercié maman pour sa disponibilité. Après avoir vérifié que les enfants dormaient, nous avons ouvert une bouteille de vin, mis un peu de musique pour l'ambiance, et nous avons atterri sur le tapis, là-bas.

— Je crois me souvenir.

— Ah oui ?

— Oui.

— C'est très bizarre, fit observer Marianne en se donnant à peine le mal d'être triomphante. D'un bout à l'autre, ça ne s'est pas passé du tout comme ça. Je n'ai pas mangé de risotto. Tu n'as pas pris de saumon.

— Bon, répondit Karsten avec une apparente complaisance, mais agacé à l'idée qu'elle ait pu attendre de lui qu'il se souvienne de ce qu'ils avaient mangé au restaurant un an plus tôt.

— Et nous avons fait l'amour. Non, nous avons *couché ensemble*, dans le lit.

— OK, alors je ne me rappelle pas.

— Non, tu ne te rappelles pas. Et ce qui s'est passé, ce qui a fait que nous avons cessé de coucher ensemble ?

Il comprit qu'il y avait quelque chose. D'important. Il avait la bouche entrouverte, son cœur battait en coups douloureux, et il avait chaud des pieds à la tête. Il baissa les yeux sur lui : sa chemise était tachée de la sauce tomate qui agrémentait les pâtes du dîner. Il était assis à côté d'Henriette, qui avait lâché sa fourchette dans son assiette. J'aurais dû changer de chemise. Je ne peux pas garder celle-là. Non. Il devait répondre non. Non, il ne se rappelait pas.

— Tu n'as donc aucune idée de la raison pour laquelle ce jour d'octobre de l'année dernière a été le dernier jour où nous avons couché ensemble ?

— Non, reconnut Karsten en essayant fébrilement de se remémorer ce qui s'était passé, mais en vain.

Marianne le regardait sans ciller, avec une expression qu'il ne parvenait pas à interpréter :

— Est-ce qu'il est question des enfants ? finit-il par demander, terrorisé.

— Des enfants ? répondit-elle, un peu surprise. Non.

— Désolé, Marianne. Je ne me rappelle pas. *Est-ce quelque chose que j'ai fait ?*

Encore quelques années et elles seront adultes, mais elles lui appartiennent encore. Karsten regarde leur corps nu dans l'eau pleine de savon ; elles plongent comme des phoques, leurs cheveux trempés crèvent la surface entre les jouets en plastique et les paquets éphémères de mousse. Elles se tortillent vers lui comme deux lions de mer joueurs. On leur a coupé les cheveux à toutes les deux (Toutes tes filles ont eu leur coupe d'automne, aujourd'hui, papa ! On n'est pas jolies ? Regarde maman !) et à présent ils sont plus sombres qu'en plein été. Il les contemple. Elles sont si belles, si parfaites. Henriette a toujours son allure courtaude d'enfant, avec un pli juste au-dessus du derrière, quelques bourrelets sur les cuisses. Élise s'est affinée et a de longues jambes. Elle a perdu sa graisse de bébé, ses hanches font une courbe parfaite de part et d'autre de son ventre, où les muscles sont bien visibles sous la peau. Elle pose les bras sur le rebord de la baignoire, en un angle exquis par rapport à son buste plat quand il la regarde de profil.

Mes enfants ! Il les dévore des yeux, approche une main et caresse la peau mouillée et luisante. Une peau d'enfant toute lisse, rendue glissante par le savon, et qui a gardé un peu de son bronzage de l'été.

Edvard Frisbakke devrait arriver à quatre-vingts et pas mal d'années pour découvrir qu'il avait passé sa vie entière parmi d'habiles mains féminines qui abattaient quotidiennement de nombreuses heures de travail pour qu'il puisse se sentir à son aise. Toute sa vie, il a eu sa mère, sa sœur, des aides à domicile, des bailleuses d'appartement et de chambre de pensionnat qui se sont chargées des petits détails rendant ses journées plus agréables et lui permettant d'exploiter son temps à des choses essentielles. Jamais il n'avait pensé à la somme de travail nécessaire pour rendre confortable la vie d'un homme, et il regrettait de ne pas avoir été plus reconnaissant. Le plus souvent, il s'était réveillé dans des draps frais et lisses que des femmes avaient lavés, séchés et repassés, mais ces dernières années, ils s'étaient fripés et faisaient des plis désagréables sous lui.

Le matin des funérailles de Karsten Wiig, Edvard se réveilla la main prisonnière d'un de ces plis qui avait grandi pendant la nuit. Manifestement, son sommeil avait été agité. C'était souvent le cas, et il n'y avait rien d'étonnant à ce qu'il ait encore plus mal dormi cette nuit-là que d'habitude. Il avait rêvé de Karsten. Il avait la vague impression d'avoir aussi rêvé d'Élise, la fille aînée de Karsten. Il ne savait plus à quoi ressemblait Élise, mais ça n'avait pas empêché la jeune femme d'apparaître plusieurs fois dans ses rêves avec une netteté déconcertante. Oui, Élise était venue le voir, en alternant pleurs d'enfant inconsolable et sourires triomphants. Ce n'était pas si surprenant. Edvard Frisbakke savait bien qu'il méritait ce genre de nuits, et il avait au moins eu des journées pour essayer de rectifier certaines de ses erreurs. Ça l'avait aidé. Mais ce matin-là, il se réveilla sans la moindre envie d'aborder cette nouvelle journée. Il n'avait d'autre tâche à accomplir que de préparer le café pour Alma. Il en conclut qu'il allait le faire. Ressaisis-toi, Edvard, s'exhorta-t-il. Et c'est ce qu'il fit : il bascula ses jambes longues et un peu raides, rayées de bleu, hors du lit et affronta la journée. À en croire le docteur Dueken, il ne me reste que peu de jours, se consola-t-il. Je vais bientôt quitter cette vie. Mais Edvard Frisbakke n'allait pas partir victorieux. Qui aurait cru que ça se terminerait ainsi ? Tout s'annonçait bien pour lui.

Petit, Edvard était doté d'un sens de la justice fort, presque surdéveloppé. C'est ce qu'on lui a raconté. En tout cas, Edvard craignait, de façon presque maladive, que tous ne reçoivent pas la même quantité, ou ne soient pas aussi bien servis dans leur vie. Pour le jeune Edvard, il fallait que les autres (sa mère, son père et Alma – avant tout son Alma) soient autant gâtés que lui. C'était cela le projet d'Edvard. Non pas que *lui* ait à tout prix autant qu'*eux*. Un petit garçon qui veillait à ce que personne n'ait moins de sirop à l'eau que lui, qui plaquait les verres les uns aux autres, observait et mesurait ; un petit garçon qui poussait vers sa petite sœur un demi-gâteau de viande, pour que ce soit équitable. Si Edvard n'a pas le souvenir que les choses se soient passées de la sorte, il a néanmoins entendu ces histoires un nombre incalculable de fois. Elles font partie de son mythe. Le garçon doué et plein de sollicitude, le juriste-né. Une personne destinée à devenir juge. Désignée par Dieu pour accomplir de grandes choses. Un visionnaire, prétendait Alma en ouvrant de grands yeux. Pour sa confirmation, vêtu de son premier costume bleu et le cou entamé par le col de sa chemise, Edvard écoutait son père déclarer qu'il n'y avait qu'une perspective de carrière pour ce garçon-là ; Edvard fêtait sa maîtrise de droit à Speilen en 1946, avec sa mère, son père et Alma, et levait son verre de bon bourgogne en écoutant avec un sourire le récit de son père.

Edvard avait quatre mois à la fin de la Première Guerre mondiale. Il dormait contre le sein de sa mère quand l'armistice fut proclamé ; pendant les négociations de paix à Versailles, il observait le tissu de sa capote de couffin. Lors de l'invasion de la Norvège par les Allemands en 1940, Edvard avait presque vingt-deux ans. Il était en première année de droit. Il rejoignit naturellement les rangs, se présenta à Jørstadmoen, où il avait fait son service après son bac en 1937, se vit remettre l'équipement nécessaire et un Krag-Jørgensen qu'il n'avait aucune envie d'utiliser. Et il n'eut pas à le faire. Ce fut terminé avant même d'avoir commencé, le sud du pays capitula et Edvard rentra chez lui. Il continua ce qu'il voulait vraiment faire. Il étudiait le droit. L'hiver 1941 fut glacial, mais la famille avait assez de bois, en piles énormes recouvertes de toile goudronnée et alignées le long de la maison. Dans Sognsveien, les soldats allemands défilaient en chantant *Denn wir fahren, denn wir fahren gegen Engeland*, un nuage de givre devant la bouche, et dès qu'ils avaient disparu au coin, les enfants leur braillaient sur le même air : « ... Mais vous n'y arriverez jamais ! » Edvard eut froid comme jamais dans les amphithéâtres, et sentait l'engourdissement le gagner à mesure que passaient les heures dans les salles de cours, mais il adorait ce qu'il faisait, interpréter la loi, examiner d'anciens jugements, remettre les choses dans leur contexte. Rechercher la justice et la vérité. Plus rien d'autre n'avait d'importance, ou presque. Mais il était bien sûr impossible d'oublier qu'une guerre se déroulait. Son père en parlait le soir, sa mère se plaignait du manque de nourriture. Alma, qui avait toujours été nettement plus frileuse que son frère, grelottait dans les grandes pièces de la maison. Elle était plus grande, pâle et maigre que jamais. Il devenait difficile d'utiliser du rouge à lèvres, et lorsque les derniers grammes de son tout dernier tube eurent été extraits, elle passa au jus de betterave, en y plongeant un morceau d'ouate avec lequel elle se tamponnait les lèvres. La teinte violacée la faisait paraître encore plus blafarde.

Au printemps 1944, Edvard prit une chambre de bonne dans un grand appartement de Frogner. Une vieille dame (une amie d'enfance de la sœur aînée de la mère d'Edvard, l'avortement échoué de tante Lillemor) voulait avoir un jeune homme dans la maison, qui puisse déblayer la neige et lui « donner un coup de main où ce serait nécessaire ». Une sourde angoisse saisit Edvard quand sa mère le lui relata mot pour mot, et il se demanda tout simplement où sa main serait nécessaire. Il apparut que la dame ne souhaitait que remplacer des joints et déplacer quelques sacs de pommes de terre. Elle lui précisa les heures où il pourrait se servir de la salle de bains, ainsi que le règlement intérieur. Il était défendu de fumer, ou de faire du bruit après 19 heures. Pas de visites féminines. En revanche, sa sœur était la bienvenue (Oui, *mademoiselle* Frisbakke ne devait surtout pas hésiter à venir). Cette interdiction n'ébranla pas Edvard. Il était parfaitement satisfait de son existence, avec une bouteille de lait sur le rebord de fenêtre en hiver, un poêle à étages en fonte et un bureau spacieux. Sa logeuse adorait s'occuper de lui ; elle nettoyait, époussetait et raccommodait, le nourrissait de biscuits et de trois repas chauds hebdomadaires. En bon étudiant, il repassait ses pantalons en les glissant sous son matelas la nuit (mais il les rapportait bien sûr régulièrement à sa mère pour qu'ils bénéficient d'un vrai lavage et d'un véritable repassage au fer). *La Loi norvégienne* était facilement accessible sur son étagère. Edvard était rapidement devenu un authentique étudiant en droit. Il savait qui avaient été les meilleurs en première année, qui avait *avis favorable* ou simplement *doit faire ses preuves*. La différence entre *de lege lata* et *de lege ferenda* devint un réflexe conditionné, il apprit à s'y retrouver dans les gros et lourds volumes de travaux préparatoires. Il apprit les chansons (*Sjungom studentens lyckliga dar*), les blagues (dont certaines étaient bien trop grossières à son goût) et les plaisanteries de juristes. Il était même capable de citer au mot près le paragraphe 22 de la loi sur la pêche en haute mer, sur l'emmêlement des équipements : *Celui qui emmêle ses instruments avec ceux de quelqu'un d'autre en les remontant a l'obligation de le faire savoir*. Edvard but une gorgée de lait, referma la main sur la bouteille fraîche. Il sentit le désir et la honte se mêler, et dut s'emparer de son livre de droit pénal pour penser à autre chose. Il savait qu'il avait une dette à payer, mais il savait aussi qu'il faisait le bien. Que c'est ce que Dieu attendait de lui.

Qu'est-ce que j'ai fait ? avait demandé Karsten. Qu'ai-je fait ce soir d'octobre quand nous avons couché ensemble pour la dernière fois ? S'agit-il des enfants ? Marianne prit tout son temps avant de répondre. Elle le regarda longuement. Sa chemise tachée de rouge. Les yeux effrayés. T'ai-je fait quelque chose, Marianne ? Ai-je fait quelque chose de mal ?

— Rien de particulier, finit-elle par répondre lentement. Il ne s'est absolument rien passé d'extraordinaire ce jour-là. Nous avons dîné. Nous avons couché ensemble. C'est tout.

Cette réponse le soulagea, puis le rendit heureux. Il se mit à bredouiller qu'elle lui avait fait peur, que pendant un instant il avait cru être devenu un monstre à ses yeux, une créature capable d'actions innommables et atroces avant de perdre la mémoire. Il avait pensé que Marianne avait découvert quelque chose qu'il avait fait, puis oublié. Il partit d'un rire forcé en voyant qu'elle ne répondait pas. Car ce n'était pas vrai ? Ce n'était pas ce qu'elle avait pensé ?

— Non, répondit-elle sans cesser de le regarder.

— Rien de particulier. C'est un soulagement.

— Tiens donc. Un soulagement.

— Oui, acquiesça Karsten, déboussolé. Oui ?

— Pour moi, c'est pire, répondit-elle aussi lentement et pensivement. Si seulement il s'était passé quelque chose. Mais rien. Le sexe, le désir, l'envie, ça n'arrive plus aussi souvent que par le passé. C'est bien quand ça se produit, mais c'est de plus en plus rare. Et puis un beau jour, ça s'interrompt. Il n'y a pas de prochaine fois. Et là, il est trop tard. Ça devient presque pénible de devoir faire des avances, déplacé de devoir embrasser son conjoint. Alors on ne fait rien. Et le temps passe.

— Tu as raison, reconnut Karsten après un instant de réflexion. C'est peut-être pire.

— Tu es allé voir ailleurs ? demanda Marianne tout à trac. Tu vois une autre femme ?

— Non.

La réponse vint toute seule, il avait l'habitude que Marianne lui pose ce genre de questions, sa méfiance n'était jamais très loin. Mais il se redressa. C'était quand même incroyablement effronté de sa part de poser cette question *maintenant*, dans sa situation. C'était *elle* qui demandait ? Hein ?

— Oui, c'est ce que je fais. Il y a quelqu'un d'autre dans ta vie ?

— Non.

— Et si je te dis que je le sais ?

— Alors je te dis que tu ne peux pas le savoir, parce que ce n'est pas vrai, répliqua Karsten.

Mais son regard dut le trahir. Karsten Wiig était un menteur assez pitoyable. Son visage était tout sauf impassible ; il avait l'air coupable même sans avoir commis la moindre faute. Marianne le savait, elle savait que son mari n'était pas de ceux qui racontent des mensonges avec un regard brillant et des mains calmes. Mais elle n'avait encore jamais osé l'acculer de la sorte, elle n'avait pas désiré connaître la vérité. À présent, elle le voulait :

— On doit bien en être arrivé au stade où nous pouvons être honnêtes l'un vis-à-vis de l'autre, Karsten. Tu vois quelqu'un d'autre. Non ?

— Non !

— Henriette a dit qu'elle t'avait entendu discuter avec une fille au téléphone, et elle m'a raconté des choses dont elle ne comprenait pas le sens – Dieu merci ! – mais que je ne peux interpréter que d'une seule façon. Je peux réveiller Henriette, la faire descendre et lui poser la question.

— Tu n'es pas sérieuse, Marianne.

— Tu n'as pas idée de ce dont je suis capable.

— Ne fais pas ça, Marianne ! Ne va pas chercher Henriette. Ni Élise !

Marianne trouva que Karsten semblait bouleversé. Pourquoi réagissait-il avec autant de virulence ? Serait-ce si tragique si elle réveillait l'une des filles ? Non qu'elle ait réellement prévu de le faire. On ne réveille pas ses enfants pour les mêler aux règlements de comptes entre adultes. On ne le fait pas, c'est tout, quand on est correct. Marianne ne parla plus de Henriette (mais par la suite, elle repensa aux raisons qui faisaient que Karsten redoutait tant une confrontation nocturne avec un petit enfant) ; elle laissa planer la menace et poursuivit, de la voix posée et stricte d'une mère qui parle à un jeune enfant :

— Une dernière fois, Karsten ; vois-tu quelqu'un d'autre ?

— Oui, mais elle ne représente rien.

— Tiens donc.

— Elle ne représente rien, répéta-t-il. Rien.

— Pour qui ?

— Pour nous. Pour nous, Marianne. Elle ne représente rien pour nous.

— Non, tu as peut-être raison, répondit pensivement Marianne.

Elle ramassa le second œuf dur sur la table, et l'appuya contre la table en le tournant de telle sorte que la coquille entière se craquela en une multitude de tout petits fragments, qu'elle détacha ensuite un par un.

— Elle le sait ? Qu'elle ne représente rien pour toi ?

— Oui. Non.

— Comment s'appelle-t-elle ?

— Barbara.

— D'accord, Barbara. Quel nom cucul. Tu ne discutes pas avec cette Barbara, alors ? voulut savoir Marianne en plantant si légèrement les incisives dans l'œuf qu'elle n'en enleva qu'un petit morceau avant de le reposer presque intact à côté de la pile de bouts de coquille.

— Pas tant que ça, en fait. On se voit, et...

— Vous vous voyez et vous baisez. C'est ça ?

— Oui. Plus ou moins. Je ne sais pas.

— Non, tu ne sais pas, répéta Marianne en regardant fixement celui qu'elle avait épousé, avec qui elle avait naguère repeint un fauteuil à bascule, et dont elle avait si ardemment souhaité qu'il ne la tromperait pas.

— Tu as la même relation avec elle qu'avec moi, alors ? Si ce n'est que *vous*, vous couchez ensemble ?

L'écran diffusait un quiz américain, des vêtements d'enfant étaient étalés sur la table, la Thermos à moitié pleine était posée par terre. Le fauteuil à bascule vert haricot trônait dans un coin. Et à un moment donné, au cours de ces heures, Karsten Wiig se rendit compte de ce qu'il était en train de perdre. Sur la balance, il y avait d'un côté Barbara, une fille avec laquelle il discutait avec plaisir, une femme mince qu'il désirait encore, et de l'autre, il y avait Marianne. Marianne et les enfants. Élise qui adorait s'allonger contre lui pour inventer des histoires interminables avec lui. Henriette qui l'entraînait devant le miroir, le penchait en avant pour que leurs têtes soient au même niveau, et disait qu'il était ridé, vieux et affreux mais qu'il avait de beaux yeux, car ils ont exactement les mêmes. Il décida de se battre pour sauver sa famille. À l'instant précis où il prit cette décision, il repensa un court instant à une promenade en forêt que Barbara et lui avaient faite. Il revit les aiguilles de pin chaudes et sèches sur le sol, le reflet tremblant du soleil dans les cheveux bruns et brillants de Barbara, à travers les arbres agités par le vent. Il se rappela ses yeux, son nez qui émergeait tout juste des énormes écharpes qu'elle s'enroulait autour du cou. Il se souvint de ses bras, qu'elle secouait.

De son côté, Marianne était anéantie par la déception, mais elle ne parvenait pas à s'arrêter. Karsten répondit patiemment, mais aussi chichement qu'il le put, à toutes les questions de sa femme. En la regardant bien en face, il révéla sans émotion tous les détails de son adultère. Les yeux braqués sur la Thermos, et avec autant de pondération qu'il le put, il décrivit le corps et l'allure de sa maîtresse. Il baissa les yeux sur la table lorsqu'il précisa à Marianne leurs positions préférées et la fréquence à laquelle ils avaient fait l'amour. Marianne voulait tout savoir. Tous les détails, et plutôt deux fois qu'une. Avec quelle régularité se rencontraient-ils ? Depuis combien de temps se connaissaient-ils ? Barbara était-elle une bonne maîtresse ? Savait-elle faire la cuisine ? Avait-elle des enfants ? Karsten et elle avaient-ils discuté d'un avenir commun ? Se rasait-elle le pubis ?

Pas une seule fois durant ces heures-là Karsten n'essaya de se défendre ou de trouver une bonne raison à sa liaison avec Barbara. Mais en voyant que Marianne n'avait pas décidé de capituler et voulait une fois de plus tout savoir sur la taille des seins de Barbara, il se redressa et pointa un doigt sur l'évidence, ce que de nombreux hommes auraient dit bien avant Karsten Wiig : il souligna la situation absurde dans laquelle se trouvait sa femme, fécondée par un autre homme, et qui brandissait le poing dans sa direction en vociférant des discours moralisateurs. Ce n'était peut-être pas à Marianne, à présent enceinte et dans une situation délicate, de lui jeter la première pierre ?

Marianne posa immédiatement une main sur son ventre. Elle avait presque oublié l'enfant. Karsten la regarda et sentit qu'à cet instant il l'aimait ; elle, les enfants, la famille.

— Écoute-moi, reprit-il lentement. Nous avons connu une crise. Nous nous sommes trompés l'un l'autre. Nous avons peut-être cru que nous ne nous aimions plus. Nous nous sommes noyés dans le quotidien.

Marianne Henriksen Wiig garda le silence.

— Marianne, écoute-moi, reprit Karsten. Écoute. J'ai une suggestion : passons sur le fait que tu es un être humain.

— Qu'est-ce que tu veux dire ? répondit Marianne, peu encline aux énigmes et aux détours verbaux de Karsten.

— Je propose que nous ignorions certaines réalités biologiques. Si nous imaginons un instant que tu n'es pas une femme, mais une éléphante. Ce n'est pas chez les éléphants que la gestation dure deux ans ?

— Tu veux dire que nous devrions faire comme si l'enfant était de toi ? demanda Marianne, irritée. C'est *cela* que tu es en train de me dire ?

Karsten hocha la tête, sans quitter sa femme des yeux. Mais Marianne rejeta la proposition de Karsten comme un insecte repoussant qui se fût posé sur elle.

Marianne Henriksen Wiig avait appris des choses sur son époux qu'elle aurait bien aimé continuer d'ignorer. Karsten avait couché avec une autre femme. Karsten lui avait menti. Karsten l'avait trompée. Et elle se demande, comme une mère le fait instinctivement quand elle prend un enfant en flagrant délit les deux mains dans la boîte de biscuits, si c'est la première fois. Elle doit savoir. Elle questionne avec l'espoir que l'enfant niera, qu'il jurera que c'est la toute première fois, mais en même temps, au moment où elle demande, son cœur est plein de la certitude que *ça s'est déjà produit*, plusieurs fois qui plus est. Tu en as connu d'autres que cette Barbara ? Réponds ! Il ne répondit pas, se contentant de regarder quelque chose derrière elle ; c'était peut-être le fauteuil à bascule qu'il regardait, et il garda les yeux rivés sur ce point jusqu'à ce qu'elle pose de nouveau la question. Alors ?

— Tu veux que je m'y mette, moi aussi ? C'est *ça* que tu veux ? En as-tu rencontré d'autres que le type qui est le père de ton enfant ? riposta Karsten en la regardant bien en face.

— Oh oui, répondit tranquillement Marianne. C'est fort possible.

— Oui ? C'est *ça* que tu dis ?

— Oui, Karsten, j'en ai connu d'autres. Et toi aussi, alors, tu en as eu d'autres que Barbara ?

— Oui, des tas, répondit Karsten les dents serrées. Il ne se donna même pas la peine de commenter l'information qu'il venait d'obtenir sur le flot apparemment ininterrompu d'amants que Marianne avait rencontrés au fil des ans.

— Des tas ? répéta-t-elle, de nouveau exaspérée. *Des tas ?!*

— Non, Marianne.

Karsten regretta sur-le-champ son sarcasme.

— Il n'y en a évidemment pas eu des tas. Excuse-moi. Je suis puéril, c'est tout.

— Combien de maîtresses as-tu eues, toi, Karsten ?

— On peut les compter sur les doigts d'une seule main.

— Cinq ?

— Replie le pouce.

— Tu as eu quatre maîtresses ? Dont celle que tu as en ce moment ? Ou est-ce qu'il faut la rajouter ? Cette Barbara ? Tu parles d'un nom ! Je parie qu'elle est aussi snobinarde chichi du Vestkant que toi.

— Elle est comprise dedans.

— Une, deux, trois, quatre. Quatre maîtresses.

— Ce ne sont pas exactement des maîtresses, juste...

— Juste quoi ? Des coups ?

— Elles ne représentent rien pour moi. Rien. On va s'en sortir, ensemble.

— Tu crois ?

— Oui, Marianne. Je le crois. Toi, moi et les enfants. Les trois enfants. Les nôtres.

— Il n'y a pas de troisième enfant.

— Qu'est-ce que tu veux dire ?

— Il n'y a jamais eu d'enfant. Je ne suis pas enceinte.

— Pas enceinte ?

— Non.

— Tu n'étais pas enceinte ?

— Je l'ai inventé.

— In... ven... té. Tu as *menti* ?

— Oui.

— Mais pourquoi ? Marianne ? *Pourquoi ?*

— Je crois que j'ai dit ça parce que je...

Marianne avait désiré que quelque chose se produise, elle s'était sentie comme une idiote, une gaffeuse infantile qui ne peut s'empêcher de tirer sur la nappe, qui fait juste ça par esprit de contradiction, pour attirer l'attention douce-amère de ses parents et leurs réprimandes. Mais avant même d'avoir essayé de l'expliquer, elle comprit que Karsten ne comprendrait jamais.

— Parce que tu quoi ?

— Parce que je m'ennuyais. Parce que tu ne voulais pas m'écouter quand je te racontais ce qui m'arrivait au boulot. Parce que tout partait de travers.

— Tu as monté cette mise en scène parce que je ne t'accordais pas toute mon attention, parce que je ne t'écoutais pas assez attentivement quand tu me racontais un événement insignifiant de ta journée ?

— Je n'ai jamais pu le faire.

— Bordel de merde, il va falloir que tu te ressaisisses.

— Oui. Mais ce n'était pas ça non plus.

— Admettons.

— C'est parce que je voulais qu'il se passe quelque chose entre nous, dans notre couple.

— D'accord. Et c'est pour ça que tu m'as roulé dans la farine ? En me racontant des mensonges sur un enfant qui n'existe pas, un enfant qui ne naîtra jamais ?

Karsten n'avait jamais été un homme qui se laisse facilement désarçonner, mais la colère prenait le pas. La colère, mais surtout le trouble en comprenant que tout à coup, il n'y avait plus de troisième enfant, et en entendant l'explication de Marianne. C'était complètement absurde ! Elle avait inventé une grossesse parce qu'elle s'ennuyait ! Parce que l'espace d'une seconde, il n'avait pas écouté !

— Toi, tu as couché avec quatre autres femmes. Et cette Barbara.

— Avec Barbara et *trois* autres femmes.

— Trois, quatre, cinquante... Ça n'a aucune importance. Tu as vu d'autres femmes sans que je le sache. Tu m'as trompée. Tu as piétiné notre promesse réciproque. Pour le meilleur et pour le pire. Tu as vu régulièrement Barbara pendant un an. Tu t'es confié à elle, tu as couché avec elle. Pendant *une année* vous vous êtes vus sans que je le sache, et vous avez couché ensemble. Tu t'es déshabillé pour faire les choses les plus intimes qui soient avec une autre femme. Tu as caressé ses seins. Tu as embrassé ses épaules, ses hanches. Tu as mis ta langue dans sa bouche, tu lui as murmuré des choses à l'oreille, tu lui as tiré doucement le lobe des oreilles. Tu l'as peut-être *mordillée* aussi ? Trois fois ? Salaud !

— Je ne m'en défends pas. Toi aussi tu as tes petits secrets. Et maintenant, c'est fini avec Barbara.

De nouveau, il revoit ses yeux sombres. Tu as des grains de beauté ou ce genre de chose ? C'était la première chose que lui avait dite Barbara. Mais il était question de la famille, à présent. Marianne, nous y arriverons. Tout est beaucoup plus simple.

Cet enfant n'existe pas. Mais Élise et Henriette, elles existent, elles. Et je les aime, Marianne. J'aime mes enfants plus que tout au monde, déclara Karsten. Et à cet instant, à cet instant *précis*, Marianne songea que Karsten pouvait aimer ses enfants d'une façon qu'elle n'avait pas le courage d'analyser. Elle y avait déjà pensé plusieurs fois, avant de rejeter l'idée, honteuse. Bien sûr que Karsten n'était pas comme ça ! Mais il y avait *quelque chose* dans sa façon de parler d'elles, non ? Et cette fois où elle était entrée à l'improviste dans la salle de bains au moment où il donnait le bain à Élise – n'y avait-il pas eu quelque chose dans son expression qui... ? Tandis que Marianne réfléchissait à cela, Karsten gambergeait sur tout ce qu'il aurait pu faire autrement, tout ce qu'il aurait dû faire, tout ce qu'il avait effectivement souhaité faire dans son couple, mais sans le concrétiser. Sa mauvaise conscience était immense ; il songea qu'il avait toujours écouté ce que disait Barbara, qu'il avait toujours été gai et attentif avec elle. Il repensa au vin coûteux qu'il avait acheté pour boire dans le grand lit de la chambre mauve de Barbara. Une compilation d'essais chez un antiquaire. Du bric fait à cœur pour leurs promenades en forêt. Et tout à coup, il déclara que tout était sa faute, qu'il aurait dû acheter plus de fleurs à Marianne. Il aurait dû l'emmener au restaurant, à l'opéra, à Paris pour un week-end prolongé. Il aurait dû lui lire des poèmes d'amour. Il aurait pu faire du feu dans la cheminée, l'emmener en promenade en forêt et manger du brie si fait et si chaud qu'il aurait été presque liquide dans sa fine croûte duveteuse. Il aurait pu faire tant de choses.

— Aucun de nous n'en a fait assez, répondit Marianne d'une voix morne, en repoussant de nouveau ses soupçons.

Karsten n'aurait jamais fait de mal à Élise ou Henriette. Il n'est pas comme ça ! Comment avait-elle pu envisager une chose pareille ?

— Pardonne-moi de ne pas avoir fait plus de feu dans la cheminée, murmura Karsten. Pardonne-moi pour Barbara. Et les autres. Mais ton histoire sur le fœtus qui a disparu, c'est probablement ce qui aurait pu nous arriver de mieux. Je ne fais pas que te pardonner ce mensonge, je t'en *remercie*. Je…

— Ça va, Karsten ! l'interrompit-elle pour éviter d'autres remerciements idiots.

Une fureur s'était emparée d'elle, et elle n'aurait pas pu en expliquer la raison si on le lui avait demandé. Elle n'avait plus la force de le regarder en face, et elle lança un coup d'œil à sa chemise : le devant était constellé d'un schéma irrégulier de points de sauce tomate, quatre ou cinq gros, et une série de minuscules. Tu dois savoir une chose, Karsten. Je t'ai trompé dans les grandes largeurs. Tu entends ? J'ai eu un amant fougueux pendant des années. J'ai eu une relation passionnée avec cinq pompiers en même temps. Non, non, écoute-moi, maintenant. Oui, je t'ai trompé…

— Ça ne fait rien, Marianne. Mais, pour l'amour de Dieu, ne m'oblige pas à entendre les détails.

— … mais ça n'était que dans mes rêves. J'ai fait l'amour avec d'autres hommes dans mon sommeil. J'ai souvent des fantasmes sexuels dont tu es complètement absent. Mais je n'ai jamais rien fait d'autre qu'y penser. Je n'ai rencontré aucun autre homme, Karsten. En réalité, je ne t'ai jamais été infidèle. *Moi*, je ne t'ai jamais trahi.

— Et je suis censé croire ça ?

— Ça m'indiffère au plus haut point, répliqua Marianne.

Elle sentit en le disant qu'elle le pensait vraiment. Elle sentit immédiatement le bien que cela faisait de ne plus devoir jouer, de ne plus devoir mentir. Elle ne jouait plus, à présent. Elle *pensait* ce qu'elle disait. Et plus que tout, c'était un soulagement que de ne plus devoir être menée en bateau, de ne plus devoir espérer.

— Bien entendu, c'est à toi de choisir si tu me crois ou non.

— Je vois, répondit-il en essayant d'être ironique, ce qu'elle ne parut pas remarquer.

Elle se leva, lui souhaita bonne nuit et alla se coucher. Un moment après, il la rejoignit. Ils étaient allongés chacun au bord de son côté de lit. Karsten tourna la tête vers le dos de Marianne et s'endormit instantanément, en se figurant vaguement qu'ils y arriveraient. Et cette nuit-là, il rêva sans doute aussi du corps de Barbara, qui sentait la terre de la forêt. Marianne resta longtemps allongée sans pouvoir dormir. Elle était furieuse. Il l'avait trahie. Il avait promis de ne pas le faire, mais c'était arrivé quand même.

Elle lui avait donné deux enfants, et son corps en portait nettement les traces. Et il était allé trouver d'autres femmes. Des femmes jeunes au ventre plat. Elle allait le quitter. C'était décidé. Elle en avait assez.

II

Aldri vidende at ville vige fra Ret og Retferdighet, mindre raade nogen til ufornødne Trætter eller i anden Maade med Raad eller Daad befordre nogen uretvis Sag eller Idræt[1].

Au tout début, ça n'avait été qu'un jeu. Barbara avait traqué l'Homme qui n'aimerait qu'elle, dès l'instant où on lui prédit son avenir, à l'âge de dix-sept ans. En rencontrant Karsten, elle avait immédiatement voulu l'avoir. Elle voulait refermer les mains sur ses fesses, attirer son corps contre le sien. Elle voulait se blottir dans le creux de son bras, inhaler l'odeur de sueur d'un homme excité. Elle voulait qu'il fasse jouer ses doigts autour de ses mamelons. Elle voulait savoir s'il préférait le thé ou le café ; elle voulait lui parler de ses habitudes en ce domaine, lui dire qu'elle préférait le thé blanc (*aiguilles d'argent*[2]), qu'elle achetait dans un

1. Sachant qu'on ne s'éloignera jamais du droit et de la justice, et qu'on ne conseillera à personne de mener des batailles superflues ni d'encourager d'une manière ou d'une autre à des actions injustes.
2. En français dans le texte.

magasin parisien spécialisé. Elle voulait savoir s'il avait des frères et sœurs, en tout cas quel était son rang dans la fratrie. Elle voulait s'allonger nue sur ses genoux dans le canapé, pour qu'il lui caresse le dos pendant qu'elle lui servirait une analyse pseudo-freudienne vaseuse de son enfance à lui. Elle voulait qu'il lui écarte les jambes et enfonce ses doigts en elle pendant qu'elle digresserait sur sa sœur. Elle voulait que Karsten la retourne, rapidement et sans hésiter, comme on retourne une crêpe, et qu'il l'engloutisse en une bouchée. Elle voulait qu'ils ricanent ensemble, avant de poursuivre leur conversation entre les baisers, hors d'haleine et dans le plus grand sérieux. Ensuite, elle voulait qu'ils passent un moment côte à côte dans le canapé pour bavarder sur leurs auteurs préférés et leurs plats favoris. (Elle voulait placer cette réplique sur le potage à la queue de bœuf et sur le sexe qu'elle avait déjà utilisée avec bonheur à deux ou trois reprises.) Elle voulait qu'ils se chicanent pour savoir si la coopération aide vraiment, si l'on peut vraiment boire de la bière légère, si les piles dans une armoire à linge sont révélatrices d'une névrose obsessionnelle ou d'un sens de l'ordre aigu. Elle voulait se soûler complètement avec lui et se défaire des entraves qui ne la tourmentaient pourtant pas particulièrement quand elle était à jeun, et se jeter sans vergogne à son visage (au fond, il n'y avait aucune tache, aucune ligne ou aucun orifice de son corps au sujet desquels Barbara ait été honteuse, gênée ou soucieuse).

En bref, ce que Barbara voulait initialement avec Karsten ressemblait comme deux gouttes d'eau à ce qu'elle avait voulu avec une pléiade d'hommes avant lui, tous ceux qu'elle avait testés dans sa recherche de l'Homme qui n'aimerait qu'elle. Barbara avait aimé chasser l'homme de sa vie. D'accord, pour être parfaitement honnête, elle avait connu des moments où elle avait souhaité que cette chasse prenne bientôt fin, où elle avait ressenti l'ardent désir de « se calmer » (ainsi que le lui soufflait sa facette bourgeoise avec une certaine dérision, mais elle ne le disait jamais à voix haute, jamais à personne, que ce soient des amies proches [Mette ou Kari], des amies plus superficielles ou des collègues – jamais). Le jour de son vingt-sixième anniversaire, assise dans son canapé, elle avait versé deux ou trois larmes dans son verre de vin blanc sec français. Mais hormis quelques rares instants de faiblesse de ce genre, elle avait adoré cette chasse. Elle n'avait absolument pas souhaité la voir cesser, finir ses jours dans les bras d'un seul et unique homme, ne plus jamais céder à un coup de foudre ou devenir folle d'excitation, ne plus jamais désirer un homme si puissamment qu'elle sentait cette tension particulière dans sa vulve, ne plus jamais avoir les genoux si flageolants qu'elle n'arrivait presque plus à se tenir debout parce qu'elle voulait qu'il la prenne. Là, tout de suite. Fort. Longtemps. Et encore. Non, Barbara n'avait pas de projet sérieux d'arrêter sa chasse à l'homme. Car dans la conscience de Barbara Brant, ces choses-là passaient assez vite. Son expérience lui avait appris que la possession, le désir vorace, la curiosité, le souhait de *tout* savoir de l'autre, l'intérêt pour les détails, tout cela disparaissait. (C'est *vrai* ? Tu trouves vraiment que le drapeau suédois est *beau* ?! Tu trouves aussi qu'Almodóvar est surestimé ? Tu aimes les femmes qui se mettent du vernis à ongles argenté sur les orteils ?) Ça passait. Au bout de quelques mois, dans certains cas dès quelques semaines. Mais il y avait toujours quelque chose de nouveau avec les hommes ; un nouveau désir, une nouvelle curiosité authentique. (Fichtre ! Des timbres ?! Tu collectionnes *les timbres* ?! J'ai été prise en levrette par un philatéliste !)

Oui, au départ, Karsten avait été un jeu pour Barbara, comme elle-même en avait été un pour Karsten. Barbara ne se rappelait pas le moment où elle avait compris que Karsten comptait davantage pour elle. Elle avait essayé de s'en souvenir, mais en vain. Elle ne savait pas dans quelle situation, à quel moment du jour ou de la nuit, quel jour elle avait su que Karsten n'était pas comme les autres. Non, ce n'était pas assez précis, et pour Barbara, les mots ont toujours été une chose avec laquelle on ne plaisante pas. Elle a toujours bataillé pour arriver à la formulation parfaite, et n'était pas satisfaite de ce « Karsten n'est pas comme les autres ». C'était bête, imprécis, puéril. Parce que Karsten était comme les autres, justement. La différence n'était pas là. « Les autres », ce n'était d'ailleurs pas une masse homogène, Barbara avait eu une liaison avec un nombre incalculable d'hommes. Comme tout le monde, ses choix étaient motivés, dans une certaine mesure, par son vécu – dans son cas par les goûts et les conventions académiques de la classe moyenne. Mais cette influence avait été modérée, et les hommes qu'elle avait connus avaient des formations, des âges, des appartenances ethniques, des tailles, des revenus et des langues maternelles très différents. Mais d'un autre côté, la légion de candidats éprouvés par Barbara était déterminée par les circonstances et les rencontres qu'elle avait faites. Peu d'entre eux rappelaient clairement le philologue Karsten Wiig. Karsten était « comme les autres », mais pas *pour Barbara*. Quand l'avait-elle compris ? Sans doute pas avant qu'il se retrouve devant sa porte avec un sac de sport. (Je me suis disputé avec Marianne. Je peux passer quelques jours ici ?) C'était peut-être beaucoup plus tard.

Lisbeth, la petite enfant-elfe Lisbeth, pointa un jour la similitude entre les groseilles et les rubis. Ils se ressemblent, déclara-t-elle, et Edvard et Alma constatèrent que ce qu'elle disait était tout à fait exact. Elle était venue avec ses parents voir les Frisbakke, ce devait être en août, par un de ces lourds après-midi de fin d'été, et c'était un an à peine avant la dernière réunion d'enfants. Edvard et Alma se mirent à appeler les groseilles des rubis, et les groseilliers des rubiniers. Depuis, chaque fois qu'Edvard mangeait des groseilles, il se disait que c'était bien vu de la part d'un jeune enfant, car les groseilles rondes, rouges et transparentes ressemblent à de magnifiques pierres précieuses. Lisbeth était ainsi : elle cherchait la beauté, et la trouvait. Edvard Frisbakke, pour sa part, pensait pouvoir trouver la vérité. Tandis qu'Alma devait chercher l'amour. Comme la plupart.

Un jour, Alma regarda Edvard bien en face. Elle avait l'air parfaitement lucide, et c'est ce mot qu'elle prononça. Rubis. Tu as envie de groseilles ? demanda Edvard du tac au tac. Mais elle était déjà loin. Edvard se leva malgré tout, son corps résistait, car il venait de rentrer de l'épicerie. Cependant, il se leva sans la moindre hésitation. Si Alma voulait des groseilles, son grand frère veillerait à ce qu'elle en ait. La saison des groseilles était terminée depuis longtemps, et à la Coop, impossible d'en trouver, naturellement. Essayez dans une épicerie fine, suggéra une vendeuse en levant les yeux au ciel. Edvard y trouva une barquette en carton garnie des plus délicieuses petites groseilles qui soient. Il paya sans se soucier du prix et rapporta la barquette tel un trophée. Même si elle lui avait souri de toutes ses dents, et avait même mangé bien gentiment quelques-unes des baies, Edvard n'était pas convaincu qu'elle se souvienne d'avoir souhaité des groseilles une demi-heure plus tôt. Peut-être n'était-ce même pas ce qu'elle avait cherché à dire ? Les rubiniers de leur enfance avaient-ils été effacés de sa mémoire ? Edvard regarda sa sœur, récupéra précautionneusement une tige de groseille sur le menton d'Alma, lui caressa la joue et rajusta la couverture autour de ses épaules.

Tout comme Edvard avait été le meilleur dans sa promotion du baccalauréat, Alma avait été la meilleure dans la sienne. Elle avait même obtenu la mention très bien, mais son idéal, c'était la tante Trine, l'une des tantes par alliance du côté Krogh. À l'une des fêtes de fin d'année, il avait été dit que la petite Alma, onze ans, était la meilleure de sa classe, et qu'elle s'en sortait particulièrement bien en mathématiques ; tante Trine avait immédiatement demandé à Alma de lui montrer une de ses chevilles. La petite fille s'était exécutée gentiment, et sa tante s'était penchée pour l'examiner de plus près. Après l'avoir inspectée sous tous les angles possibles et imaginables, elle la lâcha et déclara que cette enfant se marierait bien un jour malgré tout. Alma a de jolies chevilles et la peau claire. Elle n'aura pas de problème, ajouta-t-elle, manifestement rassurée.

Tante Trine lui avait prodigué plein de conseils : passe-toi de la graisse d'oie sur les talons avant de te coucher, ils resteront souples. Aucun homme n'apprécie les femmes qui ont des talons comme du pain rassis. Alma acquiesça. Si tu te rinces les cheveux au vinaigre, ils seront brillants. Alma regarda les cheveux longs et luisants de la tante Trine. Tes cils sont longs. Garde les yeux baissés, et ils seront bien mis en valeur. Alma hocha de nouveau la tête. Et si tout rate, joue les cruches ; telle fut la dernière injonction de la tante Trine à Alma. Parce que tu veux un mari, n'est-ce pas ? C'était le cas. Au fond, c'était la seule chose à laquelle avait jamais aspiré Alma : se trouver un mari. Se marier.

Le sort voulut que ni Edvard ni Alma ne se marièrent. Edvard avait besoin de la sollicitude, du soutien et de l'aide d'une femme dans ses tâches ménagères pour atteindre ses objectifs. Ce fut donc tout naturellement qu'Alma emménagea chez Edvard. Ce dernier employa l'héritage de leur mère pour se procurer le peu de meubles en noyer qu'Alma désirait, oui, qu'elle rêvait de voir dans sa propre maison. Cela aida sans doute un peu. Alma aimait son frère de tout son cœur, et lorsque le soleil brillait à travers des carreaux bien propres et faisait flamboyer la table en châtaignier, Alma éprouvait ce qui pouvait ressembler à du bonheur. En fin de compte, elle avait atteint son but : elle s'était trouvé un homme.

Pour Edvard, qui, à travers son travail, constatait au quotidien à quel point les hommes pouvaient être méchants et bestiaux, c'était un soulagement de savoir que sa sœur était ainsi prise en charge. En voyant les chevilles bien faites d'Alma, Edvard était convaincu que les choses étaient au mieux. Alma et lui vivaient ensemble, c'était une solution heureuse. Surtout pour Alma, pensait Edvard. Lui aurait toujours été capable de se trouver une épouse ou une femme de ménage. La très légère impotence d'Alma lui faisait ressentir le même besoin de protéger que celui qu'il éprouvait de temps en temps vis-à-vis des enfants qu'il voyait en salle d'audience. Il voulait la protéger de tout ce qui était mauvais dans ce monde. Ce qu'il *aurait dû* ressentir quand il avait regardé Lisbeth sans plus pouvoir bouger, il le ressentait en regardant Alma. Mais ce besoin de veiller sur elle et son héroïsme ne l'empêchaient pas de discuter de ses affaires avec elle. Son désir d'être admiré, de profiter de l'intelligence vive et des bons conseils d'Alma, était plus fort que sa volonté de l'épargner. Ça ne lui fait pas de mal d'en savoir un peu plus, se défendait-il, ça lui donne seulement une autre raison de voir qu'elle ne pourrait pas être mieux qu'ici, avec moi. Non, se marier avec un inconnu, c'est comme jouer à un jeu de hasard, avait-il répété un certain nombre de fois à sa sœur. Elle lui souriait et lui assurait qu'elle allait on ne peut mieux.

Edvard ramassa la coupelle de groseilles sur la table, et remarqua que le plateau était moins brillant qu'à l'accoutumée ; il lui fallut quelques secondes pour comprendre qu'une fine pellicule de poussière le recouvrait. La femme de ménage faisait du nettement moins bon travail qu'Alma, et c'était à celui-ci qu'Edvard s'était habitué. De sa main libre, il caressa tendrement la joue ridée de sa sœur. Elle était toujours belle. Grande, mince et très belle.

Je ne savais pas que les sentiments pouvaient changer aussi vite, reconnut Marianne Henriksen Wiig lors de sa première rencontre avec Edvard Frisbakke. Plusieurs semaines la séparaient de la nuit où elle avait pris la décision de quitter

Karsten. Elle avait essayé de contacter le procureur Edvard Frisbakke, sans réussir à le joindre. Elle avait pleuré et fini par obtenir un rendez-vous le lendemain grâce à une fonctionnaire ou une secrétaire (c'était peut-être même une collègue), et elle était venue. Elle parlait en regardant par la fenêtre. Elle avait Oslo en dessous d'elle, mais ne voyait rien d'autre que d'impénétrables bourrasques de neige. Elle savait qu'elle était là, la ville dans laquelle elle avait vécu toute sa vie d'adulte, où elle s'était mariée, où ses enfants étaient nées. Il avait neigé toute la nuit, et à son arrivée, même les rues et les trottoirs du centre-ville étaient d'une blancheur immaculée.

À cette époque, Edvard Frisbakke travaillait auprès du procureur d'Eidsivating. Entre 1952 et 1979, il avait été juge. Il était réputé pour son humilité et son attention, mais tous les acteurs du droit norvégien, pénal ou civil, savaient qu'il ne montrait jamais la moindre pitié pour les auteurs d'agressions sexuelles (seulement ceux qui offensaient les autres, naturellement ; il n'avait que faire de pauvres exhibitionnistes ou autres personnages aussi ridicules qu'inoffensifs). Durant ses vingt-sept années passées en tant que juge, Edvard Frisbakke condamna plusieurs auteurs d'attentats à la pudeur – dont le plus connu fut Hilmar Pettersen – à de lourdes peines. Les jours où Edvard Frisbakke rentrait chez lui après avoir sévèrement sanctionné un pitoyable auteur d'attentat à la pudeur, il ressentait une bouffée de bonheur et un calme inhabituel. Sa mission suprême était devenue d'apporter réparation à d'innocentes victimes en punissant leurs agresseurs aussi sévèrement que possible, et empêcher ainsi de nouvelles agressions. Un sens de l'équité l'animait – celui que ses parents pensaient avoir vu chez lui dès son plus jeune âge – mais c'était surtout le besoin auto-infligé et toujours en éveil de devoir faire pénitence qui le poussait. Il dormait mal et s'agitait dans son sommeil. Presque tous les matins, il se demandait s'il avait réveillé Alma dans la chambre voisine. Et, en tant que juge, il n'arrivait pas à choisir le genre d'affaires dans lesquelles il allait siéger. Il avait longuement discuté avec Alma avant de décider qu'il prendrait sa retraite comme juge, et qu'il n'essaierait pas de devenir procureur. Elle était sa femme de ménage et sa cuisinière, une stratège éclairée, une critique impitoyable et une véritable experte pour secouer ses oreillers afin qu'ils soient légers et rebondis. Alma hocha la tête. Oui, c'était peut-être ce qu'Edvard pouvait faire de mieux. Il demanda à prendre sa retraite.

Il voulait étudier, expliqua-t-il. Et pendant un peu plus de deux ans, lui et Alma vécurent sur leurs économies. Il voulait devenir plus avisé, déclara-t-il à Alma. *Encore plus* avisé, gazouilla Alma. Il avait passé l'essentiel de cette période dans son bureau, à la porte duquel Alma ne frappait que trois fois par jour : la première pour lui apporter du café et une collation matinale, la seconde pour le convaincre de venir boire son café après le repas, avec *un petit quelque chose à grignoter* (comme Ragnhild Frisbakke, puis Alma, me disaient toujours), et la troisième pour déposer quelques tranches de pain dans une petite assiette et un verre de lait, avant d'aller se coucher. Edvard Frisbakke écrivait, encore et encore. Il écrivait ce qu'il avait sur le cœur. Il écrivait pour écrire. Pour avoir une vue d'ensemble, pour pouvoir faire du meilleur boulot. Mais aussi pour être quelqu'un de meilleur, et pour mieux dormir la nuit. Au début, il pensait que ce seraient des notes personnelles, puis il comprit que ça allait devenir un livre. Et vers la fin de la première année, il se rendit compte qu'il voulait en débattre. C'était une thèse de doctorat qu'il rédigeait. Il en fut conformément aux désirs d'Edvard Frisbakke : juste avant Noël 1981, il soutint un doctorat de philosophie. Il usa de tout son talent et de toute sa fougue pour défendre sa thèse. Ce n'était pas son amour-propre qui l'animait, mais le souhait de voir triompher la justice. Je ne supporte pas l'idée que de petits êtres innocents, incapables de parler en leur nom, soient victimes de ce genre de choses, et que les responsables s'en sortent avec des peines légères. Je veux prouver cette injustice ! Je veux faire apparaître la justice à force d'argumentation ! tonna Edvard Frisbakke. Les journalistes l'adoraient, et l'un d'entre eux, plus imaginatif, l'affubla du sobriquet de docteur Juste, un surnom qui tourmenta Edvard. Il ne jouait pas la comédie lorsqu'il avoua à Alma qu'il avait honte et se sentait lamentable, sans savoir pourquoi. Alma rit, lui caressa le dos et lui assura que si quelqu'un devait porter le surnom de docteur Juste, c'était bien lui.

C'est cet automne-là qu'Edvard Frisbakke devint un homme célèbre. Son front haut, qui se plissait volontiers de rides désapprobatrices au sommet du nez, et ses cheveux gris rabattus en arrière figuraient constamment dans les journaux. La radio diffusait sa voix calme et grave, et il fut l'invité de plusieurs émissions télévisées. En 1982, lorsqu'il fut nommé procureur, il devint naturellement plus réservé dans ses déclarations, mais personne ne l'oublia. Cela tenait en partie à la force de son regard et l'engagement de sa voix. Les journalistes n'étaient pas les seuls à penser à lui lorsqu'ils apprenaient quelque chose sur les enfants victimes d'abus sexuels. Les journalistes s'adressaient à lui, obtenaient rarement une réponse, mais le citaient malgré tout. D'autres venaient le voir, pour lui parler, dans l'espoir qu'il pourrait les aider. Ce fut le cas de Marianne Henriksen Wiig.

—Je ne me savais pas capable d'aimer un homme et d'éprouver la plus grande indifférence à son égard la minute suivante, poursuivait Marianne.

Cela ne lui ressemblait pas d'être aussi extravertie. Elle ne parlait jamais aussi ouvertement à ses amies ou sa mère. Peut-être était-ce justement parce qu'elle ne connaissait pas Edvard Frisbakke qu'elle lui parlait ainsi. Elle ne s'était pas encore présentée, ils ne s'étaient pas encore serré la main, et Edvard n'avait pas encore parlé. Ils avaient à peine eu le temps d'échanger un signe de tête avant qu'elle se laisse tomber dans le fauteuil et parle de ses sentiments qui changeaient si vite. Des présentations ne s'imposaient d'ailleurs pas, Marianne Henriksen Wiig connaissait le nom d'Edvard Frisbakke, elle essayait de le voir depuis longtemps, et Edvard avait devant lui le nom de sa visiteuse sur un morceau de papier (remis par la collègue qui avait eu Marianne au téléphone). Mais on doit se présenter ; et Edvard avait quand même toujours apprécié un certain ordre. (Plusieurs des nombreux ingénieurs de la famille Krogh avaient taquiné Edvard en prétendant qu'on ne pouvait pas être juriste sans être pédant.)

Edvard Frisbakke observa la femme assise en face de lui. Bien que les femmes n'aient jamais été l'un de ses principaux centres d'intérêt, il savait reconnaître la beauté féminine. Elle n'était plus toute jeune, mais Edvard estima qu'elle était moins âgée qu'elle ne le paraissait. Elle avait bien quelques kilos en trop, mais son visage était petit et fin. Il put la contempler longuement sans être interrompu ; de son côté, Marianne regardait par la fenêtre. Marianne Henriksen Wiig avait un côté émouvant et fragile, qui faisait écho au besoin de protéger d'Edvard, à son désir permanent de jouer les chevaliers. Il l'*apprécia* sur-le-champ. Elle était vêtue de façon un peu négligée, comme si elle ne se préoccupait pas outre mesure de son apparence, ou comme si elle n'avait plus trop d'énergie pour sa toilette en dehors du strict minimum. Edvard pencha pour la seconde possibilité.

— Pourquoi êtes-vous venue me voir ? demanda Edvard Frisbakke dans une vaine tentative pour l'orienter vers le cœur du problème.

Edvard ne nourrissait aucune curiosité particulière pour les destins humains dans leur ensemble. Il ne demandait qu'à aider, mais il devait d'abord être convaincu qu'il était la bonne personne. Il ne souhaitait pas entendre parler plus que nécessaire des expériences amoureuses de Marianne. Il voulut savoir si le couple avait signé un contrat de mariage, s'il était sous le régime de la séparation des biens, et qui aurait la charge quotidienne de leurs deux filles. Il posa ces questions pour la désarçonner. Cela ne l'intéressait pas réellement, il voulait juste savoir pourquoi elle était venue le voir lui, et personne d'autre.

— J'ai entendu dire que vous étiez le meilleur, répondit-elle sans cesser de regarder par la fenêtre.

— C'est exact. Surtout concernant un type d'affaires.

Car Edvard Frisbakke pouvait faire référence à de très bons résultats et, comme il l'indiquait lui-même, il était surtout disposé à travailler très dur sur un seul genre d'affaires. Celles qui l'avaient fait connaître. Edvard soupçonnait fortement Marianne Henriksen Wiig de venir le trouver avec ce genre de problème, et il voulait peser de tout son poids juridique sur le dossier. L'expérience lui avait appris que, dans ces affaires, les gens avaient du mal à en venir à l'essentiel. Il pouvait s'écouler pas mal de temps avant qu'ils disent quelque chose d'important. Edvard comprenait leurs tourments ; il s'agissait le plus souvent de mettre des mots sur des soupçons à l'égard de leurs plus proches parents. Dire tout haut ce que l'on avait à peine osé penser jusque-là. Karsten m'indiffère, répétait la femme. Mais elle n'avait pas l'air indifférente.

—Karsten..., commença-t-elle. Je veux juste sortir de ça le plus vite possible. L'oublier. Avancer.

—Madame Henriksen Wiig...

—Marianne, rectifia-t-elle.

—Bon. Marianne, reprit Edvard. De quoi s'agit-il ?

—Karsten était l'homme idéal à épouser.

—Vous êtes toujours mariés, fit-il observer en feuilletant les papiers qu'elle avait apportés.

—Non. Je ne suis plus l'épouse de Karsten. Depuis une nuit, il y a quelques semaines.

—Pourquoi êtes-vous venue me voir ?

—Je veux divorcer.

—Ça, j'avais compris. Mais, dans ce cas, je ne suis pas...

—Karsten adore les livres, poursuivit Marianne, imperturbable. Il aime beaucoup lire. Oui, il est philologue, d'ailleurs. Il travaille sur de vieilles lettres, il est question de schémas narratifs et de ce genre de choses.

—Et vous, dans quoi travaillez-vous, Marianne ?

— Dans la banque. Il… Vous savez ce qu'il a fait, une fois ? Il a mis la table en rajoutant deux couverts. Vous savez à qui ils étaient destinés ?

Edvard secoua la tête. Inutile de chercher à l'arrêter, à présent.

— Karsten mettait la table pour nos auteurs préférés. J'aurais Charles Dickens, pendant que sa voisine de table serait Virginia Woolf. Peu de gens peuvent s'enorgueillir d'avoir partagé des bâtonnets de poisson avec Dickens et Woolf, un soir de semaine.

— C'était avant la naissance des enfants ?

— Avant les enfants. Oui.

— Et puis, que s'est-il passé ? S'agit-il des enfants ?

Marianne ne répondit pas.

— Écoutez-moi. Vous êtes-vous adressée à moi parce qu'il s'agit de près ou de loin des enfants ?

— Vous avez lu Woolf ?

— Non. Mais Dickens, oui.

— Dickens est… J'*adore* Dickens, mais je ne suis pas une universitaire. J'apprécie qu'on dise les choses sans détour.

— Moi aussi, répondit doucement Edvard.

— Karsten était le genre d'homme qui pouvait rentrer du boulot en m'ayant acheté quelque chose en chemin. Une surprise. *Un cadeau du quotidien*, comme il appelait ça. Et ces cadeaux du quotidien ont une valeur énorme, parce qu'on ne s'y attend pas. C'est ce qu'il disait souvent, et c'est vrai. Un jour, il m'a acheté une nouvelle robe. Une robe en coton brun, un peu indienne, vous savez. Assez large, avec des broderies et des perles cousues dans le bas.

— Dans le bas, oui, répéta Frisbakke avec un aimable signe de tête.

Il comprenait qu'il faudrait en passer par là pour progresser, qu'il ne devait plus essayer d'intervenir ; elle devait faire ce trajet à travers le paysage de Karsten, au rythme qui lui convenait. Il la laissa donc parler, en retenant tout commentaire encourageant ; il se cantonna à de petits hochements de tête ou des réponses neutres. Ce faisant, il continua de l'étudier. Attentivement. Sans se douter que l'affaire de cette femme allait jouer un rôle prépondérant dans sa vie. Edvard Frisbakke l'observait et s'en tenait à sa première impression : oh oui, Marianne Henriksen Wiig était belle, mais pas au sens classique. Les muscles de son visage étaient étonnamment saillants, on les voyait bouger, frémir et parfois se tordre sous la peau fine. Ses traits exprimaient ainsi davantage que beaucoup d'autres. Si elle était contente (ou cherchait à en donner l'impression), elle était belle ; son visage s'adoucissait et ses joues s'arrondissaient, son front se lissait et les coins de sa bouche se retroussaient légèrement. Mais le chagrin et la colère pouvaient le marquer de façon peu séduisante – des traces qui disparaîtraient sans doute quand son humeur changerait de nouveau, mais qui marqueraient peut-être ses traits de façon définitive. Et les expériences à venir de Marianne Henriksen Wiig risquaient d'empêcher les muscles de son visage de se détendre dans la joie et la bonne humeur.

Une des qualités de Marianne, qui lui évitait de n'être qu'une femme belle, comme on en rencontre treize à la douzaine, précisait Edvard quand il était jeune, c'était son rire merveilleux. Il était aussi grave que les cloches d'une église, frêle comme le son du triangle, glougloutant comme une carafe d'aquavit un soir de Noël. Lorsque Marianne riait, tout le monde se taisait, écoutait et se mettait à rire. Les hommes étaient attirés par ce rire comme des papillons de nuit par la lumière. Chez les femmes, ce rire éveillait une jalousie immédiate, mais devant ce visage banal, elles se détendaient et elles cédaient. Personne ne restait de marbre en entendant le rire magique de Marianne. Karsten, qu'il rencontra pour la première fois bien après Marianne, lui narra plus tard que c'était ce rire qui l'avait séduit, et qu'il lui arrivait encore de se réveiller la nuit avec son écho dans l'oreille.

— Karsten m'invitait à des promenades, il étalait la couverture par terre dans le salon et la garnissait de ce que nous avions dans les placards de la cuisine : carottes, gâteaux de poisson, un demi-sachet de bateaux à la réglisse qui restaient des gourmandises du samedi. Ensuite…

— Je comprends que vous avez été heureux, l'interrompit discrètement Edvard, espérant éviter les détails à caractère trop intime, jusqu'à ce qu'il devienne nécessaire de les évoquer. Pourquoi voulez-vous le quitter ?

— Je l'*ai* quitté. Il a été infidèle. Plusieurs fois. Il a eu quatre maîtresses.

— C'est triste, compatit Edvard.

— Il en a une en ce moment. Il a emménagé chez elle. Elle s'appelle Barbara. C'est un nom affreux, vous ne trouvez pas ?

— Je comprends que ce soit assez pénible pour vous.

— Il y a eu d'autres choses, bien sûr. Notre relation était plutôt morte. Avant les enfants, la vie avec Karsten était un conte de fées. Mais après leur naissance, ça a changé.

— Je comprends.

— À l'heure qu'il est, nous vivons chez ma mère. Je ne veux plus que Karsten voie les filles.

— C'est leur père, quand même, fit observer Edvard.

Il lança un coup d'œil à un objet triangulaire en corne exposé juste à côté de sa lampe de bureau. La petite fermeture renvoyait un éclat mat.

— Non.

— Non ?

— Si, *stricto sensu*, il l'est. Mais je n'ai jamais été infidèle, moi.

— C'est comme ça. Quel âge ont-elles ?

— Élise va avoir dix ans. Henriette n'en a que huit.

Marianne se mit à pleurer. Sans faire le moindre bruit, et Edvard ne comprit donc pas tout de suite ce qui se passait. Mais si ses pleurs étaient silencieux, ils n'en étaient pas moins puissants ; les larmes jaillissaient presque à l'horizontale de ses yeux et atterrissaient sur la surface lisse et brillante du bureau, à vingt ou trente centimètres d'Edvard. Élise. Ce nom lui rappela Lisbeth Petit Elfe. Mais il ne se douta pas que c'était à cause de la similitude phonétique entre les deux prénoms qu'il pensait à sa cousine.

— Je ne pourrai plus jamais lui faire confiance, reprit Marianne tandis que les larmes continuaient à pleuvoir sur la table d'Edvard. Il a détruit ce que nous partagions. Il a foulé du pied notre promesse de mariage, souillé ce que nous avions en commun, ce que *moi*, j'ai été assez naïve pour croire que nous avions en commun. En plus...

— En plus ? Quoi donc, Marianne ?

— Je ne sais pas. C'est pour ça que je voulais vous voir. Maman dit que je dois...

— Regardez-moi, ordonna Edvard.

Il avait tendu le bras et refermé la main sur le petit objet triangulaire en corne, comme sur un talisman.

— Regardez-moi, Marianne. Je vous promets de faire tout ce qui est en mon pouvoir pour que cela ne se reproduise pas.

Edvard Frisbakke demanda à Marianne de porter plainte. Marianne le regardait.

— Mais je ne peux pas, enfin !

— Alors je ne peux rien faire pour vous maintenant.

— Je ne peux pas porter plainte contre lui, répéta Marianne.

— Alors allez voir le médecin, proposa Edvard. Un médecin pourra vous dire… Euh… répondre à vos questions. Et il vaudra mieux le dénoncer s'il apparaît que vos soupçons étaient fondés, ce que je…

Edvard Frisbakke ouvrit un tiroir de son bureau et tendit une feuille à Marianne.

— Tenez. Ce sont les noms et numéros de téléphone des principaux experts médicaux en matière d'agression sexuelle sur mineur. Appelez-les. Prenez rendez-vous. Faites-leur confirmer ce dont vous doutez toujours. Rappelez-moi quand vous aurez eu la réponse.

Quelques années après la guerre, Edvard Frisbakke obtint un poste de substitut du procureur dans une assez petite ville de l'ouest du pays. Il partit en train, puis prit le car qui devait emprunter un bac, et un autre quelques kilomètres plus loin. Le panorama pour lequel cette ville est célèbre ne le déçut pas : un vaste tableau de sommets s'ouvrait de l'autre côté du fjord. Deux cent vingt-deux sommets sont visibles quand le temps est clair, dit-on, et Edvard Frisbakke arriva par une belle journée. Il devait y passer un an et demi, mais peu de temps après son arrivée éclata une affaire qu'il n'oublia jamais par la suite.

Le procureur sous les ordres duquel il devait travailler dans cette petite ville était Ludvig Sande, un sexagénaire qui avait un faible pour le whisky.

Sande ne buvait qu'un *pjolter*[1] avec sa bouillie du petit déjeuner (sa maman lui avait inculqué que la bouillie était le moyen le plus sain de démarrer une journée), mais ils n'étaient que plus nombreux après. C'était un homme très gentil, et son visage rond était percé de deux petits yeux, qui luisaient de bonté en dépit de leurs dimensions modestes. Il conversait avec Edvard dans un norvégien standard correct, mais usait facilement de son dialecte avec d'autres interlocuteurs. Autre particularité verbale plutôt récurrente : Sande ne répondait pas, il grognait. Mais il s'agissait d'un grognement élaboré, et ces manifestations étaient le plus souvent énergiques et expressives. Sande n'avait jamais aspiré à une carrière brillante au ministère de la Justice, et il s'était retrouvé dans un petit poste de police du nord du Vestland, en compagnie d'un substitut et de deux ou trois inspecteurs peu dégourdis. Néanmoins Sande gagnait assez pour mettre du beurre dans ses épinards, s'offrir de l'alcool pas frelaté et une femme de ménage ; au fond, c'était un homme heureux.

Un jour, une jeune fille voûtée débarqua chez l'un des deux avocats libéraux de la ville, un certain Vold. Elle s'appelait Karen, et l'on pouvait affirmer que c'était elle dont il s'agissait quand les vieux la citaient en exemple pour mettre en garde les jeunes[2]. Lorsqu'elle confia sa triste histoire à

1. Mélange plus ou moins fort d'alcool et d'eau plate ou gazeuse.

2. Allusion à une nouvelle célèbre, *Karen*, de l'écrivain norvégien Alexander Kielland (1849-1906).

Vold, les habitants de cette petite ville en connaissaient déjà l'essentiel ; ça faisait longtemps que l'on chuchotait à son sujet autour d'un café et qu'on s'appesantissait sur les détails de son existence dissolue en avalant des gaufres de pomme de terre accompagnées de crème dessert de fortune (ou des crêpes au beurre et au sucre quand les temps étaient meilleurs). Les mères regardaient en tremblant leur progéniture, et après s'être assurées que *leurs* filles étaient d'une tout autre trempe morale, elles se régalaient des dernières mésaventures de cette pauvre Karen.

À vingt et quelques années seulement, Karen avait déjà deux enfants mais pas de mari. Elle était arrivée en ville six ans plus tôt pour y devenir domestique. Elle venait du nord du pays, et elle chantait en parlant. D'aucuns prétendaient qu'elle venait d'une famille aisée et s'était disputée avec son père, tandis que d'autres affirmaient qu'elle était issue d'une famille misérable du Finnmark. Karen fut placée comme bonne dans l'un des grands domaines à proximité immédiate de la ville. Peu après, elle se lia à un menuisier dont les qualités se limitaient à des épaules magnifiques et des dents aussi solides que blanches. Il s'appelait Hans, et il advint ce qui devait arriver. Karen se retrouva enceinte et perdit sa place. Lorsque l'enfant arriva, un petit garçon, elle avait trouvé une chambre de bonne en ville, et le flou le plus artistique entourait la façon dont elle se procurait l'argent pour son loyer, sa nourriture et ses vêtements. On disait que Karen était un peu trop amatrice de musique forte, de vins doux et de compagnie douteuse.

De nouveau le menuisier baraqué féconda Karen, et cette fois, ce fut une fille. Voilà ce que la ville aux deux cent vingt-deux montagnes savait de son histoire. Un mélange de patriotisme local du Nord-Vestland et de malin plaisir provoquèrent la sympathie des habitants de la ville à l'égard du menuisier. Ce que les gens ne savaient pas, et que Karen confiait à présent en toute discrétion à maître Vold, c'était que Hans s'en était pris plusieurs fois aux enfants. En l'espace d'une heure, la moitié de la ville fut au courant, et il en fallut deux de plus pour que la ville tout entière fût informée. On savait aussi que Vold avait mis Karen à la porte, et déclaré ne pas vouloir entendre de telles cochonneries. D'ailleurs, qui allait-on croire ? Un avocat ou une dévergondée notoire ? Décidément, l'effronterie de Karen n'avait pas de limite.

Le soir même, le procureur Sande fit une chose inouïe : il alla voir Karen dans la chambre de bonne où elle vivait avec ses enfants, et l'encouragea à parler. Vous auriez dû aller voir la police, ma petite. Allez, racontez-moi tout, à présent ! La jeune femme commença par refuser, les dents serrées et les joues écarlates, s'abritant derrière une fierté qu'un autre juriste avait déjà piétinée un peu plus tôt dans la journée. Mais sans doute comprit-elle que Sande était un homme foncièrement bon, car elle finit par le fixer de ses deux immenses yeux bruns et se mit à parler sans plus le lâcher du regard. Sande écouta, secoua la tête, passa une main sur sa large face lunaire et déclara qu'il allait tirer tout ça au clair. La petite demoiselle n'avait plus besoin de s'en faire ; la police s'occupait de l'affaire.

Pour la plupart des gens, il est difficile d'imaginer un adulte en train de se livrer au genre de choses que Hans avait faites à son fils de cinq ans et sa fille de quatre (si l'on en croyait Karen ; ce qui était le cas du substitut de Sande puisque le point de vue du procureur ne laissait aucune place au doute). Edvard discuta beaucoup avec Karen. En principe, c'était aux inspecteurs de s'occuper des interrogatoires, mais Sande disait avoir plus confiance en Edvard. Ce sont des gars du coin, ils ne peuvent s'en charger, expliqua Sande avec un signe de tête vers le comptoir, où l'un des deux était occupé à écrire, le dos bien droit dans sa veste sombre d'uniforme. Il pensait qu'ils étaient de parti pris, qu'ils avaient entendu trop de ragots sur Karen.

Sande et Edvard passèrent de nombreuses journées à tout examiner, à classer les éléments concrets, les assembler en épisodes clairs et distincts en tâchant de les dater. De trouver des preuves. De savoir s'il y avait des témoins. L'histoire de Karen dépassait l'entendement d'Edvard. Il avait vu l'oncle Jens et Lisbeth dans la cave, mais il n'y était pas resté longtemps, et par la suite cette scène était devenue floue et irréelle. Son imagination avait buté sur l'ignorance et l'incrédulité bien avant que ses idées n'atteignent de près ou de loin ce que Karen avait confessé. Même s'il se méprisait, même s'il ne se débarrassait jamais de cette douloureuse sensation dans le ventre, il arrivait encore que cette histoire avec Lisbeth réveillât en lui de doux désirs et le souvenir ému des cuisses fines et blanches de la jeune fille, de cet oncle brutal et de l'odeur rance de la cave contre le mur de laquelle il était plaqué. Mais ce que racontait Karen était seulement affreux, et il éprouva une honte encore plus intense au souvenir de ce qu'il n'avait pas fait ce jour-là.

Le procureur Sande et son substitut Frisbakke étaient d'accord pour arrêter cet homme, mais ils avaient conscience du scandale que provoquerait une affaire d'agressions sexuelles dans cette petite ville paisible. Elle s'appuyait sur ce dont on ne parlait sous aucun prétexte, ce qui ne se produisait jamais. Sande avait besoin de preuves. De témoins. Il n'avait que le récit d'une femme désespérée. Cependant, Karen et Hans avaient deux jeunes enfants, qui portaient sans doute des traces sur leur corps. Mais, était-ce défendable d'utiliser les enfants ? Un gosse de cinq ans ? Une petite fille d'à peine quatre ? Cela servirait-il à quelque chose ? Sande et Frisbakke s'étaient entretenus avec les deux gosses. Il n'y avait pas grand-chose à tirer de la fillette, mais son frère avait obligeamment répondu aux questions, en phrases bien construites qui coulaient sans mal. Puis il était parti dans une histoire à dormir debout, et avait raconté comment il avait arrêté le taureau de Storebø en l'attrapant à main nue par le bout des cornes. Sande avait hoché gravement la tête et avait fini par le réorienter sur la bonne piste. Edvard posa ses questions avec autant de tact que possible. Même si Sande et lui avaient la sensation de l'envahir de nouveau, le gamin leur répondit en les regardant droit dans les yeux. Son attitude effraya les juristes, et peu de temps après, Edvard lui sourit, Sande lui tapota maladroitement la tête avant de ramener sa main à lui comme si c'était douloureux de le toucher ; il venait sans doute de penser au genre de contact corporel que le petit garçon avait dû subir avec des adultes. S'il disait la vérité. Sande poussa un grognement et, d'un signe de tête, Edvard fit comprendre au petit garçon qu'il pouvait s'en aller.

Au bout de quatre longues journées, Karen avait vidé son sac. C'est tout, il n'y a rien d'autre, conclut-elle. J'ai tout dit. En l'espace de quatre jours, la bonne de Sande avait fait connaître *son* point de vue sur cette affaire : elle avait gavé les deux petits de plus de chocolat chaud et de tartines de confiture qu'ils n'en auraient eu dans toute leur vie. Edvard avait consigné avec soin et exactitude tout ce que disait Karen, en le tapant à la machine en triple exemplaire. Karen s'exprimait étonnamment bien, en partant du principe qu'elle n'était qu'une servante sans éducation ; c'était presque incroyable. L'expérience était curieuse, car Karen ne cédait pas tel un barrage, comme c'est souvent le cas au moment de faire ce genre de récit pour la première fois. On aurait pu penser que tout s'échapperait d'elle comme un flot incontrôlé, accompagné de sanglots, de larmes, de morve, de colère et de déclarations fracassantes. Non, l'histoire de Karen perlait goutte après goutte, un détail après l'autre, concise ; mais elle était d'une pâleur mortelle lorsqu'elle exposa son histoire aux deux juristes. Au début, elle n'y avait pas cru. Elle était toujours sous l'emprise du beau menuisier, et elle n'avait éprouvé que de la reconnaissance mêlée d'émotion les rares fois où il était venu voir ses enfants à jeun. Il avait même dit à Karen qu'elle méritait de se reposer un peu. Va te promener toute la journée, Karen. Ça te fera du bien. Il faut que tu retrouves un peu de couleur aux joues. Alors Karen s'en allait (parfois pas plus loin que chez le bailleur, où elle passait son temps libre à récurer le sol de la cuisine ; ce qui était suffisant pour que les couleurs lui reviennent). Elle n'avait de certitudes que depuis quelques mois. C'est vrai, elle avait eu des soupçons, mais ce n'est pas le genre de choses dont on aime se convaincre, expliqua-t-elle. Je croyais plutôt que, pour imaginer des choses aussi abominables, le problème venait de moi. Mais lorsque ses enfants la supplièrent de ne pas s'en aller, ils soutinrent qu'ils ne voulaient plus voir leur père.

Le quatrième jour, la soirée se prolongea pour le procureur Sande et Edvard Frisbakke. Depuis plusieurs heures, Karen avait déclaré n'avoir plus rien à dire. Ils devaient cependant la revoir le lendemain matin. À mesure que le temps passait, les pjolters de Sande devenaient de plus en plus amers. Aucun des deux juristes n'avait parlé depuis un bon moment. Ils savaient ce que l'un des deux finirait par dire ; la question, c'était juste de savoir si Sande allait l'expliquer à Edvard, en tant que chef et supérieur, ou si Edvard, le novice, demanderait naïvement à son collègue expérimenté s'il ne se trouvait pas que... ? Au final, Sande se servit un nouveau pjolter, toussota et déclara à voix basse : Nous ne pouvons rien faire. Il nous manque des preuves.

Les rumeurs s'introduisaient telle une vague de rats surexcités dans chaque maison de la petite ville, et cette nuit-là, on raconta des choses nouvelles, encore pires, sur Karen. Il n'était pas 20 heures quand la rumeur atteignit la pension où logeait Edvard. Il avait déjà entendu dire que Karen était une Marie-couche-toi-là et une menteuse. Le menuisier y avait d'ailleurs contribué de son mieux – ce n'était même pas sûr que les gosses soient de lui, on ne savait jamais avec ce genre de fille. Bon, bon, pas impossible que Hans le menuisier soit amateur de boissons fortes, et il avait déjà eu des aventures avec d'autres femmes, mais c'étaient généralement elles qui lui couraient après, car le destin l'avait doté d'un physique avantageux. Cette Karen ne pouvait quand même pas s'attendre à ce qu'il s'éprenne d'*elle* ? Tout cela, Edvard l'avait entendu un nombre incalculable de fois depuis son arrivée dans la petite ville. Ces derniers temps, il avait été souvent question de la visite de Karen chez maître Vold. Elle était allée y raconter ses fables. Mais Vold l'avait jetée dehors, disait-on.

Il avait bien fait. Elle l'avait mérité, cette dévergondée ! Incroyable que la police l'ait écoutée. Ce devait être ce grand échalas de substitut d'Oslo qui était allé fourrer des histoires dans le crâne de Sande, lui qui était d'ordinaire si sensé. Ce matin-là, on enrichissait l'histoire de Karen : c'était le fils qui mentait. Le rejeton de cinq ans de Karen était de mèche avec sa mère, dans le but de punir le père qui n'avait pas voulu se marier avec Karen. (N'était-ce pas vraiment compréhensible ? Comment épouser une fille dont on ignorait jusqu'à l'origine ?! On ne savait *rien* de sa famille ni de son passé ! Elle n'avait que ces yeux gigantesques et son drôle de dialecte chantant.)

—J'ai quelque chose à vous raconter, commença Karen dès qu'elle eut passé la porte du commissariat.

—Et nous donc, répliqua Sande.

Il l'interrogea sur son fils, lui expliqua qu'à en croire les gens, c'était elle qui avait appris à son gosse à mentir.

—Ce ne sont peut-être que des ragots ? ajouta Frisbakke pour tempérer le point de vue.

—Mentez-vous ? Est-ce que votre fils ment ?

—Non. Non, répéta Karen.

Sande prit une inspiration, alla jusqu'à la fenêtre et se mit à regarder le fjord où écumaient des milliers de crêtes de vagues blanches furieuses. Les montagnes étaient invisibles derrière la couche de nuages bas.

—Bon, d'accord. D'ailleurs, ça n'a aucune importance, si vous mentez ou non, ou si vous avez conditionné votre fils pour qu'il raconte ce qu'il a raconté, poursuivit-il.

Karen blémit.

— Nous n'avons aucun témoin. Nous n'avons pas de preuves, intervint Edvard Frisbakke en tendant une main pour lui caresser le bras.

— Moi, j'en ai, répondit Karen. C'est ce que je voulais vous dire.

Elle leur annonça que, cette nuit-là, elle s'était souvenue qu'il devait y avoir quelqu'un d'autre au courant, une personne qui avait dû comprendre, une personne qui avait peut-être vu Hans agresser ses enfants.

— C'est vrai ? insista Sande.

— Oui, c'est vrai. Tout ce que je dis est vrai. Arrêtez de me poser la question.

— Hrmf, grogna Sande avec une belle courtoisie.

Un jour où Karen revenait d'une des promenades auxquelles Hans l'envoyait de temps en temps, elle avait croisé un homme qui descendait l'escalier. Son regard était particulier, précisa-t-elle. En fait, je ne l'avais pas encore compris, mais je suis certaine qu'il avait surpris Hans. Il s'appelle Peder, et il est garçon d'étable à Nes.

Sande et Frisbakke se regardèrent. À présent, ce qu'ils avaient, c'était un regard qu'une mère malheureuse avait croisé dans un escalier assez sombre, plusieurs mois plus tôt. Sande et Frisbakke ne furent guère plus enthousiastes en apprenant que ce Peder était un beau-frère et un copain de Hans. L'un des inspecteurs fut immédiatement envoyé pour aller chercher cet homme. Mais Peder n'avait rien vu. Il savait que cette langue de vipère de Karen cassait du sucre sur le dos de Hans, oui. Et le fils de Karen, il avait toujours raconté les mensonges les plus invraisemblables. Il fallait l'entendre parler de tous les sommets qu'il avait gravis ! Ce gosse de cinq ans prétendait qu'il s'était tenu sur un orteil au sommet du Romsdalshorn, où il avait chanté des berceuses au Seigneur. Bon, il est amusant à écouter, ce gamin, mais quand il dit des choses pareilles sur son père, ce n'est plus drôle.

Peder fut convoqué, et il fut décidé que Edvard s'en chargerait. Peder s'assit, croisa les bras et planta ses yeux dans ceux d'Edvard. Tandis que ce dernier commençait avec assez peu d'aplomb, Peder manifesta une assurance à toute épreuve. Il nia avoir vu ou remarqué quoi que ce fût d'exceptionnel. Des relations contre nature avec ses propres enfants – affabulations, racontars malveillants ! Pour lui, Hans n'était rien d'autre qu'un bon père, certes un peu absent de temps à autre. Mais à quoi fallait-il s'attendre ? Karen et lui ne s'étaient jamais mariés en bonne et due forme. Oui, il se souvenait d'avoir croisé Karen dans l'escalier ; il descendait, elle montait. Non, il n'avait rien observé de particulier ce jour-là. Karen l'avait trouvé bouleversé ? C'était elle que ça regardait. Peder émit un grognement de mépris. Une mouche tournait au-dessus des papiers d'Edvard, une goutte de sueur tomba sur le papier et dilua l'encre. La mouche plongea goulument sa trompe dans l'océan d'encre bleue. Edvard la laissa faire, il n'avait pas l'énergie de la chasser. Des affabulations, répéta Peder en pouffant. Et au même moment, il se produisit quelque chose chez Edvard, ou plus exactement *en* lui : il fut convaincu que Peder avait bien vu ce qui compromettait Hans, et que Peder allait l'avouer. Il le *vit*. Et il sentit au plus profond de lui-même que c'était son devoir de pousser Peder à ces aveux. Edvard Frisbakke avait toujours appris à compter sur lui-même et sur ses capacités, mais il ne s'attendait malgré tout pas à ce qu'il vécut en ce début d'été 1947. C'était la volonté de Dieu. Un signe. Il allait consacrer sa vie à la découverte de la vérité, même quand elle se dissimulait sous de nombreuses couches de folie, de mensonges, de jalousie, et de loyauté mal placée. C'était ainsi qu'il allait expier ses péchés, racheter cet acte impardonnable perpétré contre Lisbeth.

Lorsque Edvard reprit la parole, il regarda Peder bien en face. Edvard savait qu'il mentait. Quand il lui demanda s'il avait vu quelque chose – *pensez aux enfants*, ajouta Edvard –, Peder reconnut sur-le-champ que oui, il avait remarqué quelques petites choses. Edvard le regarda sans interruption pendant que Peder racontait tout ce qu'il savait, toute cette histoire dégoûtante sur Hans. Il signa la déposition et quitta le commissariat la tête basse.

À maintes reprises, durant sa carrière, Edvard Frisbakke éprouva cette sensation. Comme si on tirait un rideau, pour que lui, l'élu, ait le droit de découvrir la vérité cachée derrière ce que tout le monde voit. Edvard Frisbakke eut cette même impression de nombreuses années plus tard, quand Marianne Henriksen Wiig vint lui demander de l'aide. Quand elle lui parla avec une certaine hésitation de Karsten, Edvard *sut* qu'elle avait raison dans ses soupçons, ce qu'elle ne voulait pas dire de prime abord. Et c'est avec la meilleure conscience qu'il la guida tranquillement jusqu'à l'endroit où il pensait qu'ils devaient aller.

Il y aurait un procès, qui fut programmé au jour même de la rentrée judiciaire. L'été fut caniculaire. L'air frémissait de chaleur, les bêtes avaient tout juste la force de se lever pour brouter, les asticots grouillaient dans les bouses, et des essaims de jeunes mouches envahissaient la ville. Les algues proliférant dans l'eau de fonte des glaciers, qui avaient fourni de nombreux mètres cubes en plus cet été-là, donnaient une teinte turquoise au fjord. Et, de mémoire d'homme, l'eau n'avait jamais été aussi chaude. Malgré les petites méduses qui pullulaient, les gens n'hésitaient pas à se baigner entre les séances de travaux des champs ou de travail de bureau et d'entretien de la maison. Les habitants de la ville (les hommes et tous les moins de vingt-cinq ans, en tout cas) allaient se tremper dans l'eau tiède du fjord dès que l'occasion se présentait.

La salle d'audience était exiguë, sombre et aussi brûlante qu'un four à pain. Edvard se rappelle surtout l'odeur de transpiration. Et de toutes les mouches. Il se rappelle sa crainte que les choses ne se terminent pas bien. Et les yeux des enfants de Karen, même s'ils n'étaient pas présents et vivaient des journées indolentes et insouciantes en compagnie de la bonne de Sande. Maître Vold, désigné pour défendre Hans, arborait un sourire triomphal, plein d'assurance. Les yeux de Karen étaient encore plus grands qu'à l'accoutumée. Quand ce fut à Peder, Hans lui décocha un bon coup d'œil, et Peder hocha la tête. Et lorsque la première question tomba pour savoir s'il lui était arrivé de voir quelque chose d'évident concernant la relation qu'entretenait le prévenu avec ses deux enfants mineurs, il répondit crânement par la négative : il n'avait jamais rien vu qui mérite d'être mentionné.

— J'aimerais vous rappeler que les fausses déclarations sont lourdement punies par le tribunal, intervint Sande. Regardez Karen. Pensez aux enfants. Ils ont quatre et cinq ans.

Peder secoua la tête. Edvard le regarda, et il lui sembla de nouveau voir à travers Peder.

— Hans est un chic type, reprit Peder sur le même ton arrogant.

Edvard se mit alors à le *fixer* intensément. Il se leva à moitié sans quitter Peder des yeux. Le silence était total dans la salle d'audience. Une vache meugla au loin, comme si elle appelait son petit enfermé dans un box loin d'elle. Était-ce la façon dont Edvard dévisageait Peder ? la chaleur ? le rappel calme de son serment par Sande ? Était-ce parce que la police avait une déclaration signée de lui lors de sa précédente audition ? Nul ne sait.

Edvard ne le sait toujours pas. À l'époque, il avait été persuadé que c'était son regard qui avait fait la différence. Il avait eu l'impression que celui-ci avait fait plier les circonstances, afin qu'elles s'adaptent à sa volonté. Peder se tut un long moment. Lorsqu'il reprit la parole, sa voix était différente et ses mains reposaient tranquillement sur la table devant lui. Oui, il s'en souvenait, à présent. Il avait vu quelque chose ce jour-là. Hans avait agressé sexuellement ses enfants, et ce n'était pas un cas isolé. Peder parla longtemps. Personne ne l'interrompit.

Quand tout fut terminé, Karen vint au commissariat poussiéreux, accompagnée de ses deux petits. Elle voulait faire un cadeau à Sande. Après le départ de sa visiteuse, Sande appela Edvard et lui montra ce qu'il tenait dans la main.

— Ce n'est sûrement pas grand-chose, lança-t-il sur un ton mauvais, juste une babiole de chez elle. Du nord.

— Bon.

Sande émit un petit grognement bien modulé, mais Edvard remarqua qu'il était infiniment délicat lorsqu'il déposa l'objet sur la flanelle verte du bureau. À son tour, Edvard s'en saisit avec précaution. Il s'agissait d'une espèce de corne, grise, avec quelques rayures noires imprécises sur la longueur, aplatie et fermée par un couvercle à l'extrémité la plus large. Il en avait déjà vu une semblable ; l'un de ses nombreux oncles, Trygve, en possédait une. Cet oncle lui avait expliqué comment on les fabriquait : en laissant une corne (celle-ci semblait provenir d'une vache) dans du lait caillé battu jusqu'à ce qu'elle soit assez molle pour qu'on puisse la mettre sous presse et lui donner la forme que l'on veut.

— C'est superbe, apprécia Edvard en examinant les gravures de la fermeture.

— Beau geste de cette fille, estima Sande. Tu peux la garder, en souvenir de cette affaire. Tu le mérites.

— Merci, répondit Edvard, surpris.

— Comme ça, tu pourras sonner la victoire à chaque affaire que tu remporteras. Il va y en avoir pas mal les années à venir. Toi, tu montes ; moi, je descends à toute vitesse.

— C'est une corne à poudre, expliqua Edvard. On ne souffle pas dedans, on y garde ses munitions.

— Alors ça te va encore mieux. De toute façon, ce n'est pas une corne à boire, et donc pas un truc pour moi. *Skål*, Edvard Frisbakke.

Il leva son propre verre de cuisine rempli d'eau et de whisky, et le vida d'un trait.

— Je bois à ton avenir radieux. Hrmf ! Non, je ne suis pas sarcastique. Durant ta carrière, Edvard, tu vas veiller à ce que beaucoup de gens reçoivent la sanction qu'ils méritent.

Edvard a toujours cette corne à poudre. Pendant des années et des années, il l'a gardée sur son bureau. Elle lui rappelait qui il voulait être, pour quel genre de personnes il voulait se battre. Depuis quelques années, elle se trouve dans un tiroir chez Alma et lui.

Au lendemain de la nuit où Karsten avait affirmé vouloir se battre pour sauver son couple, alors que Marianne avait décidé d'en sortir, cette dernière avait emmené ses deux fillettes chez sa mère, Synnøve Henriksen.

Marianne avait grandi dans un bourg de l'Østland, et sa mère habitait toujours la demeure familiale : une maison basse bâtie en périphérie du bourg. La station-service s'y trouvait encore. L'épicerie n'avait pas changé (bien qu'elle ait été rachetée par l'une des grandes chaînes), mais le propriétaire de la librairie et le fleuriste avaient jeté l'éponge, et à présent il fallait aller jusqu'au nouveau centre commercial pour acheter livres et fleurs. À l'angle, à la place du fleuriste, il y avait maintenant un vidéoclub flambant neuf. À côté, les vitrines sombres et poussiéreuses de l'ancienne librairie étaient désormais vides. Marianne avait adoré ce magasin. C'était là qu'elle allait acheter des images avec sa mère, là qu'elle avait acheté ses ouvrages sur les chevaux et le bel album souvenir bleu offert à une camarade de classe pour son anniversaire – une fille dont elle ne se rappelait pas le nom –, là qu'elle avait acheté un classeur et une gomme rose parfumée à la cerise. Et c'était là qu'elle avait acheté ses premiers *véritables* livres (comme elle l'avait fièrement pensé à l'époque). Elle était entrée dans le magasin avec une liste dactylographiée (Hermann Hesse : *Le Jeu des perles de verre* ; Charles Dickens : *Oliver Twist* ; Jane Austen : *Orgueil et préjugés* ; Knut Hamsun : *L'Éveil de la glèbe* ; Léon Tolstoï : *Anna Karénine*). Le libraire – c'était le propriétaire en personne qui l'avait servie cette fois-là – avait pris sa feuille et lui avait adressé un sourire approbateur. Il avait certains ouvrages en collection de poche tout en haut de ses rayonnages, mais il lui avait fallu commander Tolstoï et Dickens. Reviens dans quelques jours, lui avait-il demandé avec un clin d'œil de connivence – entre amoureux des livres, s'était-elle dit. Marianne avait découvert très tôt qu'au contraire de ses parents elle aimait lire. Les étagères à la maison réunissaient les contes paysans de Bjørnson, que ses parents avaient reçus en cadeau de mariage, quelques volumes de romans célèbres dans la sélection de Det beste, deux ou trois romans policiers, mais ce qui prenait le plus de place, c'était la collection de chouettes de sa mère. Quand elle était tombée amoureuse de Karsten, elle s'était gardée de lui raconter qu'elle n'avait jamais entendu parler de Hamsun avant l'âge de dix-sept ans – c'était lors d'un cours de littérature organisé par la Fédération de l'enseignement populaire (bon, elle avait dû apprendre deux ou trois choses sur lui à l'école, en cours de norvégien, mais elle ne s'en souvenait pas). Karsten considérait alors comme une évidence que chacun ait chez soi des étagères bien garnies, que les œuvres complètes d'Ibsen et Hamsun en reliure cuir y figurent en bonne place, c'était aussi nécessaire que les matelas et les réfrigérateurs. Quand ils s'étaient mariés, en 1981, Karsten venait de terminer son mémoire de maîtrise de littérature (*Quand l'objet devient sujet. Le modèle actantiel de Greimas appliqué aux premiers drames de Samuel Beckett*), et il ne pensait qu'au jazz et à Hamsun. Il rêvait sans doute de devenir écrivain, et gagnait sa vie comme collaborateur indépendant pour des maisons d'édition. Cet automne-là, Marianne s'était inscrite dans un cercle de lecture féministe, et, lui semblait-il, elle et Karsten avaient des discussions littéraires aussi intéressantes qu'élaborées. Il lui avait fallu plusieurs mois de mariage pour constater que Karsten voyait avec un certain mépris l'intérêt de sa femme pour les livres. Même si elle était toujours amoureuse de lui, Marianne trouvait insupportable la suffisance de Karsten.

— Tu ne crois pas que je puisse avoir des choses sensées à dire sur les livres ? lui disait-elle.

— Si, bien sûr que je le crois, ma princesse ! avait répondu Karsten en essayant de la prendre dans ses bras.

— Mais tu ne trouves pas que j'apporte de la nouveauté quand on discute ? Que *moi*, je peux t'apprendre quelque chose ?

— Bon, il se trouve que l'histoire littéraire, c'est mon domaine. Je ne me mêle pas de savoir si nous devons préférer des taux d'intérêt fixes ou variables. Et même si tu as pas mal lu… enfin bref.

— Oui ?

— Tu es mon Pygmalion.

— Hein ?

— Et voilà, avait-il acquiescé avant de se mettre à disserter sur George Bernard Shaw.

— Cher professeur Higgins, avait-elle repris après l'avoir laissé parler. Eliza Dolittle n'a *jamais* été appelée Pygmalion. Pygmalion, c'est le nom d'un sculpteur dont la mythologie grecque raconte qu'il n'a jamais pu trouver de femme qui le satisfasse. Il a fini par créer lui-même une sculpture, et *là*, il est tombé amoureux.

Bien entendu, contrairement à Karsten, Marianne avait eu beaucoup de chance dans ce débat. Car la littérature était bien la spécialité de Karsten ; il l'avait étudiée pendant plusieurs années à l'université (ce que son énorme prêt étudiant se chargeait de rappeler chaque mois à Marianne) tandis qu'elle ne resterait qu'une amatrice dans ce domaine. Cependant cela faisait du bien à Karsten d'être chahuté de temps à autre. Il savait rire de lui-même et, un peu plus tard, lorsqu'il mordilla trois fois l'oreille de Marianne, il n'avait guère insisté ; juste assez pour atteindre le seuil de douleur qu'elle aimait.

Pour Marianne, la vie de bohème que menait Karsten était à la fois attirante et effrayante. Les revenus qu'il tirait de son travail pour les maisons d'édition étaient assez irréguliers, voire quasi nuls pendant de longues périodes. Il projetait de décrocher un intérim à la fac de lettres ou dans une école supérieure, mais ce genre de poste ne se trouvait pas sous les sabots d'un cheval, expliquait-il – au cas où elle ne l'aurait pas déjà su.

Elle, pour sa part, avait un *vrai boulot*, comme sa mère aimait le préciser. À la rentrée après son baccalauréat, Marianne avait décroché un poste d'assistante à l'agence locale de la Kredittkasse. (La plus ancienne banque de Norvège, fondée en 1848 ! rappelait sa mère à qui voulait l'entendre.) Marianne était particulièrement douée pour ce travail, et elle suivait en plus des cours à l'Académie de la Banque. Bientôt, elle obtint une meilleure place assortie d'un salaire plus élevé dans une plus grosse agence d'Oslo, où elle travaillait toujours, et n'avait cessé de grimper dans la hiérarchie.

Ses parents étaient on ne peut plus fiers. Marianne avait été la première de la famille à passer son bac, et à poursuivre des études supérieures. Son père avait toujours été électricien, et sa mère, qui s'était longtemps occupée de sa fille, avait commencé à travailler comme infirmière assistante non qualifiée dans une maison de retraite quand Marianne était entrée au collège. Lorsqu'elle avait obtenu son diplôme, elle avait été engagée comme aide soignante au même endroit. Mais, pour sa mère, la plus belle réussite de Marianne, c'était d'être parvenue à se caser dans une « bonne » famille. Naturellement, Synnøve Henriksen était aussi sceptique que sa fille à propos des connexions plutôt vagues de Karsten avec le monde du travail, et elle était encore plus perdue qu'elle au milieu des modèles actantiels, des philologues franco-lituaniens et des dramaturges irlandais. Mais la nature de Karsten, ses origines et ses manières compensaient largement le reste. Oui, le père de mon gendre était professeur, quand même, déclarait-elle tout à trac à ses amies. Ou bien : la belle-famille de ma fille est assez aisée – même si son mari, l'électricien, a gagné autant, sinon plus, que le père de Karsten.

Force était de remarquer la grande différence entre les familles Wiig et Henriksen. Marianne n'avait jamais oublié sa première visite chez les parents de Karsten. Ils habitaient alors une vieille villa blanche à toit en croupe et tuiles hollandaises vernies. Le jardin était gigantesque, mais était bien moins soigné que le petit lopin de terre derrière la maison d'enfance de Marianne. (Son père comme sa mère avaient adoré s'en occuper, et avaient tiré le maximum des quelques mètres carrés dont ils disposaient. Ils avaient créé des parterres de fleurs si vastes et si compliqués qu'il ne restait presque plus de place pour la pelouse. Un héron blanc en plâtre qui étendait ses ailes près des épines-vinettes avait été autrefois la fierté de Marianne. Mais elle avait fini par en avoir honte.) Dans le jardin gigantesque qui entourait la demeure familiale de Karsten, il y avait des pommiers et des pruniers ; c'étaient de vieux arbres biscornus porteurs de fruits délicieux (chaque automne, M. et Mme Wiig invitaient tous les intéressés à une « maraude autorisée et légale des pommiers »). Il y avait aussi des rosiers rugueux qui poussaient le long du mur, des roses trémières et des ancolies plantées par la grand-mère de Karsten quand elle avait emménagé dans la maison juste après son mariage.

Ils traversèrent le jardin et montèrent les marches jusqu'à la double porte d'entrée, dépourvue de sonnette – ma mère trouve que ça casse les oreilles. Karsten se servit d'un heurtoir en laiton en forme de tête de lion, puis ouvrit et poussa le vantail en criant un « ohé » de sa voix gaie et pleine d'assurance. Marianne se glissa juste derrière lui. Ils entrèrent dans un large hall, très haut de plafond d'où un imposant escalier antique menait à l'étage. Ce hall avait impressionné Marianne de façon définitive. Des fauteuils de cuir doré semblaient se tenir au garde-à-vous le long des murs, et une grosse table sculptée trônait en plein centre de la pièce. L'ensemble était à la fois austère et extrêmement distingué. Marianne appréhenda davantage sa première rencontre avec les parents de l'homme qu'elle aimait. Et pour rendre la situation plus délicate encore pour Marianne, il apparut que le couple Wiig avait des invités. (— Je t'avais dit que nous aurions dû appeler pour les prévenir. — C'était inutile. Tu les as charmés ! — Ah oui ? — Oui, ma petite princesse. — Tu crois que quelqu'un a remarqué que ta princesse faisait tomber de la nourriture sur la nappe ? — En tout cas, tu n'as pas léché ton couteau. — Tais-toi et laisse-moi t'embrasser, Karsten. — Pour une princesse, tu embrasses plutôt bien. Tu crois qu'on nous collera une amende si on commence à faire l'amour ici, sur le trottoir ?) Les parents de Karsten et quatre autres personnes – un couple de médecins et une professeur en psychologie aux cheveux noirs et luisants, mariée à un homme d'affaires en vue

– buvaient le café autour d'une vieille table ovale. Ils venaient tous d'Oslo, et avaient grandi dans les plus beaux quartiers de la ville. Ils se comportaient avec une assurance héritée en même temps que le service Rosenthal et une ménagère en argent pour vingt-quatre personnes. Lorsque Marianne lâcha un morceau de tarte aux pommes sur la table, elle rougit violemment. La femme aux cheveux noirs et luisants la regarda avec un sourire quelque peu hautain. En tout cas, Marianne le ressentit ainsi, et elle n'avait sans doute pas tort. La mère de Karsten, en revanche, lui adressa un sourire chaleureux dès leur arrivée, puis la serra un bon moment dans ses bras à leur départ.

—Revenez nous voir bientôt, cria-t-elle lorsqu'ils eurent redescendu la moitié du jardin.

Toutes les années que dura son mariage avec Karsten, Marianne ne s'était jamais complètement défaite de ce sentiment d'infériorité. Si celui-ci s'était atténué avec le temps, il était toujours demeuré là, prêt à resurgir à la moindre occasion.

Marianne se tenait devant la bâtisse basse et brune des années soixante dans laquelle elle avait grandi. Il neigeotait. La Toyota de sa mère était garée dans l'allée. Sa mère avait ressorti le chandelier de Noël : sept bougies en plastique fichées dans un support synthétique rouge. Bien qu'on ne fût qu'en octobre, il éclairait déjà la fenêtre de la cuisine. Et les petites ampoules de la fenêtre du salon brillaient, comme elles l'avaient toujours fait.

Les fillettes s'impatientaient. Elles étaient pressées de voir leur grand-mère, qu'elles adoraient. Pressées de jouer avec la collection de chouettes de mamie. (— Attention ! N'oublie pas que mamie aime ses chouettes. — Mais tu nous aimes plus, nous, non ? — Je n'aime personne autant que vous, les enfants. — Combien de chouettes as-tu, maintenant, mamie ? — Deux cent trente-quatre. J'ai acheté ce petit bout-de-chou hier. — Nous ne sommes que deux, mamie. — Justement. Vous n'êtes que deux. C'est pour cela que je vous aime si fort.) Pressées de faire un pudding et des tuiles aux amandes. Pressées de rejoindre leur grand-mère, qui les autorisait à mettre des cacahuètes dans leur limonade et avaler le tout devant la télé, exactement comme Marianne quand elle était petite. Je sonne, déclara Élise. On va jouer avec Bouton de Rose ! cria Henriette. On va jouer aux Cinq Meilleurs, s'enthousiasma Élise. Marianne, qui n'avait rien compris de ce que les enfants avaient dit, hocha machinalement la tête.

Il y avait plusieurs années que le père de Marianne était mort (lui et le père de Karsten étaient morts à quelques semaines d'intervalle, juste après la naissance de Henriette). Il avait eu le temps de saluer ses deux petits-enfants et d'affirmer plusieurs fois à sa fille qu'il n'avait jamais aimé Karsten, et que ce n'était toujours pas le cas (ce dont Marianne se moqua toujours éperdument, d'abord parce que bien trop amoureuse, puis ensuite bien trop occupée par ses deux petites filles). Fais attention à cet homme, l'avait prévenue son père. Mais, de son côté, sa mère adorait Karsten (quiconque connaissait les parents de Marianne pouvait sans trop se tromper soupçonner la mère de nourrir cet enthousiasme pour Karsten en réponse au scepticisme de son époux). Synnøve Henriksen réagit donc avec déception, mais aussi avec colère, le matin où sa fille se présenta à la porte de sa maison d'enfance avec un parapluie, deux valises, un sac et deux petites à couettes qui ne tenaient pas en place. Et ce ne fut pas seulement l'affection naïve que sa mère vouait à Karsten qui déclencha son courroux, mais peut-être davantage l'expression de sa fille. Malgré le chagrin apparent de sa fille, Synnøve Henriksen fut frappée par son visage résolument fermé. La jeune femme donnait l'impression d'avoir vécu quelque chose qu'elle ne raconterait jamais, en tout cas pas à sa mère qui la regardait fixement, médusée. Une mère a mal quand son enfant souffre, mais c'est bien pire quand elle n'y peut rien, et il est terrible pour une mère de voir son enfant *refuser* son aide. Les premiers jours, Synnøve Henriksen ne parla pour ainsi dire pas à sa fille ; elle laissait les questions passer par les enfants, et les conversations se bornaient à des aspects pratiques. Quand voulez-vous dîner aujourd'hui, les filles ? Est-ce que toi, tu sais quand ta mère rentre du travail aujourd'hui, Élise ? Et toi, Henriette, tu ne trouves pas qu'il serait plus futé de décider ensemble de qui passe à la douche en premier le matin ?

La situation devenait intenable, et, pragmatique comme elle l'était, Marianne comprit qu'elle avait besoin du soutien de sa mère. Aussi serra-t-elle les dents et décida-t-elle de ravaler son orgueil. Elle rentra un soir avec une bouteille de vin et un sourire désemparé et suppliant, le genre de sourire auquel les mères ne savent résister, et encore moins quand il est associé à une bonne bouteille de vin rouge. Marianne la posa sur la table devant sa mère, et ajouta un verre pour elle juste à côté. Elle souhaitait se confier à sa mère, lui raconter son histoire, celle de son couple. Elle voulait en tout cas dévoiler quelques morceaux choisis, de façon à la faire se rallier à elle. Elle expliqua que Karsten ne la voyait plus, qu'elle avait la sensation que plus rien n'avait de sens. La mère observa sa fille, toujours marquée par sa faiblesse pour Karsten, toujours blessée que sa fille se soit retrouvée de façon si soudaine et inattendue à sa porte. Un malaise bien maternel la saisit quand elle comprit que sa fille ne s'était jamais confiée à elle, mais lui laissait croire que tout allait bien, qu'il n'y avait pas de problème, qu'elle vivait une idylle parfaite. Synnøve Henriksen regarda longtemps sa fille avant de lui demander si c'était tout. Marianne pensait-elle réellement que la vie et le mariage étaient une danse légère sur un lit de roses ? Tu croyais que les choses continueraient comme les premiers jours de votre histoire ? Hein ? Grandis, ma fille ! Tu as deux enfants, et tu te comportes comme une gosse.

Marianne les resservit tranquillement en vin, parla des maîtresses de Karsten en indiquant le nombre avec les doigts. Une, deux, trois, quatre. Quatre, maman, il a eu quatre maîtresses ! Elle mentionna alors la maîtresse actuelle, cette Barbara. Synnøve Henriksen vida son verre. Elle n'appréciait pas que son gendre ait trompé sa fille, et caressa maladroitement la manche de Marianne. Ma pauvre, murmura-t-elle. Ce n'est pas... bien de la part de Karsten. Elle se leva à moitié pour prendre sa fille dans ses bras ; Marianne fit mine de se méprendre sur le geste de sa mère et tendit la bouteille de vin vers elle. Je te ressers ? Sa mère se laissa retomber sur son siège, hocha la tête, et au moment où son derrière rebondi atteignait la toile du canapé, elle se rappela ce que sa propre mère lui avait dit le jour où elle s'était retrouvée dans une situation très similaire à celle de Marianne aujourd'hui : Mais tu n'aurais pas pu faire davantage pour toi, Synnøve ? Une femme se doit d'être attirante, les hommes sont naturellement instables, ce sont des chasseurs dans l'âme.

Elle regarda le corps bien en chair de sa fille, ses cheveux blond fade, et en tira quelques conclusions qu'elle garda pour elle (elle n'avait pas d'opinion sur le chemisier à fleurs un peu grosses et le pantalon à coutures brodées de perles, même si elle approuva pendant quelques secondes : c'était de sa mère que Marianne tenait son malheureux penchant pour les vêtements peu seyants). Synnøve Henriksen ravala ses conseils maternels à propos d'une apparence soignée et des devoirs d'une femme, mais se permit de demander si la situation était si catastrophique. Karsten avait-il commis l'irréparable ? N'y avait-il pas moyen de faire machine arrière ? Marianne regardait sa mère. Pardonne-lui, pense aux enfants ! Marianne rit. (Pense aux enfants ! Où avait-elle récemment entendu cette réplique ?) Elle éclata de rire, mais ce n'était pas le rire magique, celui qui charmait, qui faisait sourire tout le monde. Ce rire-là était laid.

—Tu ne sais pas tout, maman, répondit Marianne.

Un court instant, elle fut étonnée de constater qu'elle *se réjouissait* de raconter à sa mère ses soupçons à l'égard de Karsten. Puis cette joie inconvenante laissa de nouveau la place au trouble. Raconte, l'invita sa mère en se penchant vers sa fille d'une façon qu'elle jugeait réconfortante, mais que Marianne perçut comme envahissante et curieuse ; il lui sembla même distinguer une certaine avidité dans les yeux de sa mère. Aussi Marianne changea-t-elle d'avis, vida son verre et se leva brusquement.

—Il n'y a rien, maman. Et tu ne crois pas que ce que je t'ai déjà raconté suffit ?

L'opinion de Synnøve Henriksen vis-à-vis de son gendre se modifiait un peu, sa sympathie allait davantage à sa fille, et ne bascula complètement de son côté que lorsque Marianne lui annonça un soir que Karsten avait emménagé avec cette Barbara.

—Quel nom affreux, Marianne! *Barbara!* Hein?! Marianne sut alors que sa mère la soutiendrait en toute loyauté. Ce même soir, Marianne fit part à sa mère de ses soupçons concernant Karsten. Je n'en sais rien, mais je sens en moi qu'il y a quelque chose. Sa mère hocha la tête. Il ne faut pas mépriser l'intuition d'une mère. Marianne avait commencé, d'une voix hésitante. Il n'y avait peut-être rien.

Mais, ce jour-là, six ans plus tôt, il y *avait eu* quelque chose d'étrange quand elle avait fait irruption dans la salle de bains et découvert Karsten penché sur la baignoire. Henriette était déjà couchée, Marianne était passée l'embrasser. La petite était déjà endormie, son derrière en pyjama à motifs d'ours en peluche pointait vers le ciel, comme celui d'un petit musulman en prière. Elle sentait la pommade à l'oxyde de zinc et le shampooing pour bébé. Marianne se glissa sans bruit hors de la chambre et avança à pas de loup dans le couloir; elle avait activé le signal « Silence, des enfants dorment », et si on lui avait parlé, elle aurait répondu en chuchotant. Doucement, tout doucement, elle ouvrit la porte de la salle de bains, et Karsten sursauta. Il pâlit, terrifié. Élise leva sur elle un regard étrange. (À présent, six ans plus tard, au moment de l'expliquer à sa mère, il semblait à Marianne qu'Élise aurait fait la même tête avec son père s'ils s'étaient livrés à une activité secrète sur la table de la cuisine: un cadeau pour la fête des mères, ou une autre forme de surprise enfantine que maman ne devait connaître sous aucun prétexte. Élise avait paru à la fois déçue et en colère. Mais Élise n'avait pas exprimé que ça ; elle avait eu également l'air effrayée. Oui, n'y avait-il pas eu de la peur dans ce visage humide et chaud ? Comme si le secret qu'elle partageait avec son père était une chose interdite ? Une chose que maman n'aurait peut-être pas appréciée ?) Sur le moment, Marianne avait simplement pensé qu'elle leur avait fait peur à tous les deux en entrant à l'improviste, et que c'était de saisissement qu'Élise s'était mise à pleurer. Ce n'est que moi, en tapinois, avait chuchoté Marianne en riant, avant de se rendre compte qu'elle n'avait plus de raison de chuchoter.

Cependant, juste après cet épisode, Élise avait refusé que son père lui donne le bain. C'est maman qui le fera, avait décrété Élise, parce que maman elle a un zizi de fille, et pas papa.

— C'est tout ? demanda Synnøve Henriksen à sa fille.

Marianne secoua la tête.

— Non, il y a autre chose, c'est difficile de préciser ce que c'est, mais j'ai le sentiment que quelque chose ne va pas depuis longtemps. Il y a un *problème* chez Karsten. Les soirs où Élise avait vu sa mère se préparer pour retrouver ses copines au café ou aller au cinéma, elle avait pleuré en suppliant sa mère de rester à la maison. Mais Marianne avait fait front et était sortie. Les enfants passaient de très bons moments avec leur père, pensait-elle.

Synnøve Henriksen regarda sa fille bien en face. Elle se souvint que Karsten sortait avec une fille très jeune quand il avait rencontré Marianne. C'est vrai, Marianne ? Oui, sa mère ne se trompait pas. Elle n'était pas au lycée ? Non, elle était à la fac, mais en effet, elle était assez jeune, elle n'avait que dix-neuf ans. Tu te rappelles le calendrier, Marianne ? demanda sa mère. Marianne frissonna. Elle n'avait pas oublié. En 1985, Karsten avait acheté un calendrier prétendument artistique de photos en noir et blanc. De grandes et belles photos pour chaque mois, qui représentaient des enfants et des animaux. Les animaux étaient sombres et faisaient plutôt peur, tandis que les enfants étaient nus, blancs et graves. Une petite fille aux cheveux en bataille se pressait contre un énorme berger allemand qui montrait les crocs au photographe. Deux petits garçons d'environ quatre ans, accroupis, jouaient avec un petit bâton sur le cadavre d'une corneille. Une fillette maigrichonne aux seins tout juste naissants montait un gros cheval ; elle avait une couronne de fleurs dans les cheveux, un pistolet à la main, les bras ballants. Karsten avait toujours aimé faire des photos. C'était lui le photographe de la famille. Les photos de ce calendrier, il prétendait qu'elles recelaient une certaine *dimension*. Parfois, il décrochait le calendrier pour les observer attentivement, longuement. Marianne, en revanche, les trouvait répugnantes ; elles l'effrayaient, sans vraiment savoir pourquoi. Quand l'année fut terminée et la dernière page tournée – la photo de décembre représentait un gosse sale avec un ventre proéminent (impossible de voir s'il s'agissait d'un garçon ou d'une fille) au beau milieu d'un troupeau de rats ; certains avaient levé les pattes avant sur les jambes de l'enfant –, Karsten rangea le calendrier dans une caisse au sous-sol ; il n'arrivait pas à le jeter.

— Je me rappelle une fois, commença sa mère. Quand les filles étaient petites. Elles dormaient ici.

— Oui ? fit Marianne. Quoi ?

— Élise m'a posé une question bizarre. Elle a demandé… Elle…

— Qu'est-ce qu'elle t'a demandé ?

— Elle m'a demandé : « Quel genre de zizi tu as, toi, mamie ? »

— Je vois.

— Ça m'a laissée un peu perplexe, mais j'ai pu répondre que j'avais à peu près la même chose qu'elle. Elle a fait un grand sourire, comme si elle était soulagée, et elle m'a déclaré : « En fait, je n'aime pas les zizis des papas. » Et puis elle est partie en courant. Je me souviens m'être demandé ce que cela signifiait avant d'oublier.

— Tu ne m'en as jamais rien dit ?

— Non.

Synnøve Henriksen éprouvait une gêne maladive vis-à-vis de ces questions-là. Dans des circonstances normales, cette histoire lui aurait été trop pénible à raconter, mais, pour l'heure, elle était trop impliquée. Elle voulait tellement aider sa fille et défendre ses petits-enfants qu'elle faillit oublier à quel point elle trouvait difficile de parler de ça. Marianne avait grandi dans une famille où l'on s'enfermait dans la salle de bains pour y faire ce qu'on était venu faire. On en ressortait tout habillé ou en pyjama, selon le moment de la journée. Bien sûr, il fallait rester propre, mais c'était un devoir, presque une corvée. Peu de temps après son mariage avec Karsten, Marianne avait découvert qu'il existait un point de vue fort différent sur la question. Prendre un bain, se doucher, se laver, pouvait être une source de plaisir – et il était très agréable de le faire en compagnie d'autres personnes. Lorsqu'ils avaient acheté leur maison, Karsten avait insisté pour que la salle de bains soit « mise à jour », comme il disait. Il voulait une grande baignoire d'angle (ainsi, toute la famille pourrait se baigner ensemble ! Nous ne devions pas avoir cinq enfants, princesse Marianne ?), un carrelage hors de prix et d'immenses miroirs. Ils avaient déboursé beaucoup d'argent pour cette pièce (heureusement que le supérieur de Marianne leur avait permis d'obtenir un prêt à un taux intéressant), et Karsten avait bataillé pour convaincre Marianne de ne plus être si puritaine. De quoi as-tu peur ? Déshabille-toi et au bain !

Et c'est ce qu'elle avait fait. Ils avaient passé de longues heures très agréables ensemble dans la baignoire. D'abord tous les deux ; puis avec les filles. Du vin dans un seau à glace et des bougies sur le rebord de la baignoire. Cris, canards jaune vif et mousse de savon sur le corps des enfants. Y avait-il eu autre chose de la part de Karsten ? Ce désir de se baigner nu avec les enfants n'était-il pas un peu… curieux ? Mais Marianne savait que c'était comme ça que Karsten avait été élevé.

Il avait toujours prétendu que les enfants étaient eux aussi des créatures sexuées, qu'ils avaient des désirs que nous autres adultes devions respecter. Marianne se rappelait qu'une fois, ils étaient entrés dans la pièce où Henriette dormait dans son petit lit à barreaux. Elle respirait lentement, allongée sur le dos, loin au pays des rêves, ses paupières frémissaient. Elle avait une main sur la tête, l'autre était plongée dans sa couche.

— Une petite bête de sexe, avait murmuré tendrement Karsten.

— Beurk ! avait aussitôt fait Marianne, à la fois surprise de l'effronterie de son mari et écœurée qu'il ait pu dire une chose pareille devant un enfant endormi. C'est un bébé. Un petit *enfant* !

— C'est parfaitement naturel, avait rétorqué Karsten avec arrogance, avec sa manie de toujours tout lui expliquer.

Ou bien avait-il eu l'air gêné ? pris au dépourvu ?

Pour Karsten, ces choses-là étaient naturelles, elle le savait. Ils n'avaient pas été élevés de la même façon. Chez lui, la porte de la salle de bains où se trouvait la haute baignoire à pattes de lion n'était jamais verrouillée. Chez les Wiig, bien sûr, on ne se cachait pas en revenant de la salle de bains. Quand on séjournait dans leur chalet du Trollheim, il était naturel de sauter dans le ruisseau le plus proche sans le moindre vêtement et sans faire de chichis. Dans le sauna bien chauffé du chalet, tout le monde était nu. Il arrivait même que, aux petites heures, quelqu'un sorte, en tenue d'Adam et Ève, pour aller s'étirer sur le pré devant le chalet. La première fois que Marianne les avait accompagnés là-haut, et avait fait connaissance avec les testicules pendants de son beau-père et la poitrine flasque de sa belle-mère, elle avait été pour le moins choquée. Par la suite, « les jeunes » avaient pu occuper le chalet aussi souvent qu'ils le souhaitaient. Elle, Karsten et les enfants y avaient passé d'excellents moments, et avaient entretenu la tradition des bains communs et du sauna.

Est-ce que Karsten allait inviter Barbara à la montagne ? Est-il possible de détester une personne que l'on ne connaît pas ? Et de détester une personne que l'on a aimée ?

— Nous devons être prudentes, déclara la mère tandis que Marianne commençait à pleurer en silence. Les larmes pleuvaient sur la table du salon, des gouttes salées noyaient le verre de vin rouge. Marianne n'arrivait pas à s'arrêter quand sa mère la réconforta, elle se cramponna à sa mère, comme si elle était redevenue une petite fille aux genoux écorchés, dans l'attente d'un pansement et d'un peu de douceur. Il faut que quelqu'un enquête là-dessus, décréta Synnøve Henriksen de la voix dont Marianne avait naguère cru qu'elle pouvait résoudre tout ce qui était mauvais dans le grand et vaste monde. Est-ce que Karsten a pu faire une chose pareille ? À ses propres filles ? Oui, lui qui a eu quatre maîtresses. Lui qui a emménagé chez cette Barbara. Notre maison, songea Marianne ; elle ressentit une douleur dans le ventre, une douleur sourde et persistante. La maison. Notre maison est vide. Est-ce que cette Barbara a une grande baignoire ?

Un court instant, Marianne fut soulagée de voir que sa mère ne comprenait pas qu'elle pleurait aussi de colère et de jalousie, parce qu'elle avait découvert que Barbara était mince, brune, à la peau claire, et bien plus jeune que Marianne. Elle l'avait vue la veille. Marianne était cachée derrière un arbre, elle avait espionné de la façon la plus insupportablement banale qui soit. Et avait fini par voir ce qu'elle voulait : Karsten qui se laissait embrasser par une autre femme. Nous devons faire examiner les enfants, continuait sa mère. Marianne n'aurait pas cru que Karsten pourrait la faire autant souffrir, mais il y était parvenu. En tout cas, nous devons prendre contact avec quelqu'un qui nous aidera, poursuivait sa mère. Il avait passé un bras autour de la taille de cette Barbara. Elle avait les cheveux brillants, ils paraissaient avoir été séchés par en dessous au niveau des pointes (en réalité, Barbara n'utilisait pas de séchoir à cheveux, ils étaient naturellement comme ça). — Marianne, reprit la voix de sa mère, nous devons faire quelque chose. Tu as vu cet avocat dans les journaux ? Comment s'appelle-t-il, déjà ? Ah oui, Edvard Frisbakke.

Si la justice sombre, la présence de l'homme sur terre n'a plus aucune valeur. Edvard Frisbakke approuvait le propos, et aimait à citer Kant à intervalles réguliers. La justice devait s'exercer sans restriction. La faute devait être expiée. Même Alma ne savait pas qu'Edvard luttait au quotidien pour expier la sienne. Elle savait néanmoins que son frère dormait mal, qu'il allait parfois boire du lait dans la cuisine et qu'il soupirait si fort dans son sommeil que ça la réveillait dans la chambre voisine.

Dans les années soixante-dix, Edvard Frisbakke avait été juge dans un procès où un désaxé avait été condamné pour la troisième fois pour agression sexuelle sur mineur. Au cours du procès, il avait expliqué que, enfant, il avait soudain vu surgir une demi-douzaine de grains de beauté couleur chair qui poussaient comme autant de petits champignons sous une de ses aisselles. Sa mère les avait enserrés d'un morceau de fil à coudre, ce qui avait sans doute dû arrêter la circulation sanguine ; les grains de beauté avaient noirci, ils avaient été tout simplement étranglés, et ils étaient tombés. Par la suite, il avait envisagé de ligoter ses organes génitaux d'un fil à coudre. Il alla jusqu'à s'équiper d'une bobine de fil blanc et d'une paire de ciseaux, puis baissa son pantalon. Mais la douleur aiguë causée par le fil à la base de son pénis le fit revenir à lui, et l'homme avait compris que cela ne lui serait d'aucun secours, jamais il n'aurait osé. Il avait toujours été attiré par la jouissance. Il avait toujours eu peur de la douleur et de l'affrontement, avait-il conclu en regardant Edvard Frisbakke droit dans les yeux.

Edvard Frisbakke en était convaincu : l'homme a la capacité de choisir, et s'il choisit le mal, il doit être puni en conséquence. Il était persuadé que les plus mauvais, les criminels qui méritaient les châtiments les plus sévères, étaient les auteurs d'agressions sexuelles. Il fallait protéger la société contre ces gens-là. Nouveau-nés, jeunes enfants, filles, enfant de voisins, jeannettes en uniforme et frêles préadolescents devaient être mis à l'abri. Ces criminels devaient être enfermés aussi longtemps que possible. Les sanctions contre les agressions sexuelles devraient être bien plus terribles, tonnait Edvard. Il n'y a rien de pire. Et les meurtriers ? avait objecté Alma un jour qu'ils débattaient du sujet.

— C'est vrai, admit Edvard. Leurs victimes meurent.

— Oui. En tout cas, ça, c'est une constante, répliqua Alma avec impertinence, car elle savait que cela amusait Edvard.

— L'important, poursuivit son frère, c'est que la victime ne souffre plus. La famille, les proches souffrent, bien sûr. Mais c'est aussi vrai dans le cas des agressions sexuelles. Savoir que son propre enfant a été victime d'une telle chose, ça doit être insupportable.

— Petit Elfe. Pense à l'oncle Harald et la tante Elfride, murmura Alma d'une voix si basse qu'Edvard l'entendit à peine, mais il sut ce qu'elle disait.

— Elle a souffert toute sa vie, répondit Edvard aussi froidement qu'il le put.

— Ainsi que ses proches, renchérit Alma.

Edvard hocha la tête et déglutit.

Edvard but une autre gorgée de café. Ils étaient assis avec Alma dans le vieux canapé Louis-Philippe de leurs grands-parents. Ils étaient installés comme chaque fois depuis qu'ils avaient emménagé ensemble, presque soixante ans plus tôt, la causerie autour du café juste après le dîner était devenue une tradition immuable : côte à côte dans le canapé, une cafetière sur la table basse, deux tasses dans des soucoupes et *un petit quelque chose à grignoter* sur un plateau. Rien n'avait changé, sauf qu'à présent c'était Edvard qui s'occupait du petit quelque chose à grignoter. Alma avait confectionné tous les gâteaux et les desserts dont il avait des souvenirs si précis depuis leur enfance : roulé, pain d'épices, gâteaux de la mère Monsen, bavarois de la reine Maud, bavarois au sherry, mignardises et autres paysannes voilées. À présent, le plateau était garni de quelques tranches desséchées et émiettées de cake au citron. C'est lui qui l'avait acheté, déballé de sa cellophane, et il avait maladroitement disposé les tranches prédécoupées sur l'élégant plateau à pied. Alma prit une tranche de gâteau, la reposa délicatement dans sa soucoupe. Edvard mangea sa part, au glaçage bien trop sucré. Personne ne disait mot. Alma avait plus ou moins cessé de parler, et Edvard ne trouvait plus grand-chose à dire non plus. J'ai fait quelque chose d'impardonnable, dit-il de temps à autre à Alma, qui hoche la tête avec indulgence, comme elle l'a toujours fait depuis plus de quatre-vingts ans. Il lui arrive aussi de le dire à mi-voix pour lui-même, ou seulement aux murs. Dans l'espoir qu'une voix venue d'en haut – ou du dehors, du lointain, il ne sait pas trop – s'immisce et proteste : Non, Edvard Frisbakke, tu exagères. Ce n'est pas *toi* qui as fait du mal à Lisbeth. Et pense à tous ceux que la loi a punis par ta main ! Pense à tous les procès que tu as remportés durant ta carrière ! N'oublie pas tous ceux que tu as aidés et sauvés !

Mais ce jour-là, Edvard ne disait rien. Il soupira, regarda l'oreille de sa sœur, celle qui était tournée vers lui. Elle était petite et blanche, tel un coquillage délicat. Edvard se souvint d'avoir lu quelque part que les oreilles (à l'instar des nez) grandissent tout au long de la vie. Et, en y réfléchissant, il était assez vrai que beaucoup de leurs congénères à Alma et lui avaient des oreilles énormes, sombres et poilues, avec des lobes pendants et d'énormes pavillons. Edvard se pencha vers sa sœur et admira sa jolie petite oreille. Remarquant le mouvement, Alma se tourna, le regarda (c'est dans des instants pareils qu'Edvard se disait que oui, elle *savait* qui il était, elle ne l'avait *pas* oublié). Alma le fixa tandis qu'un raclement montait de sa gorge : un long et profond rot. Edvard sursauta ; elle ne broncha pas et continua de l'observer avec gravité. Elle n'avait sans doute plus la faculté de rire de la façon insupportable qui avait été la sienne – ou d'avoir honte, comme son éducation l'impliquait naturellement.

Alma entrait dans sa quatre-vingt-neuvième année. Ses cheveux étaient encore blond cendré et ramassés en un lourd chignon sur la nuque. Ses vêtements avaient toujours été simples et de bon goût. Elle n'avait jamais utilisé beaucoup de maquillage, seulement un peu de poudre sur le nez – et du rouge à lèvres, bien sûr. Depuis toujours, elle soulignait sa bouche au rouge à lèvres bordeaux, et chaque jour elle le rafraîchissait plusieurs fois. Ces derniers temps, le rouge avait eu tendance à atterrir un peu à côté de ses lèvres minces. Un jour, Edvard était allé discrètement dans la salle de bains. Il avait trouvé le tube de rouge à lèvres, l'avait glissé dans un sac et était allé jeter le tout dans la poubelle près du portail. Plus tard, il avait trouvé sa sœur se regardant avec étonnement dans le miroir ; elle passait une main hésitante sur sa bouche, visiblement surprise par Dieu sait quoi. Elle était allée plusieurs fois à la salle de bains, pour chercher dans les placards et revenir avec un flacon de sirop pour la toux ou une boîte de pansements. Edvard proposa alors qu'ils fassent une partie de cartes – Alma avait toujours adoré ça – et elle oublia très vite cette étrange et vague sensation de manque. Edvard regrettait sa sœur bien-aimée. Elle avait été sa *confidente*, même s'il est vrai qu'ils avaient des difficultés à aborder tous les sujets.

Edvard et Alma avaient grandi dans une famille où l'on ne parlait pas ouvertement de grand-chose. Entre la dernière fête des enfants en 1934 et 1946, l'année où Edvard termina ses études de droit, Ragnhild et Frederik Frisbakke n'avaient pas prononcé le nom de Lisbeth. Edvard et Alma avaient quitté leur maison d'enfance depuis longtemps, et ce fut au cours d'un repas dominical qu'ils apprirent la mort de Lisbeth, qui n'avait alors que dix-huit ans. Ils mangeaient une fricassée d'agneau, et leur mère avait annoncé que ce jour-là il y avait du bavarois au sherry pour le dessert. Elle livra à Alma son secret sur l'utilisation de la gélatine, et accepta volontiers les compliments d'Edvard sur la viande d'agneau, mais n'avait rien ajouté de plus sur le décès de Lisbeth.

— Pauvre Lisbeth, c'est vraiment dégueulasse, laissa échapper Alma. Bien entendu, Edvard et elle n'avaient jamais eu le droit de prononcer de tels mots. Il n'avait d'ailleurs jamais été nécessaire d'imposer cette interdiction ; ni l'un ni l'autre n'avaient éprouvé le besoin de la transgresser. Mme Frisbakke ne supportait ni la vulgarité ni les jurons – c'était d'ailleurs pour cette raison qu'elle avait fait une impression aussi indélébile sur ses invités quand elle avait engueulé Jens Frisbakke. Ragnhild Frisbakke posa sur sa fille un regard aussi désapprobateur qu'incrédule. Puis elle se détourna, attrapa le plat de pommes de terre et, les lèvres pincées, le passa à son fils qui n'en avait pas exprimé le souhait. Par la suite, Edvard apprit d'une tante Elfride aux yeux rougis que Lisbeth s'était ouvert les veines avec une lame de rasoir trouvée dans la trousse de toilette de son père. Pauvre Lisbeth, c'est vraiment dégueulasse, avait répété Alma, et cette fois, il n'y avait eu personne devant laquelle sa mère pût pincer les lèvres. Edvard et Alma s'étaient étreints longuement. Le petit elfe Lisbeth. Il n'eut pas besoin d'expliquer à Alma pourquoi il pleurait avec tant de violence. Elle pensait comprendre ; elle aussi pleurait, entre les jurons.

Dans un couple ou dans le cadre d'une relation durable, chacune des parties trouve facilement ses domaines dont, de façon plus ou moins implicite, ils ont la responsabilité. Il en avait été de même chez les Henriksen Wiig. Marianne se chargeait de l'intérieur et de l'aménagement (J'accepte et je respecte que tu diriges la division coussins moelleux, bibelots et rideaux, mais devons-nous avoir tant de coussins sur le canapé ?) et des factures (Chère directrice économique, avons-nous les moyens de nous payer une nouvelle chaîne hi-fi ce mois-ci ?) ; Karsten s'occupait de tout ce qui concernait la voiture (Mais Karsten, n'aurais-tu pas *dû* changer l'huile ?). Karsten était aussi le photographe de la famille. C'était lui qui veillait à ce qu'ils partent avec un appareil pour les vacances, lui qui prenait la plupart des photos, lui qui insistait pour qu'ils en prennent aussi au quotidien. En outre, c'était lui qui portait les films à développer (il développait et tirait lui-même les clichés en noir et blanc, dans la salle de bains), lui qui rangeait les photos dans un album. Karsten aurait bien aimé récupérer ces albums (ainsi que les tirages qui attendaient dans des boîtes). D'abord parce qu'il adorait regarder les photos, mais aussi parce qu'il craignait que Marianne ne les détruise, dans un accès de colère. Alors que Marianne habitait chez sa mère, il revint dans leur maison – Marianne ne le sut jamais. Il s'y glissa et fureta çà et là, tel un voleur dans son propre domicile. Il constata que beaucoup de ses affaires avaient été enlevées, comme s'il était mort. Deux semaines à peine après son départ ! Il eut envie de jeter par terre quelques-uns des vases préférés de Marianne. Et il allait falloir mettre un peu d'ordre à tout ça : les jours de visite, les routines. Il avait fait beaucoup trop de concessions. Il voulait voir ses filles *maintenant*.

Karsten prit les albums, ramassa quelques livres. Il monta au premier et alla dans la chambre, ouvrit son placard et ressentit un choc en le découvrant vide. Il entra lentement dans la chambre d'Élise, jeta un coup d'œil dans celle de Henriette, s'assit sur son lit, huma son odeur, ramassa l'un des innombrables animaux en peluche et le posa sur ses genoux. Il s'autorisa à songer à quel point ses enfants lui manquaient. Les serrer contre lui, sentir une petite main se glisser dans la sienne. Les petites voix pleines d'assurance, exigeantes, qui le réveillaient ou l'interrompaient. Papa ! Viens, papa !

Une fois revenu dans l'appartement de Barbara, il s'installa pour regarder les albums. Quand Barbara rentra du travail, il lui montra les photos de ses filles. Elles ne sont pas jolies ? Regarde les cheveux d'Élise ! Ça lui va bien, ce genre de couettes, hein ? Regarde le joli petit nombril de Henriette ! Là, nous sommes à Londres, elles ont adoré les bus à étage. Ça, c'est au chalet de mes parents, dans le Trollheim. C'est beau, hein ? Barbara s'amusait de l'enthousiasme de Karsten, et elle était sensible à son amour pour ses enfants, même si elle souffrait un peu de voir des photos de sa famille, dont Marianne était une composante souriante. Au bout d'un moment, elle se leva, l'embrassa sur le front et partit préparer leur dîner. Karsten alla se chercher un verre de cognac, se réinstalla dans le canapé, et se pencha à nouveau sur les albums. Il essaya de se remémorer les situations telles qu'il les avait ressenties sur l'instant. Il examina son propre visage sur les photos où il figurait, son bras qui reposait sur les épaules de Marianne. Une période innocente. Les enfants étaient petites, lui et Marianne étaient heureux. Non ? Il regarda un cliché d'eux quatre, pris à table chez eux. Il y avait cinq couverts, une place était vide. Ce devait être sa belle-mère, songea-t-il. Un morceau de son pouce était venu devant l'objectif, comme une ombre noire sur le côté de la photo. Il tourna quelques pages, trouva une photo de Henriette et Élise sur la plage. C'était dans le Vestland. Sur la plage près de la propriété que sa mère venait de revendre, là où il avait passé ses étés quand il était jeune. Les filles regardaient leur père assis dans le canapé, un verre de cognac tout près des lèvres. Elles ne pouvaient pas être vieilles, quatre et six ans, peut-être. Derrière elles, il y avait la mer, grise et miroitante. À gauche, un château de sable, presque aussi haut que Henriette. Elle lui adressait un sourire fier et franc. Élise se tenait à côté, le visage assombri par la fureur et l'humiliation. Le haut de leur corps était bien emmitouflé dans d'épais pulls en laine, mais elles avaient le bas du ventre dénudé. Il regarda longuement cette image, jusqu'à ce que Barbara l'informe que le dîner était prêt :

— Aujourd'hui, hérisson de saucisses !

— Hein ?

Karsten referma bruyamment l'album avant de rejoindre sa maîtresse dans la cuisine. Elle dégageait des parfums de forêt et de nourriture, et l'attendait un plat dans les mains, totalement nue.

Marianne Henriksen (elle n'utilisait plus le nom Wiig, bien qu'elle s'appelât encore comme ça sur le papier) était allée trouver Edvard Frisbakke. C'était quelqu'un de connu qui avait contribué à mettre à l'ombre de nombreux auteurs d'agressions sexuelles. Il avait sauvé beaucoup d'enfants abusés. Aussi Marianne Henriksen alla-t-elle voir Edvard Frisbakke. Mais avant de le rencontrer, elle devait discuter avec les filles. Karsten *avait-il pu* faire quelque chose à ses filles ? Quand elle les imaginait, elle le voyait jouer avec elles ou regarder la télé, assis entre elles. Elle le voyait faire des crêpes et les faire sauter en l'air, ce qui provoquait une admiration aussi bruyante qu'inépuisable chez les filles. Karsten qui aidait avec patience Élise à faire ses devoirs, lui réexpliquant sans relâche les principes jusqu'à ce que sa frimousse s'éclaire : elle avait compris. Les deux filles se faufilaient jusqu'à lui et attaquaient, le renversaient dans le canapé et le chatouillaient. (— Arrêtez ! Je n'en peux plus ! — Qui décide ? — C'est vous qui décidez, les mini-princesses. — Dis qu'on décidera aussi du dîner ! — D'accord ! Vous décidez du dîner d'aujourd'hui. Mais arrêtez de me chatouiller ! Je n'en peux plus ! — Dis : « Nous ne voulons pas de poisson grillé. Je vais faire du gâteau de riz. » — Nous ne voulons pas de poisson grillé. Henriette va faire du gâteau de riz. — Non, papa ! Dis : *Moi,* je vais faire du gâteau de riz. — Oui, je le dirai. Pitié ! Vous aurez ce que vous voudrez et je vais faire du… — Avec du beurre ! — Oui, je vais faire du gâteau de riz avec du beurre à ma princesse et aux deux mini-princesses.) Il se leva, sourit et leur fit lâcher prise sans la moindre difficulté, puis alla dans la cuisine préparer le gâteau de riz du samedi. Élise mettait la table. Henriette préparait un pichet de sirop de fruits rouges. Marianne les revoyait tous les quatre manger du gâteau de riz à la table de la cuisine. Elle revit les yeux de Henriette quand elle apprit que papa avait déménagé.

Oui, Marianne devait parler aux enfants. Henriette est à son entraînement de football, Marianne et Élise sont seules à la maison. Elle s'assied avec Élise. Marianne a fait un grog au cassis et mis des Twist dans un bol, mais retire le chocolat après y avoir réfléchi : ça ne doit pas avoir l'air d'une petite conversation plaisante. Elles s'installent dans le canapé. Élise grignote un ongle déchiqueté, rongé jusqu'à la base. Elle a dix ans, elle est triste que son père ait disparu et n'habite plus avec elles. Vous allez divorcer ? Marianne secoue la tête, avant de hocher la tête avec prudence. Nous ne savons pas, répond-elle. Élise pleure. Marianne la console, essaie de lui tirer les vers du nez, mais ne sait pas comment s'exprimer. Elle ne veut surtout pas poser des questions qui orienteraient les réponses. Pour finir, elle ressort les Twist, serre Élise contre elle, et inonde de larmes silencieuses les cheveux blonds de sa fille. Mais Marianne n'est pas plus avancée. Elle a essayé de poser des questions, Élise a essayé de répondre. Papa a fait des choses bêtes. Marianne ne sait pas lesquelles. Et Élise refuse d'en dire plus, elle ne fait plus que regarder Marianne. Je veux habiter ici, toujours. Elle plante dans sa bouche ses doigts aux ongles déjà beaucoup trop courts (Retire tes doigts de ta bouche, Élise !) et se détourne. Karsten a-t-il pu... ? Non. Ce doit être quelque chose qu'elle imagine. Elle est quand même assez psychologue pour ne pas avoir épousé un pédophile ? Non, pas Karsten, qui a des mains si sèches, si grandes, et un bon regard. Elle se réconforte à coups de Twist jusqu'à en avoir la nausée.

Quelques soirs plus tard, l'occasion de parler à Henriette en tête à tête se présenta. Mamie était déjà venue chercher Élise, Marianne et Henriette devaient les rejoindre en train. Marianne appela Henriette. Elles burent le grog au cassis, en soufflant sur le liquide chaud. Il faisait un peu froid dans la maison. Henriette s'était enveloppée dans une couverture écossaise (un cadeau de Noël de la mère de Karsten à son fils, pensa instinctivement Marianne). Elles parlèrent de l'école et des vacances de Noël qui arrivaient. Marianne approcha avec finesse. Il fallait qu'elle y voie plus clair. Henriette avait toujours été très liée à son père, elle l'avait toujours admiré, et s'efforçait de lui ressembler. Mais n'y avait-il pas eu un changement, ici ? Son comportement n'avait-il pas un peu changé ? Marianne posa des questions. Henriette répondit de son mieux. C'était une enfant éveillée, elle parvenait facilement à sentir ce que pensaient les gens, mais, pour l'heure, elle était juste déboussolée et se demandait ce que maman fabriquait. Elle n'aspirait qu'à faire plaisir à maman. Elle était en colère contre papa qui s'était barré, comme ça. Papa de merde.

— Est-ce que papa a déjà fait des choses avec ton corps ? finit par demander Marianne, mesurant combien elle se trouvait bête.

— Comment ça, faire des choses ? s'étonna Henriette, qui ne comprenait pas bien où sa mère voulait en venir.

— Est-ce que papa a déjà fait des choses avec ton corps, qui t'ont… fait réagir ?

Henriette hocha la tête en petite adulte, comme si elle n'avait aucun mal à comprendre. Elle réfléchit longuement, elle *pensait* savoir ce à quoi maman faisait allusion, mais sans en être sûre.

— Je sais que c'est un peu dégoûtant de parler de ces choses-là, reprit Marianne en lui caressant la nuque. Alors, Henriette se décida à en parler. Je le fais, songea-t-elle. Je le dis à maman. Il y avait eu plusieurs fois, mais elle se souvenait surtout de celle-ci :

— C'était un jour, après le bain.

— Oui ? répondit Marianne en tressaillant, le souffle court.

Elle ne voulait pas l'entendre. Elle n'était vraiment pas préparée à ça, elle le sentait. Elle n'arrivait pas à croire que Karsten ait fait quelque chose ; au fond d'elle-même, Marianne espérait que Karsten n'avait rien fait d'autre que s'entourer d'une foule de jeunes maîtresses. Mais voilà que Henriette parlait. Et Marianne devait écouter, savoir. Elle contracta tous ses muscles, sourit avec autant de calme que possible.

— Oui, Henriette ?

— Papa m'a frottée fort avec une serviette, sur tout le corps…

— Sur *tout* le corps ? l'interrompit Marianne.

En fait, Henriette avait pensé parler davantage de la serviette dont s'était servi papa, parce que c'en était une vieille, verte, qui avait été lavée et relavée et qui était rigide bien que l'éponge soit usée presque jusqu'à la trame. La serviette était dure d'une façon douce, elle sentait le propre et l'été. Elle ne développa pas le sujet de la serviette, car, à l'évidence, ce n'était pas ce qui intéressait maman. Elle hocha la tête et regarda attentivement sa mère. Papa l'avait essuyée partout.

— Partout ? insista Marianne. Entre... entre les jambes aussi ?

— Oui.

Et Henriette ne demandait qu'à lui raconter que ça avait été vraiment bon, ce que papa lui avait fait, il l'avait frottée fort, fort.

— Papa aussi était nu ? Henriette, réponds !

— Oui.

Oui. Ils s'étaient baignés, quand même. On n'a pas de vêtements, dans ces moments-là ! Ils étaient seuls à la maison, et papa avait demandé s'ils prenaient un bain. Rien que toi et moi... ça serait bien, non ? Ils s'étaient baignés. Papa l'avait savonnée. Elle avait lavé papa dans le dos, parce que c'était un endroit où il n'accédait pas tout seul. Et je ne peux quand même pas me trimballer avec la fourrure du dos sale rien que parce que mes bras ne sont pas assez longs ? Il était sorti de la baignoire, s'était séché, avait sorti la serviette verte préférée de Henriette et avait tendu les deux bras, faisant ressembler la serviette à une voile, avant de lui adresser un signe de tête. Elle avait bondi dans la voile d'éponge. Et il l'avait séchée. Frottée et massée, longtemps. Longtemps et fort. Tu es rouge comme le père Noël, partout ! s'était-il exclamé en l'embrassant. Ou peut-être comme une

Gravenstein bien rouge ? Fais attention, je vais te mordre ! Papa était toujours très bête et très câlin. Il l'avait allongée par terre, sur la serviette, avant de l'emballer comme une momie et de se mettre à frotter. Puis il l'avait prise sur ses genoux, et elle avait senti la peau chaude de son père dans son dos pendant qu'il la frictionnait. Au début, ça avait été bon, bon d'une façon étrange, comme si son corps fondait. La salle de bains était chaude et humide, les miroirs étaient couverts de buée, et papa et Henriette étaient seuls au monde. Rien qu'eux deux. Comme papa l'avait dit. Henriette but une gorgée de grog et repensa au bien que ça lui avait fait, et à quel point papa avait été bêta. Tu sais que j'adore les pommes bien rouges et bien brillantes, Henriette ; je te dévore ! Mais quand Henriette leva les yeux vers sa mère, elle comprit que c'était mal, effroyablement mal de penser que c'était délicieux d'être nue contre le corps de papa, et de se faire frictionner avec une serviette. Elle aurait dû trouver ça dégoûtant. C'était peut-être le cas, d'ailleurs. Oui, ça avait été comme ça. Non ? Maman n'avait-elle pas raison ? Ça avait été bon, au début, mais aussi bizarre, et puis : seulement dégoûtant. Et maintenant, maintenant c'était super-dégoûtant. Elle regarda rapidement sa mère et eut les larmes aux yeux. Maman avait une tout autre expression, et Henriette comprit qu'elle avait fait une bêtise effroyable. Et ensuite, Henriette ? Que s'est-il passé ensuite ? Il t'a fait autre chose ? Henriette hocha la tête, mais refusa d'en dire davantage. Elle se mit à pleurer et ne s'arrêta que lorsque sa mère revint avec un saladier de chips et un bol de bonbons. Papa manquait à Henriette. Même s'il avait fait des choses dont elle devait avoir honte, que maman n'aimait pas. Même s'il habitait avec cette idiote de Barbara la barbue. Mais les chips, c'est toujours bon. Surtout au paprika.

Edvard Frisbakke expliqua à Marianne que la violation des articles 195 et 207 du Code pénal concernant les abus sexuels sur ses enfants était passible de cinq ans d'emprisonnement, jusqu'à huit s'il y avait eu coït. C'est cela que vous voulez, Marianne ? avait-il demandé. Marianne Henriksen ne parvint pas à répondre. Edvard Frisbakke lui avait conseillé de voir un médecin. Mais Marianne savait qu'elle ne parviendrait pas à l'appeler. Sa mère pouvait peut-être… ? Marianne et les enfants passaient encore leurs week-ends chez elle. Marianne y aurait bien passé le reste de la semaine aussi, car sa mère s'occupait de la cuisine, et elle jouait avec les enfants pendant que Marianne ne faisait pas grand-chose d'autre que somnoler dans le canapé, sous un édredon. Mais les enfants allaient à l'école, et il ne fallait pas qu'elle-même néglige son travail. Durant ses treize années passées à la Kreditkasse, Marianne n'avait été absente qu'à l'occasion de ses congés de maternité, et à deux ou trois reprises quand les enfants avaient été malades. Elle mettait un point d'honneur à ne jamais être en retard au boulot, elle veillait à ce que les enfants partent à l'heure à l'école, que leurs vêtements soient propres et intacts, que les devoirs soient faits, qu'elles aient leur casse-croûte dans leur petit sac. Ainsi s'écoulaient les semaines. Elle tenait le choc. Elle pensait le moins possible. Elle avait jeté une couverture sur le fauteuil à bascule, la rouge à carreaux que Karsten avait reçue de sa mère. Il était partout. Il avait emporté quelques-unes de ses affaires, mais il était toujours partout. Ses livres. La boîte des jumelles, que Karsten adorait, mais que personne d'autre dans la famille ne supportait. Impossible de se débarrasser de lui. Son pull bleu préféré. Son oreiller et sa couette dans la moitié gauche du lit double. Karsten et Marianne. Ma princesse. Mais à présent, c'était *sa* maison à elle, ses meubles. Ses enfants.

Un soir, peu de temps après son déménagement, Karsten était venu. Elle avait couché les enfants et s'était installée dans le vieux fauteuil à oreilles. Elle portait un pantalon de training fatigué, elle avait un saladier de cacahuètes sur les genoux et la désagréable certitude que ses cheveux étaient sales. Il s'était assis dans le canapé qu'ils avaient acheté ensemble chez Ikea, mais ils sentaient tous les deux que ce n'était plus à lui, comme s'il s'était introduit dans *sa* maison à elle, tel un hôte indésirable, et s'était assis tout au bord de *son* canapé à elle. Ils avaient peu parlé. Va retrouver Barbara, avait-elle fini par dire. Karsten était parti, après avoir donné à Marianne ses clés de la maison. Par la suite, il avait appelé plusieurs fois, mais quand elle commença à raccrocher, il arrêta cela aussi. Il était allé à l'école discuter avec les enfants pendant une récréation. Elle devait demander à sa mère de l'appeler pour lui dire qu'il ne devait pas essayer de les revoir, qu'il devait les laisser tranquilles, elle et les enfants (Après ce que tu as fait à Marianne et aux enfants, tu dois les laisser tranquilles, maintenant, Karsten !). Il les laissa filer. Mais pourquoi abandonnait-il aussi facilement ? Pourquoi n'insistait-il pas pour voir ses enfants, qu'il affirmait adorer plus que tout ? Était-ce le poids de la culpabilité ? Était-ce le soulagement de ne plus être tenté de faire des choses qu'il ne devait pas faire ? Était-ce parce que cette Barbara l'accaparait tellement qu'il ne pensait plus à rien d'autre ? Que plus rien n'avait de signification tant qu'il pourrait rester avec elle ? Cette femme brune, qui avait six ans de moins que Marianne, un corps élancé et un diplôme en ethnologie ou autre chose d'aussi creux et inutile.

Tandis que Marianne pense cela de Karsten, celui-ci est installé dans le canapé chez Barbara. Il a les pieds posés sur la table et un verre de vin rouge dans la main. Il ne semble penser qu'au corps svelte de sa maîtresse, mais c'est à ses enfants qu'il songe. Au septième anniversaire de Henriette. Il avait confectionné une pizza d'anniversaire, avec des bougies. Sept petites flammes brillantes, qui faseyaient quand les enfants bougeaient, dans le souffle tendu de Henriette. Joyeux anniversaire, avait chanté Élise d'une voix pure. Les regards de Marianne et de Karsten s'étaient croisés, et chacun savait ce que pensait l'autre : elle a une jolie voix pour le chant. Elle *sait* chanter, notre fille. Henriette avait les joues en feu, elle s'était faite belle pour son anniversaire ; elle avait une nouvelle robe, choisie par Élise. (Elle pensait en tout cas l'avoir choisie elle-même, mais en vérité, Marianne l'avait délicatement manipulée pour lui faire oublier la robe ruineuse qui lui avait tapé dans l'œil, pour se rabattre sur un modèle qui avait le double avantage d'être moins cher et de plaire davantage à Marianne.) Henriette souffla les bougies sur la pizza, les sept en deux fois. Marianne et Karsten applaudirent et s'extasièrent, comme il se doit, devant cette réussite, tandis qu'Élise l'Aînée expliquait, comme il se doit, qu'*elle* y serait arrivée en une seule fois. Les regards de Karsten et Marianne se croisèrent de nouveau, dans une connivence hilare. Mais, pour une fois, Henriette méprisa sa grande sœur ; ce jour-là, ses couettes resplendissaient de confiance en soi. Si quiconque avait plongé dans les yeux gris-bleu de Henriette, il y aurait vu le minuscule reflet de la pizza d'anniversaire, des beignets, de tous les cadeaux, et des ballons au plafond. Et, tout au fond, sa famille en miniature : maman, papa et sa sœur. Elle a sept ans. Henriette a une place dans le monde, et elle l'occupe avec une grande assurance.

Karsten pense à elle, et elle lui manque. Il pense à Élise, et elle lui manque aussi. Mes enfants. Mes filles. Élise, c'est la fille de son papa.

Marianne avait le combiné du téléphone dans une main et la feuille que lui avait donnée Edvard Frisbakke dans l'autre. Il n'y avait plus qu'à expédier la chose. C'est pour les enfants. Il faut que je sache. Je ne peux plus continuer ainsi. Il vaut mieux savoir. Laisser tout ça derrière. Avancer. Elle obtint un rendez-vous dès le lendemain.

L'hôpital était composé de grands bâtiments stériles coincés entre deux autoroutes où vrombissaient les voitures. Dès leur arrivée, Marianne et les filles furent accueillies par un médecin du service où on les avait envoyées. Il portait une blouse blanche, mais s'efforçait d'être le moins formel possible. Il se pencha pour dire bonjour à Henriette et s'adressa à Élise comme à une adulte, lui prenant la main avec une révérence appuyée. Il leur fit signe d'entrer dans son cabinet. Je vous en prie, mesdames, voici mon bureau ! Il y avait des jouets sur le canapé, et une grande maison de poupée dans un coin, si grande que Henriette émit un petit couinement de joie, bien qu'elle soit d'ordinaire plutôt réservée vis-à-vis des inconnus. Le médecin leur proposa d'attendre là pendant qu'il allait discuter avec leur maman, puis il accompagna Marianne dans la pièce voisine. L'une des parois était une fenêtre sur la pièce où se trouvaient les filles, mais de leur côté, cette vitre avait l'aspect d'un innocent miroir. Pour l'observation, expliqua le médecin. Nous nous en servons parfois pour observer leurs réactions et leurs comportements. Marianne hocha la tête. Elle voyait Élise et Henriette dans l'autre pièce, à travers la vitre, et pour une raison inconnue, elle eut la sensation d'observer une scène sur un écran de télévision, deux petites inconnues blondes.

Elle éprouva de la gêne à regarder les deux sœurs jouer à leur jeu silencieux, sans qu'elles se doutent de rien. À nous, invita le médecin en indiquant le fauteuil visiteur d'un signe de tête. Marianne s'assit. Je vous écoute. Marianne parla, d'abord en hésitant, puis avec de plus en plus d'assurance. Le médecin écoutait, prenait des notes. Il n'intervint pas, et laissa Marianne parler librement. Au fil de son récit, celle-ci sentit qu'elle ne croyait pas à ce qu'elle disait. Elle ne mentait pas, non, mais elle reconnaissait que ses soupçons étaient infondés. Elle *savait* que Karsten n'avait rien pu faire de tel. Elle avait été trahie, elle était en colère, et blessée. Elle avait un comportement irrationnel ! C'était impardonnable de *penser* comme elle le faisait à présent, à propos de Karsten. Elle se rappela la table mise pour elle, lui, Woolf et Dickens – un homme comme celui-là ne pouvait quand même pas infliger de semblables souffrances à ses propres enfants rien que pour satisfaire ses désirs interdits, inavoués ? Et puis qu'est-ce que c'est qu'un agresseur ? Un individu au front bas, primitif, pas rasé et puant, quelqu'un qui se faufile dans les petites rues sombres, exhibant à moitié ses organes sexuels ? Elle savait très bien qu'un violeur pouvait être un père de famille entre deux âges, avec un bon regard et un début de brioche, n'est-ce pas ? Quelqu'un qui ment depuis des années à sa femme et s'entoure de maîtresses ? Quelqu'un qui achète une petite émeraude vert haricot surgelé et la fait sertir dans une alliance ? Quelqu'un qui achète tous les jours des cadeaux à son épouse ?

— Je dois me tromper, déclara Marianne sur un ton qui ne laissait aucune place au doute, considérant que l'affaire était classée. Ce sont juste des choses que j'imagine. Vous savez, la charge émotionnelle après que chacun a repris ses affaires et vit de son côté.

— Je comprends, répondit le médecin. Espérons que vous ayez raison.

— Mais j'ai raison, insista Marianne en se levant.

Elle aperçut Henriette dans la pièce voisine, qui berçait une poupée dans ses bras. Henriette a les yeux de Karsten.

— Ce n'est pas impossible, accorda le médecin. Mais je recommande néanmoins que nous fassions ces examens. Puisque vous êtes là. Vous êtes venue parce que vous pensez qu'il y a des raisons de croire…

— Non.

— C'est votre décision, mais nous savons d'expérience que les gens qui viennent ici avec leurs enfants, qui en sont arrivés à ce stade…

— Je comprends, l'interrompit Marianne. *Je dois en avoir le cœur net*. Je dois savoir.

— Alors vous devez savoir qu'il n'y a *aucune* raison de soupçonner quoi que ce soit, poursuivit le médecin comme s'il lisait dans ses pensées.

— Je comprends, répéta Marianne en se laissant retomber dans le fauteuil. Oui, allons-y… Pas de problème.

De nouveau, Marianne ne put s'empêcher d'admirer l'indiscutable professionnalisme du médecin. Il commença par Élise, lui expliqua qu'il allait examiner son corps entier, du sommet de la tête à la pointe des orteils. Il la laissa écouter son propre cœur avec le stéthoscope, il tint longtemps ses pieds, en la chatouillant et en tirant sur le petit orteil. Il était si compétent, plein de blagues et de rire, qu'il parvint presque à repousser la gravité et le malaise – qu'en fin de compte Marianne était peut-être la seule à ressentir. Pour finir, il examina le bas-ventre de la fillette, prit quelques photos tout en papotant avec elle des dernières grandes vacances et de ses films préférés. Marianne vit qu'Élise n'aimait pas ça, mais elle l'acceptait, et avant qu'elle ait pu protester, ce fut terminé. Puis ce fut au tour de Henriette ; elle grimpa dans le fauteuil et parut trouver la chose tout à fait normale. Mais pourquoi fait-il *ça* ? demanda-t-elle en s'emportant un court instant. Marianne ferma les yeux et songea aux fins cheveux blonds de Henriette, qui faisaient souvent des gros nœuds durs dans la nuque.

Le lendemain, le médecin de la clinique appela. Sa voix était basse et égale. Marianne, écoutez-moi. Et Marianne écouta. Les examens révélaient des anomalies dans le bas-ventre de chacune des fillettes. Ces découvertes étaient compatibles avec la possibilité d'une agression sexuelle. *Compatibles avec la possibilité d'une agression sexuelle*. Marianne Henriksen était invitée à retrouver Karsten Wiig au commissariat. Elle resta longtemps immobile à côté du téléphone. Elle pensait aux taches de sauce tomate que Karsten avait eues sur sa chemise la nuit où elle avait prétendu être enceinte. Elle pensa à ses bonnes mains sèches. À l'étoile dorée qu'il lui avait collée sur le nombril. Elle décrocha et appela Edvard Frisbakke. J'aimerais que *vous* m'aidiez, demanda-t-elle.

— Calmez-vous, Marianne, répondit Edvard Frisbakke. Je vais vous aider. Je lance la procédure, si c'est ce que vous souhaitez. Il n'y a plus d'hésitation à avoir.

Le soir venu, elle choisit quelques-uns des livres préférés de Karsten dans les rayonnages et les jeta. Son costume pratiquement neuf, qu'il avait sans doute acheté pour se faire beau en l'honneur d'une quelconque maîtresse. Direct à la poubelle. Le verre à cognac soufflé à la main, que lui avait offert quelqu'un du boulot. Elle se barricada avec l'aspirateur dans la salle de bains, lança le verre avec autant de force qu'elle le put dans la baignoire. La baignoire de Karsten. Elle appliqua le suceur et écouta le tintement des morceaux de verre qui dansaient dans le flexible. Mais elle ne parvint pas à jeter son pull en laine bleu, qu'elle lui avait choisi bien des années auparavant, et qu'il avait porté plus que tous ses autres vêtements réunis. Elle ne réussit pas à s'en débarrasser. Pas encore. Il portait l'odeur de Karsten. Elle le repoussa aussi loin que possible au fond du placard.

Edvard Frisbakke n'avait jamais été jaloux de sa cadette de trois ans. On disait qu'elle était venue au monde sans le moindre murmure, le sourire aux lèvres. Elle était ravissante, avec ses yeux bleu porcelaine, des creux au-dessus des genoux et ses bras potelés. (— Regarde ces bras ado-orables, s'exclamait Mme Frisbakke à l'intention de son mari. On dirait que Dieu lui a passé des élastiques serrés par-ci, par-là. — Oui, Ragnhild, je vois bien : cette gamine a des bras grassouillets, rien de plus, répondait Frederik Frisbakke avec un clin d'œil à Edvard.) Edvard aurait eu l'âge d'être jaloux, mais il ne l'était pas. Ce n'était pas parce que la jalousie lui était inconnue ; dans ce domaine, il n'était ni meilleur ni pire que les autres. Si Edvard n'avait jamais été jaloux de sa petite sœur, c'était parce qu'il savait très bien que l'existence de sa cadette ne menaçait en rien sa position. Il était l'aîné, plus grand, plus fort et plus malin : c'était un garçon. Edvard était convaincu d'occuper une place privilégiée aux yeux de ses parents ; il était tout bonnement plus important qu'elle, il avait davantage de valeur pour eux. Il était l'élu. Arrivé à l'âge adulte – mais il lui fallut attendre un bon moment après la mort de leurs parents –, Edvard se mit à douter de la véracité de cette conviction sacrée, et pour ainsi dire innée, d'être le favori de ses parents. En tout état de cause, il ne trouvait plus que c'était mérité.

Il ne faisait aucun doute que personne n'avait été plus proche de lui qu'Alma, de toute sa vie. C'était à elle qu'il avait parlé, demandé des conseils, c'était sur son épaule qu'il avait pleuré, et c'était son attention à elle qu'il réclamait plus que tout quand il racontait ses exploits. C'était aussi vrai maintenant qu'ils avaient quatre-vingt-six et quatre-vingt-neuf ans que quand ils en avaient huit et onze, ou trente-quatre et trente-sept, à cela près que les exploits n'étaient plus légions et qu'Alma n'était plus celle qu'elle était naguère.

Edvard et Alma Frisbakke avaient eu une enfance très heureuse. Ils avaient grandi dans une famille où l'argent ne manquait pas, mais où le gaspillage était inconnu – au quotidien, en tout cas. La famille habitait une maison en pierre dans l'ouest d'Oslo, entourée d'un jardin planté d'arbres fruitiers et de quelques rangées de légumes. Frederik Frisbakke, le père d'Edvard et Alma, avait fait des études d'ingénieur. Leur mère, Ragnhild, était femme au foyer, comme il se doit. Edvard et Alma avaient droit à leur cuillérée d'huile de foie de morue le matin et faisaient leur prière chaque soir. Leur mère jouait aux cartes avec eux, leur lisait des histoires et leur chantait des chansons de Margrethe Munthe[1]. Leur père emmenait Edvard à la pêche et caressait d'un air absent la tête d'Alma. Ils vivaient ensemble dans la plus grande tolérance et en parfaite harmonie.

Edvard et Alma avaient eu une enfance sans incidents. Un flux régulier de jours, de mois et d'années s'était écoulé sans rupture sensible. S'il ne fallait retenir qu'un adjectif pour quali-

1. Margrethe Aabel Munthe (1860-1931), écrivaine et enseignante norvégienne.

fier cette enfance, ce serait *prévisible*. Les deux enfants se couchaient chaque soir avec la certitude inébranlable de ce que le lendemain serait fait, ainsi que le surlendemain. Jeux dans le jardin, plus tard dans la rue avec les copains de classe, devoirs, lecture à voix haute, dîners à la table de la cuisine, au salon le dimanche. Ainsi s'étaient succédé les jours, année après année, d'un bout à l'autre de l'enfance. Deux jours, cependant, étaient sortis du lot chaque année, plus importants pour Edvard et Alma que la Fête nationale et la veillée de Noël : chaque année jusqu'aux seize ans d'Edvard, leurs anniversaires respectifs avaient donné lieu à de grandes réjouissances, réunissant pas moins de quarante personnes de la famille.

Puisque Alma est née au tout début janvier et que Edvard vint au monde par une douce journée du mois de juin, les célébrations revêtaient des aspects assez différents. On fêtait celui d'Alma sept jours avant la date réelle, entre Noël et le jour de l'an. Naturellement, tout le monde restait à l'intérieur, dans les grands salons chez l'ingénieur Frisbakke. Le sapin de Noël occupait sa place attitrée près de la cheminée, dans le plus beau salon. Les lumières étaient allumées – des bougies étaient fixées aux branches à l'aide de petites pinces en argent et, par mesure de sécurité, un seau plein d'eau à ras bord était toujours à disposition derrière la porte. Il flottait une odeur de savon noir et d'encaustique, de merveilles et de biscuits nappés d'une couche de macaron. À chaque anniversaire d'Alma, sans exception, on servait un appétissant jambon de Noël suédois, laqué à la moutarde. Puisque l'enfant qui fêtait son anniversaire pouvait choisir le dessert et qu'elle n'arrivait jamais à décider de ce qu'elle préférait, le choix allait du bavarois de la reine Maud (un bavarois velouté et sucré à la cerise alternant avec des couches de chocolat en copeaux) à la compote de cerise en passant par le pudding au caramel. Le grand frère de la susnommée, qui s'enorgueillissait dans d'autres circonstances de savoir ce qu'il voulait, n'arrivait pas non plus à élire son dessert préféré ; en d'autres termes, lui aussi se satisfaisait de cette valse de desserts.

La mère, le père, Edvard et Alma accueillaient toujours leurs invités dans le premier salon, vêtus de leurs plus beaux vêtements. Le père en costume sombre, sous une moustache cirée avec soin. La mère en robe de soie noire, rehaussée d'une broche ancienne sur la poitrine. Edvard avait les cheveux plaqués sur le crâne, Alma portait son collier de perles. La bonne se tenait dans l'entrée. Quand il y repensait, Edvard se disait que la bonne était *toujours* une fille bien en chair au visage constellé de taches de rousseur et qui parlait un dialecte de la campagne, même si la réalité était vraisemblablement différente ; la plupart des bonnes chez M. et Mme l'ingénieur ne restaient qu'un an ou deux avant de chercher une place ailleurs. Pas parce qu'elles ne se plaisaient pas chez les Frisbakke, mais sans doute parce qu'il ne se passait jamais rien chez ces gens-là. En tout état de cause, la bonne ouvrait la porte, prenait manteaux et pardessus sur son bras et les chapeaux du bout des doigts. Discrète et obligeante, elle faisait comprendre d'un mouvement de tête et d'une révérence que les invités pouvaient entrer au premier salon, où les attendaient les quatre membres de la famille. Mme Frisbakke proposait du punch préparé dans un énorme saladier en argent – une pièce héritée de sa famille à elle, les Krogh. Elle servait, souriait, disait toujours ce qu'il fallait. De son côté l'homme de la maison discutait avec les autres hommes, donnait des tapes sur les épaules des adultes, du frêle oncle Georg au colossal grand-oncle Herman.

Les frères et sœurs des parents d'Edvard et Alma venaient toujours aux anniversaires de leurs neveux ; en compagnie de leur conjoint respectif – hormis la sœur la plus âgée de leur mère, qui n'était pas mariée et ne le serait jamais (l'un des *leitmotive* dans la famille) – et de tous leurs enfants – un nombre qui ne cessait de croître au fil des années. Aussi longtemps qu'on organisa ces réunions d'enfants, il en vint de nouveaux. Chaque année, Edvard et Alma avaient au moins un cousin à douce fontanelle ou une toute jeune cousine écarlate et furibarde de surcroît. La dernière année, trente et un enfants étaient présents, y compris Edvard et Alma. Lorsque ces fêtes prirent fin, les frères et sœurs des parents Frisbakke cessèrent de fabriquer des enfants – il est peu probable que la fécondité de la famille ait été liée à ces réceptions, mais sait-on jamais. Edvard et Alma se retrouvèrent donc avec vingt-neuf cousins et cousines. Un nombre considérable. Rien à dire de la productivité, non, c'était un autre refrain. Nous ne faisions que ce qu'*Il* disait. Nous étions fertiles, nous avons été de plus en plus nombreux, nous peuplons la Terre, pouvait compléter quelqu'un d'autre avec satisfaction. Mais en moyenne, il n'y avait pas une quantité si impressionnante d'enfants par couple ; un misérable 3,1 enfants, calculèrent Edvard et Alma en fin de soirée quelques années après que l'anniversaire d'Edvard eut cessé d'être la principale fête de l'été, et celui d'Alma l'apogée des réjouissances de fin d'année. Si Edvard et Alma avaient tant de cousins et cousines, c'était surtout parce que leurs parents, et en particulier leur mère, avaient des tas de frères et sœurs. D'accord, leur père n'avait que deux frères. C'était aussi le cas de leur mère, mais elle avait en plus cinq sœurs.

Si la mère, le père, et les enfants Frisbakke composaient une famille des plus banales, plusieurs de leurs parents proches sortaient résolument de l'ordinaire. La sœur aînée de leur mère, la tante Ada, par exemple, qui, toute petite comme elle était, se singularisait aussi par son apparence. Le père et les oncles d'Edvard, le Cheval et Chair à saucisses – ou Asbjørn et Jens, comme ils s'appelaient hors du cercle familial –, étaient tous de forte carrure. Mais pas aussi grands que les deux frères de Ragnhild Frisbakke, née Krogh. Tous les membres de la famille Krogh étaient exceptionnellement grands, à l'exception de tante Ada. Tante Ada, ou Lillemor, comme on l'appelait pour des raisons évidentes[1], était minuscule. Elle ne devait pas dépasser le mètre cinquante. Elle avait une grosse tête et de petits membres, comme une naine. Sa peau était blafarde et semée de cicatrices d'acné, ce qui ne l'avait sûrement pas embellie dans sa jeunesse, et sa joue gauche était ornée de fines stries, comme l'empreinte d'une fourchette sur une brioche. Pour Edvard et Alma, Lillemor fut la première rencontre avec le péché. Tante Ada était le fruit du péché. La pauvre. C'est une drôle de destinée que d'être un avortement raté, avaient-ils entendu dire à son adresse un très grand nombre de fois. Ils se cachaient toujours derrière les portières pourpres pour écouter leur mère et les autres dames discuter, et chaque fois que tante Ada se retirait pour repoudrer son nez et ses joues meurtries, il se chuchotait des commentaires sur elle. Les premières années, Edvard et Alma n'étaient pas assez grands pour comprendre les termes curieux employés par les autres femmes, ils ne comprenaient goutte à ce qui arrivait à Lillemor, hormis qu'elle était une chose scandaleuse, honteuse, ténébreuse et secrète. D'une façon ou d'une autre, ils faisaient le lien entre les bribes entendues sur le sort de Lillemor et les bandes de tricot que leur mère dissimulait dans le tiroir du haut de la commode en acajou de leur chambre. Et bizarrement, ils ne se trompaient pas.

1. *Lillemor* est un prénom norvégien assez peu courant, initialement un surnom affectueux construit sur *lille* (petit[e]) et *mor* (mère).

Edvard ne tarderait pas à associer Lillemor et sa destinée à ce qui arriverait à Lisbeth Petit Elfe.

Lillemor était un accident, disait-on. Ils n'étaient même pas fiancés, avait coutume de souligner Mme Frisbakke. Pas étonnant que maman ait essayé d'avorter, chuchotait alors une autre sœur de Lillemor. Les premières années, Edvard et Alma ne comprirent pas le sens du mot *avorter*, ils entendaient *apporter*, ce en quoi ils n'avaient pas tout à fait tort non plus. Maman et Papa étaient tellement amoureux, ils n'ont pas pu attendre, affirmait-on entre les gloussements. Ils n'ont pas pu attendre *quoi* ? Alma se tenait tout contre Edvard et lui soufflait dans la nuque, il faisait une chaleur insupportable derrière les épaisses portières en velours. Malgré tout, il lui passa un bras autour de la taille et la serra contre lui, il sentait l'un de ses coudes aigus contre son flanc. Chut, soufflait Edvard contre les cheveux blonds d'Alma. Le frère et la sœur restaient toujours un bon moment ainsi, et à chaque année qui passait, ils en comprenaient un peu plus. Ces marques mystérieuses sur la joue ? Oh, c'était certainement la curette qui l'avait égratignée lors de la tentative d'avortement. On chuchotait aussi que ce devait être le talon de la lame qui lui avait abîmé l'épaule et lui avait valu de rester si petite. À moins que ce ne soit qu'une punition divine ? Il Lui arrivait parfois de punir des innocents. En l'occurrence un enfant qui n'avait rien fait.

Les fêtes de fin d'année étaient toujours tranquilles. Les nombreux degrés en dessous de zéro y étaient sans doute pour beaucoup, c'était en tout cas comme si les invités n'étaient jamais complètement réchauffés par le punch chaud ou le feu de cheminée, comme si toute la famille Frisbakke-Krogh était composée d'animaux à sang froid dont le corps ne fonctionnait pas à plein régime en hiver. Le jour de l'anniversaire d'Alma, tout se déroulait au ralenti, de façon mesurée et feutrée. On parlait à voix basse, on n'éclatait pas de rire et on s'amusait avec modération. On jouait aux cartes (les enfants jouaient au pouilleux ou à la crapette, alors que la plupart des adultes préféraient le bridge ; quelques-unes des tantes insistaient cependant pour avoir leur table de whist). On sortait le vieux billard à l'ancienne et on faisait du mime (il arrivait encore à Alma de pouffer de rire si le souvenir d'un oncle barbu se tortillant sur le sol pour figurer *le serpent du paradis* ou de la très correcte Mme Frisbakke incarnant *le septième père* remontait à l'improviste). Si quelqu'un avait la chance de trouver une noisette double, on faisait philippine. Il fallait trouver un adversaire, lui donner l'une des deux moitiés du fruit et parier sur celui ou celle qui serait le premier à dire « philippine » lors de leur prochaine rencontre. Alma avait un talent particulier pour choisir les coques replètes qui contenaient deux amandes, puis pour ne pas oublier, et elle avait déjà gagné plusieurs cochons en massepain. Alma adorait ces réceptions de Noël.

Les réunions estivales, organisées en l'honneur d'Edvard le jour même de son anniversaire, étaient en revanche très différentes. Et encore plus réussies. Les invités, exactement les mêmes qu'entre Noël et le jour de l'an, étaient pleins d'énergie et bouillonnants de *joie de vivre* – comme le disait tante Ada en français, même si elle donnait l'impression d'en être totalement dénuée. Elle avait étudié cette langue à la Sorbonne et ne ratait jamais une occasion de briller grâce à son français. L'hiver obscur et le printemps gris et boueux étaient terminés pour de bon. Ça fait plusieurs semaines que la sève monte en nous, chuchotait souvent le père à Alma, et lorsque les familles Frisbakke-Krogh se retrouvaient à ce moment-là, ils explosaient de joie et d'énergie. Car, tel un miracle annuel, l'anniversaire d'Edvard tombait systématiquement sur la première journée de vraie chaleur.

Mme Frisbakke dressait un buffet dans le jardin. Elle réunissait trois tables, trois plateaux gigantesques conservés à la cave le restant de l'année que l'on ne ressortait que pour les réceptions estivales, le plus souvent réduites à l'anniversaire d'Edvard – c'était en tout état de cause le seul événement où les trois plateaux servaient en même temps. On les posait sur des tréteaux faits maison, en un ensemble vaguement branlant, bancal et peu esthétique. Mais dès que la mère et la bonne sortaient les nappes damassées, si blanches qu'elles faisaient mal aux yeux des enfants dans la lumière éclatante, et les disposaient sur les tables, Edvard et Alma commençaient à frémir d'envie. La fête d'anniversaire d'Edvard représentait pour Alma, l'enfant de l'hiver, l'apogée incontournable de l'année.

Alma, sa mère et la bonne faisaient la navette entre l'office et la table sous les arbres. Edvard était un garçon, le génie de la famille et le grand espoir de sa génération, en conséquence de quoi il en était exempté. Personne n'attendait que *lui* participe, et s'il allait chercher un ou deux verres à facettes, on louait vigoureusement sa contribution. Personne n'avait rien à redire à cette organisation, c'était ainsi que la nature était faite : les femmes rapiéçaient les vêtements, faisaient le ménage et la cuisine, décoraient, mettaient la table et faisaient la vaisselle. Les hommes fumaient la pipe et gagnaient de l'argent, ou somnolaient dans un hamac en se réjouissant des événements de l'après-midi, portaient peut-être quelques verres en cristal sur la table, les disposaient au mauvais endroit mais recevaient un déluge de remerciements de la part de la mère, de la sœur ou de la bonne. Il en était ainsi, comme il se devait.

Les femmes, les deux grandes et la petite, commençaient à sortir la nourriture. Des plats de toutes les formes : ronds, ovales, carrés, plats creux et moins creux, l'un après l'autre, puis des saladiers, et quelques terrines pour finir. Les tables se chargeaient de mets en tous genres : rôti de veau froid, salades et pâtés, sauce aux herbes et saumon cuit, tartes, tourtes et trois genres de roulés (fraise, crème pâtissière et chocolat), une ribambelle de biscuits et au moins quatre plats de gelée tremblotante. Le tout arrivait sur la table en une seule fois, et il était permis de commencer par le dessert si on le souhaitait – bien entendu, certains enfants le désiraient chaque fois. Les femmes se préparaient en un temps record, M. Frisbakke se levait en bâillant de son hamac. Et *maintenant* les invités pouvaient arriver, ce qu'ils faisaient. Tante Elida, l'oncle Rull et leurs enfants arrivaient toujours les premiers, souvent dix minutes avant l'heure convenue (— Mince, nous sommes les premiers, Ragnhild ? Cette année encore ! — Vous n'en êtes pas moins les bienvenus !), puis le reste du groupe déferlait par le portail brun, en criant, en riant, en discutant. Les dames en robes à fleurs, certaines des plus âgées portaient des chapeaux, les hommes en costumes d'été clairs, les petites filles en robes empesées à col blanc et aux cheveux ornés de rubans, les garçons les plus jeunes en costume de marin, leurs aînés en culotte courte sage et chemise repassée avec soin, les plus âgés (ceux dont la voix avait mué et qui avaient du duvet sur la lèvre supérieure) en pantalon. Le niveau sonore montait sensiblement pour les salutations, qui ne duraient jamais moins de vingt minutes. Il fallait prendre dans ses bras, embrasser, serrer la main – en adaptant chaque fois. Les apports à la famille devaient être montrés et admirés, les parties de leurs corps placées dans le contexte familial – Tu ne vois donc pas qu'il a le nez de tante Svanhild ? Et regarde juste les yeux ! Un petit Krogh tout craché ! –, tandis que les plus grands enfants se voyaient félicités pour les centimètres acquis au cours des six derniers mois. Pendant ce temps, la bonne se frayait un passage à contre-courant à travers la foule des invités en distribuant des coupes de champagne aux adultes et des verres de limonade aux enfants.

Et Edvard Frisbakke, le jeune Edvard Frisbakke, se tenait au milieu de cet océan de gentils cousins bruyants, tel un îlot frémissant d'excitation à l'idée de ce qui arrivait et de plaisir de l'instant. Tôt ou tard, de préférence tôt, tous venaient le voir, lui, pour lui passer une main dans les cheveux, l'embrasser ou lui assener une gentille bourrade quelque part au-dessus de la ceinture. C'était son anniversaire, c'était lui le personnage principal, l'espoir de la famille, le génie chez les Frisbakke-Krogh, le doué, celui qui avait la tête la plus claire.

1934, l'année de naissance de Shirley McLaine et Youri Gagarine. Donald Duck apparut comme second rôle dans le film *The Wise Little Hen*. Le 7 avril 1934, plus de quarante personnes perdirent la vie à Tafjord lorsqu'une partie de la montagne s'effondra dans la mer. Peu de temps après son anniversaire, Edvard lirait les détails de la Nuit des Longs Couteaux, qui eut lieu le 29 juin. Beaucoup de choses n'allaient pas dans le monde, certaines réalités n'avaient pas épargné Edvard même s'il était un garçon protégé, gâté, vivant dans l'un des plus beaux quartiers de la ville. Cette année-là, il fêtait son seizième anniversaire et on le considérait pratiquement comme un adulte. Pourtant, il était toujours aussi convaincu qu'à l'intérieur de la clôture brune tout était bon. Edvard adorait sa famille. Le sang est plus épais que l'eau, cette sentence revenait à intervalles réguliers d'un bout à l'autre de l'année autour d'Alma et Edvard. Au cours des réunions annuelles, l'utilisation de cette comparaison était plus que fréquente.

Si l'on dilue le sang dans plusieurs bouteilles de champagne vidées sous un soleil bien éclatant et bien chaud, il peut naturellement survenir des heurts ; les caractères trempés ne manquaient pas. Ce n'était pourtant jamais que des chicaneries superficielles, une discussion anodine, une joute verbale. La chose se produisait tous les ans, et passait vite. Cela n'avait le statut que d'un divertissement rafraîchissant. Il faut des accrochages, disait M. Frisbakke, on ne fait pas de fête sans. En tout cas, les enfants attendaient toujours avec impatience l'instant où deux tantes s'échaufferaient et, d'une voix faussement courroucée, avec de grands mouvements de bras drapés de soie. Avec le même entrain, les jeunes de la famille se rassemblaient autour des deux coqs à la seconde même où deux oncles se raclaient la gorge, haussaient la voix pour s'envoyer deux ou trois vérités enjouées et peut-être se filer quelques bourrades joviales dans la poitrine. Les échauffourées duraient rarement plus de quelques minutes, à l'issue desquelles les deux tantes – ou les deux oncles – se tombaient dans les bras l'un ou l'une de l'autre, arrondissaient les angles, changeaient de point de vue. Et ceux qui avaient quelques secondes plus tôt exprimé leur désaccord avec ce que l'autre soutenait se posaient alors en ardents défenseurs du même point de vue. Cela faisait partie du jeu, et jusqu'au seizième anniversaire d'Edvard, les ragots et ces confrontations facétieuses furent ce que les réunions de famille pouvaient proposer de plus dramatique. Edvard croyait dur comme fer au bon en l'homme. Mais après ce qui se produisit lorsqu'on fêta son anniversaire en 1934, il comprit qu'il s'était trompé, sur les autres comme sur lui-même. Après ce qui advint, les réunions d'enfants durent tout naturellement cesser. Tout le monde s'en rendit compte, et aucun enfant ne posa la moindre question aux adultes sur le sujet. Ils ne comprenaient pas grand-chose à ce qui s'était passé, hormis qu'on ne parlait pas de ça. Pas avec les adultes. Alma, Edvard et tous les autres enfants de la famille avaient toujours entendu dire que ces réunions se poursuivraient jusqu'à la confirmation d'Alma, qui était la plus jeune enfant des hôtes. L'été où nous aurons deux enfants adultes, c'en sera terminé des réunions d'enfants, répétait M. Frisbakke chaque année. Oui, à ce moment-là, nous trouverons autre chose, ajoutait la mère. Mais la dernière réunion se tint un an *avant* la confirmation d'Alma, et l'on ne trouva jamais rien d'autre. C'était irrémédiablement terminé.

Bon nombre des membres de la famille Krogh-Frisbakke avaient un surnom. Oui, presque tout le monde avait deux noms : un nom de baptême, et un hypocoristique. Si la petite tante Ada était le plus souvent désignée comme Lillemor, presque plus personne ne connaissait les vrais noms des deux tantes Tulle et Blippe. L'oncle Asbjørn était alternativement appelé comme ça et le Cheval (et aucun de ceux qui ont vu la bouche et les dents de l'oncle Asbjørn n'aura l'idée de se demander d'où ce surnom lui venait). Edvard et Alma avaient des versions tronquées de leurs noms de baptême, qu'on utilisait souvent dans la famille : Ed et Alm. Le frère aîné de papa, l'oncle Jens, portait donc le nom de Chair à Saucisse. Et, à l'instar du Cheval, il y avait des raisons physiques évidentes à ce sobriquet. L'oncle Jens était grand et uniformément fin, rien ne rompait les lignes verticales de ce corps : le menton et le nez étaient très peu proéminents, ses oreilles collaient à son crâne, il n'avait ni ventre, ni hanches ni derrière. En d'autres termes, il ressemblait à un boyau densément rempli, posé sur une extrémité. L'oncle Jens n'avait par ailleurs pas le moindre cheveu (oh oui, il avait eu la plus belle crinière du monde, mais avait tout perdu pendant cette épouvantable épidémie de grippe espagnole, en 1918), et ce signe distinctif renforçait évidemment sa ressemblance avec une saucisse. Ou plus exactement : une personne dans un boyau à saucisse. Son crâne dénudé était très différent des autres crânes. La différence la plus évidente résidait dans sa couleur. Sa tête était presque pourpre, et donnait un peu l'impression d'être spongieuse ; enfant, Edvard avait toujours eu envie de lui appuyer sur la tête, et il était convaincu que l'empreinte de ses doigts resterait bien visible dans la peau rouge bleuté de l'oncle Jens, avant qu'elle regonfle lentement en faisant disparaître les traces.

Une cousine, l'une des préférées d'Edvard et Alma, était surnommée Petit Elfe. Lisbeth, de son vrai nom, était la fille cadette de l'oncle Harald et de la tante Elfride. En 1934, Petit Elfe avait six ans. Elle était nettement plus petite que la plupart des enfants du même âge, et donc bien plus petite que les enfants de six ans l'étaient dans cette famille de colosses. Ses cheveux étaient blanc laiteux, sa peau aussi claire que ses cheveux, mais avec une nuance un peu dorée – comme du lait auquel on aurait mélangé un peu de miel. Sa voix aussi faisait penser à du miel ; elle était douce, sucrée, tendre, coulante. Elle ne parla pas avant d'avoir quatre ans, mais à partir du moment où elle se sentit en confiance dans cet exercice, elle le maîtrisa pleinement. Elle parlait constamment, dans un flot intarissable. Elle avait une affection particulière pour les mots longs et étranges mais, en dépit de son talent linguistique, il ne faisait aucun doute qu'elle n'était pas comme les autres enfants de la famille ; elle était assez pauvrement dotée. Oui, s'il faut être honnête, Lisbeth Petit Elfe était une enfant pour le moins niaise. On ne discutait jamais de ce point. Pas parce que ses parents avaient honte de sa pauvreté intellectuelle, mais plutôt parce qu'ils l'acceptaient, voire l'adoraient telle qu'elle était. Ils ne *pouvaient pas* la changer. (On n'a pas le droit d'échanger les enfants, disait toujours M. Frisbakke quand il était mécontent des siens. Ni repris ni échangés, concluait-il en leur pinçant la joue.) Mais l'oncle Harald et la tante Elfride *ne voulaient pas* changer Lisbeth.

La fillette avait un visage étroit sous un front large. Ses oreilles étaient assez grandes et pointues à leur extrémité, comme sur les représentations d'elfes. À six ans, Lisbeth était d'une maladresse étonnante : elle n'arrivait pas à nouer ses lacets, à boutonner un vêtement, elle était presque exclusivement alimentée par ses parents ou ses grands frères et grandes sœurs – ou par quiconque avait la bonne idée de se trouver à proximité. Il n'était pas difficile de trouver quelqu'un pour participer. Lisbeth Petit Elfe avait quelque chose en elle qui déclenchait chez n'importe qui l'envie de l'aider, de la porter dans ses bras et de la promener, de la serrer contre soi. Elle était adorable. Elle était la poupée de la famille, et tout le monde rivalisait pour la gâter. Edvard et Alma n'étaient pas les seuls à l'adorer. Tout le monde l'aimait.

Bien des années après la mort de Petit Elfe, Edvard se rendit compte qu'elle avait souffert du syndrome de Williams, un état congénital assez rare dû à un gène défectueux dans le chromosome sept. Tout concordait : l'apparence caractéristique, la passion des beaux mots étranges, l'attitude. Pendant un temps, Edvard lut toute la littérature qu'il put trouver sur le syndrome de Williams. Pour mieux comprendre Petit Elfe, croyait-il. Ou pour réduire mystérieusement le poids de son péché ? Qui sait ? Edvard Frisbakke peut lire toutes les parutions médicales qu'il veut, les études psychiatriques aux couvertures rembourrées, les rapports juridiques en reliures de cuir. Ça ne change rien. Pas son omission. Ni rien d'autre. Cela se produit tout le temps, chaque jour, partout dans le monde. Ce jour-là, le jour de l'anniversaire d'Edvard, le jour où Petit Elfe descendit à la cave avec l'un de ses nombreux oncles pour y chercher de la bière fraîche, Edvard n'était qu'un gamin, ni petit, ni grand, qui ne connaissait que les bonnes choses et ne croyait qu'à ça, en tout cas à l'intérieur de la clôture brune.

La plupart des enfants avaient quitté la table, ils s'étaient installés, avachis, çà et là sur la pelouse pour discuter, se chatouiller, se taquiner ou se défier les uns les autres comme les cousins le faisaient si souvent chez les Frisbakke-Krogh. Edvard et Alma avaient chipé une petite provision de sucreries dans une serviette. La gelée imprégnait le tissu blanc et se mélangeait à deux sortes de gâteaux qui s'étaient fondus en une sorte de texture indéterminée dès leur départ de la table. Un peu à l'écart, près des groseilliers, Edvard et Alma s'en délectaient en compagnie de Lisbeth, mangeaient de la gelée et du gâteau avec les doigts, profitaient de la vie. Edvard portait un pantalon long (clair et large, comme le voulait la mode). Il avait eu seize ans ce jour-là, il était pour ainsi dire adulte. Il aurait dû être en train de discuter avec les autres hommes, il en avait bien conscience. Mais il semblait savoir que son enfance prendrait fin au cours de cette journée, et insistait donc pour y rester encore un peu durant cet après-midi de juin 1934. Il faisait mine de ne pas comprendre les regards réprobateurs que lui adressait son père de temps à autre. Il *voulait* rester assis dans l'herbe avec Lisbeth et Alma, à s'empiffrer de sucreries poisseuses.

C'étaient donc Edvard et Alma qui tenaient compagnie à Lisbeth quand l'oncle Jens vint lui demander si elle voulait l'aider à remonter quelques bières bien fraîches de la cuve en béton de la laverie. Lisbeth accepta, comme toujours. La fillette était incapable de dire non à qui que ce fût. Même si elle appréciait cet instant merveilleux passé au soleil avec Edvard, Alma et la gelée, elle avait l'intuition que la proposition suivante serait une expérience encore plus satisfaisante. Une conception de la vie bien enviable – si seulement elle n'avait pas été si... *erronée*. Donc, Lisbeth Petit Elfe accepta. Elle se retrouva assise sur les épaules tombantes de son oncle, et leur fit signe de là-haut, d'un petit bras blanc mu par un enthousiasme crédule, tandis que sa voix de miel enchaînait gaiement les incohérences sur les oncles fabuleux, la bière laryngorafraîchissante (oui, elle *disait* laryngorafraîchissante –, un mot typique d'elle) et les princesses merveilleusement belles.

Ayant terminé gelée et gâteau, Edvard et Alma plaisantaient avec quelques petits cousins en tenue de matelot. Pour une raison inconnue, un silence, peut-être, Edvard se leva et alla vers l'escalier de la cave. Jamais il n'oublia ce qu'il vit en bas. Il s'était collé au mur, sans parvenir à émettre le moindre son. Il avait eu le souffle coupé. Lorsqu'il avait enfin pu se retourner pour remonter sans bruit l'escalier, ses genoux flageolaient et ses jambes étaient bizarrement privées de forces. Il s'était glissé dans la maison, dans la salle de bains, et y était resté un court instant avant de revenir s'asseoir dans l'herbe, tout contre Alma. Tu veux encore du gâteau ? Non merci, avait-il murmuré.

Peu de temps après, l'une de leurs plus jeunes tantes eut besoin d'une chaise longue. Elle déclina en riant plusieurs généreuses propositions d'assistance pour le portage (Appelez ça l'émancipation si ça vous chante, mais j'y arriverai !), descendit l'escalier de la cave pour remonter le siège par ses propres moyens. Elle revint les mains vides.

Lisbeth était assise sur les genoux de sa mère. Elle n'avait pas changé d'aspect, mais il y avait tout de même quelque chose de différent. Elle se cramponnait à sa mère comme un petit singe effrayé, et pour une fois, Lisbeth ne disait rien. Tous les adultes avaient dû comprendre immédiatement ce qui s'était passé entre elle et l'oncle Chair à Saucisse. Un silence absolu s'était fait et avait duré assez longtemps pour que plusieurs enfants se doutent que quelque chose ne tournait pas rond. À présent, ils s'agglutinaient maintenant autour des adultes.

— Que s'est-il passé ? demanda l'un d'entre eux en jetant à la ronde des regards perplexes.

— Qu'est-ce qu'elle a, Lisbeth ? voulut savoir Alma, qui avait toujours eu une grande intuition.

— Lisbeth a un problème ? s'enquit un cousin qui n'avait pas la même finesse qu'Alma.

— Non, répondit l'oncle Harald, le père de Lisbeth. Elle n'a aucun problème.

— Tu peux me faire passer un morceau de pièce montée ? demanda l'une des tantes. Donne-moi juste une part, pas besoin de tout le plateau.

— Cette tarte aux fruits était tout à fait merveilleuse, complimenta une autre tante (peut-être Mathilde, qui était mariée à l'oncle Chair à Saucisse) en jetant un coup d'œil à Lisbeth.

— Oui, Ragnhild connaît son sujet, répondit le père d'Edvard et Alma, et tout le monde remarqua qu'il ne regardait pas vers sa femme, mais vers la maison.

— Ça se couvre un peu ? intervint tante Trine avec un regard vers le ciel, en tendant une main devant elle, paume vers le haut. Il n'y a pas un peu de pluie dans l'air ? Ce qu'il fait lourd !

— Le ciel n'a jamais été aussi bleu, fit remarquer quelqu'un.

— Bon, reprit tante Trine en baissant sa main. Bon. Puis-je avoir un peu de sucre ? Où est le sucrier ? Est-ce que quelqu'un voit le sucrier ? Ohé, quelqu'un ?

— Ici, répondit tante Elfride, la mère de Lisbeth. Elle parlait bien trop fort pour que ça pût paraître sérieux.

Plusieurs enfants avaient fini par comprendre qu'il était arrivé quelque chose à Lisbeth. Elfride desserra la prise crispée de sa fille autour d'un de ses bras, tendit la main vers le sucrier, l'attrapa et le donna à sa belle-sœur Trine. Le silence retomba de nouveau. Les plus grands enfants formaient un demi-cercle autour de la table, certains s'étaient rassis à leur ancienne place. Tous attendaient. Tout le monde pressentait qu'il allait se produire quelque chose.

— Alors, comment vont les affaires ? s'enquit un oncle en quittant ses lunettes de corne pour les essuyer ; mais sa question ne s'adressait à personne en particulier, et personne ne se sentit tenu de répondre.

— Les études, ça file toujours autant ? gronda alors un grand-oncle à l'attention du cadet des oncles mariés qui terminait ses études de droit.

L'étudiant ne répondra jamais, il n'ira jamais plus loin qu'un petit rire introducteur devant la plaisanterie rebattue du grand-oncle.

— Tu as une tête de bite, lança la mère d'Edvard et Alma d'une voix bien claire depuis l'extrémité de la table, où elle était assise très droite et très digne.

L'oncle Jens, au joyeux sobriquet de Chair à Saucisse, venait de revenir à la table. Il se figea, puis baissa la tête vers l'herbe vert luisant. Tout à coup, il fut clair comme de l'eau de roche pour tous les présents que Ragnhild Frisbakke avait eu raison. Tous les rires, toutes les conversations cessèrent. Les oiseaux se turent. Les sauterelles ne stridulaient plus. Plus personne dans la famille Frisbakke-Krogh ne respirait. Une bonne douzaine de cousins s'arrêtèrent de mâchonner, et la moitié d'entre eux oublièrent l'une des règles les plus profondément enracinées en gardant la bouche ouverte pendant plusieurs secondes d'affilée. Tout le monde regardait l'oncle Jens. Chacun attendait la suite. Mme Frisbakke, qui avait d'abord joint les mains sur sa poitrine, les baissa et les posa sur ses hanches. Le geste fit scintiller sa broche, dont le reflet aveugla Edvard, le contraignant à fermer les yeux.

— Maintenant, je sais que tu en *es* une, poursuivit-elle.

Par la suite, l'épisode resta pour Edvard et Alma nimbé des brumes de l'irréalité. Le simple fait que leur mère ait prononcé le mot innommable transformait l'ensemble en une chose qui n'avait pas pu arriver. Personne n'employait un tel vocabulaire chez Edvard et Alma. C'était le langage de la rue ; il était totalement proscrit ne serait-ce que de *penser* un mot comme celui-là ; on n'était pas censé savoir que ça existait. Pour Edvard, la conduite de sa mère lui fut également une épreuve. Car cette forte réaction lui prouvait sa complaisance de façon encore plus évidente. *Elle* l'avait dit, *lui* avait regardé.

Alma n'arrivait pas à croire complètement que leur mère connût la signification de ce mot, sans parler de ce qu'elle savait sur la partie du corps mentionnée. Edvard la fit taire ; il refusait de parler de ça. Les regards d'Edvard et Alma se croisèrent à plusieurs reprises au-dessus de la table, ils venaient d'observer leur mère stricte, correcte et pudique servir le chocolat chaud ou acquiescer à ce que disait leur père, et dans ces instants-là, ils pensaient tous les deux la même chose : elle *n'a pas pu* le dire. Cela était impossible. Jamais leur mère n'aurait employé un mot aussi vulgaire, ce mot de la rue. Plus tard, les enfants se rendirent compte qu'elle avait dit *tête de bite*, et non *face de bite*, qui était d'après leur modeste expérience l'expression utilisée par les gens qui disaient ce genre de choses. Il ne pouvait y avoir qu'une seule et unique explication : elle *avait* prononcé ce mot dans la chaleur frémissante de ce jour de juin.

Alma ne savait pas très bien ce qui était arrivé à Lisbeth près de la cuve en béton à la cave. Elle savait que c'était obscur et défendu, une chose dont on ne parlait pas avec les adultes, et encore moins avec ses parents. Edvard, en revanche, le savait parfaitement mais, puisqu'il ne révéla jamais à personne – pas même à Alma – qu'il avait été le témoin muet de la scène, il pouvait presque se figurer qu'il en savait aussi peu que sa sœur.

Edvard et Alma ne revirent jamais Lisbeth. Ce fut aussi la fin irrémédiable des réunions d'enfants, qui réunissaient les deux familles. C'étaient les fêtes d'anniversaire d'Edvard et Alma qui avaient été le ciment entre les deux familles. Depuis, les Frisbakke et les Krogh ne se côtoyaient plus du tout. Chaque branche se réunissait de son côté à l'occasion des mariages, des confirmations et des funérailles. Lisbeth n'y était jamais, et l'on ne prononçait jamais son nom. Ragnhild et Frederik Frisbakke ne le prononcèrent plus avant ce repas dominical en 1946.

Les premières fois où l'on reparla de l'oncle Jens chez Edvard et Alma, M. et Mme Frisbakke employèrent un ton si enjoué que cela choqua les enfants. Mais les adultes retrouvèrent bientôt leur voix normale, comme s'il ne s'était rien passé, et avant la fin de l'année, il revint les voir de loin en loin avec son épouse Mathilde et leurs trois fils, même si c'était moins souvent que naguère. Naturellement, les parents n'avaient pas besoin de faire la leçon à Edvard et Alma pour qu'ils se tiennent comme il fallait. Aucun d'entre eux ne put se résoudre à l'appeler de nouveau Chair à Saucisse.

Les discussions entre Edvard et Alma concernant Lisbeth étaient faites de nombreuses suppositions, peu de certitudes (par exemple, ils durent attendre tous les deux d'être adultes pour se demander, à eux-mêmes et à l'autre, ce que devenaient les trois fils de l'oncle Jens et la tante Mathilde...) et une curiosité insatiable de la part d'Alma. Edvard essayait d'éviter de parler de Lisbeth, mais sans parvenir à laisser le sujet de côté. Il entamait une conversation après l'autre avec Alma en l'appréciant autant qu'il la redoutait. Penser à Lisbeth le rendait furieux. Contre l'oncle Jens, contre les hommes. Contre lui-même. Penser à elle lui procurait aussi un doux fourmillement dans le bas-ventre, en même temps qu'une désagréable impression de vide à l'idée qu'il aurait pu intervenir. Il aurait pu crier. Il aurait *dû* crier, prévenir quelqu'un d'autre. *Il ne l'avait pas fait*. Il regardait, collé à l'un des murs. Il avait eu peur, il n'avait pas été préparé à voir le corps blanc neige de la fillette courbé au-dessus du bac. Et c'est justement pour cette raison qu'il aurait pu hurler. Ou filer chercher quelqu'un. Il repoussait ces idées, il ne pouvait pas se permettre de les avoir, il ne voulait pas les avoir. Mais de temps en temps, le soir, il les laissait venir : les cuisses blanches de Lisbeth. Ses gémissements. Le mur de pierre dur et froid contre sa joue, l'odeur crue de la cave, sa propre excitation palpitante. Il en éprouvait ensuite une honte intense. Il ne se reconnaissait pas. Lui, Edvard Frisbakke, ne pouvait être ainsi. Il se jura de le réparer.

La pièce était beaucoup plus petite que ce à quoi s'attendait Karsten. Sa connaissance des procès se cantonnait en gros à ce qu'il avait vu à la télévision, dans des séries policières américaines ou aux informations norvégiennes. Il regarda autour de lui. Ça n'avait pas encore commencé, il n'y avait que son avocat Erik Mathiesen sur place. Ça devait faire dix minutes qu'ils étaient là, mais il n'avait pas encore été en mesure d'observer son environnement. Par bien des aspects, la pièce était tout à fait ordinaire ; du bois clair, des bancs, des chaises, des lampes de bureau qui ressemblaient à celle qu'il avait eue sur le sien. Le plus effrayant, la seule chose qui pouvait rappeler ses représentations cauchemardesques d'une salle d'audience, outre la tenue noire de Mathiesen qui lui tombait jusqu'aux pieds, c'étaient les trois fauteuils exagérément hauts qui trônaient derrière le bureau à sa gauche : c'était là que les trois juges allaient siéger. À son côté se tenait Mathiesen, son partisan fidèle, son seul et unique ami au monde, son défenseur. Désigné par l'administration, et un inconnu complet une petite demi-heure plus tôt. Celuici était en train de regarder Karsten de ses yeux légèrement exorbités. Ça ne va pas tarder à péter, annonça-t-il en laissant retomber sa main sur une pile de papiers, avec un sourire dont Karsten estima qu'il se voulait rassurant.

Une porte s'ouvrit juste à côté des trois fauteuils, et un cortège de personnages en robe fit son entrée. Tous dégageaient une assurance et une puissance qui trahissaient leur conviction d'être à leur place dans cette salle. Karsten sentit une légère pression sur son coude droit, lui rappelant qu'ils devaient tous se lever et attendre que l'un des juges leur donne l'autorisation de se rasseoir. Ils étaient suivis par un groupe désordonné, comme une classe à la sortie de l'école ; des personnes un peu hésitantes, ne sachant pas trop où regarder, que faire. Le jury. Karsten eut l'impression de chanceler, mais sans doute était-ce seulement intérieur. Il se trouvait en compagnie de gens qui allaient décider de ce que deviendrait sa vie, de sa possibilité de revoir ses enfants et de redevenir leur père, de continuer à exercer son métier, de pouvoir croiser de nouveau le regard d'autrui. Il n'osait pas regarder vers la table des juges, et pourtant il n'avait rien fait qu'il regrettât, il assumait ses actes, car il n'avait jamais rien fait de répréhensible envers ses filles, rien qui justifiât sa présence ici ce jour-là. En conséquence de quoi il ne voulait pas baisser les yeux de honte, comme un misérable criminel. Karsten se détourna du juge, il voulait regarder droit devant lui. Mais droit devant lui, de l'autre côté de la pièce, il y avait le jury. Des gens banals, ses semblables, qui allaient décider si Karsten Wiig était coupable ou non. Une jeune femme était assise au premier rang. À la seconde même où il laissa son regard passer sur ce visage au demeurant aimable, elle leva les yeux et les planta dans les siens. Son expression changea. Un seul mot pouvait illustrer ce qu'il voyait sur ce visage : le mépris. Karsten était un homme adulte. Au cours de sa vie, il avait croisé des gens qui ne l'aimaient pas. Il avait rencontré la fureur, le découragement, la jalousie, des collègues qui lui avaient hurlé dessus. Mais jamais auparavant il n'avait rencontré quelqu'un qui le *méprisait*, qui le regardait comme s'il ne valait rien. C'était après la déposition de Marianne à la police qu'il l'avait vu la première fois, mais il ne s'y était jamais fait, et cela faisait toujours aussi mal.

Plus loin, à la même table que Mathiesen et lui, il y avait le procureur. Celui qui avait reçu de l'argent de l'État pour l'épingler, pour exhumer les choses les plus accablantes sur lui, pour l'envoyer en prison. Celui qui pousserait le jury à le déclarer coupable. Il n'avait presque pas regardé le procureur ; pour Karsten, il n'était encore qu'une silhouette démoniaque vêtue d'une robe noire. C'était un grand type, presque maigre. Ses cheveux étaient tirés en arrière, il avait des traits que sa mère aurait qualifiés de nobles. Il était vieux, mais se tenait étonnamment droit. Droit, raide, fier. Sûr de lui, il ne regardait pas Karsten.

Face à lui, il y avait le jury. Il devait déterminer s'il était coupable. À sa gauche, il avait les juges. Eux devaient décider de quelle manière il serait puni, et pour combien de temps il allait être jeté en prison. À droite, il y avait les bancs du public. Les procès sont accessibles à tous, en Norvège. C'est un des éléments de la démocratie. On en est fier, nous vivons dans un pays où les procès permettent de révéler les choses au grand jour. Public. Spectateurs. Auditeurs. C'est ainsi que ça doit être. Tout le monde peut prendre des jours de congé pour assister à un procès, des retraités peuvent passer tout leur temps au tribunal. Des classes entières sont encouragées à venir s'asseoir à quelques mètres seulement du prévenu. Comme dans un zoo. Un véritable criminel, un voleur, peut-être. Un fraudeur de l'aide sociale. Ils ne peuvent se cacher des regards curieux. On se préoccupe davantage du public, de la démocratie, de la sécurité publique que des sentiments d'un criminel. Non, pas un criminel, on ne l'est pas avant le verdict – si condamnation il y a. Dans ce pays, on est présumé innocent jusqu'à ce qu'on soit déclaré coupable. C'est ainsi. Mais on est exposé, on doit témoigner, on doit accepter les regards curieux d'une classe entière d'adolescents qui mâchent leur chewing-gum en ricanant. Ainsi est la loi dans ce pays. Une loi qui jusque-là l'avait laissé indifférent parce qu'elle ne le concernerait jamais, mais suscitait tout de même une certaine fierté. Voilà pourquoi, la Norvège est un pays où il fait si bon vivre. Le système juridique. La justice. Le contrôle. Des dispositions dont Karsten, en tant que Norvégiens était fier, sans le savoir. Il n'y avait jamais songé, mais c'était ancré en lui. Il était fier de vivre dans l'une des meilleures démocraties du monde, dans un pays où les gens sont égaux devant la loi, où l'on ne condamne pas des innocents, où l'on fait en sorte que la justice soit respectée.

Karsten regarda les bancs du public, pour éviter de voir les juges, pour échapper au regard scrutateur du procureur et à la curiosité des jurés. Ces bancs étaient vides. Dans certains cas, il est indispensable de protéger les victimes. Certaines affaires sont si affreuses qu'on ne peut laisser entrer n'importe qui. Il arrive que le prévenu soit un monstre absolu. Ces procès-là ont lieu à huis clos. Le procès de Karsten Wiig était l'un de ceux-là, et les bancs du public étaient donc vides. Pendant un instant, Karsten en fut accablé, comme si ces sièges déserts étaient le dernier signe de la façon dont le monde le considérait, comme si ses prétendues exactions envers ses filles étaient d'une nature telle que les pouvoirs publics se devaient d'épargner les oreilles et les yeux de ses concitoyens : ils ne pouvaient ni voir ni entendre ça. Il fallait les protéger, tout comme ses filles. L'instant suivant, Karsten éprouva une grande reconnaissance à l'idée que les curieux soient absents de ces bancs. Sa mère vieillissante au premier rang, son fils unique en qui elle avait confiance ; puis, quand le procureur commence sa plaidoirie, une petite hésitation, car elle a pu se tromper. Karsten pouvait-il l'avoir fait malgré tout ? Et les voisins. Ceux qui avaient vu Élise et Henriette jouer dehors, leur avaient gentiment souri quand elles remontaient les marches, avec leurs vêtements pleins de sable et leurs cheveux emmêlés. Imaginez, se murmurent-ils les uns aux autres, imaginez ce que ces deux petites ont subi ! Imaginez la souffrance. Oh, s'écrie un autre, ne m'en parlez pas, les *pauvres* ! Karsten Wiig ! Qui l'eût cru ? Il y a toujours eu quelque chose de bizarre chez lui, dans son regard, dans sa façon de parler à ses filles. Bon, jamais je n'aurais soupçonné ce genre de chose. Non, mais moi, si. Oui, d'ailleurs, je l'ai dit à mon mari il y a peu, c'est ce que *moi*, j'ai toujours pensé.

Ses étudiants, ils auraient pu être présents… Le blond grassouillet à qui il n'arrive pas à faire terminer ses études. Les jumeaux qu'il n'a jamais compris. Et les collègues. Il aurait pu y avoir plusieurs de ses collègues, aux derniers rangs. Les plus curieux. Ceux qui l'enviaient quand il a obtenu cette bourse il y a quelques années. Et peut-être les deux qui l'ont appelé pour faire part de leur sympathie, de leur incrédulité. Mais ici, dans la salle d'audience, eux aussi auraient commencé à douter. Pas de fumée sans feu, se seraient-ils dit, avant de conclure qu'eux non plus ne le connaissaient pas, même s'ils travaillent ensemble depuis plus de cinq ans. Et Barbara. Barbara et ses cheveux noirs et brillants, qui sentent la forêt, Barbara qui l'a soutenu et est restée auprès de lui depuis qu'il a appris que Marianne l'avait dénoncé à la police, en avril dernier, oui, bien avant ça. À l'époque, c'était un amant plein de fougue, un gars à la repartie rapide et qui avait une bonne perception de la vie culturelle.

— Asseyez-vous, demanda le juge du milieu. Tout le monde obtempéra. Karsten resta debout pendant quelques interminables secondes après que tout le monde se fut assis. Il ne parvenait pas à arracher son regard du symbole de la justice norvégienne suspendu au-dessus des juges. Les muscles de ses fesses et de ses cuisses refusaient tout net de lui obéir, et Karsten resta donc tout à fait immobile jusqu'à ce que Mathiesen le fasse discrètement rasseoir.

— La session est ouverte, annonça la juge.

La juge en chef (la présidente, avait chuchoté Mathiesen) était une femme entre deux âges, avec un visage doux de poupée. Ses sourcils étaient deux arcs bien dessinés.

— Le prévenu est Karsten Wiig, poursuivit-elle. Il est assisté par son avocat Erik Mathiesen. Le ministère public est représenté par le procureur Edvard Frisbakke.

La juge assura alors en son nom propre et en celui de ses assesseurs qu'il n'existait aucun lien de parenté entre eux et le prévenu ou l'un des avocats. Le jury fit de même, après que deux jurés eurent été renvoyés chez eux à la suite d'un tirage au sort express dont Karsten se serait amusé dans des circonstances différentes. Des formalités, comme le précisa Mathiesen. Karsten dut se lever pour décliner son nom et toute une série d'autres renseignements. Le procureur entama la lecture de l'acte d'accusation et des articles que Karsten se voyait reprocher d'avoir enfreints.

— Plaidez-vous coupable ? voulut savoir la juge, et sans trop savoir pourquoi, il remarqua qu'elle portait un brillant à lèvres rose Barbie.

— Non, répondit Karsten à voix basse. Non, je ne plaide pas coupable, répéta-t-il d'une voix mieux assurée.

Edvard Frisbakke se leva et regarda longuement Karsten, qui finit par baisser les yeux. Le procureur se fendit d'un petit sourire avant de s'éclaircir la voix et de commencer son exposé introductif. Si Karsten avait été en mesure de l'écouter, il aurait probablement qualifié l'intervention d'Edvard Frisbakke de pompeuse et spéculative, à la limite de la méchanceté pure et simple. Mais Karsten n'en saisit que des bribes. « Un homme qui aurait dû être pour elles le plus digne de confiance », « compte tenu du jeune âge de ses filles », « à plusieurs reprises », « preuves médicales irréfutables ». Karsten se mit à trembler, les yeux baissés sur une manche de son nouveau costume acheté pour l'occasion, et sur les muscles qui jouaient sans qu'il y pût rien sous le fin tissu gris.

Edvard Frisbakke était très satisfait de son entrée en matière. Elle était courte. Elle était concise. Et, avant toute autre chose, elle était vraie. Dès l'instant où il avait rencontré Marianne, il avait su que Karsten était coupable. Les termes précis et réprobateurs permirent à Edvard de se sentir plus assuré. À mesure qu'il les prononçait en regardant Karsten Wiig, il sentit que son agitation l'abandonnait, comme ça avait toujours été le cas dans des situations similaires ; l'appréhension était atténuée, emballée dans autre chose, et il n'en sentait plus les contours aigus. Edvard Frisbakke aurait sans doute été choqué, ou aurait ricané sans comprendre, si quelqu'un avait prétendu que son introduction était à la limite du spéculatif. Elle était fondée sur des copies d'auditions des enfants et de déclarations des spécialistes. Edvard Frisbakke n'avait pas ménagé sa peine. Il avait rencontré des psychologues, des médecins. Il était conscient d'avoir bon nombre d'atouts dans son jeu. Par conséquent, il n'avait aucune raison de donner dans le spéculatif, et, en outre, ce n'était pas quelqu'un de méchant. Il lui arrivait de foisonner d'indignation en regardant ou en songeant aux auteurs d'agressions sexuelles. Il n'était pas spéculatif. Pourtant, il aurait été le premier à admettre que son intervention était un rien ampoulée. Il s'agissait d'une emphase calculée, méticuleusement dosée. Il savait que, selon toute apparence, l'emphase pourrait être utile dans cette affaire, dans les limites du raisonnable. Il avait déjà plaidé devant l'une de ces juges, et connaissait les figures rhétoriques qui la touchaient et ce qu'elle ne supportait pas. D'ailleurs, elle hochait la tête à son adresse, d'un air pensif, murmurait quelques mots à l'un de ses assesseurs et prenait quelques notes. Si le jury le reconnaissait coupable – et il le ferait sans doute –, Karsten Wiig serait alors châtié comme il se devait.

Edvard Frisbakke était calme en se rasseyant à sa place. Une douce vague de bien-être monta en lui.

Comme Karsten acceptait de s'expliquer, on lui demanda de venir à la barre. Il avait préparé avec Mathiesen ce qu'il devait dire : il n'avait jamais touché ses enfants, il les aimait plus que tout au monde. Il reconnaissait avoir fait souffrir Marianne en la trompant (il insista beaucoup sur ce point, comme le lui avait conseillé son avocat), et que des sentiments à vif pouvaient avoir poussé son épouse à l'accuser de ce pour quoi il était jugé. Il ne doutait pas une seule seconde de sa version, mais après les conseils de Mathiesen, ce n'était plus qu'une possibilité parmi beaucoup d'autres. Il revint s'asseoir après que l'avocat de la défense et la juge lui eurent posé quelques questions de mise au point (comme ils les appelèrent). Le procureur n'avait aucune question, le jury non plus. Dès qu'il retrouva sa place près de Mathiesen, Karsten se sentit en sécurité ; il se détendit avec la même sensation de soulagement qu'il éprouvait, enfant, en rentrant chez sa mère après avoir été malmené par des grands.

Au milieu de la première journée, Karsten et Mathiesen déjeunèrent ensemble. De petites crevettes roses dans une mayonnaise jaunâtre et grasse. Le plus étrange, et le plus absurde, ce fut qu'il parvint à mordre dans la baguette, et à avaler le mélange inconsistant de pain, de crevettes et de mayonnaise. Il n'aurait pas cru pouvoir manger au moment où il était passé à table. Si la nourriture n'avait aucun goût, le café, en revanche, était bon.

— Ça va ? s'enquit Mathiesen avec un mouvement de tête vers la tasse de Karsten. Pendant l'audience, il est interdit de boire autre chose que de l'eau, précisa-t-il histoire de faire la conversation.

Karsten n'eut ni l'énergie ni la curiosité de demander pourquoi et Mathiesen ne le lui expliqua pas.

À mesure que la journée avançait, Karsten se rendit compte qu'il n'arrivait pas à suivre ce qui se disait – que cela vienne de Frisbakke ou des témoins. Le procès tout entier lui paraissait surréaliste, comme tiré d'un livre, ou d'un film. Les images arrivaient, disparaissaient pour réapparaître, des images nettes, tels des instantanés. Le front haut d'Edvard Frisbakke. Les crevettes. Le sourire de la juge, celle qui était assise entre les deux autres, ses ongles vernis de rouge. Les robes. Les crevettes de nouveau, rose pâle, ratatinées, repoussantes dans leur mayonnaise jaunâtre et grasse. Des bribes de phrases surgissaient aussi, comme des répliques dénuées de signification : un homme qui aurait dû être pour elles le plus digne de confiance. Père. Père d'enfants en bas âge. Preuves irréfutables. Référence aux articles, cette langue en partie très formelle. Tout cela ne le concernait pas. Ce serait bientôt terminé, et il pourrait rentrer chez lui. Retrouver les enfants, Marianne. Le quotidien. Non, il habitait chez Barbara, à présent. Marianne l'avait trahi. Ce n'était plus Karsten et Marianne. Il n'y avait que Karsten. Il devait se créer une autre vie, savoir ce qu'il voulait, la façon de se répartir les enfants entre Marianne et lui. Leurs affaires. Les meubles. La maison. Il y avait du pain sur la planche. Le ventre de Mathiesen émit un véritable grondement de tonnerre, et il s'en fallut de peu que Karsten rejette la tête en arrière et éclate de rire. Un rire aurait été libérateur. Il se contenta de pouffer de rire, tout seul. Oui, même les avocats étaient tourmentés par les gaz intestinaux. Karsten ne put s'empêcher de sourire derechef et perdit de nouveau le fil de ce qui se disait dans la salle d'audience. Mais peu de temps après, les chaussures d'un expert témoin (un pédagogue spécialisé aux cheveux longs, employé par l'université) grincèrent si bruyamment que pendant un dixième de seconde, Karsten eut envie de donner un petit coup de coude hilare et peu respectueux à Marianne. Mais il se rappela que Marianne devait attendre dehors avant de témoigner à la barre, où elle raconterait en son âme et conscience tout un tas de mensonges sur lui. Où elle viendrait débiter ses contrevérités sur son ex-époux. Karsten se redressa. Ils ne peuvent quand même pas me prendre les enfants. Je n'aime personne autant qu'Élise et Henriette. Les joues rondes et les genoux perpétuellement égratignés de Henriette. Les yeux d'Élise quand elle dit les grâces pour réclamer encore des crocodiles en gélatine. Leurs deux têtes penchées l'une contre l'autre devant la télévision, leurs bouches formant de petits *o* devant les émissions enfantines aux couleurs criardes, qui les absorbent au point de les rendre sourdes et aveugles à leur environnement. Se glisser derrière elles pour embrasser leur nuque chaude, Henriette réagit à peine, Élise le chasse. Chut, papa ! Voilà plus d'un an que je n'ai pas pris mes enfants dans mes bras, que je ne les ai pas embrassées. Ils ne peuvent pas me prendre Élise et Henriette. *J'assume tout ce que j'ai fait.* Je n'ai rien fait de mal.

Le médecin de la clinique où Marianne était allée avec ses deux filles fut appelé à la barre. Le visage mince, il avait les cheveux et la peau sombres, mais il portait un nom norvégien. Adopté, songea automatiquement Karsten, mais quand le type se mit à parler un dialecte septentrional, il changea d'avis : probablement un descendant de marins espagnols ayant fait naufrage sur la côte déchiquetée du nord du pays au XVIIIe siècle. Le besoin de partager cette hypothèse avec quelqu'un reparut. Pas avec Marianne. Avec Barbara, peut-être, sa maîtresse. Non, elle était devenue sa concubine. Ils étaient concubins. Barbara lui faisait entièrement confiance. À moins que... ? N'était-ce pas du doute qu'il avait lu sur son visage, la veille au soir ? Ce matin-là, quand elle l'avait embrassé pour lui souhaiter bonne chance, il n'y avait que de la compassion. Et de l'amour, peut-être. Mais la veille au soir ? Barbara, oui. Il est heureux de l'avoir, elle. Dieu soit loué, elle n'est pas là en ce moment. Est-ce que cela l'aurait aidé de voir son visage ? Le médecin montre des clichés sur un grand écran, d'énormes photos du bas-ventre de ses filles ; il pointe avec un laser rouge pour montrer où sont les blessures, en quoi ces deux bas-ventres de petites filles se distinguent de bas-ventres intacts. Il y a deux globes lumineux au plafond. Coûteux design danois, mais quelqu'un, le concierge du tribunal probablement, a mis deux types d'ampoules différents dans les deux globes ; l'une jette une lumière jaunâtre, ivoire, l'autre est bleutée et fait penser à du lait écrémé. Il reste ainsi pendant que la psychiatre parle ; il entend à peine ce qu'elle dit, enregistre juste qu'elle parle d'enregistrements vidéo de conversations entre une policière et Élise Wiig d'une part, puis entre cette même policière et Henriette Wiig. Pourquoi toutes les personnes présentes dans cette salle, qu'elles soient avocat ou non, emploient-elles un langage aussi ampoulé ? Non, d'ailleurs, le médecin brun du nord du pays ne le faisait pas. Il parlait naturellement. Sans chercher à atténuer ou à enjoliver, il avait parlé de blessures, de vagin, de diamètre et de pénétration pendant que Karsten contemplait les deux globes lumineux.

Marianne entra dans la salle d'audience affublée de vêtements que Karsten ne lui avait jamais vus. Elle avait maigri. Ça lui allait bien, mais il comprit qu'elle n'avait pas dû beaucoup dormir. Elle n'avait jamais bien supporté le manque de sommeil, elle en portait les stigmates sur-le-champ. Il l'observa avec indifférence, la toisant de la tête aux pieds, étudiant, analysant. Quand Marianne vint à la barre, et la serra si fort que ses mains pâlirent autant que son visage exsangue, son indifférence disparut peu à peu. Karsten se réveilla lentement. Il ouvrit les yeux, l'un après l'autre. Il bâilla, se frotta les paupières et jeta un regard perdu autour de lui, sans comprendre où il se trouvait. La réalité refaisait surface. La vue de celle qui avait été la plus proche de lui pendant de si nombreuses années, et sa présence au milieu de ce cauchemar le tirèrent de son indolence. Il mesura l'ampleur de ce qui risquait d'arriver, et ressentit une irrépressible envie de se lever, de courir vers elle, de la prendre dans ses bras pour fuir ensemble cet épouvantable rêve, et retourner à leur petite vie, à la facture d'électricité, aux céréales et aux piles de linge sale si sécurisantes. Marianne. Marianne, rentrons à la maison retrouver nos enfants. C'est là que nous avons notre place, tous les quatre. Marianne et Karsten, Élise et Henriette. Marianne. C'est quand même à elle qu'il a fait des enfants, ces enfants qu'une poignée d'insensés essaient de lui prendre. C'était avec elle qu'il admirait dans son lit à barreaux le plus bel enfant de toute la création. C'est dans son regard à elle qu'il voyait le reflet de sa propre fierté ; leurs deux regards qui s'étaient croisés au-dessus de la tête de Henriette le jour où elle avait su faire du vélo, au-dessus de celle d'Élise quand elle avait fait ses premiers pas. C'est ensemble qu'ils avaient accompagné à l'école Élise pour son entrée au CP, et il avait essuyé en riant une petite larme sur la joue de Marianne au moment où leurs deux filles avaient entonné main dans la main *Tous les petits oiseaux*, à deux voix – dont celle de Henriette affreusement dissonante – à l'école maternelle. Mais lorsque Marianne prit la parole, tous ces sentiments disparurent. Il se souvint que c'était à cause d'elle qu'il se tenait là aujourd'hui. Marianne pleurait. Il sentit qu'il la détestait. Il la regarda pleurer, les yeux secs.

— Le ministère public n'accorde aucun crédit aux explications de Karsten Wiig. Le ministère public a charge de la preuve, mais il ne paraît pas insurmontable d'en trouver dans ce dossier. Nous avons entendu son ex-femme, Marianne, ainsi que plusieurs experts. Nous avons vu des enregistrements d'entretiens avec les fillettes. Je n'ai rien à ajouter. Il n'y a aucune raison. Les preuves parlent d'elles-mêmes. Karsten Wiig a volontairement meurtri deux petites filles sous sa garde, il les a meurtries de la façon la plus infâme qui soit.

Mathiesen se leva. Karsten, la nuque tordue en un angle curieux, le regarda comme s'il était son seul et unique ami dans cette salle. Mathiesen posa sur Karsten un regard de merlan frit, fit un imperceptible signe de tête et se lança.

—Nous avons entendu le point de vue du procureur sur la culpabilité. Je crois que le procureur omet un point essentiel de la législation norvégienne : laissons à l'accusé le bénéfice du doute. Karsten Wiig est un homme très affecté. Dès le début, Karsten Wiig n'a cessé de clamer son innocence. Karsten Wiig place ses enfants plus haut que n'importe quoi d'autre dans sa vie. Ce sont Élise et Henriette qui représentent le plus pour lui. La dernière chose qu'il souhaite, c'est leur faire du mal. Car Karsten Wiig *adore* ses enfants.

La bouche de Mathiesen se colla au micro pour la dernière phrase, qui résonna dans la grande salle. Karsten Wiig vit le sourire narquois d'Edvard Frisbakke, comme s'il se disait que oui, il était possible que Karsten Wiig adorât ses enfants, mais c'était la *façon* dont il exprimait cet amour qui était intolérable. La femme assise au premier rang des bancs du jury secoue la tête.

—Il m'est apparu que Karsten Wiig restait parfaitement crédible durant nos débats, poursuivit Mathiesen en s'éloignant du micro. Pour cet homme qui n'a encore fait l'objet d'aucune condamnation, pour ce citoyen conscient de ses devoirs et qui a accompli son travail à la satisfaction de tous, je demande l'acquittement.

Edvard Frisbakke regardait Karsten. Il ressemblait à un vieux roi viking ; fier, grand, puissant, implacable, avec ses cheveux semés de gris (plus longs que de coutume dans ce métier, probablement par vanité) et dans sa robe noire.

— Je veux rappeler au jury les preuves médicales, les déclarations d'experts, répliqua Edvard Frisbakke. Nous parlons de preuves irréfutables.

— Je répète, reprit Mathiesen quand le juge lui donna à nouveau la parole, que ces photos et ces témoignages des experts prouvent juste que *quelqu'un* a agressé Henriette Wiig et Élise Wiig. Aucun élément sur ces photos ne précise que ce quelqu'un est leur père.

La juge au visage de poupée s'éclaircit la voix, fit un court exposé aux dix jurés – Karsten n'en saisit pas un traître mot – et conclut en annonçant qu'ils allaient se retirer. Fort bien. Karsten vit les dix personnes se lever. Elles le firent avec déférence, en essayant de faire le moins de bruit possible ; l'un murmura quelque chose à un autre, la femme du premier rang fixa longuement Karsten. Elle ne laissait pas le moindre doute quant à son point de vue sur lui, sur les gens comme lui, il n'avait pas besoin d'essayer de deviner ce qu'elle allait voter. Mais il n'en avait cure ; à cet instant précis, le verdict était totalement indifférent. Il voulait seulement que ça s'arrête.

— Allons prendre un café, proposa Mathiesen à son client.

Il dut aider Karsten à se lever, comme si cette seule journée l'avait transformé en vieillard.

— Ils auront sûrement terminé dans une heure, ajouta Mathiesen. Venez !

III

Elles sont très différentes, mais elles se ressemblent ; aussi blondes, les mêmes yeux bleus (gris-bleu ! insistait toujours Henriette qui se figurait que c'était plus joli que bleu classique), le même nez fin piqueté de taches de rousseur dans le haut. Karsten regarde une photo de ses filles. Elles portent des pulls à rayures, roses pour Élise, bleues pour Henriette. Élise a passé un bras autour des épaules de Henriette, et l'expression de son visage indique qu'elle prend très au sérieux son rôle de grande sœur. Moins de deux ans les séparent, et beaucoup de gens les prenaient pour des jumelles quand elles étaient petites. Henriette a toujours été plus robuste, Élise plus disposée aux drames, moins sûre d'elle face à la vie ; exactement comme sa mère, songeait Karsten. Et Henriette était la plus coquettc. Élise était une tête de mule, on l'appelait Élise l'entêtée. Karsten avait choisi le nom d'Élise, mais c'était Marianne qui avait proposé Henriette :

— Que penses-tu de Henriette ?

— Mouais, répondit Karsten.

— J'ai toujours aimé ce prénom. Il est joliment musical.

— Hen-ri-iette. Ma-ri-ianne. Je crois voir ce que tu veux dire.

— C'est toi qui as décidé la première fois, et on ne peut pas donner des noms d'héroïnes de Hamsun à *tous* nos enfants. Alors c'est à moi !

— C'est bien, Henriette. Tu feras comme bon te semble, ajouta doucement Karsten avant de poursuivre : D'ailleurs Henriette est l'héroïne indiscutable de *Peter Pan*.

Marianne éclata de son fameux rire, et il fut convenu que leur seconde fille s'appellerait Henriette. Dès le début, Élise avait été la fifille à son papa, tandis que Henriette était plus attachée à sa mère. Cette répartition était implicite, et s'était faite tout naturellement ; et quand les parents allaient chercher ensemble les filles à l'école maternelle, Élise se jetait dans les bras de Karsten, tandis que Henriette enlaçait les cuisses de Marianne. Si Élise se faisait mal, elle n'acceptait que son père pour souffler sur la blessure. Si Henriette avait eu un malheur, elle faisait appel à sa mère et exigeait un pansement (de préférence avec plein de couleurs et des dessins dessus) et un câlin (presque exclusivement sous forme de petite serviette éponge froide sur le front – la technique de la serviette froide devint si populaire qu'Élise se mit bientôt à réclamer la sienne).

Karsten serre un instant la photo contre sa joue avant de la raccrocher sur le tableau en liège.

Il avait espéré, non, il avait fait plus que cela, il avait *cru*, jusqu'au tout dernier moment, qu'il serait acquitté. Il avait cru que ce malentendu ne tarderait pas à être éclairci. Il avait cru au système. Il vivait en Norvège ! Une démocratie occidentale moderne ! Un pays dont il était fier d'être citoyen. Ces choses-là n'arrivaient pas ici. Erreur judiciaire. Si, si, bien sûr, il avait lu des choses par-ci, par-là. Il savait que cela était déjà arrivé. Rarement. Nul système n'est sans tache. Mais il s'agissait de personnes bien différentes, de la lie de la société, d'individus alcooliques et douteux. Lui n'était pas comme ça. Il était un père de famille des plus ordinaires. Un pilier de la société qui allait aux réunions de parents d'élèves, payait ses impôts et publiait des articles littéraires. Condamné à tort ? N'y avait-il pas toujours un soupçon de culpabilité chez eux ? Pas de fumée sans feu, dit-on. Lui n'était pas ainsi. Il n'avait jamais rien fait de mal. Son épouse l'avait trahi. Il n'avait écopé que de quelques amendes pour stationnement irrégulier, passé en douce quelques bouteilles de vin français lorsque avec Marianne ils étaient descendus en Bretagne avec la voiture. Voilà tous ses crimes.

Marianne avait cessé de douter quand les médecins lui avaient expliqué ce que signifiaient les photos du bas-ventre de ses filles. Le doute n'avait alors plus de place. Les preuves médicales sont les preuves médicales. C'étaient même des preuves *irréfutables*. Voilà ce qu'avaient déclaré les médecins. C'était l'expression employée par

Edvard Frisbakke pendant le procès. Évidemment, il y avait toujours la possibilité théorique que ce soit quelqu'un d'autre qui ait agressé les deux petites filles. Mais qui ? L'école maternelle n'employait que des femmes, et il y avait peu de chances que cela se fût produit *après* l'entrée des filles à l'école, avaient prétendu les médecins. Ni Karsten ni elle n'avaient de frères et sœurs – il n'y avait donc aucun oncle mal intentionné tapi dans l'ombre. Et les voisins ? Un voisin avait-il pu se livrer à ce genre de chose sur ses filles ? Mais Élise et Henriette n'étaient pas là dans la journée, et l'après-midi, elles étaient à l'intérieur ou jouaient dans le jardin. Non, Marianne avait du mal à imaginer comment ça se serait passé. Pourtant, Dieu seul savait à quel point elle y avait réfléchi ! Elle avait exploré toutes les pistes un bon millier de fois. Et le papa d'une de leurs copines ? Qu'un papa puisse faire ce genre de chose, c'était déjà horrible, eut-elle le temps de penser avant d'admettre l'absurdité de son raisonnement. Comme si Karsten n'était pas papa. Pouvait-il s'agir d'un des pères ? Mais s'il s'agissait de l'un d'eux, comment les *deux* fillettes pouvaient-elles être concernées ? Élise et Henriette n'avaient aucune amie commune. Et si c'était quelqu'un d'autre que Karsten, les filles n'auraient-elles pas donné l'alerte ? N'auraient-elles pas raconté à l'un de leurs parents ce qui s'était produit ? Tout au moins *que* quelque chose s'était produit ? En tant que parents, ne l'auraient-ils pas remarqué ? Il avait fallu du temps à Marianne pour soupçonner quelque chose, et encore davantage pour être en mesure de réagir.

Marianne est assise dans le fauteuil à bascule vert, ces questions ne cessent de la tarauder. Évidemment, elle avait espéré que Karsten ne soit pas coupable. Bien sûr, il aurait été mille fois préférable – pour elle, pour les enfants – que ce ne soit pas lui. Mais si c'est Karsten, rien d'étonnant que les filles se soient tues. Il n'était pas surprenant que les filles protègent leur père, même si ledit père est un monstre. Marianne a déjà lu moult choses sur le sujet, elle sait qu'il en est ainsi : quoi qu'il arrive ou presque, les enfants aiment leurs parents, ils les défendent, ils ne les dénoncent pas et ne colportent jamais de ragots sur leur compte ; ils serrent les dents devant la souffrance d'avoir des parents alcooliques, violents ou simplement indignes de confiance. Voilà qui explique le silence des filles. Tout accable Karsten. S'il avait été un inconnu, les filles auraient parlé, d'une façon ou d'une autre. Marianne en est convaincue. Karsten. C'est Karsten. Il lui a menti. Il a mené une double vie. On peut appeler ça comme ça, non ? se dit-elle. Une double vie, un homme qui a eu quatre maîtresses. Elle n'a pas réussi à le percer à jour, elle n'a pas su le démasquer. Elle doit en assumer la responsabilité. Elle doit vivre avec l'idée d'avoir épousé un monstre, de lui avoir fait des enfants qu'elle lui a pour ainsi dire servies sur un plateau d'argent. Elle *aurait dû* s'en apercevoir. Elle aurait dû le comprendre. C'est sa faute. Elle est la maman d'Élise et Henriette, et les mères sont douées d'instinct, leur intuition leur fait savoir quand quelque chose va de travers, leurs oreilles entendent la plus infime nuance dans la voix d'un enfant, elles ont des cils et des antennes immenses, capables de tout capter.

Il est en prison, l'homme qui a jadis collé des étoiles dorées sur un calendrier et sur son nombril. Il est enfermé dans une petite cellule. Il le mérite, aussi affreux que cela puisse paraître. Karsten mérite de souffrir. Ce qu'il a fait dépasse l'entendement. C'est impardonnable. Élise et Henriette. Elle n'a pas été une bonne maman. Comment a-t-elle pu les trahir ? Elle va faire attention à elles. À présent, je dois faire attention à elles. Chaque fois que la pointe des patins du fauteuil touche le sol, elle se répète chacun des mots : Dois. Faire. Attention. À. Elles. Je. Dois. Faire. Attention.

Karsten reste beaucoup tout seul. La plupart du temps, il n'a pas le choix, mais il le reste aussi lorsqu'il l'a.

Depuis qu'il est adulte, Karsten Wiig réfléchit, pense et analyse. Pour son travail, il a sollicité ses méninges aussi durement qu'un menuisier sollicite ses mains. Son cerveau doit être bien entraîné, avec peut-être quelques durillons aux endroits les plus exposés, peut-être un peu d'usure aux coins – le genre de taquineries que Marianne aimait bien lui adresser. Fille d'ouvrier, lui répliquait-il alors. Karsten *sait* réfléchir ; il excelle à cet exercice. C'est à cela qu'il s'est entraîné depuis qu'il est entré à l'école. Il *sait* qu'il n'aura pas de nouvelle chance. Il le comprend. C'est la vie qu'il a reçue en cadeau de ses parents. Il n'y aura pas d'autre vie à laquelle lui, Karsten Wiig, pourra prendre part. Il n'est pas croyant, et il sait que rien ne succède à la mort. Il n'y a qu'un grand néant. Un grand trou. Rien. À ce moment-là, tout est irrémédiablement terminé. Il n'en doute pas une seule seconde. Pourtant, ou peut-être à cause de ça, Karsten veut mourir. Il est dans la force de l'âge. Il ne souffre d'aucune maladie, d'aucune infirmité physique. Mais il ne veut plus vivre. Son père lui a appris que chacun est l'artisan de son propre bonheur. Sa mère lui a toujours conseillé de sourire à la vie, et la vie lui sourirait en retour. Tout est si facile, pour toi, disait souvent Marianne, toi qui es né avec toute une ménagère en argent dans la bouche. À présent, c'est à lui de jouer. Il est en prison, mais ça va s'arrêter. Il ressortira. Il est plein de ressources, disait-on de lui, il est instruit. Il n'a plus d'emprunt immobilier à rembourser (plus de maison non plus puisqu'il l'a laissée à Marianne), il a presque fini de rembourser son prêt étudiant. Il va devoir payer une pension alimentaire pour ses filles, mais il trouvera certainement le moyen de s'en sortir sur le plan économique. Dans la sentence, ce n'est pas vraiment l'argent la difficulté.

En y regardant objectivement (et un chercheur se *doit* de regarder les choses objectivement), il aura bientôt purgé sa peine. Pour retrouver quoi ? Karsten tente d'évaluer froidement ses buts potentiels. Ce qu'il peut faire, ce qu'il aurait eu du plaisir à faire dans des conditions normales après une assez longue privation. Les longues randonnées automnales sur le plateau. Déguster un vin français, de préférence un bordeaux. Lire un bon livre dans son bain. Flâner le long du port, s'asseoir et boire une bière glacée. Lire le journal en sirotant son café. Voir Lyn battre Vålerenga au stade d'Ullevål. Manger le ragoût d'agneau au chou de sa mère. Partir faire du ski, avoir le dos en nage, sentir les muscles des cuisses se tendre, glisser sur le plateau sous un soleil bas au-dessus des sapins. Faire l'amour avec une jolie femme. Il y a beaucoup de choses que Karsten Wiig aime. Bien des choses qu'il peut faire, et qui devraient le rendre heureux quand il sortira. Mais en y réfléchissant, rien de tout cela ne lui redonne de l'espoir en l'avenir. Le chercheur, le maître de conférence finit par aboutir à la conclusion suivante : ce qui a eu une signification pour lui n'en a plus aucune. La littérature. La bonne chère. La nature. Les jolies femmes. Le scientifique en lui, trouve étonnant qu'aucune de ces choses-là n'éveille plus le moindre désir ni le moindre manque chez lui. Il fait resurgir l'image d'une tasse de café fumant – le meilleur, le plus cher qui soit, celui de Java, fait avec des grains torréfiés, moulu de frais, épais et couvert d'une mousse amande. Un café dans une tasse blanche et brillante, à côté d'un journal tout neuf aux gros titres alléchants. Mais non, rien. Pas d'envie. Aucun manque. Ni le plus petit désir de connaître ça. Rien qu'une absence de sensations. L'indifférence complète. Curieux. En fait, c'est plutôt intéressant ; comme avoir une énorme plaie sur son bras, qu'il cure avec un instrument pointu. Et *ça ne fait pas mal.* Il ne ressent pas de douleur. Rien. Seulement ce vide. Il a le temps. Il a tout le temps qu'il veut pour faire des expériences. Il essaie de nouveau. Avec un autre objet. Il se représente un sein de femme. Un petit sein rond, avec un mamelon rose fraise. Ce doit être celui de Barbara. Il pense alors à un sein plus gros, avec une aréole basse et floue – il ne se souvient pas sur qui il l'a vu, ça n'a aucune importance, les seins se succèdent, détachés des corps. Il ne ressent rien. La pièce pourrait être pleine à craquer de femmes nues. Il n'aurait pas envie d'en toucher une seule. Pas le moindre désir.

Il ne veut plus vivre. Il essaie de se convaincre que ça ne fait pas mal de penser à ses filles. Il essaie de se contraindre à y croire. Élise et Henriette. Ses petites filles, qui ne tarderont pas à devenir elles aussi des valeurs théoriques. Comme les seins isolés, comme l'hypothétique café de Java dans une tasse en porcelaine blanche. Il n'y a plus que deux petites filles souriantes sur une photo. Ce ne sont plus des êtres de chair et de sang. Pas pour lui. Et il ne l'est plus pour elles. Il les a détruites. C'est maman qui l'a dit. Ainsi que les médecins et la juge. Bien sûr qu'il en est ainsi. Pour elles. Il n'y peut rien. Il est à l'origine de la moitié de leur patrimoine génétique, il les a élevées, nourries, consolées, encouragées, il a joué avec elles et il les a aimées. Il les a prises sur ses genoux pour leur faire la lecture, mais à présent, elles ne le concernent plus. Il ne peut plus les atteindre. Plus jamais il n'aura de relation normale avec elles. Tous doivent comprendre qu'il n'a plus de raison de vivre. Personne ne le lui reprochera. Pas le dieu auquel il ne croit pas. Pas sa mère. Ni Barbara. Ni ses collègues. Les collègues. On va chuchoter des choses sur lui. Les étudiants le montreront du doigt. Il peut purger sa peine aussi longtemps qu'il le veut : ça ne change rien. Il n'a pas de boulot, aucun collègue. On murmure à son sujet *ici* ! Des violeurs pointent l'index dans sa direction, des petits criminels le regardent avec mépris. Comment est-ce dans le monde qu'il connaît parmi les citoyens respectueux des lois ? Non, il ne pourra jamais retourner à son travail. Il ne réussira jamais à recréer l'enthousiasme pour les structures narratives dans les textes anciens ou les drames modernes. Tout lui est égal. Complètement égal. S'il réussit à y croire, tout sera plus facile. Si plus rien n'a de valeur, il peut mettre un terme à tout ça dès qu'il en aura l'occasion. Il tire un certain plaisir à imaginer diverses façons d'en finir, se faire sauter la cervelle d'un coup de revolver, s'ouvrir les veines. Il peut continuer à curer dans la plaie imaginaire de son bras, creuser encore et encore ; sans rien ressentir, jusqu'à être en lambeaux, jusqu'à ce que Karsten Wiig ne soit plus qu'un tas de morceaux de chair sur le sol, jusqu'à ce qu'il ne soit plus. Il peut aller se noyer dans l'un des lacs des Nordmarka par une belle journée d'automne. Qui viendra à son enterrement ? Sa mère au premier rang. Barbara, bien sûr. Et puis ? Personne d'autre, le prêtre parlera pour une église vide, son éloge funèbre résonnera entre les murs. Il y aura deux pauvres couronnes sur sa bière. Il peut raccorder un tuyau au pot d'échappement et mourir d'intoxication au monoxyde de carbone. Mathiesen viendrait-il à son enterrement ? Probablement pas. Il peut se pendre, faire une overdose de médicaments. Il n'arrive pas à se décider. Une méthode différente chaque fois. Et, parvenue à ce stade, la sensation d'insensibilité disparaît progressivement. Car il n'est pas indifférent. Une chose a de la valeur pour lui, à tel point que parfois il n'ose pas y penser. Elles lui manquent. Le vide lui fait physiquement mal. Il ne s'en serait pas douté. Le manque lui fait mal dans la poitrine, dans les membres, lui donne mal à la tête et au ventre. Il regrette les matins banals faits de pâté de foie et d'œufs de poisson, de recherche de livres de classe, de bien trop peu de temps. Il regrette les veillées de Noël, deux fillettes blondes vêtues de robes neuves et les yeux pleins d'étoiles, le dîner empressé, les petites disputes pour savoir qui va aller chercher le paquet suivant sous l'arbre. Ça lui manque. Il sait que son quotidien et ses réveillons de Noël futurs seront sans enfants. Il sait que leur quotidien et leurs fêtes arriveront et passeront, dans les prochaines années, et qu'il n'en fera plus jamais partie. Les bras de ses enfants noués autour de son cou lui manquent. Leurs yeux. Leur regard confiant, admiratif. Car il était leur père, celui sur qui elles comptaient, vers qui elles se tournaient quand elles avaient besoin d'aide. Quand Sara, qui était dans la même classe, avait dit une bêtise, ou quand la chaîne du vélo avait sauté. Elles croyaient qu'il connaissait tout, qu'il savait tout faire et qu'il était le plus fort du monde. Elles lui posaient des questions sur leurs devoirs, lui demandaient si les anges existaient, pourquoi les gens n'aimaient pas tous le même genre de nourriture. Comment peut-on ne pas aimer les crêpes ? C'est tellement bon ! Surtout quand on les fait cuire dans du vrai beurre fin. C'est quoi, le faux beurre, papa ? Il les faisait toujours dans du vrai beurre fin. (J'aime tes cuisses, ma Marianne à moi, embrasse-moi et ne parle plus de cholestérol ou de calories, car ce ne serait pas la même chose avec de la margarine !) Papa, on ne peut pas en goûter une maintenant ? Ses enfants ne le regarderont plus jamais pour lui demander quelque chose. Serait-ce lâche de se suicider ? Ferait-il encore plus de mal à ses enfants ? Ne vaut-il pas mieux avoir un papa mort qu'un papa en prison, un papa qui leur a fait ce qu'on peut imaginer de pire ? Il ne sait pas. Peut-être croit-il qu'un papa mort est pire encore. Comme un point final honteux à ce pour quoi il a été condamné, à ce qu'il a fait.

Il rêve. Karsten ne se rappelle pas avoir beaucoup rêvé dans sa vie. À présent, il rêve toutes les nuits. De longs rêves. Une fois, il a rêvé du calendrier de 1985 orné d'animaux et d'enfants nus. Il l'a revu pendant le procès, Marianne l'avait exhumé de Dieu sait quel carton à la cave, et voilà qu'Edvard Frisbakke et un psychiatre prétendaient qu'il en disait très long sur les préférences sexuelles de Karsten Wiig, sur ses fantasmes et ses côtés obscurs. Il rêve qu'il feuillette ce calendrier, il regarde les photos pendant qu'Élise et Henriette jouent par terre près de son fauteuil. Il n'y a rien d'autre, mais il se réveille avec une nette sensation de malaise. Pourquoi n'avait-il pas jeté ce calendrier, tout simplement ? Il rêve qu'il dort dans le lit conjugal à côté de Marianne, que le réveil ne va pas tarder à sonner, qu'aucun enfant ne le tirera de son sommeil avant (Élise surtout a tendance à se réveiller aux aurores), qu'il doit préparer une double ration de sandwiches puisque c'est jour de promenade, qu'il doit déposer les enfants à la maternelle à temps, aujourd'hui, avant l'arrivée du car. Il se réveille. La première chose dont il se souvient, c'est que les enfants ne vont plus à la maternelle. Elles sont grandes, maintenant, elles sont en primaire. Puis le reste lui revient. Karsten rêve. Plusieurs rêves chaque nuit, l'un remplaçant l'autre. Il se réveille entre deux, n'aspire à rien de plus à ce moment-là qu'à retomber dans un sommeil de plomb. Mais tout ce à quoi il n'ose penser pendant la journée lui revient en tête pendant la nuit. Il rêve. Il crie souvent dans ses rêves. Le fait-il pour de bon ? Il ne sait pas s'il a vraiment crié ! Il se réveille les mâchoires endolories parce qu'il serre les dents. Il commence à grincer des dents, ce qu'il ne faisait jamais. Il remarque une fissure au dos de ses incisives du haut, sa langue s'y met en permanence pour la sentir. Un jour, il en parle au médecin de la prison, qui fait venir un dentiste pour lui adapter un dentier qu'il peut mordre en dormant. Il est surpris d'avoir pris la peine de le signaler. Est-ce que ça a la moindre importance si ses dents tombent en morceaux ? Le dentier se couvre de profondes traces de dents. Il dort toujours aussi mal. Il se réveille en pleine nuit après avoir rêvé qu'il était penché sur le corps nu de ses enfants, il a bavé, grogné comme un Dracula en tendant les mains vers elles. Ses mains, il les a reconnues, ont des griffes crochues à la place des ongles. Élise essaie de lui échapper, d'échapper à ces mains. Henriette ne fait que hurler, de peur et de colère. Non, papa ! Non ! Les cris des enfants le réveillent, mais le silence est total dans sa cellule ; seule la ventilation ronronne comme d'habitude, et à l'étage au-dessus, quelqu'un fait les cent pas. Karsten est en nage. Son drap est ramassé en paquet au pied du lit.

Il purge sa peine en même temps que l'un des agresseurs sexuels les plus célèbres du pays, l'un de ceux sur qui on a le plus écrit, probablement la personne la plus haïe et méprisée de Norvège. C'est la troisième fois qu'il est emprisonné. Hilmar Pettersen. C'est un nom qui dégage un froid glacial. Tout le monde a entendu parler de Hilmar Pettersen. Karsten a lu en frissonnant des articles à son sujet, il a écumé les journaux en pensant furtivement aux enfants avant de s'estimer heureux que ses filles n'aient jamais été victimes de ce type. Oui, Karsten Wiig avait lu beaucoup de choses sur Hilmar Pettersen, et senti ses réflexes primitifs prendre le dessus. Châtrez-le, s'était-il dit. Enfermez-le jusqu'à la fin de ses jours ! À présent, Karsten est enfermé dans la même prison que Hilmar Pettersen. Karsten le croise à la salle de sport de la prison. Il y est un jour, à un moment où il n'y a presque jamais personne, à un moment où l'un des membres les moins désagréables du personnel pénitentiaire a conseillé à Karsten d'y aller, vous y serez un peu tranquille, avait-il dit, même les gens comme vous en ont besoin. Hilmar Pettersen est installé sur un vélo d'appartement et mouline de ses jambes grasses. Il adresse un aimable signe de tête à Karsten, qui fait marche arrière. Son être entier s'y oppose, il ne veut pas se trouver dans la même pièce que cet homme monstrueux. Avant d'être revenu dans sa cellule, il ne comprend pas que lui-même est Hilmar Pettersen. Lui, Karsten Wiig, est aussi répugnant pour les autres que Hilmar Pettersen. Je suis comme lui. Personne ne voit de différence entre nous.

Barbara vient souvent le voir. Au début, il s'en moque, il l'écoute par pure politesse. Puis il finit par se réjouir de ses visites. Au moins, cela rompt la monotonie. Barbara parle. Sa voix est agréable à entendre. Il ne saisit que quelques bribes de ce qu'elle dit. Lui ne parle pas vraiment. Il écoute, en la regardant, ne répond que s'il sent que c'est nécessaire. Elle dit qu'elle croit en lui. Tu es innocent, Karsten. Ça fait du bien de l'entendre affirmer ça. Répète-le, demande-t-il. Et c'est ce qu'elle fait. Elle ne précise jamais qu'elle aussi, le soir, dans son lit, dans sa chambre violette, elle a douté.

Il y avait eu des moments où lui aussi avait douté. Dans sa cellule, il s'était dit qu'il avait peut-être fait quelque chose, qu'il n'avait pas eu toute sa conscience au moment des faits. Tous l'avaient reconnu coupable. Son procès avait eu lieu dans une salle d'audience norvégienne. Le procureur était Edvard Frisbakke en personne. Son ex-femme croyait qu'il l'avait fait. Marianne donnait parfois dans le dramatique, mais elle n'éprouvait aucun plaisir à mettre en branle un cirque pareil, elle aussi elle en ferait les frais. Il était peut-être devenu fou ? Il n'y avait pas d'autre explication : il avait dû le faire ; sans le vouloir, ni le savoir, il avait fait du mal à Élise et Henriette. Oui, il devait en être ainsi. Puis il se reprenait, se redressait, respirait à fond et décidait de ne plus penser à ça, car s'il commençait à douter de lui, il ne lui restait plus rien. *Il n'avait rien fait.* Il n'avait jamais eu envie de se livrer à ce genre de chose sur quelque enfant que ce soit, ni les siens ni ceux des autres. Il n'avait jamais rien désiré d'autre que des femmes adultes – exception faite, peut-être, de Rakel, douze ans, mais lui en avait onze et demi à l'époque. Karsten s'autorisait à sourire de ses idées. Non, alors que Rakel était ce qu'il imaginait de plus approchant, personne ne pouvait lui reprocher d'avoir des penchants pédophiles.

Karsten Wiig comprend que lorsqu'il pensait ne plus participer aux anniversaires de ses enfants, aux réveillons de Noël et aux fêtes nationales, il se trompait. Car il sera toujours présent, telle une ombre effrayante derrière l'arbre décoré ; même sans lui, les journées en famille seront des rappels de ce qu'elles avaient été naguère. Par son absence, il saccagera ces jours-là pendant des années. Ses enfants le détestent. Cette idée est invraisemblable. Mais il sait que c'est ainsi. Élise et Henriette, qu'il aime plus que tout au monde. Le pire, c'est qu'il les comprend. Bien sûr qu'elles le détestent. N'importe quelle personne sensée le ferait. Il les déteste aussi. Il déteste Élise. Il la hait pour avoir témoigné contre lui. Il n'oubliera jamais l'enregistrement vidéo. Élise, qui regardait l'objectif bien en face et racontait que papa était venu la voir, le soir, quand maman n'était pas là. Beaucoup de fois ? Plusieurs fois. À peu près combien de fois ? Cinq, peut-être. Ça avait fait mal. Supermal, avait précisé Élise en regardant droit devant elle sans ciller, sans bouger les muscles de son visage. Il n'y avait que la bouche qui répondait aux questions, sans hésitation, qui s'ouvrait et se fermait, les lèvres qui s'étiraient, se plissaient. C'était une jolie petite bouche d'enfant, aux lèvres minces. Ses cheveux semblaient presque blancs dans la lumière. Un ange. Un ange innocent qu'un démon de père avait abusé. Est-ce que c'est arrivé dernièrement ? Non, ça faisait longtemps. Pourquoi n'avait-elle rien dit ? Elle n'osait pas en parler à maman, ou à n'importe qui d'autre.

L'avait-il menacée ? Oui. Qu'a dit papa ? Papa a dit que si j'en parlais à quelqu'un, il... Élise s'interrompit. Oui ? encouragea la voix. Que ferait-il, à ce moment-là, Élise ? Il me suspendrait la tête en bas et me donnerait la fessée, et puis il me roulerait dans du goudron et des plumes.

En entendant Élise prononcer ces mots, sur l'enregistrement, dans la salle d'audience, Karsten s'était dit que maintenant, maintenant tout le monde allait s'apercevoir qu'il s'agissait d'une farce grotesque. Maintenant, tout le monde allait comprendre qu'il s'agissait d'une affreuse méprise, que la fillette affabulait. Car la menace de suspendre Élise la tête en bas et de la rouler ensuite dans le goudron et les plumes, c'était avec cela qu'il avait l'habitude de menacer pour de rire les enfants (Marianne aussi, à l'occasion) quand elles le dérangeaient, quand il passait l'après-midi à la maison pour corriger ou finir de rédiger une intervention pour une conférence. Personne n'allait croire qu'il avait eu l'intention de mettre cette menace à exécution, quand même ? Marianne n'allait pas tarder à déclarer en riant qu'il avait toujours dit ça, ce n'était qu'une des expressions idiotes auxquelles Karsten recourait souvent, qu'ils avaient toujours plaisanté avec ces choses-là. Marianne, pour sa part, répétait à tout va qu'elle allait faire griller les mômes dans le four à micro-ondes si elles ne se calmaient pas. Mais tous les occupants de la salle étaient restés de marbre. Edvard Frisbakke s'était fendu d'un petit hochement de tête éloquent dans sa direction. Et la conversation avec Élise s'était poursuivie. Elle fit le compte des jours particuliers où les agressions avaient eu lieu. Elle n'avait que dix ans, mais elle se souvenait très précisément de ces journées, même si elles remontaient à plusieurs années ; les médecins avaient été clairs : les agressions avaient dû avoir lieu avant l'entrée des fillettes à l'école. Mmm, ce devait être ce jour-là, avait reconnut Élise, car maman était allée au cinéma. Oui, il déteste Élise. Si elle n'avait pas débité ces mensonges, dit ce qu'elle avait dit, il ne serait pas ici. Encore que... ? C'étaient les preuves médicales qui l'avaient confondu ; c'est en tout cas ce que lui avait confié son avocat par la suite. Les examens pratiqués sur les organes génitaux ne pouvaient pas être écartés, et Karsten était le seul et unique candidat à ces exactions. Son avocat avait-il cru en lui ? Ce que je crois n'a aucune importance, avait répliqué Mathiesen. Mais quand Karsten l'avait pressé, il lui avait assuré que si, bien sûr, il croyait en lui : Et je ferai de mon mieux, c'est cela qui compte. Mais il y a les photos. De toute évidence, quelqu'un a abusé vos filles. Qui ? Karsten n'avait su quoi répondre. Et à présent, il hait ses enfants. Non, en fait non. Il ne déteste pas Élise. Élise est une enfant. Il l'aime. Elle a été manipulée par Edvard Frisbakke. Et par Marianne. Il déteste Marianne. Oui, en y réfléchissant bien, il la hait sans réserve. C'est vrai qu'il l'a aimée jadis, désirée, qu'il a adoré son rire, il n'a pas oublié le fauteuil à bascule vert haricot surgelé, ni toutes leurs conversations. Il sait que sa relation avec elle a constitué une partie importante de sa vie.

Combien de fois n'a-t-il passé ses doigts dans les cheveux de sa femme, donné des tapes sur son derrière, embrassé son cou. Combien de fois ne lui a-t-il mordillé l'oreille. Il ne l'a pas oublié, mais cela ne signifie plus rien. Il la déteste d'autant plus. Ils ont deux enfants ensemble, deux enfants qu'ils désiraient, qu'ils ont élevées ensemble, observées et admirées comme le font tous les parents. Deux enfants pour lesquelles ils étaient prêts à faire n'importe quoi. Qu'ils aimaient, et qui les aimaient en retour. Et voilà que Marianne les lui a reprises. Oui, il la déteste. Il sait qu'elle se comporte seulement en bonne mère, qu'elle réagit à l'instinct. Car *quelqu'un* s'en est pris à ses filles. C'est incontestable. Mais ça n'aide pas. Elle croit que c'est lui. Et elle doit bien se douter que ce n'est pas lui. Il faut qu'elle le sache ! Ils ont été mariés pendant il-ne-sait-pas-combien d'années. Elle l'a regardé dans les yeux, elle a vu au plus profond de lui, elle sait ce qu'il y a – et, en tout cas, ce qu'il n'y a pas. Ça *ne peut pas* être lui. Impossible qu'elle ne le sache pas ! Il n'est pas ainsi. Il comprend qu'elle soit déçue, en colère. Il comprend qu'elle se sente trahie – il est le premier à reconnaître. Il s'est laissé tenter par d'autres corps de femmes. Il n'a pas soigné son couple, il ne s'est pas assez bien occupé d'elle. D'accord. Ça a été sa faute. Mais elle *doit* savoir – elle *sait* – que lui, Karsten Wiig, le père de ses deux filles, n'aurait jamais, jamais été capable de faire une chose pareille à ses enfants, ou à d'autres. Ça ne lui ressemble pas. Il n'est pas comme ça. Ses fantasmes ne sont jamais allés dans ce sens. Elle doit bien s'en douter, quand même ! Il la déteste. Il n'aurait jamais cru qu'il haïrait véritablement quelqu'un, au-delà de quelques minutes. Cela semble tellement barbare. Si éloigné de ce qu'il est, lui, Karsten Wiig. Non, si éloigné de celui que *j'étais*. Il se permet de la détester, il en jouit, il ressent du plaisir à le penser. Au bout d'un moment, il laisse monter des idées de vengeance. Elles affluent. Il veut faire son overdose de médicaments chez Marianne, pour que ce soit elle qui le retrouve. Non, se pendre dans son salon. Se balancer au bout d'une corde, le visage bleu, et revenir la hanter dans ses rêves jusqu'à la fin de ses jours. Il veut la frapper, la torturer. Lui tirer les cheveux, les lui arracher un par un. Il veut la dénigrer, détruire sa vie comme elle a détruit la sienne, lui écrire des lettres anonymes.

Karsten écopa de deux ans de prison ferme. Il fit dix-huit mois. Il n'envisagea pas avant la fin de la première année la possibilité d'être acquitté. Il voulait être déclaré non coupable. Une réhabilitation. Des excuses sans réserve. Il le sut en se réveillant un matin. C'était l'un des premiers matins qui succédait à une nuit sans cauchemars. Et il sut ce qu'il voulait. Il ne voulait pas se noyer. Il ne voulait pas arracher les yeux d'Edvard Frisbakke. Il ne voulait pas éclater les reins de Marianne à force de coups de pied. Il voulait être disculpé. Que l'État, la Norvège, lui demande pardon, que l'on crie haut et fort que Karsten Wiig avait été condamné à tort. Qu'il était un homme qui aimait ses enfants, qui n'aurait jamais eu d'idée aussi affreuse que ce pour quoi il avait été condamné. Il se réveilla et éprouva quelque chose qu'il ne reconnut pas. Il essaya de l'expliquer à Barbara lorsqu'elle revint le voir.

—Je crois que je ressens de l'espoir, avoua-t-il enfin. Barbara était émue ; lui se sentait plutôt confus. Car Karsten Wiig avait honte, d'abord parce qu'il osait espérer, mais surtout parce qu'il ne l'avait pas fait plus tôt.

Certes, il souhaitait encore se venger de Marianne, mais il comprit immédiatement que toute tentative de lui nuire serait perçue comme un aveu de culpabilité. De temps à autre, l'idée de la mort resurgissait, et il se voyait nageant dans un lac sans fond ; il nageait, nageait, avant de s'arrêter et de se laisser couler dans le liquide noir et tiède. Et puis : la mort. Le silence, le néant, comme dormir sous l'eau, pas un son, plus de souvenirs, plus de problèmes. Mais il ne voulait pas renoncer. Il voulait vivre, reconquérir ses enfants. Blanchi, innocenté, il voulait serrer Élise et Henriette dans ses bras, les faire virevolter et redevenir père. Les lancer haut dans les airs. Ça devait être possible. Il ne voulait pas baisser les bras, il était innocent ! Il allait leur montrer. Il voulait qu'elles le prennent dans leurs bras et l'appellent papa. S'asseoir à la table du petit déjeuner avec elles, les gronder gentiment parce qu'elles n'avaient pas préparé leurs affaires ce matin-là non plus ou avaient de nouveau oublié de mettre leur tenue de gym au sale depuis la dernière fois, leur proposer un mardi leur confiture préférée, destinée en fait aux seuls week-ends, leur préparer des casse-croûte et leur donner du lait. Il voulait voir Henriette lui sourire sous une moustache de kéfir. Tirer la queue-de-cheval d'Élise quand elle taquinait sa sœur. Il voulait être un papa et les aider à faire leurs devoirs, être réveillé bien trop tôt à coups de café trop léger et de gâteau au chocolat raté le jour de la fête des pères, nettoyer le vomi et consoler, il voulait être là quand elles auraient besoin de lui. Il voulait voir grandir ses filles. Voilà ce qu'il désirait, et c'est pour cette raison qu'il osa dire à Barbara qu'il avait repris espoir, même si le mot était sans doute trop fort pour décrire ce qu'il ressentait. En tout cas, Karsten voulait vivre.

À sa sortie de prison à l'automne 1994, Karsten Wiig avait immédiatement emménagé dans un meublé que sa mère lui avait trouvé. Oui, Barbara aussi avait joué un rôle dans cette histoire, mais Karsten crut toujours que c'était le seul fait de sa mère. (Les deux femmes s'étaient rencontrées à plusieurs reprises et s'étaient tout de suite appréciées. Non, je ne vous accable pas le moins du monde, avait déclaré Mme Wiig la toute première fois que Barbara vint la voir, dans la maison d'enfance de Karsten, à quelques ruelles seulement de l'endroit où elle-même avait grandi. Karsten est adulte. Et quand deux personnes s'aiment, il faut laisser les choses se faire.)

Karsten reprit le travail comme collaborateur indépendant pour des maisons d'édition. Il faisait la même chose que quand il avait terminé ses études et rêvait de devenir écrivain. La seule différence, c'est qu'il ne croyait plus que cela le rapprochait de son rêve littéraire, qu'il n'avait plus. Il avait fait de nécessité vertu car il excluait d'avoir un poste au contact des gens. Dans son appartement, Karsten Wiig relisait et épurait les manuscrits que d'autres avaient écrits. Il traquait les fautes de ponctuation, supprimait les pires clichés et envoyait les factures. Il buvait à peu près deux litres de café noir par jour. Et il se mit à boire son cognac l'après-midi – il insistait pour prononcer le mot cognac à la française –, de plus en plus tôt. Il vécut seul dans un appartement minuscule, qui était non seulement petit mais aussi étonnamment austère, pendant environ un an. Puis il capitula et s'installa chez Barbara, dans le quartier de Vika. Cet appartement n'était pas très grand non plus, mais Barbara avait réussi à le rendre agréable : affiches d'art aux murs, plantes vertes sur les encoignures de fenêtres, bougies allumées dans des chandeliers en céramique. Elle accrocha la toile qu'elle lui avait offerte, sans que cela atténuât chez Karsten la sensation d'être de passage. Ce tableau, aux tons bleu et terre accordés avec goût, soulignait que c'était son territoire à elle, pas un lieu de vie commun. Mais l'arrivée des livres de Karsten sur des étagères déjà surchargées, et des albums, qui atterrirent à plat sur le grand dictionnaire, lui fit du bien. Tout comme la découverte d'une place adéquate où accrocher les photos des filles dans la chambre. Il regarde chaque jour ces photos. Il a essayé de les ignorer, de passer devant sans s'arrêter, en vain. Plusieurs fois par jour, il entre contempler ces épreuves. Celles de ses filles perdues. De temps en temps, il les décroche et les pose sur le lit, les touche, passe les doigts sur le verre du cadre, embrasse les joues des enfants. Il leur parle, regarde les yeux plissés et souriants de Henriette, lui raconte qu'il l'aime, qu'il n'aurait jamais, jamais pu leur faire du mal à elle ou à sa sœur. Il pose l'index sur le menton d'Élise, regarde son visage et lui déclare qu'il l'aimera toujours. Sa mère lui donne d'autres photos qu'elle a prises récemment, mais même s'il les observe et se sent heureux à l'idée que ses filles grandissent, ce sont les photos d'enfance qu'il préfère. Ce sont celles-là qu'il admire le plus souvent, qu'il touche, auxquelles il parle. Il a arrêté le temps. Il a figé des instants qui ne reviendront pas, mais qu'il peut revivre, et il imagine presque qu'elles vont bientôt sonner à la porte pour réclamer leur gâteau de riz (avec une noix de beurre !) pour le dîner.

Chaque Noël et chaque anniversaire, Karsten Wiig le linguiste envoie à ses enfants des livres choisis avec soin et accompagnés de longues lettres manuscrites expliquant pourquoi il a choisi ces ouvrages, pourquoi ce recueil de nouvelles lui a fait penser à Élise, pourquoi il est convaincu que Henriette appréciera cette petite anthologie lyrique. Il continuera jusqu'à ce que ses filles soient adultes. Il le fera une dernière fois, pour le dix-huitième anniversaire d'Élise. Puis, sans nouvelles d'elles, il a arrêté. Plus tard, il apprendra que Henriette a lu tous les siens, alors qu'Élise les a jetés.

Karsten a revu ses filles juste après sa sortie de prison. Maître Mathiesen l'avait prévenu, objectivement, correctement : Karsten a tout à fait le droit de voir ses enfants une fois sa peine de prison purgée. Les enfants ont droit à deux parents.

— Même si l'un d'eux a commis des agressions sexuelles ? avait demandé Karsten.

Mathiesen avait hoché la tête, le regard fuyant. Ça implique donc que les enfants sont forcés de subir la présence de quelqu'un qui a pu..., avait objecté Karsten.

— Oui, avait répondu l'avocat, mais ils y ont droit.

Karsten avait discuté avec Marianne, durant une rencontre courte et formelle, et il lui avait expliqué qu'il ne voulait pas voir ses enfants à moins qu'*elles* ne souhaitent vraiment le voir – même s'il était convaincu que c'était Marianne, et non les filles, qui déciderait. Marianne l'en remercia, ce qui le blessa encore plus. En conséquence de quoi il ne les voit presque jamais, une fois par an tout au plus, et toujours en présence de Marianne ou de sa mère. Après chaque rencontre, qu'au début il attendait avec un mélange tout puéril d'impatience et d'espoir, il se disait qu'il aurait peut-être mieux valu s'abstenir. Ses filles lui avaient tellement manqué que ces rencontres brèves et empruntées ne faisaient que raviver la plaie davantage. Elles étaient devenues des inconnues qui ne le regardaient pas en face. Des enfants inconnues qui répondaient à ses questions, sans dissimuler que ça ne les intéressait pas, voire que ça les incommodait. Il était plus facile d'aimer les enfants sur les photos. Il connaît les enfants en pulls rayés. À la première rencontre, il avait ouvert les bras pour serrer Élise contre lui, mais les avait laissés retomber à mi-parcours en voyant Élise reculer. Karsten Wiig n'avait pas touché ses filles depuis qu'il avait quitté leur maison quelques jours après sa dispute avec Marianne, cette dispute qui avait tout précipité. La dernière fois qu'il avait posé la main sur elles, elles étaient deux fillettes de huit et dix ans, deux petits corps qu'il avait pu étreindre, prendre sur ses genoux; deux petits derrières durs et minces qu'il sentait comme des poings sur ses cuisses. Alors les rencontres s'espacèrent. Ses filles étaient peu à peu devenues des femmes. Elles avaient de la poitrine. Elles pouvaient enfanter à leur tour. Elles étaient désirées par des hommes, qu'elles désiraient parfois elles aussi. Elles vivaient leur vie, avec leurs secrets et leurs mensonges, leurs études, leur scolarité, leur travail à temps partiel et leurs propres comptes en banque. Et il ne les connaissait plus.

Pas une minute ne passe sans qu'il pense aux enfants, aux jolies têtes blondes d'Élise et Henriette. Karsten continue de penser à elles comme à deux petites filles – c'était comme ça qu'il les connaissait, c'était à ce moment-là qu'il était leur papa. Et c'est ainsi qu'il se les rappelle : yeux gris-bleu d'enfants sous de doux cils blonds recourbés. Deux nez tendres semés de taches de rousseur. Deux petites voix qui l'appellent impatiemment. Papa ! crient-elles, avec l'assurance et la force des enfants qui se savent aimés. De plus en plus souvent, c'est en pulls à rayures qu'il imagine ses filles. Roses pour Élise. Bleues pour Henriette.

Quand Barbara était petite, elle était certaine que devenue adulte, elle ferait un bon mariage et aurait des tas d'enfants. Elle tomberait plus ou moins par hasard sur son futur mari et père de ses enfants ; en conséquence, Barbara ne fut pas le moins du monde surprise lorsqu'on lui prédit à l'âge de dix-sept ans (lors d'un voyage organisé à Dubrovnik avec ses parents et sa grande sœur) qu'elle vivrait heureuse avec un homme qui n'aimerait qu'elle : « *A man who will love only you*[1]. » La vieille Tzigane, qui savait par ailleurs très bien se faire grassement payer par les touristes nordiques aux yeux bleus, précisa à Barbara que l'élu de son cœur porterait un signe lui permettant de comprendre tout de suite que c'était lui le bon. Le souffle court, Barbara lui avait demandé combien d'enfants elle aurait avec cet homme. La prophétesse avait rassemblé ses cartes, s'était gratté le nez, laissant entendre que la séance était terminée.

1. En anglais dans le texte.

Barbara avait répété, en espaçant bien tous les mots et en articulant à l'extrême : *How Many Children ?* La tzigane avait secoué la tête, avant d'indiquer la porte. Barbara avait sorti son porte-feuille et brandi quelques billets. La vieille s'était levée et avait gentiment raccompagné Barbara.

Barbara fêta son vingt-deuxième anniversaire, puis le vingt-troisième, vingt-quatrième et vingt-cinquième, et l'Homme avec qui elle allait vivre heureuse et qui n'aimerait qu'elle n'avait toujours pas montré le bout de son nez. Elle croyait encore au destin, aux cartes, à l'horoscope – en tout cas, elle lisait toujours celui de *Dagbladet*. Elle gardait une foi inébranlable dans la prophétie de Dubrovnik. Aussi longtemps que ça lui convenait, en tout cas. Elle traquait les signes chez – ou plutôt *sur* – tous les hommes qui croisaient son chemin, en tout cas quand les usagers dudit chemin l'attiraient, ce qui était assez souvent le cas. Il y eut pas mal de candidats qu'elle scruta au plus près. Rien ne pressait, elle était toujours jeune, s'assurait-elle. Elle savait que, le moment venu, elle rencontrerait l'homme avec lequel elle serait heureuse.

À l'automne 1990, Barbara eut vingt-six ans, et elle boucla sa maîtrise juste avant l'été. Elle avait terminé ses études d'ethnologie. Elle avait obtenu une mention pour son mémoire sur les sorcières, apprécié pour sa contribution essentielle dans le domaine des études de genre. Elle avait en outre un bon diplôme en littérature. Et elle avait décroché un boulot ! En 1990, cela constituait une belle performance en soi, quand le marché du travail pour les philologues, humanistes et idéalistes était pour le moins sinistré. Mais *elle* avait arraché un intérim à la collection des manuscrits de la bibliothèque universitaire. Lorsque ses copines de cours insinuèrent qu'elle avait certainement couché pour avoir ce poste, Barbara avait protesté : ce n'était pas le cas, mais elle l'aurait fait si l'occasion s'était présentée. Et si la personne en question avait été normalement constituée, ajouta-t-elle, elle aurait veillé à passer à l'acte dans les plus brefs délais pour exprimer sa satisfaction.

Oui, Barbara Brant était très contente de son existence. À tous points de vue. Et peut-être que l'Homme qui n'aimerait qu'elle se trouvait quelque part entre les épais murs de la bibliothèque universitaire. L'heure était à la conception du premier de tous ses enfants à venir. À présent, elle pouvait prétendre à un congé maternité sans perte de salaire. Mais rien ne pressait. Elle était encore jeune, et le monde était plein de corps masculins qu'elle devrait sûrement examiner.

Dès le premier jour à son nouveau poste, Barbara avait conclu que l'Homme qui n'aimerait qu'elle ne se trouvait pas parmi les employés poussiéreux de la BU. Pourtant, alors qu'elle ne travaillait là que depuis deux petites semaines, elle l'aperçut au bout d'un couloir. Il portait un blazer bleu foncé, une chemise bleu clair et un pantalon kaki froissé. Il était de taille moyenne et avait des cheveux blonds qui commençaient à se dégarnir mais formaient de petites touffes optimistes sur le front.

— Qui est-ce ? demanda-t-elle à une collègue du département économie, avec laquelle elle discutait devant la photocopieuse.

— Ah, c'est Karsten Wiig, répondit la collègue après avoir jeté un coup d'œil au bout du couloir. Il est en histoire littéraire, il doit bosser à l'école supérieure.

— Qu'est-ce qu'il fait ici ?

— Je crois qu'il travaille à un projet sur la correspondance. Structures narratives dans les correspondances du XIXe siècle. Quelque chose dans le genre. Les délires littéraires habituels.

— Je vois, répondit Barbara, pensant à son propre diplôme de lettres.

— Et il est marié.

— De pire en pire, lâcha Barbara.

— Il commence aussi à perdre ses cheveux, ajouta sa collègue.

Elles pouffèrent de rire. Karsten avait disparu dans l'une des salles de séminaire. Barbara regarda longtemps vers l'endroit où elle l'avait vu, puis sourit à sa collègue et partit à la recherche de Karsten.

— Tu as un grain de beauté ou quelque chose comme ça ? s'enquit-elle dès qu'elle fut entrée dans la pièce.

Karsten avait eu le temps de s'asseoir à une table, et il avait posé devant lui une épaisse liasse de photocopies de lettres manuscrites. Il sursauta.

Il n'avait rien entendu, et une femme était apparue devant lui. Elle était jeune, elle avait les cheveux noirs et lisses. À cette époque, Barbara portait souvent d'amples chemises blanches d'homme, et elle avait une passion pour les gigantesques écharpes tricotées à la main qu'elle s'entortillait plusieurs fois autour du cou. Si le but était de dissimuler sa féminité, c'était raté. Si c'était de se distinguer des autres employés, c'était un succès. Le choix du style vestimentaire ne dépendait ni de l'un ni de l'autre : Barbara s'habillait de la sorte parce qu'elle aimait ça. Karsten la regarda longuement. Il n'avait pas la moindre idée de qui elle était, ne se souvenait pas de l'avoir déjà vue.

— Est-ce que tu as un grain de beauté ? insista la femme.

— Oui, bien sûr. J'en ai plusieurs, répondit Karsten en posant les coudes sur la table et en appuyant la tête dans ses mains pour la toiser d'un œil intéressé. Tout le monde en a, non ?

— Mais est-ce que tu en as un gros ? En forme de cœur, peut-être ?

— Non, malheureusement, répondit Karsten, en penchant la tête, le menton toujours dans les mains, sans la quitter du regard.

Elle était jolie. Elle agitait les bras en parlant.

— Désolé, reprit-il, je n'ai pas de grain de beauté en forme de cœur aujourd'hui.

— Sept qui forment un cercle, alors ? Quelque chose comme ça ?

— Non, désolé.

— Bon, répondit la brune avec un soupir exagéré.

— Mais j'ai les oreilles un peu décollées ; c'est valable, ça ?

— Non, je ne crois pas. Une cicatrice ?

— Non.

— Certain ?

— Oui. Non, d'ailleurs ; j'ai une cicatrice du vaccin antivariolique. Et du BCG.

Karsten avait totalement oublié qu'il avait une cicatrice en demi-lune au-dessus d'un genou. Mais de toute évidence, ce n'était pas une cicatrice causée par l'un de ses enfants que la jeune femme attendait.

— Ça ne suffit pas, répliqua-t-elle. Tout le monde en a une.

— Pourquoi cette question ? se demanda Karsten. Il se leva et alla vers elle, la main droite tendue. L'une des touffes de cheveux se balançait vers l'avant à chaque pas qu'il faisait. À propos, je m'appelle Karsten. Karsten Wiig.

— Je sais. Je suis Barbara Brant. Je crois que tu es peut-être l'homme de ma vie. Celui avec lequel je vais vivre heureuse, et qui n'aimera que moi.

Sur ce, la dénommée Barbara Brant pencha la tête en arrière et rit. Ce n'était pas un rire magique comme celui de Marianne, mais c'était un rire sympathique.

Plus tard ce jour-là, Barbara Brant séduisit Karsten Wiig, et ils couchèrent ensemble dans son appartement à elle. Elle venait de décider que le signe qu'elle attendait devait être cette petite zone glabre que Karsten avait juste au-dessus des fesses. Karsten était un homme assez velu, mais une petite aire en forme de losange dans son dos était aussi douce et dépourvue de poils que chez un bébé. Collée tout contre lui, elle respirait son odeur. Il était allongé sur le ventre, la tête tournée vers elle, et elle le caressait à cet endroit sans poils tout en parlant de la prophétie. En son for intérieur, elle trouvait que cette histoire de signe était idiote, elle devait peut-être cesser d'y croire ? Car il fallait reconnaître qu'un carré de peau dépourvu de système pileux, ce n'était pas très convaincant.

Karsten Wiig avait été un amant zélé et talentueux. Barbara conclut lors de son évaluation inconsciente à l'issue de l'acte qu'il avait semblé sûr de lui et de son corps. Elle n'en dit rien, mais nota en silence sa qualité. Elle pointa alors son derrière mince en l'air et glissa sur le ventre vers le bord du lit. Là, elle tira le portefeuille de Karsten de son pantalon kaki (qui était encore plus chiffonné que quelques heures plus tôt), se rallongea sur le dos et se mit à inspecter le contenu du portefeuille tout en battant des pieds. De l'argent. (— Combien paie-t-on une prostituée de luxe, de nos jours ? — Bof, tu mérites au moins deux ou trois pièces de dix. — Quel culot !) Des photos d'enfants. (— Combien en as-tu ? — Deux. — Eh bien nous, nous en aurons au moins une douzaine.) Permis de conduire. (— Je suis heureuse que tu n'aies pas l'air aussi bête en réalité. — Ah non ? — Fais voir, tourne-toi par ici... Si, maintenant que tu le dis...) Elle allait poser le document sur ses plantes de pieds, et tendre les jambes à la verticale pour voir si elle arrivait à le faire tenir en équilibre, quand elle se figea. Karsten Wiig était né le 16 août 1954. Karsten Wiig avait dix ans de plus qu'elle, *jour pour jour*. Elle se rassit dans le lit, et sentit son cœur battre violemment.

— À quelle heure es-tu né ? voulut-elle savoir.

— Dans le courant de l'après-midi.

— À quelle heure ?

— Quatre heures et demie, je crois.

Barbara se leva et courut sans le moindre vêtement jusqu'à la cuisine. Elle en revint quelques secondes plus tard avec une cuiller en argent.

— Regarde ! C'est un signe !

Karsten prit la cuiller. Une cigogne y était gravée ainsi qu'un certain nombre d'inscriptions.

— Un cadeau de baptême ?

— Lis ! ordonna-t-elle avec un hochement de tête impatient.

La cuiller lui apprit qu'à la naissance Barbara pesait 3,456 kilos et mesurait 51 centimètres. Elle était née le 16-8-64, à 16 h 30. Fichtre. Curieux, songea Karsten sans s'émouvoir. Il l'attira alors vers lui et la lécha dans le cou. Les dates, voilà le signe. Barbara était superstitieuse quand ça l'arrangeait, mais elle ne perdait jamais son bon sens, et elle ne raconta donc jamais à Karsten qu'elle aurait dû naître beaucoup plus tôt, mais qu'elle avait attendu le 16 août, à 16 h 30 précises. Quand son père l'avait vue pour la première fois, quelques minutes après l'accouchement, il s'était penché sur elle et lui avait demandé pourquoi elle avait insisté pour naître si tard. Elle l'avait regardé bien en face et avait ouvert et fermé la bouche à plusieurs reprises. On aurait dit qu'elle savait exactement ce qu'elle voulait dire, et qu'il ne lui manquait que la parole pour l'exprimer. Elle devait s'appeler Barbara, déclara le père, car ça signifie « celle qui parle de façon incompréhensible ».

Karsten et Barbara auraient pu se rencontrer bien plus tôt, longtemps avant de se croiser dans les couloirs de Blindern. Ils auraient pu se rencontrer avant la prophétie. Oui, la probabilité qu'ils se soient effectivement rencontrés plus tôt était grande. Les maisons dans lesquelles ils grandirent n'étaient séparées que par quelques rues. Et qui plus est : leurs parents se côtoyaient. Pas beaucoup, mais quand même. La femme brune qui avait souri avec mépris lorsque Marianne avait lâché son morceau de tarte aux pommes quand elle avait fait la connaissance des parents de Karsten n'était autre que la mère de Barbara, Susanna Brant, professeur de psychologie. Elle avait toujours été quelqu'un de strict. On ne pouvait pas en dire autant de sa fille cadette.

Barbara Brant pouvait se mettre à chatouiller ses copines, ou claquer un petit bisou sur la bouche de son voisin. Un jour, elle était allée voir un type dans le bus 37 et l'avait invité à dîner – parce que, bien entendu, elle se figurait qu'il était l'Homme qui n'aimerait qu'elle. Elle n'avait aucun scrupule à demander à un homme dans un bar s'il se considérait comme un amant bon, moyen ou pitoyable. Elle avait demandé à un Espagnol épouvantablement fier de lui s'il pouvait mettre une taille sur sa virilité. En centimètres. J'autorise un écart de huit millimètres par rapport à la réalité. Et un jour, donc, les premiers mots qu'elle avait adressés à un maître de conférences, ça avait été de lui demander s'il avait des grains de beauté.

Karsten trouvait Barbara « rafraîchissante » (c'était le mot qu'il employait). Il appréciait ses trouvailles. Il aimait qu'elle dise des choses inattendues, qu'elle lui pose des questions énigmatiques. Il aimait son imprévisibilité. Marianne aussi pouvait le surprendre, mais elle le faisait toujours pour mettre son amour à l'épreuve, pour piéger Karsten, pour lui faire avouer quelque chose. Un jour, juste après la naissance d'Élise, Marianne avait lancé sans prévenir un verre de Coca light au visage de Karsten, qui regardait le journal des sports.

— Mais pourquoi tu as fait ça, nom d'un chien ? demanda Karsten, qui s'était levé et dégoulinait de Coca sur le parquet.

— Parce que ça fait un temps fou que tu ne m'as pas dit que tu m'aimais !

Le petit frémissement dans la voix de Marianne, le point d'exclamation peu assuré le firent sourire. Il la rejoignit et lui jura que c'était le cas. Après quoi ils firent l'amour dans le canapé, sur fond de journal des sports. Il lui mordilla probablement trois fois l'oreille.

Barbara aurait peut-être eu l'idée de lancer du Coca glacé au visage de Karsten, mais pas parce qu'elle voulait avoir la confirmation qu'il l'aimait toujours. Barbara l'aurait fait parce que ça l'amusait, pour voir l'expression stupéfaite de Karsten, pour éclater de rire avec lui. Oui, elle aurait sans aucun doute pu le faire. Mais elle aurait sans doute renversé le soda sur elle, et offert un petit spectacle privé de t-shirt mouillé à Karsten.

La liaison de Karsten et Barbara commença le jour même de leur première rencontre. C'était en 1990. Au début, ils se virent presque tous les jours. Karsten était constamment aux manuscrits pour rassembler de la documentation pour le projet sur lequel il travaillait. Chaque fois qu'il s'y retrouvait, ils s'embrassaient dans une salle de séminaire déserte ou dans le bureau de Barbara. Une fois, ils firent pratiquement l'amour sur le bureau de la jeune femme, avant qu'elle déclare qu'elle n'avait pas les nerfs assez solides pour ce genre de chose. Ils commencèrent à passer leurs pauses-déjeuner dans le deux pièces de Barbara à Vika, à sept minutes à pied seulement de la BU. Au printemps 1991, Karsten eut de plus en plus de mal à justifier le temps qu'il prenait pour photocopier des documents intéressants pour son projet. Comme ses collègues de l'école supérieure commençaient à avoir des doutes, il ne put plus venir quotidiennement aux archives. Mais ils continuèrent à se voir deux ou trois fois dans la semaine, presque exclusivement en journée. Et, hormis le week-end, il ne se passait pas un seul jour où Karsten n'appelait pas Barbara au moins une fois.

Au cours de ces mois, ils parlèrent beaucoup. De films et de livres Karsten admirait le goût littéraire sans faille de Barbara et son talent pour lire le gothique. Ils se disputèrent pour savoir si le lait entier ou le lait écrémé était le meilleur. Ils débattirent à propos des gens qui gardent leur argent même quand les avis de décès annoncent « Un don à la recherche contre le cancer sera aussi apprécié que des fleurs. Le don peut être fait à l'église ». Barbara pensait que c'était vrai (Je suis sûre qu'un bon paquet de chaînes hi-fi et de services à café sont financés de la sorte !), Karsten avait davantage foi en l'homme (à l'époque) et pensait que c'était faux. Ils parlaient de leurs boulots. Karsten avoua qu'il était un peu mécontent, oui, de lui. Il n'avait personne à blâmer. Il n'avait pas obtenu la bourse qu'il espérait. Il se demandait s'il était un chercheur aussi doué qu'il se l'était figuré. Barbara avait lu son mémoire de master et disait le trouver bon. Tu composes un tout cohérent, conclut-elle en l'embrassant sur le menton. Karsten était un homme tranquille, qui s'énervait rarement et ne s'agaçait presque jamais de choses sur lesquelles il n'avait de toute façon aucune emprise. Il ne se hâtait pas. Il ne s'emportait pas souvent. Quand il potassait son examen propédeutique, il se qualifiait alors de sanguinoflegmatique, et il découvrit qu'en conséquence il disposait d'importantes réserves de sécrétions corporelles comme le sang et les glaires. Il haussa les épaules, but pas mal de bière ce semestre, mais composa honorablement à l'examen. Il se plaisait à l'école supérieure, il était content de lui. Barbara parlait de son travail, de ses ambitions et de ses rêves. Elle lui raconta pourquoi elle s'était intéressée à ce point aux procès en sorcellerie. Ils convinrent que rien n'était mieux que le sexe (même si Barbara affirmait qu'une soupe de queue de bœuf maison constituait un concurrent valable). Karsten parla de Marianne, de sa trahison quotidienne sans qu'elle se doutât de rien. Ils bataillèrent pour dire si ça rendait les choses plus pénibles, ou au contraire plus agréables. Karsten parla de ses obligations envers Marianne. Barbara l'écouta en hochant la tête. Il parla de ses filles. Expliqua à quel point il les aimait. Elles sont très douées. Il lui dit qu'elles sont très, très jolies. Elles sont grandes, maintenant. Et je les perds. Élise a maintenant de longues jambes fines tandis que Henriette conserve encore son allure dodue et infantile. Il lui raconta ce que c'était d'avoir des enfants, qu'elles passeraient toujours devant tout le reste, quoi qu'il arrive. Barbara l'entendait, comprit ce que cela signifiait, et ne fit pas de commentaire. Elle ne mentionna pas non plus la prophétie. Elle en avait à peine parlé lors de leur première rencontre, jamais depuis. Elle considérait – à juste titre – qu'il avait oublié. Elle savait déjà que Karsten était l'homme de sa vie, mais doutait sérieusement des sentiments de cet homme à son égard. En le regardant, elle *savait* que c'était lui qu'elle voulait. Il remarqua qu'elle le regardait, et lui sourit. Mais ce n'était pas en ce sourire qu'elle croyait. Et elle déduisit qu'il était plus facile de chercher que d'avoir trouvé.

Durant l'automne 1991, Barbara redoutait constamment de perdre Karsten. Ils se voyaient toujours, mais moins souvent, et Barbara le trouvait plus lointain dans leur relation que par le passé. Autrement dit, Karsten se comportait de la même façon qu'elle l'avait fait avec ses conquêtes masculines pendant les jours qui avaient précédé leur rupture – sur son initiative à elle.

À présent, c'était le plus souvent Barbara qui l'appelait à l'école supérieure et, de temps à autre, il se laissait convaincre – par des promesses ronronnantes de cuisses écartées et de bons vins – de venir la voir dans son appartement de Vika.

Ça faisait plusieurs jours qu'elle n'avait pas eu de nouvelles de lui lorsqu'il sonna à sa porte, un soir, chargé d'un énorme sac comme ceux dans lesquels on transporte des affaires de sport.

— Salut. Je me suis disputé avec Marianne. Je peux habiter ici ?

Barbara l'invita à entrer, le fit asseoir dans le canapé, porta dans la chambre violette le bagage qu'il avait abandonné dans l'entrée, remplit deux verres de cognac et lui en tendit un avant de lui donner aussi le sien, dans lequel elle n'avait bu qu'une gorgée. Elle lui caressa le bras. Il finit par lui raconter que Marianne était partie vivre chez sa mère avec les filles. Barbara n'était pas un ange, et sa première idée fut brève et ne lui ressemblait pas dans sa formulation : Youpi ! Mais Karsten n'avait pas l'air de si bien le vivre, affalé comme il était dans le canapé. Il ne le disait pas, mais il ne faisait pas un pli qu'il regrettait. Son histoire avec Barbara, ce qu'ils avaient partagé. Non, Barbara n'était pas un ange. Elle n'était pas idiote non plus. Elle ravala toutes les pulsions et instincts et Dieu sait comment ça s'appelle, qui la poussaient à se jeter dans ses bras, à l'étreindre, et à assener quelques mots de triomphe qui ne seraient pas à l'avantage de Marianne. *Cette* Marianne. Aussi réagit-elle calmement. Elle lui demanda s'il préférait le canapé au grand lit, s'il voulait être tranquille. Elle lui demanda s'il avait sa brosse à dents ; dans le cas contraire, elle en avait une neuve (vestige du stock de l'époque où elle chassait encore l'Homme qui n'aimerait qu'elle). Il préférait dormir dans le lit, merci. Il voulait juste réfléchir un instant dans le canapé. Et il n'avait pas oublié sa brosse à dents – mais merci quand même. Elle prit la salle de bains, lui souhaita bonne nuit, se coucha de son côté du lit et attendit quelques minutes qu'il la rejoigne.

Après coup, elle songea que ce n'était peut-être pas si pleinement positif qu'il couche avec elle ce soir-là. Elle se rendit compte que c'était peut-être très, très mauvais signe. Mais elle n'y pouvait rien. Elle ne pouvait qu'espérer. Espérer et être la meilleure version possible de Barbara Brant. Et c'est exactement ce qu'elle fit au cours des jours et des semaines qui suivirent.

Au bout d'un moment, Marianne réintégra la maison. Barbara scruta le visage de Karsten quand il lui en fit part. Elle n'y vit rien qu'elle puisse interpréter dans un sens ou dans un autre. Elle brûlait de savoir, mais se maîtrisa et continua de livrer la meilleure version d'elle-même. Espiègle quand l'instant s'y prêtait, grave quand elle estimait que c'était préférable, elle cuisinait bien, tout en veillant à ne pas exagérer. De la façon la moins coercitive qui soit, elle essayait de se rendre indispensable. Et Karsten resta chez Barbara.

Noël n'allait pas tarder. Ses filles manquaient à Karsten. Des fêtes de fin d'année en compagnie d'une maîtresse libidineuse ne seraient jamais comparables à celles passées en famille, avec des enfants qui offrent des paniers faits maison et reçoivent en échange jeux vidéo et vêtements de poupée hors de prix. Barbara n'avait aucun mal à le comprendre. Karsten devait voir ses enfants ! Marianne n'avait pas le droit de l'en empêcher. Il avait pu aller les voir deux ou trois fois (il était même allé les voir à l'école, quand Marianne refusait qu'il leur parle au téléphone). Pour la Sainte-Lucie, qui tombait le même jour que l'anniversaire d'Élise, il sonna à la porte et déposa un gros paquet. C'était une luge avec des patins et un volant. Et un casque rouge pompier. Il avait acheté un kit de peinture à Henriette, bien trop cher pour une enfant dont ce n'était pas l'anniversaire. Il avait pensé dire à Élise qu'il ne voulait pas qu'Élise l'Aînée, qui a un an de plus, se blesse. Il avait préparé un petit laïus creux pour Henriette au moment de lui remettre son cadeau : Chère tâtard ! Tu vas maintenant pouvoir peindre les princesses les plus juteuses et éléphantesques, et peut-être des crêpes qui auront toujours le dernier mot. Ou une boîte de soupe, si tu préfères – certaines personnes préfèrent ça, en fait. Marianne avait pris les cadeaux, sans le laisser entrer, sans le laisser voir ses enfants.

— Je ne supporterai pas longtemps cette comédie, Marianne, avait-il déclaré en se demandant s'il devait forcer la porte.

Mais quelque chose dans le regard de sa femme l'avait arrêté. Elle lui avait demandé de les laisser tranquilles, l'avait supplié de respecter ça. Il avait décidé d'accepter.

— Nous ne pouvons pas continuer de la sorte, avait-il ajouté.

— Non, répondit Marianne en refermant assez silencieusement la porte.

Je vais leur laisser un peu de temps, expliqua-t-il à Barbara. Elle entendra peut-être plus rapidement raison. Barbara hocha la tête. Karsten n'avait peut-être pas tort. En l'état actuel des choses, c'était intenable. Il allait falloir que cette Marianne se ressaisisse. Il entendait la voix de Barbara, supposait qu'elle le soutenait dans l'opinion désastreuse qu'il avait de Marianne. Il pensa à ses filles qui ouvraient ses cadeaux, il aurait bien aimé voir les yeux de Henriette lorsqu'elle découvrit les couleurs, et ceux d'Élise ouvrant la grosse boîte contenant la luge. Il sentit ses canaux lacrymaux se remplir. Il voulait avoir ses filles avec lui, à côté de lui. Mais il allait devoir être patient, tout s'arrangerait. Il allait laisser à Marianne le plaisir d'être la personne lésée, et donc celle qui avait l'ascendant moral.

Ça va passer. Tout va rentrer dans l'ordre.

Karsten Wiig et Barbara Brant passèrent Noël ensemble, rien qu'eux deux, dans l'appartement de Barbara. L'après-midi du 24, Karsten était allé à la maison suspendre un sac de cadeaux à la porte. J'espère qu'elle les leur donnera, soupira-t-il. Bien sûr, le rassura Barbara. Il lui sourit. Karsten comprit que Barbara avait décidé de faire en sorte que leur réveillon soit différent de ce à quoi il était habitué. Elle servit de bons plats (huîtres, coquilles Saint-Jacques, pâtes au piment), mais rien qui puisse faire penser à un dîner de Noël norvégien. Ils firent de longues promenades. Le 28, ils finirent dans le parc de Sankthanshaugen, et s'arrêtèrent au sommet pour regarder le ciel. Il n'y avait pas un nuage.

— Tu t'y connais en étoiles ?

— Non, répondit Barbara. Et toi ?

— Moui, j'en connais quelques-unes.

— J'imagine. Grand, intelligent et mâle comme tu es.

— Même si tu n'es qu'une femme, au moins tu apprends facilement.

— Merci, ô mon seigneur et maître, répliqua Barbara sur un ton exagérément humble.

— Tu vois l'étoile, là ? demanda Karsten.

— Oui. Tu parles de celle-là, là-bas ?

Barbara tendit une moufle en jacquard vers Aleksander Kiellands plass, en regardant l'étoile avec une gravité extrême. Karsten hocha la tête.

— C'est ça. C'est Saturne. C'est une planète entourée de tout plein d'anneaux et de satellites. Tu sais de quoi ils sont faits ?

— Absolument pas. Mais toi, si ?

— Oui. Des recherches récentes indiquent que ce sont les bagages qui disparaissent quand les gens prennent l'avion. Ce sont des valises qui n'arrivent jamais à destination qui flottent là-haut.

Barbara l'attrapa par son manteau et essaya de le faire basculer dans la neige. Voyant qu'elle ne réussirait pas, elle confectionna une boule de neige (assez tendre) et la lui lança en pleine poire. Ils s'embrassèrent. Tout passe, songea de nouveau Karsten. Tout rentre dans l'ordre.

Ils étaient encore à la table du petit déjeuner. Karsten venait de regarder l'heure et de décider qu'ils pouvaient encore y rester sept minutes. C'était une *bonne* matinée, comme il n'y en avait que trop peu au quotidien. Tout le monde était prêt à temps. Le café était tel qu'il devait être. Marianne avait fait griller du pain, qui était encore chaud et croustillant. Il leur restait un peu du bon camembert du petit déjeuner dominical. Élise et Henriette avaient réussi à rester côte à côte pendant tout le repas sans se disputer, ni chahuter, ni tout ce qu'elles pratiquaient couramment pour agacer ou attirer l'attention de leurs parents. Les pointes des cheveux de Marianne étaient encore humides après la douche. Élise venait de raconter une blague. (Pourquoi l'éléphant a-t-il une chaussette rouge, une chaussette verte, une chaussette jaune, une chaussette brune et un béret noir ? Pour pouvoir se cacher dans un sachet de Smarties. Vous avez déjà vu un éléphant dans un sachet de Smarties ? Non, sûrement pas, parce que c'est un camouflage efficace !) Henriette riait parce qu'elle trouvait l'histoire amusante, Karsten et Marianne riaient parce que Henriette riait, parce que la blague était stupide, et parce que Élise paraissait très satisfaite. Le rire de Marianne était beau, clair comme des cloches d'argent. Élise raconta que leur classe devait aller au musée des Arts et Métiers, Henriette ne voulut pas être en reste et informa que c'était la fête de sa meilleure copine, Grete. Karsten but une gorgée de café, et si on lui avait posé la question, il aurait répondu qu'en cet instant il était heureux. C'était en mars 1990. D'accord, tout n'était pas pour le mieux entre Marianne et lui – il aurait bien dû le concéder à quiconque le lui aurait demandé. Mais c'est souvent ainsi entre les époux, par périodes, aurait-il ajouté. Karsten avait récemment couché avec une étudiante, mais elle ne représentait rien, Marianne n'avait aucun soupçon, et il le regrettait déjà.

Deux ans exactement avaient passé. Karsten était couché auprès de Barbara. Il aimait bien se réveiller à côté d'elle. Elle avait les cheveux brillants, un corps jeune et dégageait en permanence un parfum envoûtant de terre de forêt. Ils avaient tous les deux des emplois à horaires prétendument libres, et pouvaient se prélasser au lit, faire l'amour s'ils le voulaient, déjeuner tard et longtemps. Ils pouvaient lire la même chronique l'un après l'autre, prendre le temps d'en discuter calmement ensuite. Karsten admirait la façon de débattre de Barbara. Elle présentait des arguments bien pesés, avec quelques écarts. Oh oui, Karsten aimait ces matinées chez Barbara ! Mais les enfants lui manquaient tant que c'en devenait insupportable. Il devenait irritable et n'arrivait plus à se concentrer. Il tenait seulement parce qu'il savait que ça ne pouvait pas durer, et que Marianne et lui allaient être obligés de trouver une solution rapidement. Oui, pas impossible que Marianne aussi manque à Karsten. Son rire, peut-être. Et le rôle de Marianne dans sa famille ; sans elle, il n'y avait plus de famille. En même temps, il profitait de cette matinée de mars, il s'allongeait sur ce corps mince et parfumé, car il savait que cette situation allait bientôt cesser. Mais rien ne pressait. Il était patient, et peut-être un rien calculateur. Marianne n'allait pas tarder à entendre raison, et tout s'arrangerait. Et, quelles que soient les conclusions de Marianne, la solution le satisferait. Karsten Wiig n'était pas quelqu'un de difficile. Si Marianne ne revenait pas sur sa décision de divorcer, ils divorceraient. Si elle décidait qu'ils devaient encore essayer il accepterait. Le plus important, c'était qu'il puisse passer régulièrement du temps avec Élise et Henriette. Barbara... il ne savait pas trop. Il continuerait peut-être à vivre chez elle. Mais si Marianne choisissait de sauver leur couple, il devrait mettre un terme à sa relation avec Barbara. C'était possible. Les femmes étaient remplaçables, mais il ne pouvait pas vivre sans les enfants. Barbara et lui déjeunèrent ensemble, les cheveux noirs brillants de Barbara étaient encore humides après la douche, ils burent du café en mangeant du pain de seigle avec une espèce de gruyère affiné, P2 constituait le fond sonore. Nous sommes le vendredi 13, annonça une voix bien modulée. Aïe, aïe, réagit Barbara, un index levé en signe d'avertissement. C'était aussi la Sainte-Grete et Greta, entendirent-ils, avant l'interview d'un metteur en scène inconnu d'eux deux à propos de sa relation avec Greta Garbo. C'est à ce moment-là qu'il se rappela ce petit déjeuner, deux ans plus tôt jour pour jour. La Sainte-Grete. Le petit déjeuner parfait. Sa vie de famille était encore si présente que ce souvenir aiguillonna la sensation de manque. Il souffrait de l'absence de ses enfants. Il décida d'appeler Marianne une fois encore, une seule, dès que Barbara serait partie, pour la sommer de se ressaisir. Il l'avait trompée, il lui avait menti, mais il voulait trouver un accord concernant les enfants. Il reçut d'un air distrait le baiser de Barbara quand elle partit pour la BU.

Marianne lui annonça un peu plus tard qu'elle était allée parler à un *avocat*, un *juriste*. Très bien. Il s'appelle Edvard Frisbakke, ajouta-t-elle solennellement comme si c'était important. D'accord. Karsten avait déjà entendu ce nom mais il ne parvenait pas à y relier quoi que ce fût; les noms, ça n'avait jamais été son fort. Tu vas avoir de ses nouvelles, le prévint-elle. Très bien. Il avait hâte que les choses s'organisent. C'était le vendredi 13 mars 1992. Début avril, il apprit qu'il avait fait l'objet d'une plainte auprès de la police.

Ce vendredi matin, alors que Karsten et Barbara écoutaient P2, en buvant du café et en mangeant du pain de seigle agrémenté de gruyère affiné, et tandis que les cheveux noirs brillants de Barbara finissaient de sécher, la police embarquait l'assistant du jardin d'enfants d'une petite commune. Comme tous les Norvégiens, Karsten allait beaucoup entendre parler de cette histoire dans les années qui suivirent. Plus tard, quand il eut purgé sa peine, il lut un article sur cette affaire. Il occupait un meublé dans un immeuble de Majorstua. Un mur était orné du tableau offert par Barbara. Il posa le regard dessus. Une grande toile dans des tons bleus et terre; ils avaient assisté ensemble au vernissage. C'était l'une des premières choses qu'ils avaient faites à la sortie de prison de Karsten, et il avait regretté d'y être allé. Tout le monde l'avait regardé de travers, une bonne femme avait plissé les yeux dans sa direction, quelqu'un d'autre lui avait clairement tourné le dos au moment où il approchait. Personne ne sait qui tu es, ici, avait soufflé Barbara. Les nanas te regardent parce que tu n'es pas vilain, tu sais ! Elles aiment bien tes antennes. Mais ça n'avait pas aidé. Karsten n'avait même pas réussi à sourire, et ils avaient quitté l'exposition bien avant d'avoir vu tous les tableaux. Toutefois, il avait dû dire qu'il appréciait ce tableau-là car Barbara le lui avait offert par la suite comme un cadeau d'emménagement. Sur le mur court à côté de la fenêtre, il avait la photo d'Élise et Henriette en pulls rayés (le haut était criblé de trous de punaises parce qu'il passait son temps à la décrocher du tableau d'affichage), ainsi qu'une douzaine d'autres photos de ses filles. Le reste était rangé dans des albums. Sur la plupart, les filles étaient assez petites. L'une d'elles représentait Marianne allaitant Henriette pendant qu'Élise attendait impatiemment, les coudes plantés dans la cuisse de Marianne. Il ne regarda pas les photos, mais garda pendant un moment les yeux rivés sur le tableau avant de terminer la lecture de son article.

Karsten ne savait pas si cet homme était coupable ou non. Il lisait l'ensemble avec distance, comme s'il parcourait un roman en hochant pensivement la tête aux réflexions du personnage principal, ou s'il regardait un film en prenant inconsciemment parti pour le héros. Karsten lut beaucoup de choses sur cette affaire dans les journaux, il entendit la radio en parler, il vit des reportages télévisés sur le sujet, mais il ne chercha pas à en savoir plus. Pendant qu'un journaliste parlant le dialecte de Bergen expliquait que la Cour suprême avait rejeté le pourvoi de cet ancien assistant de jardin d'enfants, Karsten gardait les yeux rivés sur le tableau offert par Barbara. À présent, la toile était accrochée à l'un des murs du salon chez Barbara.

Karsten ne demandait jamais à Barbara si elle l'aimait, elle le lui disait de toute façon. En revanche, il lui demandait souvent si elle pensait qu'il avait pu le faire. Suis-je coupable ? Elle secouait la tête chaque fois. Non, Karsten. Bien sûr que non. Tu es innocent. Tu as su depuis le début que j'étais innocent ? Oui. Il la croyait lorsqu'elle disait l'aimer. Il ne parvenait pourtant pas à la croire quand elle disait avoir confiance en lui. Pas complètement. En tout cas, il voulait l'entendre, encore et encore. Ça l'aidait toujours qu'elle le répète. Et Barbara ne l'envoyait jamais promener, ne le rembarrait jamais en lui demandant d'arrêter de ressasser. Elle répondait comme si c'était la première fois qu'il lui posait la question, gravement et posément. Tu ne doutes pas ? demandait-il. Non, répondait-elle, et c'était vrai. Tu ne doutes jamais ? Non, répondait-elle, et c'était de nouveau vrai. Tu n'as jamais douté ? Non, mentait-elle, jamais.

L'assistant maternel ne renonça pas. Il porta l'affaire devant la Cour européenne des droits de l'homme à Strasbourg, et gagna. Il attaqua de nouveau l'État norvégien, mais fut débouté.

Devant la Cour suprême aussi. Karsten Wiig le retint, sans que ça lui fasse beaucoup d'effet. Mais ça lui avait fait peur. Il avait déjà son lot au quotidien.

Un soir que Barbara et lui étaient descendus faire des courses, quelqu'un avait déposé un ours en peluche rose et une bougie funéraire sur leur paillasson. Il n'avait pas tout de suite compris ce que c'était, et avait d'abord souri en voyant le nounours, avant de repérer le cierge, et il avait vomi silencieusement. Il ne parvint même pas à entrer dans l'appartement. Au bout de plusieurs semaines, il expliqua à Barbara qu'il savait que Hilmar Pettersen aussi avait trouvé des bougies funéraires devant sa porte. Il l'avait entendu en prison. Ce n'était peut-être pas si exceptionnel. Des lettres de menaces anonymes, des gens qui appelaient et raccrochaient sans avoir rien dit. Ou qui hurlaient dans le téléphone. On imprimait des affiches montrant des auteurs de violences sexuelles, qu'on placardait sur les poteaux téléphoniques et sur les panneaux d'affichage dans les immeubles.

—Les gens expriment parfois leur point de vue sur nous en allumant des bougies funéraires, conclut-il.

—Ne dis pas *nous*, soupira Barbara, tu n'es pas comme eux.

En mai 1995, Élise Henriksen fit sa confirmation. Mme Wiig était présente à l'hôtel de ville, et à la maison ensuite. Élise avait beaucoup grandi, et se tenait très droite dans le *bunad*[1] que sa grand-mère avait reçu quand *elle-même* avait été confirmée. Elle fit un discours et remercia sa mère pour avoir toujours été là pour elle. En cadeau de sa mère et de Henriette, elle reçut un pendentif en forme de trèfle à trois feuilles. Maman, c'est la feuille du milieu, expliqua Henriette en petite adulte ; je suis celle de droite, tu es l'autre. Mme Wiig lui offrit huit cuillers en argent qui étaient dans la famille depuis le XIXe siècle. Elle déposa le cadeau de Karsten (une bague ornée d'un petit diamant) en s'en allant.

Karsten était parti faire une longue promenade. Non merci. Il préférerait rester seul, avait-il répondu à Barbara quand elle lui avait proposé de l'accompagner. Il rentra tard, se servit un cognac et s'assit à côté d'elle dans le canapé. Elle lui sourit, éteignit la télé et posa les pieds sur ses genoux.

— Tu sais ce qu'on m'avait aussi prédit ?

— Que tu trouverais un homme, répondit Karsten après quelques secondes de réflexion.

— Oui, un homme qui n'aimerait que moi, précisa Barbara.

Karsten ne répondit pas.

— Mais tu sais ce qu'on m'a prédit d'autre ?

— Non.

— Que j'aurais tout un tas d'enfants avec lui.

---

1. Costume traditionnel.

— Ah ! tiens. C'est vrai ?

À son tour, Barbara ne répondit pas. Car même si la question de Karsten n'était pas une demande réelle d'informations, mais le genre de pseudo-question qu'on sort à défaut de mieux, elle ne voulait plus lui mentir.

Barbara était faite pour être mère. Depuis qu'elle était adulte, elle avait toujours bouillonné d'instincts maternels. Chaque mois, elle sentait ses ovaires frémir d'excitation quand ils libéraient un ovule, elle sentait les parois de son utérus retenir leur souffle dans l'espoir que cette fois-ci serait la bonne. Mais Barbara y avait longuement réfléchi, elle en avait débattu tous azimuts avec elle-même, elle avait réprimé sa violente envie d'avoir des enfants et décidé d'attendre de rencontrer la bonne personne. Pour l'instant, on ne fait que s'amuser, chuchotait-elle à tous les éléments de son appareil reproducteur, et c'est assez exquis, non ? Mais un beau jour, vous servirez à ce pour quoi vous avez été conçus. En attendant, Barbara avait fait tout son possible pour qu'ils demeurent fringants et ne grippent pas. Mais il lui arrivait de dessiner des petites bouilles souriantes avec la pâte d'œufs de poisson qu'elle tartinait sur les en-cas de ses amants. Un jour, elle avait invité un fils de médecin musclé du Gudbrandsdal à dîner chez elle. Il se retrouva dans le canapé et elle le somma d'attendre là. Attends ici, ordonna-t-elle. Lis ça, avait-elle ajouté en lui tendant *Dagbladet*. Elle avait préparé le plat prévu en un temps record et, vêtue en tout et pour tout d'un tablier, elle avait servi un hérisson de saucisses – des demi-saucisses plantées dans un monticule de purée de pommes de terre, avec des olives pour les yeux et la truffe – au jeune homme plutôt surpris. Quelques années plus tard, elle régala Karsten du même plat. Les hommes s'étaient confiés à elle, elle avait écouté et consolé. Elle retira une écharde du pied de l'Espagnol si sûr de lui (dont le sexe mesurait exactement 16,7 cm, et donc trois millimètres seulement de moins que ce qu'il avait prétendu). Elle avait encouragé un docteur en économie politique au trente-sixième dessous à se réconcilier avec son frère, car elle comprenait que c'était quelque chose qui le tourmentait. Oui, Barbara était une mère née.

La jeune femme découvrit qu'elle était prête à faire beaucoup pour Karsten. *Tout*, songeait-elle en le regardant. Tandis qu'il buvait son café torse nu, assis dans le lit de la chambre violette. Au même instant, elle avait honte de ce qui lui semblait être de la soumission, une attitude dans laquelle elle ne se reconnaissait pas. L'instant suivant, elle se défendait, s'assurait que cet instinct qui la poussait à tout faire, tout sacrifier et se mettre en retrait, laisser dire le bon sens..., s'était déjà révélé à maintes reprises. Voilà le genre de choses que l'on fait quand on est amoureux. Mais elle sentait que même si ça y ressemblait, ce n'était pas ce genre de folie et de désir de sacrifice de soi qu'elle ressentait vis-à-vis de Karsten. Ce sentiment-là était beaucoup plus paisible. Il était peut-être moins physique. Il était plus réfléchi, et plus durable en tout état de cause. Mais pour être parfaitement honnête avec elle-même, tout cela était peut-être purement théorique. Car même si Barbara sentait que si, en théorie, elle voulait tout sacrifier pour Karsten, elle ne le ferait sans doute jamais dans la vraie vie. C'était rassurant. Elle n'avait pas totalement perdu le contrôle d'elle-même et de son existence. Hourra ! pensa-t-elle, avec une bonne dose d'ironie. Pourtant, elle *avait fait* des sacrifices. Elle faisait litière de sa possibilité d'avoir des enfants. Pour être avec Karsten. Elle le savait. Elle avait longtemps espéré que lui aussi finirait par vouloir des enfants, que lui aussi voudrait que, tous les deux, ils créent la vie. Un fruit de l'amour. Oui, voilà comment elle pensait. Un fruit de l'amour ! C'est en des termes aussi banals que pensait Barbara. Elle se moquait d'elle-même. Quel genre de fruit ? se demandait-elle en découpant les légumes qu'elle mettrait dans le wok pour le dîner. Un abricot de l'amour ? Une banane ? Car elle savait que ça ne se produirait pas. Karsten n'avait plus de place pour davantage que ses deux enfants qu'il ne voyait pour ainsi dire plus. Et Barbara savait que sa fécondité s'écoulait d'elle comme le sable d'un sablier. Elle avait sacrifié ses enfants à ceux de Karsten. Mais ce n'était pas un sacrifice. C'était ce qu'elle voulait. Barbara aimait Karsten, même si elle ne comprendrait jamais pourquoi. Et ainsi va l'amour.

Edvard Frisbakke avait pris deux enfants à Karsten Wiig, et il prit un père à deux filles. Edvard ne le savait pas encore, car il pensait avoir fait la seule chose juste. Il allait se rendre compte qu'il se trompait. Mais il y avait encore un enfant dont Edvard n'entendrait jamais parler. L'enfant de Barbara et Karsten. Il ne naîtrait jamais, et Edvard Frisbakke ne saurait donc pas qu'il n'existait pas. Mais Barbara le savait.

C'est l'hiver. Barbara fait remarquer à Karsten qu'il ne peut plus continuer à porter son vieux manteau infect. Achète-t'en un nouveau. Oui, répond Karsten, mais il ne le fait pas. Au bout de quelques semaines, Barbara grimpe dans le grenier et en ressort un blouson pour lui. Karsten l'enfile, un blouson doublé qu'il ne portait plus depuis des années. Il était dans un carton de vêtements que Barbara était allée chercher chez la mère de Karsten. Mme Wiig avait récupéré chez Marianne certaines des affaires de son fils pendant qu'il purgeait sa peine. Le carton était resté longtemps dans la chambre violette. Barbara avait fini par tout remiser et jeter le carton.

Karsten est dans le couloir, son blouson sur le dos ; il s'en rappelle, il se rappelle l'avoir porté, mais il n'a pas de souvenir particulier attaché à ce vêtement, et il en éprouve du soulagement. Ce n'est qu'au moment de le retirer qu'il sent quelque chose dans sa poche intérieure, une feuille pliée en quatre. Il la sort et la déplie. C'est une lettre que Henriette lui a écrite, après que ses parents lui eurent offert *sa* luge. Karsten et Marianne avaient chacun reçu une lettre de remerciements. La sienne, un poème, reflète par ses caractères de toutes les tailles la relation souveraine que les enfants de sept ans entretiennent avec l'orthographe :

Pour PaPa
J'adore quand nous faisons de la lUge
Ça me rappelle tes cRêpEs

Puis, plus bas, comme si sa fille avait eu le don regrettable de voir dans l'avenir :

Tu ne dois pas NOUs quitter, jamais
Ça me rendrait infiniment triste
Tu dois m'aimer, toujours
Et je serai gentille

Nul doute que Henriette s'était appliquée, car la page entière était encadrée en deux couleurs et ornée d'une mer de fleurs dans sa partie supérieure. Il avait solennellement remercié pour le poème et promis de l'emporter au bureau pour l'y afficher. Et il avait oublié. C'était à l'époque où il pensait que l'avenir serait fait de dessins d'enfant, de personnages en pommes de pin, de déclarations d'amour sous forme de poèmes et d'embrassades. Le poème était donc resté dans sa poche de blouson. Il y était resté plusieurs années. Cela lui rappelait que finalement tout était évident il n'y avait pas si longtemps.

C'est probablement à cause du poème de Henriette que cet après-midi-là, Karsten prend la voiture pour aller à l'école. Il investit laborieusement une place libre au milieu d'une longue file de véhicules en stationnement dans une rue adjacente par où Karsten sait que ses filles ont l'habitude de passer. Élise est au collège, à présent, et Henriette termine la primaire. Mais les écoles sont mitoyennes, avec une cour commune. Elles rentrent par le chemin qu'elles ont toujours emprunté. Ce n'est pas la première fois qu'il les espionne. Elles ne vont pas tarder. Élise passe au milieu d'un groupe d'amies. Il se recroqueville, ne veut surtout pas être découvert ici, il sait comment ce serait interprété. On est au milieu de l'hiver, et il fait déjà presque nuit. Il se retourne pour les regarder, il a peur de laisser échapper le moindre détail. Leurs joues sont rouges et leurs lèvres gercées, elles font des bulles de vapeur quand elles parlent ou rient. Élise porte un bonnet blanc, et ses cils sont noircis au mascara. Toutes ses copines ont le blouson ouvert dans le froid hivernal, et le sac à dos suspendu par une seule bretelle. Leurs grosses bottes leur font des cuisses minces et longues, comme des pattes d'insecte. Il se retourne presque complètement sur son siège et suit Élise des yeux jusqu'à ce qu'elle passe le coin, bras dessus, bras dessous avec sa meilleure copine, Elin. Et voici Henriette. Douce, douce Henriette. Comme elle est jolie ! Elle remonte lentement la rue en compagnie d'un garçon, un garçon roux mesurant une demi-tête de moins qu'elle. Rien qu'eux deux. Ils discutent gravement, et veillent sans cesse à ne pas trop s'approcher l'un de l'autre. Les dix centimètres qui les séparent persuadent Karsten qu'ils sont

« ensemble », et il se met en colère. Ce n'est pas la jalousie classique des pères à l'égard des garçons qui font du gringue à leurs filles, non, c'est de la colère à l'adresse de Marianne. Non, ce n'est pas ça non plus : il n'est pas en colère. C'est un chagrin dont il ne se débarrassera jamais, le chagrin que lui, leur père, ressent parce qu'il ne peut pas voir ses filles grandir. Ce n'est pas de colère qu'il donne des coups sur le siège passager, qu'il a envie de se taper la tête contre le volant.

IV

—J'ai beaucoup pensé à la fois où Élise s'est coupé les cheveux, déclara Marianne à Henriette.

La mère et la fille étaient dans la cuisine de Marianne. La pièce n'avait pas changé. Placards en pin, carrelage rouge entre l'évier et les rangements au-dessus. Les rideaux à grandes fleurs rouges paraissaient avoir toujours été suspendus là, même si Henriette savait très bien que sa mère changeait les rideaux au moins tous les deux ans. Marianne avait demandé à Henriette de venir l'aider à préparer les pâtisseries de Noël. Je me disais qu'on pourrait faire des gaufres, du pudding au chocolat et du massepain. On pourra emporter le pudding à ta grand-mère demain. Au bout du fil, Henriette avait hoché la tête et laissé son regard errer dans son appartement d'étudiante jusqu'à ce qu'il trouve le grand miroir accroché au-dessus du bureau. Elle avait levé les yeux au ciel en songeant qu'il était parfaitement inutile de récapituler tout ce qu'elles allaient faire. Et Élise ? avait demandé Henriette. Oui, bien sûr, Élise viendra donner un coup de main. On va s'amuser, toutes les trois, avait conclu Marianne.

Henriette et Marianne étaient déjà à l'ouvrage depuis un petit moment, et Élise n'était toujours pas arrivée. Elle ne va pas tarder, soupira Marianne. Elle avait sûrement un mémoire, ou quelque chose de ce genre, à remettre cette semaine. Elle l'a rendu la semaine dernière, objecta Henriette. Oui, c'est vrai. Élise devait avoir besoin d'être un peu toute seule, alors. Ce n'est pas chouette, ça, Henriette ? Qu'il n'y ait que nous deux ? Oh si ! Très chouette. Henriette haussa les épaules. Élise ne va pas tarder, reprit Marianne, et elles se sourirent. Mais Henriette se dit que chacune souriait de son côté. Maman croit que c'est à cause de la même chose, mais nos sourires ne se rencontrent pas vraiment. Maman sourit parce qu'elle pense qu'Élise est parfois impossible, et parce qu'elle suppose que j'en ai ma claque de ça. Mais je souris juste parce que je les aime toutes les deux. Cela dit, quand elle pense qu'Élise me fatigue un peu par moments, elle ne se trompe pas.

En réalité, Marianne avait souri à Henriette parce qu'elle trouvait sa fille très belle. Henriette la dépassait de quelques centimètres, elle était plus mince que Marianne se rappelait l'avoir été à son âge. En revanche, les cheveux de Henriette étaient aussi blonds que ceux de Marianne au même âge. Ils tombaient devant ses joues quand elle se penchait sur le plan de travail pour émonder les amandes. Henriette avait toujours aimé cette tâche. Quand elles étaient petites, c'était sa mission attitrée. Henriette était chargée de mettre les amandes dans l'eau bouillante (Attention !), puis de les extraire de leur pellicule brune (Ça ne fait rien ! Ce n'est pas grave s'il reste un peu de brun), et de les serrer dans une main pour faire sauter l'intérieur qui atterrissait sur le torchon à carreaux disposé par maman sur le plan de travail. La règle voulait qu'Henriette et Élise aient le droit de manger celles qui atterrissaient à côté du torchon.

— Tu te rappelles ? Je l'ai trouvée dans la salle de bains, avec les ciseaux. Ses larmes coulaient. Les gros ciseaux brillaient. Clic, clic. De longues mèches blondes tombaient sur ses vêtements, dans le lavabo, sur le carrelage. Elle n'avait aucune idée de ce qu'elle était en train de faire.

— Elle le savait très bien, répliqua Henriette en se fourrant une amande dans la bouche.

— C'est miraculeux qu'elle ne se soit pas blessée. Quel âge avait-elle ?

— Douze ans.

— Tu te souviens ? De ta sœur avec les ciseaux ?

— Bien sûr que je m'en souviens.

— La pauvre. Ses beaux cheveux.

— Elle voulait probablement les avoir courts.

— Henriette !

Henriette avait terminé de s'occuper des amandes. Elle fixa le moulin au plan de travail et mit peu à peu les amandes dedans en tournant avec l'autre main. Sous l'instrument, elle avait placé la soucoupe à fleurs dépareillée qu'elles avaient toujours employé à cet usage, et à rien d'autre. Le tas de poudre d'amande douce et humide grossissait. Maman ne disait plus rien.

Cela faisait longtemps qu'elle et sa mère ne discutaient plus sérieusement. Parfois, Élise parlait de son père. Toujours les mêmes histoires, encore et encore. Henriette les avait entendues, tant de fois qu'elle les connaissait par cœur.

Elle lança un coup d'œil à sa mère. Elle travaillait rapidement, méthodiquement, sans le moindre geste inutile, sans laisser perdre une seule cuillerée de farine. Il flottait une odeur de pâte à beignets et de gaufres fraîches. Henriette inspira l'odeur. Le parfum de Noël lui emplissait le nez, la cuisine de maman resplendissait d'étoiles scintillantes. Marianne avait placé deux balais-brosses entre l'encoignure de la fenêtre et le plan de travail, et déposait les gaufres chaudes sur les manches pour qu'elles durcissent pliées. Voilà une bassine pour mélanger le massepain. Elle tendit un récipient en métal à Henriette qui y versa les amandes moulues puis mesura la mélasse. Elle avait besoin d'un peu de blanc d'œuf; Marianne en réservait souvent dans une tasse à son intention. Il était là, oui, prêt à l'emploi. Il ne lui manquait plus que le tout dernier ingrédient. Elle se retourna. Sa mère se tenait déjà prête derrière elle, armée d'une bouteille de rhum blanc. Enfin, et surtout..., entonnèrent-elles en chœur. On mettait toujours un peu de rhum dans le massepain chez les Henriksen. Une vieille recette de famille, répétait chaque année Marianne avec un clin d'œil. Mamie met *toujours* du rhum dans son massepain de Noël. Henriette hocha la tête et se mit à pétrir avec précaution. La porte de la maison claqua. Élise avait manifestement gardé sa clé ; alors que Henriette l'avait rendue à sa mère. Nous sommes dans la cuisine, cria maman à Élise, avant de se tourner vers Henriette : Élise aura le temps de décorer le pudding. Viens, Élise, cria Henriette. Tu arrives juste à temps pour goûter la toute première bille de massepain. Spécialité Henriksen. Ouvre grand ! Mmmm, du massepain, répondit Élise. C'est la plus meilleure chose que je connaisse. Plus meilleure. C'est ce que disaient les filles quand elles étaient enfants. Élise mastiqua bruyamment, avec un plaisir manifeste. Elle avait laissé des traces de pas sur le sol en liège, les flocons de neige fondaient dans ses cheveux et lui mouillaient le front. Henriette envisagea un instant de dire qu'Élise était le plus mieux qu'*elle* connaissait, mais s'abstint ; elle posa simplement sa joue chaude contre celle toute fraîche de sa sœur.

— Demain, c'est ton anniversaire, grande sœur, chuchota-t-elle.

Chez Synnøve Henriksen, on avait déposé sur une table basse quatre tasses, quatre verres, quatre soucoupes, chacune accompagnée d'une fourchette à dessert, plus du café dans un Thermos, de la compote de pommes et le pudding de la veille, confectionné par Marianne et décoré par Élise. Au beau milieu trônait un gros gâteau à la crème que Synnøve Henriksen avait préparé, cet après-midi-là. Trois couches de biscuit de Savoie séparées par de la crème et des framboises sauvages – chaque année, elle allait à un endroit bien précis de la forêt où il en poussait des kilos. Un vrai gâteau de grand-mère, disait-elle. (Heureusement que ce n'est pas moi qui l'ai fait, ça aurait été un gâteau de mère, répondit Marianne. Beurk, maman ! s'écria Élise[1].) Sur le dessus, le gâteau était décoré de crème et de quelques baies, mais puisqu'il fallait laisser assez de place pour vingt-cinq bougies, il n'y avait pas beaucoup de framboises. Il faisait sombre au-dehors, l'obscurité de décembre. C'était la Sainte-Lucie, et il restait encore une semaine avant le solstice.

— Joyeux anniversaire ! entonnèrent Synnøve, Marianne et Henriette Henriksen.

Dans le canapé, Élise s'appuya sur l'un des nombreux coussins brodés de sa grand-mère et profita de l'attention des trois femmes.

— Merci, merci, dit-elle avec un sourire. Je peux souffler, maintenant ?

— Vas-y, souffle, l'encouragea Synnøve.

Élise se pencha sur la table, inspira profondément et éteignit toutes les bougies en une seule fois.

— Ouaouh ! fit Henriette.

— Tu t'es entraînée à la maison ? s'enquit Synnøve.

— Fais un vœu, suggéra Marianne.

— Tu sais quoi, *big sister* ? demanda Henriette.

---

1. Jeu de mots difficilement traduisible : le norvégien *morkake*, littéralement « gâteau de mère », désigne le placenta, d'où la réaction d'Élise.

— Non, répondit Élise.

— Aujourd'hui, tu as vingt-cinq ans.

— Ça, je le savais, figure-toi.

— Et ça veut dire…

Henriette ménagea ses effets et écarta les bras avant de poursuivre :

— Tataaa-tatam : ça veut dire qu'aujourd'hui, nous sommes assez vieilles pour jouer avec les chouettes de l'étagère du haut !

— Chouette pattue ! s'exclama Élise avec ravissement.

Ravissement et surprise, comme si elle était encore une petite fille. Toutes les quatre s'esclaffèrent.

— Ah, ce qu'elles vous accaparaient, ces chouettes, se souvint Synnøve. Vous vous y intéressiez à chacune de vos visites.

Henriette se leva, alla vers l'étagère, se dressa sur la pointe des pieds et attrapa une petite chouette blanche couverte de petites plaques nacrées pareilles à des plumes soignées. Des petits brillants figuraient les yeux et les griffes.

— Pas étonnant que vous l'ayez trouvée belle, intervint Marianne. D'où vient-elle ?

— Elle n'est pas si belle que ça, se défendit Synnøve. Je l'ai achetée à Lanzarote avec les copines du boulot. Mais je l'aime beaucoup.

— On va jouer, nous, reprit Henriette. Viens, Élise. Laquelle veux-tu ?

— La petite rose. Celle qui était toujours presque tout en bas, répondit Élise sans se lever.

— Bouton de rose, tu veux dire.

— Oui. Bouton de rose. C'est celle que je prenais.

— Oh, je m'en souviens. Tiens, la voici. Allez, viens maintenant !

Henriette prit Élise par le bras et l'entraîna dans le couloir, avant de refermer la porte du salon derrière elles.

— On va jouer aux cinq choses qu'on préfère. Assieds-toi ici, sœurette, ordonna-t-elle en désignant l'escalier.

Elle s'assit par terre devant l'escalier, tendit la petite chouette rose à Élise et leva Chouette pattue devant elle.

— Pourquoi est-ce toi qui décides ? demanda Élise d'une voix de petite fille offensée.

— Parce que je suis la plus jeune, répondit Henriette. Allez, on joue. Les cinq choses que je préfère. Un : ce que je préfère chez toi, Bouton de rose, c'est que tu es très, très jolie.

— Merci. Un : ce que je préfère chez toi, Chouette pattue, c'est que toi aussi, tu es très, très jolie.

— Deux : ce que je préfère chez toi, Bouton de rose, c'est que je sais que je peux compter sur toi.

— Et moi sur toi, Henriette. Non, excuse-moi. Deux : ce que je préfère chez toi, Chouette pattue, c'est que tu es toujours là, que je peux te parler, que tu tiens toujours le coup.

— En effet. Trois : ce que je préfère chez toi, c'est que tu fais les meilleurs Cosmopolitans du pays, avec bien trop de vodka, comme il faut.

— Et ce que je… Trois, donc : ce que je préfère chez toi, petite sœur, c'est que tu as de plus petits seins que moi, et tu ne peux donc pas me piquer mes sous-vêtements comme tu le fais avec toutes mes autres fringues, lança Élise en agitant la chouette rose devant le visage de Henriette, en un geste menaçant.

— Quatre : ce que je préfère chez toi, Bouton de rose, c'est que tu as plein de beaux vêtements que tu partages plus que volontiers avec ta sœur préférée. Non, non, ne me tape pas dessus !

Un jour de fin d'automne un peu plus de quinze ans en arrière, elles avaient fait la même chose, dans l'entrée de chez leur grand-mère, où elles jouaient avec les chouettes. Bien qu'elles l'aient déjà fait à maintes reprises, Henriette disait se rappeler tout particulièrement ce moment-là. C'était la première fois qu'Élise et elle avaient parlé de Barbara, et Henriette s'était retrouvée dans la position inhabituelle de celle qui savait.

— Réservée ! s'écria Élise, du haut de ses dix ans.

Elle était Élise l'Aînée et dominait Henriette, qui n'était qu'un petit têtard.

— C'est pas juste, tu as toujours Bouton de rose, tenta Henriette, en vain.

— Comme je l'ai dit la première. Alors c'est juste.

Élise se leva avec la majesté et l'assurance d'une grande sœur, et descendit la chouette rose de son étagère. Elle était jolie, mais ce n'était pas la plus jolie. Celle qui les battait toutes, c'était Chouette pattue, mais elle était sur l'étagère tout en haut, et elles n'avaient le droit de toucher que celles des treize étagères du bas. Mais vous êtes de plus en plus grandes et de plus en plus raisonnables, constatait leur grand-mère. À chaque année qui passait, elles avaient le droit de jouer avec les chouettes de l'étagère au-dessus. Le compte à rebours avait commencé quand Élise avait deux ans – l'année de naissance de Henriette, et elle avait eu accès aux cinq étagères du bas.

— Mais ce n'est quand même pas juste, protesta Henriette par habitude, que le compte à rebours soit celui d'Élise.

— Ça veut dire que tu es toujours plus jeune qu'Élise chaque fois que vous avez accès à une autre étagère, expliqua la grand-mère.

— C'est vraiment injuste ! insista Henriette.

— Non, ça signifie que tu y as droit plus tôt qu'Élise.

— Ah oui, admit Henriette.

Il y avait des fois où il valait mieux être la cadette.

Mamie avait vingt-huit étagères remplies de chouettes, placées le long d'un des murs latéraux du salon, entre les deux fenêtres. Elles étaient en bois sombre et lustré, étroites et pas très hautes. La plupart des chouettes étaient assez petites. Mamie avait disposé les grandes un peu partout dans le salon ; une perchée sur un napperon sur la télé, quatre paires d'yeux les regardaient depuis le sommet du vaisselier, et deux sur la table à côté de la lampe dont l'abat-jour ressemblait à un tutu de danseuse. Un épais tapis à motif était posé devant les étagères des chouettes. C'est là qu'Élise et Henriette s'asseyaient pour jouer avec ; le jeu se poursuivait parfois jusque dans l'escalier montant au premier, où chaque marche devenait une cabane.

Élise avait calculé qu'elle aurait vingt-cinq ans et Henriette vingt-trois quand elles auraient enfin le droit de toucher aux chouettes de l'étagère du haut. À vingt-cinq ans, elle aurait le droit de prendre Chouette pattue et de jouer avec elle. Maman avait ri. Vous serez peut-être un peu trop vieilles pour avoir envie de jouer avec les chouettes de votre grand-mère. Mais ni Élise ni Henriette ne le pensaient, et elles planifièrent scrupuleusement les jeux qu'elles organiseraient avec Chouette pattue, Reine bleue et les autres chouettes de l'étagère supérieure.

Pour le moment, elles jouaient à la maman et au papa avec les chouettes des étagères autorisées.

—Je suis le bébé, déclara Élise.

—Pourquoi c'est toujours toi qui décides en premier ?

—Parce que je suis la plus grande, et parce que j'ai Bouton de rose.

—Bon, d'accord, concéda Henriette. Alors je veux être le papa, et ça sera la chouette américaine.

Henriette s'empara d'un assez gros spécimen au dos rayé de blanc et de rouge, et à la tête bleue semée d'étoiles blanches autour des yeux. La fillette trouvait qu'elle avait l'air gentille. De son côté, Élise en choisit une moyenne, douce, avec de vraies plumes, qui allait être la maman. Elle déplaçait la chouette rose sur le sol en babillant comme un bébé, et dirigeait de l'autre main la maman chouette, qui courait derrière pour prendre soin de son enfant. La mère tançait sa progéniture : Ne te sauve pas comme ça, petit bébé, tu fais peur à maman ! Henriette n'avait toujours que la chouette américaine dans les mains.

— Henriette, on fait comme si le papa chouette était en colère aussi, annonça Élise sans lever les yeux.

— Papa nous a quittées, répondit Henriette.

— Viens là, mon bébé, maman va t'aider, poursuivit Élise d'une voix de chouette mâle en serrant la chouette rose entre les ailes de plumes de sa chouette. Oui, mais il va bientôt revenir, répondit-elle à Henriette de sa voix normale.

— Comment le sais-tu ?

— C'est toujours ce qu'il fait. C'est toujours ce qu'ils font. Non, mon bébé, ne vole pas hors de la table !

— Ah bon ?

— Oui.

Élise prit les deux chouettes dans sa main droite et regarda gravement Henriette.

— Et tu le sais bien, continua-t-elle. Maman était en vacances avec Laila, et elle est revenue. Elle était en formation, et elle est revenue. Papa aussi était en formation, à un séminaire. Il est allé aider sa mère à peindre leur chalet, et il est revenu. Ils reviennent toujours.

— Oui. Mais papa a une copine.

— Une copine ?

Maman chouette suspendit son vol ; bébé chouette s'échappa de ses ailes qu'Élise ne tenait plus serrées. Elle était étonnée – peut-être parce que Henriette savait quelque chose qu'elle-même ignorait.

— C'est maman qui l'a dit, expliqua Henriette.

— Maman ?

— Oui. À mamie. Hier. Elle s'appelle Barbara.

— Oh…

— Barbara. Rubarbara. Rhubarbe.

— Tu retombes en enfance, reprocha Élise, qui avait retrouvé son autorité de grande sœur.

— C'est dégoûtant. Je ne veux pas que papa ait une copine.

— Moi non plus.

— Les amoureux font des choses ensemble, commença Henriette.

— Couchent ensemble, tu veux dire ?

— Comment on fait ?

— Tiens, comme si tu ne le savais pas ! s'écria Élise, en proie à une colère subite.

Elle arracha la chouette américaine des mains de sa sœur et la cogna violemment contre la maman chouette.

— Tu prends juste le bas… ou…

— Non, ne prononce pas ces mots affreux, Élise ! Je ne supporte pas ces mots horribles, Élise ! cria Henriette en imitant la voix de Marianne.

— *Les ventres*, j'allais dire, et tu les tapes l'un contre l'autre, poursuivit Élise avec une gaieté retrouvée. Comme ça !

Elles rirent. Henriette rit tellement qu'elle fut prise d'une quinte de toux, et Élise dut poser les chouettes pour lui donner des tapes dans le dos, comme le faisait papa. Papa lui tapait dans le dos, entre ses ailes d'ange, puis l'embrassait tout près de l'oreille. Ça va mieux, maintenant, tâtard ? Henriette espérait que papa reviendrait avant qu'elle soit de nouveau malade. Henriette aimait bien être malade. Elle aimait bien aller à l'école, l'institutrice et les filles de la classe, mais c'était super de rester à la maison une fois de temps en temps. Les jours de convalescence, en tout cas quand la toux, les vomissements et le plus gros de la fièvre étaient passés, étaient des jours de détente. Il en avait été ainsi d'aussi loin qu'elle s'en souvienne, y compris quand elle était toute petite et qu'elle allait au jardin d'enfants. Et le meilleur, c'était quand papa restait à la maison avec elle. C'était bien quand maman était là aussi, mais maman était beaucoup plus stricte et disait qu'elle devait garder le lit et se dépêcher de guérir, que maman avait beaucoup à faire au travail et n'avait pas vraiment le temps de rester à la maison. Papa ne disait jamais ça. Il disait qu'il aimait bien rester à la maison. Ça ne fait pas de mal, un jour de congé, ni à elles ni à moi. Va bosser, va, Marianne, on va se débrouiller avec les filles, disait-il. Elle s'installait dans le grand fauteuil du salon, en disposant des édredons et des couvertures autour d'elle comme une tente. Quand Élise et elle étaient malades en même temps, il les mettait toutes les deux dans le grand lit ou les portait dans le canapé du salon. Papa leur préparait toujours des plats spéciaux. Régime de malades, comme il appelait ça. Il y avait du pain blanc et du cervelas (il enlevait la croûte du pain), et de tout petits dés de bonshommes en guimauve rouge dans un coquetier. (— Regarde, papa, j'ai trouvé la jambe du bonhomme. — Mets-la dans ta bouche. Les jambes, c'est recommandé pour les petites filles enrhumées. — Pourquoi il n'y a que des bonshommes rouges ? — Parce que seuls les rouges ont un pouvoir de guérison exceptionnel. — Mais où sont les jaunes, orange et verts ? — Mmmm, va savoir, Henriette. C'est un mystère.) Papa leur faisait la lecture. Il lisait toujours beaucoup pour elles (Je suis un littéraire, vous savez), des livres pour enfants et des livres pour adultes, des poèmes et des comptines, mais quand elles étaient malades, il leur lisait des contes de fées, des contes populaires norvégiens compilés dans le grand livre d'Asbjørnsen et Moe que ses parents lui avaient offert pour son baptême. Il y avait de l'or sur les pages (on appelle ça la dorure sur tranche, disait papa) et un cordon en soie fatigué attaché à la reliure et qui faisait office de marque-page. Il leur lisait *À l'est du soleil et à l'ouest de la lune*, *Valemon l'ours roi*, *Trois Citrons*.

Papa ne porterait plus jamais une Henriette fiévreuse dans le fauteuil avant de lui servir des plats de malade et de lui faire la lecture, mais pour elle, être malade serait toujours lié aux mots désuets et énigmatiques des contes de fées et aux miettes de pain sous l'édredon. Toute sa vie, en tant qu'adulte aussi, quand elle était couchée avec un rhume ou une gastro-entérite, elle ne pouvait s'empêcher de penser à la saveur sucrée de bonshommes rouges en gélatine et aux grandes mains rassurantes de papa. Tout comme elle pensait à papa quand elle ou Élise fêtaient leur anniversaire. Papa leur préparait de la pizza, il chantait, les réveillait avec son bisou claquant spécial anniversaire. Elle pensait au premier anniversaire qu'elles avaient fêté sans lui. C'étaient les dix ans d'Élise. Il y avait quinze ans jour pour jour. Au début, après son départ, il leur avait manqué, cruellement. Jamais auparavant leur père n'avait été absent plus d'une semaine. Elles avaient cru qu'il viendrait, s'étaient réjouies à l'idée. Avant de comprendre que quelque chose avait changé. Elles avaient entendu parler de Barbara. Elles avaient compris que papa n'habiterait plus avec elles. Qu'il préférait vivre avec Barbara. Elles comprirent que papa et maman allaient divorcer, et elles eurent l'impression que le monde se désagrégeait. Elles se collaient l'une tout contre l'autre dans le lit, presque chaque soir, pour discuter. Dire qu'ils étaient quand même quatre, que c'étaient *eux* la famille Wiig. Elles se demandaient comment seraient les vacances, désormais, et Noël qui arrivait à grands pas ? Et mon anniversaire ? se demanda Élise. Papa ne me chantera pas ma chanson d'anniversaire, le matin ? Il ne me fera pas de pizza d'anniversaire ? Avec des bougies ? Il ne me fera même pas de cadeau ? Henriette ne savait pas, elle caressait Élise dans le cou jusqu'à ce que celle-ci s'en agace et lui file un coup de pied.

Papa vint les voir ce jour-là, avec un cadeau pour Élise. Il avait acheté une luge. Henriette avait eu un kit de peinture, une vraie boîte de peinture de chez Caran d'Ache. Elles avaient entendu sa voix à la porte, mais maman refusait sans doute de le laisser entrer. Elles les entendirent discuter, puis plus rien, puis les pas de maman qui revenait vers elles. Elles avaient cru qu'elle claquerait la porte, mais elle n'avait pas pu. Elle avait dû la refermer tout doucement.

Papa ne les aimait peut-être plus? Elles en avaient débattu, assises sous la table de la cuisine. Elles étaient bien trop grandes pour s'asseoir sous une table de cette façon. Elles n'en dirent rien, mais savaient toutes les deux que l'autre y pensait, et il valait donc mieux ne pas mentionner que deux grandes filles étaient assises sous une table. Elles parlèrent longuement de papa. Il était impossible de comprendre que leur père, *papa*, qui leur lisait des histoires, qui savait faire sauter les crêpes, qui avait sur les bras plein de poils doux dans lesquels on pouvait entortiller ses doigts, les avait quittées. Je croyais que papa veillerait sur moi jusqu'à ce que je sois adulte, reconnut Élise. Moi aussi, répondit Henriette. Élise fronça les sourcils et regarda Henriette. Elles sortirent de leur cachette. Plus tard, dans la soirée, Élise avait pleuré, et elles avaient pu dormir toutes les deux dans le grand lit avec maman (bien qu'elles aient toujours supplié pour dormir dans le grand lit quand l'un des parents était absent, elles en avaient rarement obtenu l'autorisation). Henriette voulut en savoir plus sur Barbara. Maman savait-elle quelque chose d'elle ? Maman secoua la tête, non, elle ne savait pas grand-chose. Comment était-elle ? Barbara était brune. Blond, c'est bien plus joli, déclara Élise. Oui, approuva Henriette. Maman se mit à pleurer. Elle raconta alors que papa les avait roulées dans la farine, il avait eu Barbara et d'autres nanas comme maîtresses alors qu'il était marié. Il ne nous a jamais aimées, alors, maman ? Si, bien sûr. Mais s'il nous a roulées ? Ce n'est pas si simple, Élise. Mais cela, Élise ne pouvait pas le comprendre. C'était assez simple, somme toute ? Henriette était parfaitement d'accord. Marianne Henriksen aurait peut-être dû protester avec plus de vigueur, mais à vrai dire, elle pensait la même chose que ses filles, et les laissa donc dire. Les filles regardèrent leur mère. Beaucoup de questions étaient dangereuses, et elles ne voulaient pas que maman soit triste.

Si Karsten les avait quittées parce que lui et Marianne s'étaient mis d'accord pour demander le divorce, ses enfants l'auraient vu chaque semaine et auraient pu lui parler. S'il avait été mort, elles auraient pu porter le deuil, parler du manque suscité par sa disparition. À présent, les deux filles de Karsten Wiig lui en voulaient à tel point qu'il ne pouvait pas leur manquer. Cet enfoiré ! Ce n'était pas une chose sur laquelle elles s'étaient accordées.

Il n'y eut pas de cérémonial au cours duquel elles se regardèrent dans les yeux ou scellèrent leur pacte dans le sang et les larmes. Rien de tel. Elles ne se dirent même pas qu'il allait leur manquer. Il en fut ainsi, point. Élise l'avait appelé un jour où elle faisait ses devoirs. Papa les avait toujours aidées avec leurs devoirs de norvégien, et elle se retrouvait en pleine rédaction, dont elle était très satisfaite, mais ne parvenait pas à trouver la bonne façon de la conclure par une chute élégante, et elle avait appelé son père. Papa ! Papa était le plus à même de trouver ce genre de chose. Papa et elle avaient souvent écrit des histoires ensemble. Papa, cria-t-elle, et elle se souvint au même instant qu'il avait déménagé chez Barbara. Henriette s'était levée de son côté de la table, avait posé les mains sur ses hanches comme le faisaient leur mère et leur grand-mère, et lui avait lancé un regard réprobateur. Et Henriette, cette andouille, avait dit un jour où elles rentraient de l'école qu'elle trouvait les casse-croûte de papa bien plus rigolos que ceux de maman, et qu'elle aimait bien les petits papiers qu'il laissait entre les tranches de pain (Je t'aime, Élise ! Ne lance pas trop de boules de neige sur le directeur aujourd'hui, Henriette !). Élise dut lui flanquer un bon coup dans le ventre, car si l'une s'oubliait et prononçait des propos élogieux sur leur père, l'autre ne tardait pas à lui rappeler comment il était. Il ne leur manquait pas moins pour autant.

Marianne Henriksen travaillait toujours pour la même banque que depuis ses débuts (qui après quelques difficultés s'appelait maintenant Nordea). Elle avait eu quelques liaisons de courte durée, entre autres avec un collègue affublé d'une barbe et d'une grande maison de campagne au bord du Randsfjord, mais elle ne pensait pas avoir le temps pour ces choses-là. C'était ce qu'elle répondait à sa mère quand celle-ci lui demandait – ce qu'elle faisait régulièrement – si elle ne devait pas se trouver un nouveau mari, laisser sa chance au futur, aller de l'avant. Pour elle. Et pour les enfants.

— Tu es encore jeune, commençait sa mère, en ménageant ses effets et sur un ton inquiet.

— Je n'ai pas le temps, maman, répondait Marianne. Je travaille à temps complet. Un travail important, lourd.

Oui, sa mère le savait. Elle avait toujours été la première à souligner l'importance du boulot de sa fille.

— J'ai deux enfants qui ont plus que jamais besoin de moi..., continuait Marianne. Qui ont plus besoin de moi qu'aucun enfant n'a besoin de sa mère.

Synnøve Henriksen hochait la tête. Il n'y avait rien à ajouter sur la question. Et personne n'en dit d'ailleurs rien, pendant plusieurs semaines. La mère trouva alors le moment opportun de demander à Marianne s'il n'était pas temps pour elle de se trouver un mari. Mais il n'y avait pas de place pour un homme dans la vie de Marianne. Il n'y avait de place que pour le travail et les enfants. C'était à peu près tout. Les enfants grandissaient, et on aurait pu penser qu'il y aurait de nouveau la place pour des amies, des séances de cinéma, des passe-temps – Marianne avait été membre d'un cercle de lecture, dans sa jeunesse –, et peut-être aussi un homme. Mais, curieusement, les filles prenaient de plus en plus de place à mesure qu'elles avançaient en âge. Marianne s'investissait dans leur scolarité, elle se présenta comme représentante de parents d'élèves aux élections générales, partit en voyage organisé avec elles, écuma les chalets dans la montagne, les accompagna chez le médecin. Nous sommes un trèfle. Un trèfle à trois feuilles invincible. Nous y arriverons, les filles ! Nous sommes là les unes pour les autres. Lorsqu'elles commencèrent leurs études supérieures, Marianne veilla à les inviter régulièrement à dîner. Elle leur donnait un peu plus d'argent de poche. Elle aida Élise à coudre ses rideaux dans son minuscule appartement, et elle monta des étagères dans le meublé de Henriette.

Lorsqu'on commença à parler d'erreurs judiciaires concernant des condamnations pour inceste, lorsqu'on sut que les experts médicaux avaient failli, Élise voulut immédiatement s'inscrire dans une association de soutien aux enfants abusés sexuellement. Je ne les crois pas, maman ! Élise connut une joie sans borne quand le fils d'un agresseur condamné avoua que lui et son père avaient fabulé sur la façon d'extorquer de l'argent à l'État, quand ils expliquèrent que le fils avait purement et simplement fabriqué des preuves et menti sur les agressions, et qu'ils avaient partagé les dommages et intérêts.

— Et voilà ! s'exclama alors Élise.

— Fichtre, fit Marianne. Viens ici, ma fille, laisse-moi t'embrasser !

Marianne vivait une telle vie qu'elle trouvait nécessaire d'acquiescer avec modestie, mais sincèrement, quand on disait d'elle qu'elle « s'était sacrifiée pour les enfants ». Sans que ce soit un sacrifice, avait-elle coutume d'ajouter. Il ne faisait pas un pli que Marianne mettait un point d'honneur à être la Bonne Mère. Le sentiment de culpabilité n'y était sans doute pas étranger. Oui, Marianne le croyait. À ce stade, elle ne doutait pas que Karsten ait agressé ses filles, mais elle se sentait coupable malgré tout. Coupable de ne pas avoir découvert que ses enfants avaient été, selon toute vraisemblance, victimes d'agressions. Coupable de ne pas avoir été une bonne épouse, une bonne mère. Il lui semblait voir tout ça dans les yeux de sa propre mère. Et elle était certaine de l'avoir perçu dans le regard de ses camarades, Siri et Laila. Ma pauvre Marianne, disaient-elles, tout en pensant que leur amie aurait dû le voir venir. Elle était mariée avec lui depuis plus de dix ans ! Elle aurait dû... Peut-être était-elle trop occupée par son travail, fière comme elle avait toujours été de son médiocre poste dans la banque. Oui, la roche Tarpéienne est proche du Capitole. On t'a vu, disait-on en cours de gym quand quelqu'un avait essayé de tricher à la balle au prisonnier et était touché juste après. Mais ce n'était peut-être pas du tout ce qu'elles pensaient en réconfortant Marianne avec force petites tapes dans le dos, fromage et vin rouge, propositions de garde des filles pour que Marianne ait un moment à elle. Marianne ne savait pas, mais elle n'avait aucune envie de se lancer, et au bout de quelques années, elle ne voyait plus celles qui avaient été ses amies naguère.

Karsten aurait eu moins de mal à détester Marianne s'il avait pensé qu'elle avait agi par vengeance. Mais l'idée était inconcevable pour lui. Sans doute parce que ses sentiments pour Barbara n'étaient pas suffisamment forts pour imaginer que cette liaison avec elle aurait une telle importance pour Marianne. Lors de leur dispute, cette nuit de 1991, l'amour de Karsten pour Barbara était déjà en train de faiblir. Il l'aurait probablement quittée s'il n'y avait eu les événements qui suivirent. Oui, Karsten avait trompé Marianne. Non seulement avec Barbara, mais avec plusieurs autres femmes (et bien plus que les quatre avouées ; en fait leur nombre dépassait celui des doigts des deux mains). Mais cela ne représentait rien pour lui. Il avait essayé de l'expliquer à Marianne, mais elle n'avait pas pu ou pas voulu comprendre son point de vue. Oui, Marianne avait peut-être raison quand elle disait que Karsten ne la *voyait* plus. En tout cas, il ne faisait aucun doute qu'il tenait son amour et son dévouement pour une évidence. En effet. Il estimait que Marianne devait être là, pour ainsi dire indépendamment de ce que lui faisait. Et, bien que ce soit un cliché dont il aurait ri avec une ironie cinglante dans d'autres circonstances, il n'avait pas pris conscience du rôle essentiel que jouaient Marianne et la famille avant d'être en passe de perdre l'une et l'autre. Bien entendu, il savait alors qu'avoir une ou des maîtresses était condamnable. Mais Karsten avait du mal à résister aux tentations qui passaient sous son nez. Il *aimait* faire de nouvelles rencontres féminines, les déshabiller, découvrir ce qui se cachait sous les vêtements, mais surtout les connaître quand elles ne montraient que le meilleur d'elles-mêmes – c'est-à-dire avant que les conversations ne dérivent régulièrement sur le plombier et le syndic de copropriété. Il n'avait jamais rien fait pour conquérir ces femmes, il n'avait qu'à ramasser celles qui tombaient à ses pieds.

Barbara ne se lassait pas d'observer Karsten quand il travaillait ou lisait le journal. Son envie de lui ne disparaissait pas non plus, ni sa curiosité insatiable pour les détails de sa vie (après les nombreuses années de leur liaison, elle pouvait toujours lui demander avec une avidité de chiot s'il n'avait *jamais*, pas une seule fois, joué avec des poupées quand il était petit, s'il devait absolument manger un steak de baleine une fois par semaine, comment il s'était fait cette cicatrice en demi-lune au-dessus du genou, s'il s'épilait les poils du nez, ou s'il devait à un miracle de ne pas avoir de poils dans les narines). Un sentiment nouveau s'ajouta à leur relation, que Barbara n'avait jamais connu durant ses expériences passées. Et quand elle essayait de se l'expliquer, elle pensait qu'il pouvait s'agir de tendresse. D'étranges images d'un couple vieillissant surgissaient. Une femme chenue (elle) et un homme totalement chauve (Karsten) attablés à une terrasse de restaurant dans le sud de l'Italie, devant du vin et un *osso bucco*, leurs mains ridées se tiennent au-dessus d'une nappe à carreaux rouges. Ou en Norvège, lors d'une promenade en forêt, avec une Thermos de café dans le sac. Ou encore, Karsten, une canne sous un bras, le bras de Barbara sous l'autre, se dirigeant vers le Théâtre national. Jusqu'à présent, Barbara avait pensé que le souhait de vieillir ensemble tenait du cliché, et que nul être doué d'un tant soit peu de bon sens n'y rêvait. Pas sérieusement. Pourtant, c'était ce qu'elle, Barbara Brant, faisait. Ce constat la rendit à la fois si honteuse, gênée et heureuse qu'elle se leva et mêla ses doigts à ceux de Karsten. Il leva les yeux, lui sourit, mais elle sut au moment où leurs regards se croisèrent que dans sa tête à lui, il n'y avait aucune image de nappe à carreaux rouges, de lui et d'elle, en gabardines bleues et armés de cannes pour une promenade en forêt ou une représentation au théâtre.

Dès le premier instant, Karsten Wiig n'avait pas jugé sa relation avec Barbara Brant plus sérieuse que ses autres liaisons. Cependant, au fil du temps, il s'aperçut que Barbara était différente. Au moment de son arrestation et les temps qui suivirent, il s'était cramponné à elle, parce qu'il avait peur. En novembre 1991, quand il s'était retrouvé sur le pas de sa porte avec un sac de sport à la main, il avait recouru à elle parce que c'était simple. Mais, le temps aidant, elle lui était devenue indispensable. Il affirmait l'aimer. Il se mit à le dire chaque fois qu'elle le lui disait. Mais pas seulement. Un jour qu'ils regardaient la télévision, il se tourna vers elle et déclara d'une voix emportée, inhabituelle :

— Je t'aime quelle que soit la couleur de tes cheveux. Je t'aimerai même avec les cheveux gris, ou bleus. Voire roses ! Et même si tu as des verrues partout sur la figure.

Barbara le regarda, comme deux ronds de flan.

— Même si tu ne m'as rien demandé, ajouta-t-il avec plus de calme.

Il semblait presque mal à l'aise.

— Je ne l'oublierai pas, répondit-elle en riant.

Les médecins sont des gens sûrs d'eux, déclara Karsten. Arrogants, songea Barbara. À la clinique où Élise et Henriette avaient été examinées jadis, les médecins avaient déjà trouvé qu'un tiers des enfants examinés avaient des séquelles d'agressions sexuelles ; à présent, le médecin-chef n'en trouvait plus un seul dans ce cas. Des études récentes conclurent que des éléments qu'on avait jusque-là considérés comme des preuves irréfutables d'agression sexuelle étaient parfaitement normaux. Les ventres d'enfants ne se ressemblent pas. Ce que l'on considérait naguère comme les traces laissées par des pères brutaux, des oncles ou des voisins n'en étaient pas nécessairement. Les enfants pouvaient être tout à fait vierges, intacts.

Il y eut une émission télévisée. Un homme qui prétendait avoir été condamné à tort pour inceste fut interviewé par la radio. Témoignage anonyme, bien entendu. Un ancien juge aux sourcils en broussaille travaillait à la révision de quelques affaires dans lesquelles les juges s'étaient fondés sur des preuves médicales. Un jour, *Aftenposten* publia un article sur des médecins qui s'étaient trompés. Karsten lut l'article avec la même distance que précédemment, en tout cas au début. Mais son café refroidit, et il se surprit à hocher pensivement la tête longtemps après avoir terminé sa lecture, alors qu'il était seul dans l'appartement. Une pièce du puzzle trouvait enfin sa place. Il n'avait rien fait. Il n'avait blessé ni Élise ni Henriette. Mais il savait que *quelqu'un* avait dû le faire – les examens médicaux l'avaient révélé. Il en avait fait des cauchemars. Il avait imaginé le pire. Un voisin, qui les aurait attirées avec des bonbons ou des vidéos pour enfants. Le professeur principal d'Élise, qui lui aurait demandé d'attendre la fin du cours pour lui expliquer Dieu sait quoi. Son visage ouvert, interrogateur. Il l'aurait allongée sur l'estrade et… Élise aurait crié, sans que personne l'entende. Ensuite, il lui aurait dit que si elle caftait, il tuerait sa sœur. Non, ça ne pouvait pas être le professeur principal, les médecins avaient été formels :

les agressions avaient eu lieu *avant* l'entrée des fillettes à l'école. Le type qui faisait son service civil au jardin d'enfants ? L'instituteur dans la section voisine ? Non, il n'y avait pas ce genre de personnes. Le vendeur du magasin ? Il les aurait traînées dans son arrière-boutique, et là, entre les palettes et des sachets de farine, des boîtes de pâté de foie périmé, il aurait... Henriette pleurant dans un coin, l'une de ses couettes que Marianne avait soigneusement coiffées ce matin-là se serait dénouée. Élise, pâle comme un linge, essayant de remettre l'élastique dans les cheveux de sa sœur. Ou un parfait inconnu, qui aurait surgi de nulle part, les traînant dans une vieille Honda avant de s'enfuir. Karsten était hanté par des images d'Élise criant et suppliant pendant que cet homme sans visage l'obligeait à se baisser, lui plaquant une main devant la bouche et lui arrachant ses vêtements, et... Ou Henriette qui marchait sur le trottoir devant leur maison, en fredonnant comme un vrai Petit Chaperon rouge allant voir sa grand-mère, au moment où une silhouette exceptionnellement imposante la renversait. Élise avec du sang sur les cuisses, grièvement blessée au ventre. Henriette effondrée sur le trottoir, recroquevillée, les jambes repliées sur le ventre, son dos menu et pâle courbé de sorte que les vertèbres pointaient comme autant de pignons d'une roue dentée. Karsten avait pensé à ça dès qu'il avait eu connaissance des résultats des examens médicaux. En même temps, il ne parvenait pas à les faire coïncider avec l'idée que quelqu'un ait pu agresser ses filles. Il aurait remarqué quelque chose. Il était leur père. Il connaissait bien ses enfants. Marianne aussi l'aurait remarqué. Dans son souvenir, les jours s'étaient succédé et se ressemblaient, certains pluvieux, d'autres ensoleillés, mais ils avaient fait chaque jour les casse-croûte de leurs filles, ils leur avaient souhaité bonne nuit en les embrassant. Karsten leur avait chanté *Mellom bakkar og berg*[1] et *Great Balls of Fire* (Henriette adorait *Mellom bakkar og berg*, Élise préférait *Great Balls of Fire*). S'il avait été à la maison – et il l'avait été la plupart des soirs –, il aurait passé du temps assis sur le bord de leur lit, pour discuter, les écouter, les regarder dans les yeux. Il aurait remarqué si elles avaient vécu ce genre de chose. Il ne pouvait pas ne pas l'avoir remarqué. En lisant cet article, Karsten comprenait que ce n'était pas si étonnant qu'il n'ait rien vu. Il ne ressentait aucune sensation de triomphe, aucun soulagement. Il n'était pas heureux. Il relut le papier, lentement et avec soin, en veillant à ne pas laisser passer le moindre mot. Il se surprit à hocher de nouveau la tête, mais, en fin de compte, il n'était pas vraiment heureux. Pourtant, un élément trouvait sa place, Karsten le sentait avec encore plus d'intensité que peu de temps auparavant. Il avait le sentiment que quelque chose qui l'avait taraudé longtemps – rien d'important, peut-être une pièce de puzzle ou une énigme policière

1. Chanson traditionnelle norvégienne, qu'on chante entre autres pour la fête nationale : « Dans les collines et les montagnes, près de la mer / Le Norvégien a fondé sa maison… »

– trouvait brusquement sa place, sa conclusion. Il était désorienté comme on peut l'être quand on lit la solution d'un roman policier : il aurait dû le comprendre plus tôt. Mais maintenant qu'il avait la solution, il pouvait refermer son livre et le remettre dans la bibliothèque. Ranger le puzzle dans un tiroir. C'était insignifiant, mais ça faisait du bien d'avoir tiré ça au clair. Il voulait se faire un autre café. Un manuscrit à corriger l'attendait sur son bureau. Devait-il appeler Barbara ? Lui parler de l'article ? Elle n'avait pas eu le temps de lire le journal avant de partir pour sa réunion. Non, elle le verrait bien assez tôt. Karsten alla à la cuisine, changea le filtre, mesura le café, versa de l'eau dans la cafetière et alluma l'appareil. Il fut bientôt à son bureau, le manuscrit d'un premier roman ouvert devant lui. Sa concentration n'était guère plus mauvaise que d'habitude. Il était environ midi quand Barbara appela. Elle avait lu l'article pendant sa pause-déjeuner. Pour la première fois, elle lui demandait de prendre contact avec un avocat. Elle l'en suppliait. Fais-le, Karsten, maintenant. Il n'y a plus aucune raison d'attendre. C'est ça que tu veux, quand même ! Être déclaré non coupable. Être innocenté. Non ? Karsten ? Si, pouvoir de nouveau lever la tête, répondit Karsten, avoir le droit d'aimer mes enfants. Malgré tout, il ne parvint pas à appeler ce jour-là. Ni le lendemain.

Dans ce même jardin, à peu près là où il se trouvait à présent, Alma et lui avaient mangé de la gelée rouge et deux variétés de gâteaux vers la fin de ce qui devait être la toute dernière réunion d'enfants. Ça avait été alors une journée chaude et estivale. On n'était encore qu'au début du mois de mai, et Edvard étouffait dans son blouson de golf. Il poussa un long soupir, penché sur l'un des plus vieux rosiers, et tirait sans enthousiasme sur l'un des nombreux bourgeons lorsqu'il prit conscience que quelqu'un le regardait. Il se tourna en mouvements un peu raides vers le portail. Une jeune femme, peut-être pas aussi jeune qu'il l'avait cru de prime abord, mais jeune quand même, se tenait tout contre la clôture à claire-voie et le regardait.

— Puis-je vous aider ? s'enquit poliment Edvard Frisbakke.

— Je peux entrer ? demanda la fille.

Elle avait une voix agréable, cultivée et bien modulée, et parlait un peu fort, comme si elle soupçonnait l'ouïe d'Edvard Frisbakke de laisser à désirer.

— Dans le jardin ? Oui, bien sûr, répondit Edvard, étonné.

— Nous ne nous connaissons pas, commença-t-elle.

Elle était déjà dans le jardin, juste devant lui, à moins d'un mètre.

— Vous avez parfaitement raison, me semble-t-il, répondit Edvard. Je m'appelle Edvard Frisbakke.

— Je sais, rétorqua la fille sans cesser de regarder Edvard bien en face. (Elle fit un large geste des bras, et ses mains voletèrent comme deux papillons bronzés.) Et je ne vous en veux pas. Je voulais que vous le sachiez.

— Je suis content de l'apprendre, répliqua Edvard encore plus surpris, mais avant tout charmé par cette femme mince qui gesticulait comme une méridionale et agitait les bras en direction du banc de jardin blanc près des rosiers.

— Voulez-vous que nous nous asseyions pour en discuter tranquillement ? proposa Edvard.

— Bonne idée.

Tandis que la jeune femme parcourait les dalles envahies par l'herbe qui les séparaient du banc, elle déclara qu'elle adorait les roses, que le jardin de son enfance avait été fleuri du même genre de roses que celles-ci.

— C'est ma maison d'enfance, expliqua Edvard.

— Je ne m'en doutais pas, répondit la femme avant d'expliquer qu'elle était venue le voir pour une raison affective.

— Tiens donc, une raison affective, répéta Edvard.

Et si son intérêt pour la gent féminine n'avait pas toujours été des plus modérés, on aurait pu le soupçonner de flirter en bonne et due forme avec elle.

— C'est ça.

— C'est tout à fait passionnant, déclara Edvard en lui adressant le genre de clin d'œil qu'un vieil homme peut se permettre à l'adresse de femmes bien plus jeunes.

Il s'appuya d'une main sur le dossier du banc et s'assit à grand-peine. Lourdement. Avec un bruit sourd et inélégant dont il se serait bien passé dans cette situation. Elle, en revanche, se coula sans effort à côté de lui, le regarda droit dans les yeux et déclara s'appeler Barbara Brant et être la concubine de Karsten Wiig.

— Je ne crois pas connaître..., commença Edvard.

Il ne se souvint pas immédiatement de Karsten Wiig. Et ce malgré ses efforts réels, et son désir d'aider cette femme pour ce qui l'avait conduite jusqu'à lui. Pour Edvard Frisbakke, Karsten Wiig n'était qu'une des très nombreuses personnes avec lesquelles il avait fait vaguement connaissance dans une salle d'audience au cours de sa longue carrière.

— Karsten Wiig. Il a été condamné en 1993. Pour inceste, agressions réitérées sur ses deux filles.

— Je me rappelle, maintenant, reconnut Edvard après quelques secondes de réflexion. Karsten Wiig, marié avec Marianne Henriksen. Deux petites filles, oui.

Il se souvenait aussi qu'Élise – probablement l'aînée des deux – lui avait fait penser à Lisbeth Petit Elfe ; mêmes cheveux blonds, même regard fragile.

— J'aime Karsten Wiig, déclara Barbara Brant.

— Bon, répondit Edvard avec un sourire. (Il n'arrivait pas à s'empêcher de lui sourire.) C'est un véritable amour ? demanda-t-il.

Il avait pensé poser la question sur le ton de la plaisanterie, mais le ton fut grave malgré lui et la pointe d'ironie censée accompagner la question n'y était pas.

— Oui, répondit Barbara.

— Je vois.

Edvard Frisbakke raconte qu'il a plus qu'assez de choses à faire. Il achète ce dont lui et Alma ont besoin, réchauffe les plats cuisinés fournis par la maison de retraite, sort les poubelles, passe à la bibliothèque locale. Chaque jour, il prépare le café de l'après-midi pour Alma et lui. Il discute avec l'aide à domicile qui passe l'aspirateur au milieu des pièces tous les quinze jours. Il donne ses instructions à la voisine qui vient déblayer la neige pour eux en hiver et tond la pelouse en été, vêtue alors d'un short court. Il lui donne plus d'argent que ce qui était convenu ; elle ne proteste pas, remercie tout juste, se contente de le glisser dans la poche de son short minimaliste ou, en hiver, dans celle de son impressionnante doudoune. Elle a les cheveux noirs, et Edvard trouve qu'elle ressemble à Barbara. Les saisons se suivent. Il écoute le bulletin météo et range les manteaux d'hiver pour ressortir les blousons de printemps, juste avant de prendre le tram pour descendre en ville chercher le manteau d'astrakan d'Alma au dépôt de Pilestredet et sortir son caban du fond du placard, tandis que son costume clair reste suspendu au grenier. Les jours se suivent. Il y a toujours quelque chose à faire.

Il pense souvent à Lisbeth Petit Elfe. Il est incapable de comprendre comment il a pu la trahir ainsi, et sa propre conduite, la conscience de ce qu'elle est devenue le tourmentent autant qu'avant, apportant leur lot de douleurs à l'estomac et de nuits agitées. Mais il est heureux de ne plus penser à elle aussi régulièrement que durant sa jeunesse. Son corps a dû se résigner, entrer dans une nouvelle phase où il n'est question que de survie. Il n'a plus les réserves pour autre chose. Mais, de temps en temps, dans le calme nocturne de sa maison, dans la cuisine, ses remords le submergent, plus pénibles et dégradants encore. Dans son chaste pyjama à rayures bleues et blanches, le verre de lait devant la bouche, il retrouve l'odeur. Ses genoux flageolent, et il doit s'appuyer au mur. Malgré lui, il lève le verre de lait à son nez, inhale le parfum et, en quelques secondes, comme par magie, il se retrouve là où il veut et ne veut pas revenir. Du verre monte un parfum frais et brut qui rappelle vaguement de la crème épaisse, jaunâtre. Comme dans une cave froide par une chaude journée d'été. Et il est de nouveau collé contre le mur de pierre, à regarder ce qui se passe devant la cuve en ciment. Un jeune garçon au cœur battant. Puis il observe ses mains, elles sont tavelées et méconnaissables, comme si elles étaient devenues trop grandes pour lui, la peau se froisse comme du papier de soie. Son corps de vieillard tremble, et quand il se recouche, il éprouve une honte intense.

Il a le dos un peu raide, il n'entend peut-être plus aussi bien qu'avant mais, hormis cela, il est dans une forme remarquable (la seule chose qui le tourmente, c'est une infirmité physique anodine mais pénible dont il ne veut parler sous aucun prétexte, et dont il n'a pas encore fait part au médecin). Si seulement Edvard avait été un rien usé comme le sont beaucoup de personnes de son âge, il aurait pu aller vers une mort plus heureuse. Mais non, rien à faire. De temps à autre, il éprouve presque de la reconnaissance en constatant qu'Alma n'est plus tout à fait celle qu'elle était. Il lui arrive de la regarder et de croiser son regard admiratif, comme si souvent durant sa longue vie. D'autres fois, il voudrait discuter avec elle, trouver du réconfort et du soutien auprès d'elle ; qu'elle prenne son grand corps entre ses bras menus et le berce en l'assurant qu'il a fait ce qu'il croyait être le mieux.

À soixante-quinze ans, il a dû se retirer, quoique à contrecœur. Il veut rester et restera juriste jusqu'à sa mort. Il est toujours abonné au *Bulletin quotidien*, à *Loi et droit* et lit avec soin les quatre numéros annuels de la *Revue nordique de criminologie*, sans omettre un seul article. Il griffonne souvent des repères dans la marge quand il trouve quelque chose qui donne tout particulièrement matière à réfléchir. Il lit consciencieusement tout ce qui traite de justice et de droit dans les quotidiens. Il écoute chaque jour quatre bulletins d'informations. Il secoue la tête devant la violence qui augmente dans la capitale. Certains de ces nouveaux clowns d'avocats le font rire. Depuis que Barbara Brant est venue le voir dans son jardin, il a aussi pris l'habitude de descendre à la bibliothèque universitaire et à la faculté de droit, pour y emprunter d'épais manuels. Il lit avec avidité et une épouvante croissante des ouvrages sur des sujets dont il ne savait rien. Des sujets sur lesquels il aurait dû être plus au courant, il le reconnaît. Edvard Frisbakke ne va pas bien, cette sensation de vide dans son ventre revient sans cesse. Il ne peut pas s'empêcher de trouver que Dieu a été dur avec lui. Il l'a regretté chaque jour depuis cette dernière réunion d'enfants, il ne s'est pas autorisé à oublier sa faiblesse. Il sait qu'il a mérité une punition, et il a *vraiment* travaillé d'arrache-pied depuis cette journée de 1934 pour s'affranchir de son péché d'omission. Il comprend que cela ne suffit pas. Rien ne suffit, rien ne ressuscitera Lisbeth. Cependant il a fait de son mieux, comme juge et comme procureur. Oui, il a peut-être agi par pur égoïsme, pour avoir meilleure conscience, dans l'espoir de mieux dormir la nuit, pour repousser l'image de fines cuisses laiteuses. Il a fait de son mieux ! Il doit reconnaître à présent que, dans son empressement à se racheter, il a détruit la vie de gens qui ne méritaient rien d'autre que de vivre en paix. Petit Elfe ne mesurait guère plus d'un mètre, et il a laissé la chose se faire. Il a payé chaque jour depuis. Il comprend maintenant qu'il a détruit la vie d'autres innocents, et cette seule idée lui est insupportable.

Il croyait être un héros. Le sourire aux lèvres, il avait accepté la rose qui lui avait été offerte. Il avait veillé à faire emprisonner plusieurs douzaines des pires, des plus infâmes criminels de ce pays. L'une des dernières affaires qui l'ait impliqué avant sa retraite du barreau traitait de pornographie de mineurs. C'était dans ce contexte qu'il s'était laissé interviewer, pour la première fois depuis de nombreuses années. Il n'aurait peut-être pas dû l'accepter, mais il était maintenant présent dans tous les grands journaux du pays, et avait même consenti à participer à une émission télévisée populaire. Il avait un peu ricané de lui-même, Alma avait éclaté d'un rire dédaigneux, mais ils s'étaient persuadés l'un et l'autre qu'il le faisait pour empêcher que ça se reproduise, pour effrayer les contrevenants. Mais Alma et lui savaient qu'il ne *détestait* pas être sous les projecteurs. Tu es un peu vaniteux, Ed, lui avait un jour dit Alma. Mmm, je dois l'être, avait-il répondu. L'affaire était la plus choquante de toutes celles qui l'avaient impliqué, et il pensait en avoir déjà vu de belles. Il s'agissait de porno-pédophilie, de commerce d'orphelins des pays de l'Est, un réseau international dans lequel un couple de Norvégiens avait joué un rôle déterminant. Ils avaient distribué des photos d'adultes souriants en compagnie de jeunes enfants apathiques qui n'avaient plus la force de crier. Les deux susnommés furent justement condamnés, et

Edvard Frisbakke put partir en retraite. Il avait apporté sa contribution. Il avait vu, il les avait fait condamner, parce qu'il avait été choisi pour cela. De cette façon, il aurait pu mettre un terme à une longue vie en toute quiétude. Ainsi se serait terminée la vie d'Edvard Frisbakke s'il avait été un peu sénile – comme la plupart des gens de son âge – ou s'il était mort en atteignant l'espérance de vie moyenne des Norvégiens.

Mais Edvard Frisbakke est en vie, et il doit reconnaître qu'il a commis des erreurs – pas des erreurs insignifiantes, ni des petites boulettes, non. Les erreurs d'Edvard Frisbakke avaient sans doute détruit la vie de plusieurs personnes. Il lit les journaux. Il suit. Il sait maintenant que les éléments médicaux sur lesquels il s'est fondé en tant que juge et procureur n'étaient pas toujours infaillibles. Pas dans tous les cas. Plusieurs jugements ont été rendus sur la seule base de déclarations d'experts. De témoignages de psychologues ayant discuté avec les enfants. De médecins ayant pratiqué des examens. Mais comment pouvait-il savoir que ce n'était pas la vérité ? Quand un bataillon de médecins et de psychologues déclare qu'il en est ainsi, et pas autrement ? Aurait-il dû le voir ? Il ne sait pas. Ce qu'il sait, en revanche, c'est qu'en tant que procureur, se fondant sur ces seuls témoignages, il s'était montré extrêmement brutal avec les prévenus et qu'il avait grandement contribué à les faire condamner. Certains étaient sans nul doute innocents. Et pour chaque affaire dans laquelle il s'était trompé, beaucoup de personnes étaient touchées. Il devait s'estimer heureux que Barbara Brant soit venue le voir.

Assis dans le fauteuil à oreilles, Edvard regardait Alma faire sa sieste. Il était réveillé depuis un bon moment. Alma respirait si doucement sous sa couverture à franges beige que si une longue vie en commun n'avait pas appris à Edvard que c'était justement comme ça qu'Alma dormait, il serait allé voir si elle était toujours en vie. Sur la table devant le canapé Louis-Philippe, il y avait la coupe à pied garnie de gaufres à la crème. Il avait acheté les gaufres, mais avait préparé lui-même la crème. Edvard savait que celle-ci ramollirait les gaufres en l'espace de quelques minutes. Il aurait bien aimé les servir croustillantes à sa sœur, mais n'avait pas le cœur de la réveiller. Alma dormait comme un loir. Il se mit à feuilleter le journal, incapable de prendre une décision.

Edvard Frisbakke avait rencontré plusieurs fois Barbara Brant. Ces derniers temps, c'était lui qui l'avait appelée pour lui demander de venir. Ils avaient longuement discuté. Il leur arrivait d'évoquer leur passion commune pour les rosiers, un article politique dans *Aftenposten*, le penchant un peu excessif de Karsten pour le cognac, mais la plupart du temps, ils parlaient droit. Edvard avait étudié de vieux dossiers et documents juridiques. Il se rappelait tout le procès, à présent. Tous les détails. Il se souvenait des déclarations du médecin, de ce Latin des Lofoten. Il se rappelle le témoignage d'Élise.

— Alors ça veut dire que vous me croyez ? avait demandé Barbara la dernière fois qu'ils s'étaient vus, rien qu'eux deux.

— D'après ce que nous savons aujourd'hui, il y a incontestablement beaucoup de choses qui désignent Karsten Wiig...

— Edvard !

— Alors je serais plutôt enclin à...

— Edvard ! Ne parlez pas de façon aussi... juridique !

— Oui, Barbara. Je crois que vous avez raison.

Il l'avait formulé ainsi : *je crois que vous avez raison* alors qu'il aurait dû dire qu'il s'était trompé. Ça revenait grosso modo au même, s'était-il dit. Barbara Brant s'était penchée vers lui pour déposer un baiser sur la bouche pincée du vieil homme.

— Je suis contente, avait-elle dit, mais je ne crois pas que Karsten fera quelque chose. Je ne pense pas qu'il osera. Il ne veut même pas m'écouter. Mais peut-être que si vous...

A-t-on le droit de se montrer complaisant quand on a quatre-vingts et pas mal d'années, quand on doit prendre soin d'une sœur sénile ? Est-ce acceptable ? Non. Edvard a souvent essayé de se convaincre que la réponse aux questions qu'il se pose toujours est oui. Mais il n'a pas réussi à se persuader lui-même. Il sait qu'il doit le faire. Que c'est son devoir de parler à Karsten, que lui, Edvard Frisbakke, ne trouvera pas la paix tant qu'il n'aura pas fait tout ce qui est en son pouvoir pour innocenter Karsten Wiig. Edvard lit constamment des articles de journaux sur un homme remarquablement vieux, un juge retraité aux sourcils en bataille. Ce n'est pas un ami d'Edvard, car Edvard n'a pas d'amis, mais s'il en avait eu un, il aurait été comme ce juge retraité. Ils se sont connus pendant leurs études de droit. Leurs rapports ont toujours été teintés de respect et d'admiration. Ces dernières années, cet homme a fait revoir pas mal de ces anciennes affaires de mœurs. Edvard décida d'en parler avec lui.

Alma remua sous la couverture à franges beige. Edvard regarda encore une fois la photo grossière, se pencha jusqu'à ce qu'il ne reste plus qu'une dizaine de centimètres entre ses yeux et la page du journal. Oui, il se ressemblait, avec des sourcils plus broussailleux que jamais. Edvard posa son journal et aida sa sœur à s'asseoir, lui servit un café qui devait être tiède, et lui tendit le plateau de gaufres. Des gaufres, murmura Alma en souriant. Tu as toujours été très gentil, Edvard. Elle tapota sa manche de blazer. Ed, tu te souviens que tu partageais très exactement les boulettes de viande entre nous quand tu étais petit ? Alma avait ressorti de son esprit embrumé l'un des vieux mythes de la famille. Edvard hocha lentement la tête.

Juste après le café, il téléphona à son ancien copain d'études. Il toussota, se présenta solennellement, ils échangèrent quelques formules de politesse. Edvard ne put se résoudre à donner les raisons de son appel, hormis qu'il s'agissait d'une question juridique de la plus haute importance. Ils convinrent de se retrouver au Bristol, au bar de la bibliothèque.

L'imposant pianiste du bar jouait une longue rhapsodie et, quand il arriva aux dernières mesures, la phase « conversation » de leur entrevue était terminée. L'ancien camarade d'études d'Edvard fronça gentiment les sourcils en attendant la suite et regarda Edvard, qui dut terminer sa tartine de viande hachée avant de se décider à poser la question prévue. Mais Edvard n'avait rien à craindre, il eut beau observer, il ne décela pas la moindre condamnation ni le moindre reproche dans les yeux de l'autre. Edvard n'eut pas besoin d'en dire davantage avant que son interlocuteur commence tranquillement ses explications. Le pianiste se leva, vraisemblablement pour jouir d'un cigarillo bien mérité mais malodorant. Il leur adressa un signe de tête en passant, mais bien qu'il s'agisse de deux messieurs fort bien élevés, son salut ne lui fut pas retourné – ces deux-là étaient beaucoup trop occupés pour ça.

En revenant de son rendez-vous avec son vieux confrère, Edvard prit à peine le temps d'ôter son manteau et son chapeau avant d'appeler Marianne Henriksen (il estimait que c'était à elle qu'il devait téléphoner en premier). Elle répondit immédiatement, comme si elle avait attendu un appel près de l'appareil. Elle fut très surprise de l'entendre. Que voulez-vous ? Après tant d'années.

Une semaine plus tard, Marianne et Edvard se retrouvaient face à face. Entre-temps, il était passé voir le médecin. Il ne pensait plus pouvoir le remettre à plus tard. Et le docteur Dueken lui avait expliqué que les douleurs qui faisaient souffrir Edvard avaient une cause grave et malheureusement incurable. Edvard avait hoché la tête, comme en entendant un propos auquel il s'était attendu. J'ai encore un peu de temps ? avait-il demandé. Le médecin avait confirmé. Oui, vous avez un peu de temps, monsieur Frisbakke.

Edvard avait invité Marianne au Bristol, il lui avait proposé de manger quelque chose et conseillé les tartines de viande hachée. Mais Marianne ne désirait rien. Juste un café, merci. Elle attendait, furieuse. Oui, elle avait entendu le laïus du juge à la retraite. Oui, elle avait bien lu les journaux ! Mais elle ne comprenait pas comment cela pouvait la concerner. Leurs positions s'étaient inversées depuis leur premier rendez-vous, dans le bureau d'Edvard, quand Marianne lui avait parlé de la robe indienne brune, de Charles Dickens et des cadeaux quotidiens. À l'époque, Marianne avait dû reconnaître à contrecœur que oui, Karsten avait peut-être fait quelque chose. À présent, elle était intimement persuadée que c'était le cas. Aucun doute possible. Comment prétendre autre chose ! Elle leva sa tasse d'une main tremblante. Oui, elle avait lu d'une façon assez superficielle les articles sur ces affaires dans les journaux. Oui, elle avait bien conscience que le point de vue était différent concernant les variations normales de... Bon, bref, elle était au courant. Mais non, elle ne s'était pas dit que cela les concernait, elle et ses filles. Les deux enfants présentaient des traces incontestables au niveau de l'hymen, non ? Si, mais on savait maintenant que ça arrivait malgré tout ; on savait aussi que des enfants victimes d'agressions sexuelles ne portaient pas toujours de traces au bas-ventre. Très bien. Furieuse, Marianne but une gorgée de café. Il y avait eu tant d'autres choses… Vous devez vous en souvenir, Edvard ? Quand même ? C'est vous qui m'avez convaincue à l'époque, vous ne vous rappelez pas ? Si, il se le rappelait. C'est vous qui m'avez dit d'aller voir la police. Oui, c'est exact. Et, comme je vous l'ai dit, il n'y avait pas que ça, poursuivit Marianne. Le calendrier. L'épisode dans la salle de bains. Ce besoin maladif qu'il avait de parader dans le plus simple appareil à la maison. C'est pourtant vous qui m'avez aidée à voir tout ça, à en saisir la logique. Oui, oui, répondait Edvard.

—Et voilà ! insista Marianne. Il y a tant de choses qui ne peuvent être expliquées que comme ça. Et pour couronner le tout, reprit-elle avec un regard plein de triomphe : les entretiens des juges avec les enfants. Élise s'en *souvient*, elle.

—Je comprends que ce soit difficile pour vous, tenta Edvard sur un ton rassurant.

Non, en fait, il ne comprend pas. Et, pendant un instant, Marianne fut d'un calme absolu, comme si tout était éteint. Non, *personne* ne comprenait ce que c'est que d'aimer un homme qui se révèle être un monstre, songea-t-elle. Le voir dans ses yeux, couper tout lien avec lui, s'obliger à ne pas penser à toutes les années avec Karsten, car tout apparaît soudain sous un jour désagréable.

— Je veux juste que vous y réfléchissiez une fois encore, persista Edvard.

Y réfléchir ! Comme si elle avait fait autre chose ces dix dernières années ! Elle avait réfléchi à tout. Absolument tout. Et quand elle ne l'avait pas fait, elle s'était concentrée pour ne pas y penser. Pour donner une cohérence au quotidien. Prendre un jour après l'autre, sans lorgner vers l'avant, sans plus penser au passé. Ne pas penser. Conduire les enfants à l'école, les aider à faire leurs devoirs, être là pour elles. Chanter, leur donner l'huile de foie de morue. Leur raconter des histoires, aller voir les chouettes de grand-mère.

— Les choses ne sont peut-être pas aussi évidentes qu'à l'époque, s'obstinait Edvard.

Mais Élise s'en *souvient* ! Élise ne l'a pas oublié. Et Henriette, qui Dieu merci était trop petite pour se rappeler autre chose que des fragments de ce qui s'est produit. Elles ont passé des années à apprendre à le gérer. D'abord s'en souvenir, puis l'oublier. En allant voir des psychiatres.

— Quand elle était au collège, Élise a été si mal qu'il a fallu l'hospitaliser un temps. Elle se faisait de petites entailles sur les poignets. Ma fille s'automutilait ! Vous croyez qu'elle faisait ça pour *s'amuser* ?

Marianne regardait Edvard bien en face ; il baissa les yeux, se détourna légèrement tandis qu'elle continuait de parler. Edvard Frisbakke avait tout misé sur Notre Seigneur et les experts (sur qui d'autre aurait-il misé ?). Dans sa robe noire, il avait condamné des innocents à une vie de déshonneur, les avait amputés de la possibilité de renouer un jour une relation normale avec leurs proches. Il avait égaré Marianne et bien d'autres, il avait pointé du doigt des liens qu'eux-mêmes n'avaient pas vus, il avait porté des affaires devant les tribunaux et fait condamner des gens qui pouvaient être innocents.

Edvard finit par lever la tête, il planta son regard dans celui de Marianne et expliqua que ce n'était pas facile, qu'il était peut-être impossible, de faire la distinction entre ce que l'on a vécu et ce que l'on croit avoir vécu, ce dont on a parlé maintes fois.

— Je suis désolé d'apprendre qu'Élise a eu de si gros problèmes. Je suis navré d'entendre qu'elles ont souffert. Mais beaucoup de choses ont pu avoir un impact sur Élise et Henriette, Marianne. Un divorce. Une séparation brutale – et soudaine – d'avec leur père. Un père en prison. Les gens qui parlent. *La certitude* que l'agression a eu lieu.

Il n'en dit pas davantage. C'était à présent elle qui avait la tête baissée.

— Eh bien, il y a peu de chances que Karsten aurait été condamné aujourd'hui, conclut Frisbakke en se levant.

Il tendit la main droite, saisit la main froide et inerte de Marianne et s'en alla : c'était les examens médicaux des filles qui l'avaient abusé. Le témoignage d'Élise, mais surtout les photos.

— Je vais prendre contact avec Karsten. Je vais l'encourager à demander la révision de ce procès. J'y suis obligé. Je pensais que vous deviez le savoir. Je suis sincèrement navré de tout le mal que j'ai pu vous faire.

Sur le chemin du retour, il passa dans une boulangerie. Il se fit remettre deux parts de mille-feuille dans une boîte en carton fermé par une ficelle qu'il passa à son doigt pour que le paquet se balance. Alma lui adressa un sourire penaud et des remerciements aimables mais brefs, comme si Edvard n'avait été qu'un quelconque garçon de courses.

Karsten décrocha et déclina son nom de famille, comme le font d'ordinaire les hommes de son âge. Il n'était pas du tout préparé à ce qu'il entendit. Il ne savait pas ce qu'il éprouvait : colère, surprise, choc, peur. Il ne savait pas. Il ne parvint pas à répondre quand la voix de vieillard se présenta comme Edvard Frisbakke. *Edvard Frisbakke.* Ce nom suscita des réactions physiques immédiates, il eut une sensation de vide dans le ventre, il frissonna, se sentit pris de vertige. Bien sûr, il savait que Barbara avait discuté à deux ou trois reprises avec lui, lors de rencontres dont elle avait fait le récit enflammé, mais il y avait longtemps que le nom de Frisbakke n'avait plus été mentionné. Pendant que Karsten, encore muet de surprise, tâchait de rassembler ses idées pour répliquer, Edvard Frisbakke exposa en termes concis et précis le motif de son appel. Karsten écouta. Il comprenait qu'il avait longtemps attendu ça. Ça lui faisait un bien fou de l'entendre de la bouche de l'un de ceux qui l'avaient fait condamner. Karsten chancela, comme sur le point de s'évanouir. Il coinça le combiné entre son épaule et son oreille, alla dans le salon et s'assit dans le canapé. Oui, Karsten acceptait de voir Edvard. Non, pas au Bristol. Il trouvait qu'il y a trop de monde au Bristol, mais il voulait bien voir Edvard. Ils ne pouvaient pas aller se promener ? Une promenade ? répéta Edvard Frisbakke. Si, très volontiers. Après avoir raccroché, Karsten remarqua qu'il était en sueur.

Les deux hommes se serrèrent la main. Edvard s'inclina légèrement. Karsten s'apprêtait à remercier, par pur réflexe, mais se retint. Edvard veilla à avoir Karsten à sa gauche, du côté de sa meilleure oreille. Ils marchèrent lentement dans les rues de Vika.

Après sa sortie de prison, Karsten avait commencé à aimer marcher vite. Avant, il marchait rapidement quand il y était obligé, pas parce qu'il aimait ça. À présent, un pas rapide, voire une petite foulée, c'était sa façon préférée de se rendre d'un endroit à un autre. Il avançait vite, courait, et se figurait parfois qu'il poursuivait quelque chose qu'il devait atteindre à temps, dont il pouvait se réjouir. Il était un homme comme un autre, sans préoccupation particulière, avec un but. Pendant ces trajets, il lui arrivait de croire, une fraction de seconde, qu'il se dépêchait pour aller chercher les filles, qu'il quittait l'école supérieure pour l'école ou la maternelle.

Il se réjouit de revoir ses filles, c'est un vrai plaisir, il va les chercher souvent, beaucoup plus souvent que Marianne, et le plaisir se mêle à un léger agacement d'avoir dû quitter son travail plus tôt qu'il l'aurait souhaité. Il court, c'est désagréable d'être l'un des derniers à venir chercher ses enfants, aussi bien pour lui que pour les filles, et il est souvent à l'heure. Il presse le pas. Il ne va pas tarder à entendre leurs voix, enthousiastes (et au début un peu offensées qu'il arrive si tard), il va sentir le contact furtif de leur joue contre la sienne. Il a le temps de penser à tout cela avant de se rappeler ce qu'il en est. C'est si douloureux qu'il doit ralentir, parfois s'arrêter pour de bon.

Une fois, alors qu'il s'était arrêté pour se reprendre, une vieille dame était sortie par une porte cochère toute proche, une femme voûtée avec des bigoudis dans les cheveux et un foulard noué par-dessus. Elle l'avait regardé en secouant la tête, avait grommelé quelques mots et reculé dans la cour de l'immeuble. Karsten s'était remis en marche, et au bout de quelques mètres, il s'était mis à courir. Oui, il avait commencé à marcher rapidement, si vite qu'il passait à toute vitesse devant les autres, que personne ne le voyait et qu'il ne voyait personne.

Mais, pour l'heure, Karsten Wiig et Edvard Frisbakke avancent très lentement dans les rues de Vika. Edvard fit observer la douceur du temps printanier. Karsten répondit qu'il préférait l'automne, que les belles journées d'automne étaient ses préférées. Oui, c'est beau aussi, l'automne, concéda Edvard avant d'ajouter qu'il avait toujours été du printemps. Avril était le mois qu'il préférait. En passant, il sourit à un couple (pas parce qu'il les connaissait, mais parce que Edvard était un vieil homme bien élevé). Il s'arrêta presque pour pencher son grand corps maigre vers un petit chien sans maître ni laisse. Prenez soin de Barbara. C'est une sacrée nana ! Oui, répondit Karsten. Ils marchaient beaucoup trop lentement à son goût, il commençait à se sentir mal à l'aise. Il pressa le pas, et bientôt ils parcoururent les trottoirs à la vitesse qu'appréciait Karsten. Attendez, le pria Edvard. Sa respiration était lourde, et il sortit de sa poche un mouchoir qu'il se passa sur le front. Karsten s'arrêta.

—Il faut que vous m'écoutiez, insista de nouveau le vieil homme.

Edvard se rendit vite compte que Karsten en savait presque autant que lui sur l'évolution médicale et juridique dans ces procès. Karsten avait compris que puisque sa condamnation était fondée sur très peu d'éléments hormis ces « preuves » médicales (les guillemets ironiques dans les propos de Karsten ne sont pas des plus discrets), il y avait de grandes chances que le procès fût révisé. Il estimait que l'entretien avec Élise non plus n'aurait pas résisté à une analyse critique, car aujourd'hui on avait un tout autre point de vue sur les témoignages d'enfants.

— Mais je n'en ai pas la force, soupira Karsten. Pas le courage. J'ai très peur de perdre. Tout espoir serait définitivement perdu. Il n'y aurait plus de possibilité de faire machine arrière, de prouver que je suis innocent.

— Je comprends, reconnut Edvard

— Si je perdais encore une fois...

Edvard le regarda.

— Je préfère savoir que j'ai encore la possibilité de faire quelque chose, mais que je *choisis* de ne pas l'exploiter, expliqua Karsten.

— Je comprends.

— Je ne pourrai pas perdre encore une fois, avoua Karsten, et, en prononçant ces mots, il se rendit compte qu'il le pensait.

Il s'arrêta et regarda le vieil homme. Karsten pensait ce qu'il disait, mot pour mot. Ce n'étaient pas des paroles creuses, celles que l'on sert sans les penser vraiment. Karsten *ne supporterait pas* de perdre une fois de plus. C'était comme ça. Voilà les hypothèses. Edvard devait faire avec. Ce n'était pas un jeu juridique.

— Ce n'est pas un jeu pour moi non plus, répliqua Edvard Frisbakke. Et nous allons gagner, Karsten.

Karsten promit d'y réfléchir et ils se séparèrent devant l'école de Ruseløkka, où la sonnerie marquait le début de la récréation. Des enfants jaillirent par les portes. Des enfants qui riaient, qui criaient. Qui couraient et s'enthousiasmaient. Bruns, blonds. Blousons ouverts, sac sur l'épaule.

Le soir, Karsten en parla avec Barbara. Il savait ce qu'elle en pensait, mais il avait besoin de l'entendre le répéter. Ce qu'elle fit, à voix basse, sans user des grands mots qu'elle aurait pu employer. Elle ne gesticula pour ainsi dire pas. Il l'écouta. Il entoura sa taille entre ses bras, et lui murmura quelque chose à l'oreille.

Karsten avait pris sa décision. Il voulait reconquérir ses enfants. Il voulait être innocenté. Il voulait un autre procès. Au début de l'été, il avait emmagasiné assez de courage pour demander à Edvard de prendre contact avec Élise et Henriette. Lui-même n'osait pas. Edvard accepta. Ça va aller, ajouta-t-il avec un sourire encourageant à l'adresse de Karsten.

Edvard relata objectivement ce qui s'était passé quand il avait discuté avec elles : Élise lui avait hurlé dessus (Elle a employé des mots que je préférerais éviter de répéter, Karsten) ; Henriette avait l'air contente (J'ai dit que vous l'appelleriez ; qu'en dites-vous ?). Karsten hocha la tête. Oui, il pouvait l'appeler. Il alla dans la cuisine, se versa un verre de lait au cognac qu'il but debout en jetant un coup d'œil dans la cour (une rangée de poubelles, deux bancs, un rack à vélos retenant quatre bicyclettes. Une poupée oubliée, à la peau rose artificiel et aux boucles bien trop blondes, gisait nue sur le dos, jambes pointées vers le ciel.

Elle devait appartenir à la petite fille du rez-de-chaussée. Il décida de lui porter secours, de la déposer devant la porte des Andersen ou Andresen ou Dieu sait comment ils s'appelaient). Mais il allait téléphoner à Henriette. Sans plus attendre. Et, pour une fois, il fit ce qu'il avait décidé, sans le remettre à plus tard. Il n'eut presque pas le temps de le regretter avant qu'elle ne décroche : Oui, ici Henriette. Il n'avait pas entendu sa voix depuis plusieurs années, mais il la reconnut sur-le-champ. Elle monta sur la dernière syllabe de son nom, comme pour souhaiter la bienvenue à l'appelant. Et il espéra qu'il serait toujours le bienvenu quand elle comprendrait qui appelait.

— Salut, commença-t-il. Salut, c'est... moi.

Il ne réussit pas à dire Karsten, ni *papa*, même si c'était ce dont il avait envie.

— Salut, répondit-elle, et il l'entendit retenir son souffle.

Mais elle ne raccrocha pas. Dieu soit loué !

— Comment ça va ? demanda-t-il très vite.

— Bien.

Ils discutèrent de ses études (Henriette était entrée à l'École supérieure d'architecture), de ce délicieux temps printanier, de la proximité de l'été, du nouveau manteau de demi-saison de Karsten, que Barbara venait de lui offrir. Barbara, oui, répéta Henriette. Un manteau ruineux et tape-à-l'œil. Ah oui, répondit Henriette. Hugo Boss, avoua Karsten. Henriette lui demanda comment allait Barbara, si Karsten et elle habitaient toujours ensemble. Bien et oui, répondit-il. Henriette parla d'une amie qui venait d'avoir un chien. Il eut le bon sens de reconnaître qu'il n'était sûrement pas impartial quand il trouvait que Henriette avait une voix magnifique. À la fois grave pour une si jeune femme, et très féminine ; douce comme du sucre blanc, mais volontaire, comme si sa propriétaire savait ce qu'elle voulait. Karsten lui demanda des nouvelles d'Élise. Henriette répondit qu'elle allait bien. Puis il n'y eut plus rien à dire. Un peu déçu, Karsten allait conclure quand Henriette déclara qu'elle aurait bien aimé discuter un peu plus avec lui. On peut se voir ? Karsten déglutit. Bien sûr ! Avait-elle envie qu'ils sortent dîner, peut-être ? Oui. Tu peux ce soir ? Oui. Elle se réjouissait, ajouta-t-elle avant de raccrocher. C'était aussi le cas de Karsten. Ses espoirs étaient si ardents avant ce dîner que Barbara eut presque mal pour lui.

Les heures qui précédèrent le rendez-vous lui rappelèrent à quel point il était pénible d'être un enfant l'après-midi du vingt-quatre décembre, expliqua-t-il. Barbara rit et lissa les cheveux sur le front de Karsten (elle le faisait surtout par vieille habitude, car il ne lui en restait pas beaucoup). Il piétinait nerveusement pendant qu'elle lui nouait sa cravate, qu'il voulait à tout prix porter. Un dîner au restaurant ! s'extasiait-il. Ce n'était pas une idée presque géniale, ça ?

— C'est Hugo Boss, ça ? s'enquit Henriette avec un signe de tête vers le fin manteau de Karsten qui battait dans le vent.

Karsten confirma que oui, c'était Hugo en personne. Henriette sourit. Contente de vous voir, déclara-t-elle. Merci, c'est aussi notre avis, répondit Karsten en lui ouvrant courtoisement la porte. Je vous en prie, en notre nom à Hugo et moi. Au moment même où il le disait, il sut qu'il avait poussé la plaisanterie au moins une réplique trop loin. Il se mordit la lèvre. Il n'osait presque plus regarder cette femme adulte que sa fille était devenue. Lorsqu'ils eurent enfin une table et se retrouvèrent face à face dans ce restaurant indien que Karsten avait soigneusement choisi, il regretta d'avoir proposé de se retrouver au restaurant. La soirée commençait et il n'y avait presque pas d'autres clients. Le volume de la musique était si bas que Karsten trouvait pénibles les pauses qui ponctuaient leur discussion. En outre il ne se sentait pas à son aise en chemise et cravate, ce qu'il déplora aussi. Pourquoi avait-il choisi un restaurant *indien* ? Il avait beaucoup hésité sur le choix de l'endroit, il en avait discuté avec Barbara, épluché la colonne des restaurants dans le journal du samedi. Il n'avait pas voulu l'emmener dans un lieu trop cher, il aurait paru désespéré, mais en même temps, ce devait être un endroit agréable et où l'on mangeait bien. Il avait pesé le pour et le contre et en était arrivé à ce petit indien. Henriette n'aimait peut-être pas la cuisine indienne, elle préférait peut-être le tex-mex ou la cuisine traditionnelle norvégienne… Il aurait dû le lui demander. Henriette feuilleta le menu et déclara qu'elle adorait la cuisine indienne. *C'est vrai ?!* s'exclama Karsten, qui semblait si exagérément heureux de cette information que Henriette lui lança un coup d'œil surpris.

Karsten désigna presque au hasard l'un des plats dans le menu de sa fille. Un poulet tandoori. Henriette commanda du poulet aux épinards, *palak murgh*. C'était son plat préféré, expliqua-t-elle, et elle se mit à manger dès que sa nourriture eut été apportée par un garçon qui s'inclina en la servant.

— Avant, je savais exactement ce que tu aimais et ce que tu n'aimais pas, se souvint Karsten. Je savais qu'il me fallait retirer tous les champignons de la pizza – sans quoi tu refusais d'en manger la moindre miette, et Élise voulait son œuf plus que dur, c'était une allusion au jaune tremblotant, sans parler du blanc gluant, ça la rendait malade, prétendait-elle.

— Elle est toujours comme ça, dit Henriette en souriant. Tu nous enlevais la croûte du pain quand nous étions malades, poursuivit-elle.

— Oui, en effet.

Karsten se souvint que Henriette n'avait jamais assez de betteraves quand elle était petite, qu'elle en mangeait jusqu'à ce que tout le bas de son visage soit violet. Il ajouta qu'il ne se rappelait pas qu'elle aimait particulièrement les épinards. Ils en rirent un peu, il n'y avait rien à ajouter sur les épinards ou les betteraves, et le silence revint. Karsten la regarda ; à présent, il osait. Et une fois qu'il eut commencé, il ne parvint pas à s'arrêter. Il regarda ses cheveux, qui paraissaient si doux, remarqua la courbe qu'ils décrivaient derrière son oreille, une vague blonde. Il regarda ses yeux, sa courte lèvre supérieure et la bouche qui se retroussait un peu aux commissures. Il regardait, encore et encore, et se sentait presque amoureux. Non, pas presque. Il *était* amoureux. C'était la même chaleur dans le ventre, le même *fourmillement* (le mot qu'on emploie le plus souvent pour décrire les réactions physiques de quelqu'un qui est amoureux), le même besoin de la regarder, la même gêne maladroite quand *elle* le regardait, le même désir puissant d'être près d'elle, d'écouter ce qu'elle disait, ou juste sa voix. Et la *regarder*. Il n'arrivait plus à détacher son regard de ce visage. Oui, il était amoureux. Il y avait malgré tout *une* grosse différence, bien entendu : il ne la désirait pas, il n'y avait rien de sexuel dans ce qu'il ressentait. Il n'était pas attiré par son corps. Il eut besoin de le préciser, de se le préciser à lui, tandis qu'il la dévorait des yeux. Il eut besoin d'éliminer le mot amoureux. Il sentait qu'il l'était, il pouvait en sourire, mais il n'osait pas employer ce mot-là pour décrire ses sentiments à l'égard de sa fille. Mais la regarder, *ça*, il le pouvait. Karsten regardait Henriette sans arrêt, ses yeux quittaient à peine son visage. Il mangeait à l'aveugle, tâtonnait avec ses couverts.

—J'ai été très heureuse qu'Edvard Frisbakke appelle, déclara Henriette.

Bien qu'ils soient maintenant du même côté, Karsten ressentit de nouveau cette sensation de vide à l'évocation de ce nom, mais il se força à sourire calmement. Quand Edvard avait expliqué à la jeune femme qu'ils allaient tenter de demander une révision du procès, elle avait dû s'asseoir.

— Moi aussi, j'ai dû m'asseoir quand il a appelé ! répondit Karsten.

Henriette acquiesça, un peu lointaine, absorbée par son propre récit. Karsten reconnut le penchant naturel de Marianne pour la théâtralité ; une distance calculée avait été l'une des nombreuses ficelles qu'elle employait.

— Il y a quelques années, quand j'ai appris que des experts médicaux s'étaient trompés dans certains cas, j'ai tout de suite pensé que ça devait être ce qui s'était passé pour nous aussi, poursuivit Henriette. C'est très bizarre, parce que maman et Élise ont juste été agacées par ces articles. Elles ont maintenu que *nos* médecins ne s'étaient pas trompés. Je n'ai rien dit de plus. Ça aurait été trop difficile, et je n'avais plus de nouvelles de toi, alors j'ai oublié. Mais quand Edvard Frisbakke a appelé pour dire qu'il ferait son possible pour rectifier ses erreurs, j'ai tout de suite *su* qu'il disait vrai, j'ai su que tu ne l'avais pas fait.

Un besoin puissant, irrationnel et totalement inconnu d'effectuer une série de sauts périlleux dans la pièce ou d'entonner une sérénade le submergea. Et plus que tout, il avait envie de la serrer contre lui, de l'embrasser partout sur le visage, de danser avec elle, de hurler de joie. Mais il n'en fit rien. Il envisagea de tendre la main pour lui caresser le bras, mais ne le fit pas non plus. Au lieu de cela, il piqua un autre morceau de poulet tandoori et se le fourra dans la bouche. Délicieux, ce poulet.

— Dis voir…, reprit Henriette.

— Je suis si heureux, déclara Karsten en mâchant lentement, avant de déglutir plusieurs fois. Tu n'as pas idée de ce que je suis heureux.

Henriette sourit.

— Ça a été un soulagement pour moi d'apprendre comment tout se tenait. Contrairement à Élise, je n'ai jamais cru me rappeler quoi que ce soit. Si, de temps en temps, peut-être. Des flashes de deux ou trois choses, quand maman ou quelqu'un d'autre me soutenait mordicus qu'il fallait que je me rappelle *quelque chose*.

— Alors Élise croit toujours…

— Oui.

Il le savait, mais ça lui fit mal de l'entendre, comme s'il recevait un coup, juste après avoir ressenti un bonheur si grand qu'il ne savait pas trop comment il allait lui trouver assez de place. Ce furent peut-être l'ampleur et le côté inhabituel de cette joie qui lui firent penser uniquement à Élise, avec la douleur à laquelle il était accoutumé : Élise l'Aînée qui pensait que son papa l'avait violentée quand elle était enfant.

— Élise prétend qu'elle a des souvenirs très précis, poursuivit Henriette. Mais moi, je ne me suis jamais souvenue de rien. J'ai vu le psychiatre, qui m'a expliqué que je l'*avais subi*, mais que ma conscience l'avait refoulé. J'avais des cicatrices sur le corps, les médecins l'avaient découvert, et sur l'âme aussi – même si elles ne se voyaient pas. J'ai été suivie pendant un an, et elle s'est démenée comme un beau diable pour que je fasse remonter ces souvenirs, de sorte que je puisse les gérer plus facilement. Je n'ai jamais douté. Personne ne doutait. Tu nous avais abusées, c'était un fait acquis. J'ai essayé de me dire que ce n'était pas étonnant que je ne me rappelle rien, petite comme j'étais. Tout s'était passé avant qu'Élise n'entre à l'école. J'étais toute petite. Je l'ai répété sans relâche, comme si ça expliquait pourquoi je n'avais aucun souvenir. Car, petit à petit, c'est devenu pire pour moi de savoir que j'avais subi toutes ces choses, ces scènes horribles, ces événements qui s'étaient révélés décisifs pour ma vie entière, pour mon identité, *et dont je n'avais pas le moindre souvenir*. C'était comme s'il y avait en moi des pièces immenses que je ne connaissais pas. Des pièces sombres, fermées, qui renfermaient les pires créatures capables de ressortir un jour en hurlant.

Et même si la situation est on ne peut plus sérieuse, pour Henriette, pour lui, Karsten sourit intérieurement en songeant que Henriette était bien la fille de sa mère en matière de procédés dramatiques.

— Ça m'a terrifiée. Je savais que j'étais constituée de portes complètement verrouillées et de murs si épais qu'il m'était impossible d'apercevoir ce qu'il y avait derrière, mais qu'ils pouvaient céder à tout moment et envahir ma vie. Alors quand Edvard Frisbakke a appelé, après, tout a été… si clair. Oui, cela peut paraître idiot, mais c'était comme ça. Clair, délicieux. Dégagé. Ça a été un soulagement énorme. Mon père n'était pas un criminel. Et je pouvais enfin être celle que je pensais être. Pas de pièce secrète. Je me connaissais. Tu ne dis rien ? C'est nul, ce que je dis ? Je ne dois pas être très douée pour raconter. Je suis... trop dramatique ?

Karsten secoua la tête. Quelques larmes avaient déjà mouillé sa cravate, mais il pensait que ça ne se voyait pas. Quelques instants plus tôt, il avait regretté d'en avoir mis une, mais était à présent heureux que l'étoffe sombre absorbe et dissimule cette humidité. Tu as compris ce que je voulais dire ? Il hocha la tête. Oui, il comprenait. Il hocha de nouveau la tête, la regarda bien en face, ne la quitta pas des yeux avant que son visage devienne brumeux et flou, puis méconnaissable, et finisse par disparaître tout à fait.

L'endroit était magique. Elles n'étaient jamais venues seules, rien qu'elles deux. Dans leur souvenir, ça avait été long, affreusement long de venir jusqu'ici. Une expédition dont on parlait des jours avant que ça arrive enfin. Elles avaient souvent un panier de pique-nique (des sandwiches dans du papier sulfurisé, quatre assiettes en plastique (une rouge, une bleue, une verte et une jaune), une Thermos de café et une bouteille de sirop), une couverture, des serviettes, leurs maillots de bain, des blousons supplémentaires, des seaux et des pelles. Elles effectuaient un long voyage dans un car qu'elles ne prenaient par ailleurs jamais, traversaient une forêt enchantée, passaient devant une épicerie où l'on vendait la meilleure glace du monde, même si ça ressemblait étrangement à de bêtes bâtonnets glacés. Et elles arrivaient enfin.

Elles avaient dû demander à maman où était la plage magique. Elles n'avaient bien sûr pas employé le mot *magique*, c'était un mot rien que pour elles. Un mot Élise-et-Henriette. Exactement comme Chouette pattue. Où est-elle, cette plage où nous allions quand nous étions petites ? À Bygdøy, avait répondu maman. À Bygdøy ?! Oui, pourquoi ? Elles s'étaient regardées, en pouffant de rire, mais n'avaient pas répondu à la question étonnée de Marianne. Et elles y étaient de nouveau. Le bus de Bygdøy mettait dix minutes depuis le centre-ville. La forêt enchantée était un groupe de bouleaux épars. Mais elles reconnaissaient. C'était ici. Elles s'assirent sur une pierre plate, côte à côte. Elles étaient seules sur la plage. On n'était encore qu'au début de l'été, la mer était froide, et ce jour-là, en plus, il y avait du vent. Tu crois qu'on s'est déjà assises sur cette pierre-*là* ? s'enquit Élise. Oui, je crois bien. Puis elles se turent. Henriette se demandait à quoi pensait Élise. De son côté, elle se rappelait le jour où papa était venu avec ses copies d'examen.

Je *veux* vous accompagner, avait-il dit, mais il *faut* que j'aie liquidé cette pile avant ma réunion avec le censeur demain. Emporte-les, avait suggéré maman. Allongé sur la couverture, papa avait lu les copies et mis des notes. (— 2,7 ou 2,8 ? Qu'est-ce que tu en penses, Élise ? — 2,8 ! Parce que huit, c'est mon chiffre préféré. — 2,8 une fois, deux fois, trois fois. Qui dit mieux ? — Chut, Karsten, quelqu'un pourrait t'entendre ! — Ma princesse chérie, c'est de la notation en bonne et due forme, j'emploie même des consultants.) Il avait promis que, quand il en aurait corrigé la moitié, il les accompagnerait dans l'eau, et au bout de plusieurs heures, il avait brusquement reposé la pile sur la couverture. La moitié ! L'heure du bain ! Tandis qu'ils se baignaient, pataugeaient et plongeaient, une petite bourrasque insolente avait éparpillé les papiers de papa sur la plage. La dame sur la couverture voisine (qui avait lorgné Karsten en douce pendant toute la matinée) le prévint. Elle avait couiné en désignant du doigt les feuilles blanches répandues sur la plage. Papa était sorti de l'eau en jurant. Maman, Élise et Henriette sur les talons. Tous les baigneurs s'étaient très vite impliqués dans la chasse aux épreuves envolées de papa. Et, comme par miracle, toutes furent retrouvées. (Ça y est ! Dieu soit loué ! Le candidat numéro treize était sous ce buisson.) Henriette avait déniché le candidat trente-six dans une poubelle – pas si mal à propos puisque l'intéressé avait obtenu *insuffisant*. Merci tâtard ! avait dit papa en souriant. Seulement vêtu de son maillot de bain, le tas de copies sales et froissées serré sur sa poitrine, papa avait grimpé sur une pierre (peut-être celle qu'occupaient Élise et elle à cet instant), s'était éclairci la voix et avait déclaré vouloir dire quelques mots.

Les baigneurs s'étaient tournés vers lui, l'occupante de la couverture voisine l'avait regardé langoureusement, et papa lui avait adressé un clin d'œil. Je voudrais tous vous remercier pour votre travail remarquable ! Vous venez de sauver toute une promotion de futurs professeurs de norvégien. Pour exprimer ma gratitude, j'offre une glace à tout le monde !

Henriette avait décidé d'emmener sa sœur dans un endroit dont elles avaient de bons souvenirs, où elles étaient venues avec leur père et dont Élise aussi aurait une impression agréable. Pour Henriette, cette plage correspondait à merveille. Elle espérait que ce serait aussi le cas pour Élise. Ils étaient souvent venus ici. De bonnes et lumineuses journées d'été avec leurs deux parents. Même quand leur père avait été condamné et s'était retrouvé en prison, Henriette n'avait jamais cru que son père puisse être foncièrement mauvais. Papa était *aussi* gentil, songea-t-elle, mais Élise et elle ne s'accordaient pas le droit de le dire. Henriette était au moins aussi stricte qu'Élise.

Henriette aimait probablement Élise plus que quiconque, et elle souhaitait qu'Élise puisse avoir de bons souvenirs de celui qui avait été leur père jusqu'à ce qu'elles aient huit et dix ans. Elle avait donc d'abord invité Élise à une soirée souvenir et vieilles photos chez elle, puis elles étaient venues ici ensemble. Mais, le plus important – ce à quoi elle n'osait presque pas penser –, c'était qu'elle voulait annoncer à Élise qu'elle pensait que leur père avait été condamné à tort, qu'elle avait dîné avec lui et l'avait revu plusieurs fois, qu'il désirait revoir Élise. Et elles étaient assises là. Élise se serrait contre elle et ne savait encore rien.

— Il sifflait souvent *Napoléon et son armée* pendant que nous nous brossions les dents, commença Henriette. Nous devions nous les brosser en trois strophes. Je me souviens qu'il passait son doigt sur mon front, mon nez, mes lèvres, et le posait sous mon menton.

— Et levait ton visage vers le sien, poursuivit Élise.

— Tu t'en souviens ?

— Non.

Élise se détourna, regarda la plage.

— On est venus souvent, ici.

— Oui.

— Avec maman. On faisait des châteaux de sable, on les décorait avec des coquillages. On cherchait des crabes, qu'on mettait dans des seaux en plastique. Le mien était bleu. Le tien rouge. Ils avaient tous les deux des coincoins sur le bord.

— Tu trouvais toujours plus de crabes que moi. Comment faisais-tu ?

— Je t'en piquais peut-être quelques-uns quand tu avais le dos tourné, répondit Élise.

— Tu faisais ça ? Voleuse !

— Mais non, je plaisante. Comment s'est passé ton examen ?

— Bien, je crois. C'est bizarre que tu me poses la question. J'y pensais, justement. Aux copies d'examen.

— Tu sais bien que c'est un endroit magique. Il se passe tout le temps des choses comme ça, ici. On cherchait de l'argile dans le sable. Nous avions un salon de beauté. Tu te rappelles ?

— Et comment !

— On proposait aussi des massages avec des méduses, mais je crois que personne n'a jamais accepté notre offre. Et on soulevait les pierres pour trouver des tas de puces d'eau…

— … sur lesquelles on marchait pieds nus, pour qu'elles nous chatouillent les orteils et sous les pieds. Tu te souviens de la moule géante ?

— Oui, on l'a offerte à mamie. Elle l'a mise sur une étagère dans le salon.

— Les étagères des chouettes, tu veux dire ! Elle l'a mise tout en haut. À côté de Chouette pattue.

— Elle y est peut-être toujours, répondit Élise.

— Il y a eu autre chose entre toi et cet apprenti vétérinaire ?

— Non. J'ai découvert qu'il ronfle, et qu'il asperge tout ce qu'il mange d'énormes quantités de ketchup, et je dis bien *tout*.

— Pigé, murmura Henriette.

Elle se redressa, s'accroupit et commença à retourner des pierres.

— Il n'y a pas de puces d'eau, ici. On se trompe peut-être ? Élise ?

— Je *sais* que des puces d'eau nous passaient entre les orteils.

— Oui, moi aussi. Mais c'était peut-être sur une autre plage.

—Peut-être, concéda Élise en éprouvant soudain une sensation désagréable.

Peut-être se rappelait-elle quelque chose qui lui échappait. Une histoire de plage et de puces d'eau.

Ce dont Élise se souvient presque, c'est ceci : Elles avaient travaillé méthodiquement toute la matinée, et il se dressait devant elles dans toute sa splendeur. Un château. Un château aussi haut qu'une flèche d'église, en tout cas, il arrivait jusqu'au nez de Henriette. Elles l'ont décoré avec des rangées de coques blanches, les chemins sont bordés de coquilles d'escargots, et des moules tapissent la butte. Au sommet, elles ont planté un couteau et des étoiles de mer mortes disposées en couronne. Elles ont creusé une douve autour, qui grouille de puces d'eau faisant office de crocodiles. Elles ont aménagé un jardin d'algues, avec un nombre de pierres soigneusement choisi autour des massifs. La princesse crabe et le prince crabe viennent d'emménager, ils parcourent le château à toute vitesse sans se soucier des chemins si minutieusement délimités. La reine elle-même est immobile à côté du couteau. Son sceptre, explique Élise. Henriette n'a pas la moindre idée de ce qu'est un sceptre, mais elle hoche la tête quand même. Papa et papy lisent et papotent sur une vieille charrette à quelque distance de l'eau. Mamie propose des crêpes et du sirop frais, ce qu'elles refusent catégoriquement. On doit d'abord terminer le château ! À présent, le ciel est bleu ;

plus de nuages. Elles sont accroupies, penchées, elles rampent dans le sable, travaillent avec ardeur. Elles sentent que leurs pantalons sont mouillés et alourdis par le sable. Quittez-les, conseille papy, il fait délicieusement chaud au soleil. Papa rit. Il faut que je prenne des photos, déclare-t-il, et il les fait poser devant le château avec un pull en laine sur le haut du corps et rien en dessous. Un château de princesse et des derrières nus. Tu dois photographier le château aussi, s'agace Élise, elle n'aime pas que papa rie de leur construction. Bien sûr, répond papa. Maintenant, il *faut* que vous veniez manger, les filles, crie mamie. Personne ne sait ce qui se passe, mais tout à coup, papa a fait un faux pas et a glissé dans la douve. Elle tombe d'un côté et entraîne des morceaux du jardin d'algues. Élise, qui avait été l'architecte du jardin, est furieuse contre papa, elle le frappe, crie, hurle. La pauvre, soupire mamie, elle doit être épuisée. Ça fait des heures qu'elles sont dessus, sans avoir rien mangé ni bu. Venez, les enfants, on va manger un peu. Vous réparerez ça en un clin d'œil ensuite, les console papa. Mais ça ne sert à rien. Élise est furibarde, et elle ne décolère pas. Henriette essaie de retaper la douve. Élise lui flanque un coup de pied. Elle trouve que papa et Henriette sont les deux plus beaux idiots de la planète, surtout papa, qui piétine son jardin avec ses grosses bottes en caoutchouc, détruit tout et ne comprend rien. Oui, il faut leur faire manger quelque chose, crie Karsten à sa mère, mais le soleil se cache de nouveau derrière les nuages.

J'ai envie de prendre encore deux ou trois photos. Dépêche-toi, alors, réplique mamie. Il s'accroupit. Élise, ma chérie, tu ne veux pas rendre à papa le service d'être sur quelques photos de plus ? C'est un château grandiose que vous avez construit, et vous êtes les deux meilleures princesses du monde. Et il y a une lumière magnifique, maintenant. Mmm ? S'il te plaît ? D'une façon ou d'une autre, il parvient à la convaincre. Mais elle se sent humiliée et bête, blessée que son père soit aussi brutal. À côté d'elle, Henriette se prépare, elle ne comprend rien. Cette idiote de Henriette ! Ce con de papa ! Élise a faim. Elle a froid. Elle est à côté de sa petite sœur, le soleil brille, mais il souffle un vent froid sur ses jambes et son derrière nus. Elle veut s'asseoir dans la serviette de mamie, manger ses crêpes, renifler son poignet qui sent toujours le parfum.

— Maman nous avait préparé des casse-croûte. Et nous avions des assiettes en plastique de quatre couleurs différentes. La tienne était rouge.

— Et la tienne bleue, compléta Élise.

— On a mangé des tartines de beurre au sucre. Le beurre avait imprégné le pain, le sucre crissait entre les dents.

— Oui, se souvint Élise. C'était toujours comme ça.

— Tu te rappelles qu'il nous emmenait chercher les petits pains le samedi matin ? reprit Henriette. Maman dormait tard, et nous allions tous les trois à la chasse aux petits pains à la station-service du coin. Tu voulais toujours un beignet à la crème. Je préférais les beignets berlinois. Je crois que j'aimais bien le nom.

Henriette retourna une dernière pierre. Pas de puces d'eau là non plus. Elle se rassit à côté de sa sœur.

— Élise. Il ne l'a pas fait. Je suis certaine qu'il ne l'a pas fait.

Élise retira son blouson et le posa sur ses genoux, tourna la tête vers le ciel. Henriette continua à parler, des experts médicaux, d'Edvard Frisbakke, de celui qui était leur père. Élise regardait la mer. Elle se tourna alors lentement vers sa sœur et retroussa ses manches de pull. Les cicatrices étaient là, comme toujours, pareilles à des cordons pâles. Elles remontaient sur ses bras fins comme des animaux marins roses et argentés, entre le poignet et le coude. Puis Élise s'en alla. Elle passa devant l'épicerie aux vitrines condamnées, traversa le bosquet et rejoignit l'arrêt de bus.

Marianne appela. Cela faisait des années que Karsten n'avait pas eu de nouvelles. Élise était avec elle. Élise était dans le lit de son ancienne chambre et refusait de se lever. Henriette avait dit qu'il voulait que le procès soit révisé. Elle n'en croyait pas ses oreilles ! Tu ne savais pas, Edvard ne t'en a pas informée ? Pourtant vous vous êtes vus au Bristol il a quelques semaines seulement ? Si, mais elle ne l'avait pas pris au sérieux. Ça va retomber sur les enfants. Et sur elle. Tout le monde va souffrir. Elle, Élise et Henriette ont fonctionné ensemble pendant toutes ces années. Elles allaient bien. Elles avaient triomphé de tout ça. Ensemble. Elles trois. Elles s'en étaient *fabuleusement* bien sorties. Un trèfle invincible. Essaie seulement de venir le détruire, maintenant ! Elle lui hurlait dessus. Elle ressemblait à l'ancienne Marianne, d'après le souvenir qu'il avait d'elle depuis les années de leur mariage. (Pourquoi diable as-tu acheté de la *chair à saucisses* ? La viande hachée, c'est *bien* moins cher, et c'est *ça* que j'avais noté sur la liste ! Pourquoi *reluquais*-tu le corps de cette vendeuse ?) Il fut surpris de constater que ce qu'il ressentait, c'était avant tout de la tendresse, pas de la haine. Et il la comprenait. Il comprenait très bien ce qu'elle disait. Il savait qu'elle, Élise et Henriette étaient très liées. Il savait que Marianne avait abattu un gros boulot avec les filles, qu'elle les avait soutenues et aidées. Il essaya de le lui dire. Elle lui raccrocha au nez, mais rappela au bout de quelques minutes – exactement comme elle avait l'habitude de le faire autrefois, de son bureau à la banque. Et il la revit telle qu'elle était à l'époque. Il se demanda si elle martelait la table de son ongle de majeur, comme elle le faisait quand elle était en colère. Elle parlait plus calmement, et essaya de lui expliquer qu'il devait les laisser tranquilles.

— Mais tu ne comprends pas que je veux être innocenté, Marianne ? Tu comprends ce que ça fait d'être condamné de la sorte, pour une chose que je n'ai jamais faite ? De sentir que tout le monde te regarde… te montre du doigt ? Être le pire criminel qui soit ? Tu comprends que j'aimerais voir triompher la vérité ?

— La vérité ?! J'ai vu ce qu'ont traversé mes filles pendant toutes ces années, Karsten. C'est moi qui m'en suis occupée, qui les ai consolées, qui ai rafraîchi leur front et leur ai tenu la main. *Nous*, nous savons comment est la vérité. Ne viens pas me parler de vérité, Karsten. Élise peut raconter en détail ce que tu lui as fait. Elle me l'a raconté de nombreuses fois : elle est couchée, dans son pyjama, tremble parce qu'elle sait que tu vas venir. Elle se cramponne à son lapin jaune. Tu te souviens du lapin en peluche jaune, n'est-ce pas ? Elle sait que je suis sortie, que je suis au cinéma ou avec une copine, elle sait que Henriette est couchée. Elle n'a rien pu faire. Et maintenant, c'est à elle. Elle te voit entrer dans la chambre. Une ombre énorme qui emplit toute la porte. C'étaient de jeunes enfants, Karsten. Une ombre énorme qui approche. Cette ombre, c'était toi, Karsten. Et tu vas vers son lit, et…

Karsten raccrocha. Barbara le trouva dans le canapé en rentrant du boulot à la fin de l'après-midi. Il était allongé sur le dos et fixait le plafond. Il fallut un bon moment avant qu'il puisse raconter ce qui s'était passé. Ça ira mieux après le procès, tenta Barbara pour le réconforter, mais elle était douloureusement consciente du peu de portée de ses paroles. Oui, admit Karsten. Elle lui caressa le front, sur les vestiges de ses cheveux blonds emmêlés. Il lui sourit. Je t'aime, chuchota Barbara. Oui, répondit Karsten.

Henriette et Karsten se retrouvèrent sur Solli plass et se promenèrent dans les mêmes rues qu'Edvard et lui quelques semaines plus tôt. Lui qui avait fui le regard des autres, il paradait à présent fièrement à côté de sa fille cadette. Regardez-nous ! Regardez-la ! Elle n'est pas belle ? C'est *ma* fille. Et de la même façon que les femmes enceintes voient des ventres rebondis et des démarches chaloupées partout, Karsten se sentait entouré de pères en compagnie de leurs filles (des filles de toutes les tailles, depuis la plus petite à celle entre deux âges). C'était le cas depuis plus de quinze ans, à la différence qu'il n'avait pas voulu le voir. Il s'en fallait de peu, à présent, pour qu'il adresse un signe de tête et un sourire à tous ceux qu'il soupçonnait d'être des pères accompagnés de leurs filles. Et en regardant les petites, celles qui étaient encore dans un landau, il comprit qu'il allait être grand-père. Il allait être *grand-père* pour l'enfant de Henriette – et celui d'Élise ! Il allait presque revivre la vie de ses filles, y compris les années qu'il n'avait pas passées avec elles. Il inspira à fond et poussa un gros soupir de bien-être.

Élise ne voulait ni voir ni discuter avec Henriette. Et maman est *furax*, elle dit qu'elle ne me pardonnera jamais. Karsten s'arrête. Henriette portait une robe de coton estivale et des sandales. C'est le 8 juin 2007, et plus tard dans la journée, on releva

31,3 degrés dans le quartier de Blindern. Elle avait attaché ses cheveux en queue-de-cheval. Elle avait l'air jeune et vulnérable, presque comme la petite fille qu'elle avait été quand elle avait des taches de rousseur et des incisives bien trop grandes. Ça va lui passer, ricana Henriette. Maman dit souvent des choses qu'elle ne pense pas. C'est pire pour Élise. Élise refusait de parler à sa sœur, elle refusait de parler à Edvard, et elle ne voulait évidemment pas voir Karsten – mais ça, ça faisait des années. Elle pleure dans son lit, point, expliqua Henriette. Maman a pris des congés pour rester auprès d'elle et la consoler. Des gants de toilette froids ? Oui, tu vois, une éponge glacée sur le front. Ça aidait, sourit Karsten. Un coursier à vélo arriva à leur hauteur, sans bruit et à toute vitesse. Avec son casque pointu surdimensionné, son sac sur le dos et son short moulant noir, il faisait penser à un extraterrestre. Il s'inclina dans le virage et passa dangereusement près de Henriette, qui marchait tout près de la chaussée dans sa fine robe de coton, il la frôla presque. Karsten tendit un bras, mais le laissa retomber en voyant que le cycliste passait assez loin. Ils le suivirent tous les deux des yeux jusqu'à ce qu'il disparaisse au coin d'Observatoriegaten et Parkveien.

—Non, Élise ne va pas bien, soupira Henriette.

—Je comprends.

—Il n'y a rien à comprendre, merde ! s'écria-t-elle, avant de poursuivre plus bas, mais avec autant de véhémence : Est-ce qu'elle pleure parce que son père *n'est pas* un criminel ? Parce que personne ne l'a abusée ?

— Ça ne doit pas être aussi simple, tenta Karsten.

Sans le savoir, il cherchait refuge dans les mêmes mots que ceux employés par Marianne des années plus tôt dans un effort dérisoire pour défendre son ex-mari : Papa ne nous a jamais aimées ? Ce n'est pas si simple, Élise.

— Non, je sais bien, répondit Henriette, qui avait retrouvé tout son calme. Je sais bien. Et elle est toujours convaincue que tu l'as fait. Tout ce que je dis lui glisse dessus. Elle ne veut rien entendre.

— Je vois, grogna Karsten.

Soudain c'était son tour d'être en colère. Ils n'en avaient pas conscience, mais à travers leur longue conversation, Karsten et Henriette avaient tour à tour été exaspérés et réconfortants, victimes et compréhensifs.

— Il faut du temps pour changer d'avis. Élise doit se faire d'un coup à l'idée que les choses ne sont pas comme elle se l'était figuré, expliqua Henriette. Que le monde entier n'est pas plein de compassion pour ce qu'elle a vécu et n'applaudit pas parce qu'elle s'en sort *malgré tout*.

— Mais ne devrait-elle pas être soulagée ? Plus heureuse ? demanda Karsten, comme Henriette le lui avait demandé juste avant.

— Elle ne te croit pas. Viens, asseyons-nous ici, proposa Henriette.

Sur un banc de la vaste place devant l'hôtel de ville, avec vue sur le port d'Oslo, Henriette lui parla de sa grande sœur. Karsten ferma les yeux, jouissant du ton de confidence entre eux. Et ne *fallait*-il pas qu'elle ait une voix exceptionnellement belle ? En toute objectivité ?

— Élise n'est pas quelqu'un de facile, mais elle est vraiment… chouette, reprit Henriette. Elle est drôle et jolie, et superdouée.

Henriette s'arrêta, regarda droit devant elle et éclata de rire en se tournant vers Karsten.

— Toi qui es un littéraire…

— Tu te rappelles que je le disais souvent ? Un littéraire.

— Oui, répondit Henriette en tordant sa jolie bouche. Tu dois penser que je ne vaux pas tripette. Quelle description minable ! Quels adjectifs nuls ! Élise est chouette, drôle, jolie. Douée.

— La réalité est souvent un peu moins évidente à gérer que la littérature, fit observer Karsten.

— Oui, mais je dois réussir à trouver des termes plus appropriés que ce vocabulaire scolaire, quand même. Je réessaie. Élise est loyale et fidèle. J'ai confiance en elle. Nous discutons pour ainsi dire tous les jours. Enfin, presque. Et si, pour une raison ou pour une autre, nous n'avons pas pu le faire, on parle deux fois plus longtemps le lendemain. Ce n'est pas compliqué de discuter avec Élise. De presque tout, en tout cas. Elle refuse de parler des sujets sensibles. À ce moment-là, elle se ferme complètement, son visage n'exprime plus rien et elle ne parle plus. Mais sinon, elle est compréhensive et sensée. Elle a un talent incroyable pour danser la salsa. Elle sait chanter ! Elle sait parodier le dialecte de Trondheim à s'y méprendre. Elle est superdouée pour raconter des histoires et des blagues. Élise peut transformer une blague vaseuse et de mauvais goût en histoire rigolote. Elle adore les sciences. Elle a eu les meilleures notes de toute sa promotion à Blindern. Élise est la meilleure grande sœur dont on puisse rêver.

Son père acquiesça. Mais Henriette pensait malgré tout ne pas être arrivée à décrire parfaitement Élise à son père, à lui dire combien elle lui était *nécessaire*. Élise est la seule personne que je puisse appeler quand je me réveille en panique à côté d'un gars que j'ai l'impression de voir pour la toute première fois. Non, ça elle ne le *dit* pas. Pas à son père. Elle ne savait pas non plus comment expliquer qu'elle avait besoin de serrer Élise dans ses bras, de la toucher, de lui caresser les cheveux. Henriette éprouvait le même besoin de contact physique avec Élise qu'un parent vis-à-vis de son tout jeune enfant (Henriette allait en faire l'expérience quelques années plus tard en prenant dans ses bras sa fille nouveau-née, la petite-fille de Karsten).

Karsten se rapprocha légèrement de Henriette, de quelques centimètres à peine, il n'osa pas davantage ; mais il était assis assez près pour sentir sa manche de chemise frôler le bras de sa fille (il envisagea de dire quelque chose de prétendument drôle sur Hugo, qui avait dû rester à la maison par cette chaude journée, mais eut la bonne idée de s'abstenir). C'était une situation curieuse. Il était assis à côté de sa fille adulte, qu'il ne connaissait pas, qui lui décrivait son autre fille adulte, qu'il ne connaissait pas davantage. Ces deux personnes qui, outre Marianne, avaient jadis été ses deux plus proches parentes, qui portaient son patrimoine génétique en elles. Aurait-il pu prévoir à l'époque comment les choses allaient tourner ? Le renfermaient-elles, comme un germe ? Est-ce que tout s'y était trouvé dès cet instant ? Le talent d'Élise pour raconter des histoires ne le surprenait pas. Il s'était amusé à inventer des histoires avec ses deux enfants. Élise avait adoré ça, mais Henriette préférait qu'on lui fasse la lecture ; grimper sur ses genoux et écouter. Élise était enthousiaste, elle participait à l'invention, elle avait le don de se mettre à la place des personnages, et rebondissait sur la base que lui fournissait Karsten. Il l'avait écoutée, avait fait quelques remarques, et avait retranscrit fièrement le tout. Élise sera peut-être écrivaine, avait-il pensé. Il reconnaissait les blagues, le chant aussi. En revanche, il avait été surpris quand Marianne lui avait annoncé quelques années plus tôt qu'Élise voulait étudier les sciences. Quand il était le père d'Élise, elle ne pouvait souffrir les mathématiques. Elle avait pleuré sur les problèmes d'arithmétique et décrété que ça devrait être interdit aux enfants, la loi était censée protéger les mineurs, et puisqu'on n'avait pas le droit de leur taper dessus, il aurait été normal d'interdire de les tourmenter de la sorte avec des fractions et des pourcentages. Puis il s'était souvenu qu'un de ses cousins du côté Wiig était un professeur de mathématiques renommé.

Karsten ne pouvait toujours pas s'empêcher de regarder Henriette. Encore et encore. Il découvrait de nouveaux traits, un petit grain de beauté sur le menton, quelques taches de rousseur pâles sur le nez, le motif de sa robe, de tout petits cœurs. Elle avait une incisive joliment de travers, il s'en était rendu compte aujourd'hui ! (Hormis cela, ses dents étaient solides et régulières ; elles auraient été *trop* parfaites, conclut-il, s'il n'y avait eu cette incisive de travers.) Elle paraissait extrêmement forte et indépendante. Sûre d'elle. Élise devait être d'un genre plus dépendant. Marianne avait toujours dépendu des autres, elle aussi, il lui fallait recevoir des compliments pour se sentir belle, elle demandait toujours conseil en matière de vêtements et de coiffures. Était-elle toujours ainsi ? Il ne devait pas oublier qu'elle avait vécu seule, qu'elle avait eu l'entière responsabilité des filles depuis qu'elles avaient huit et dix ans. Ça forçait le respect. Elle avait dû beaucoup changer durant ces années.

Henriette lui faisait penser à Barbara. Directe, simple et sans chichis, ni complications. Sûre d'elle sans être rentre-dedans. Une assurance tranquille. C'était facile d'aimer Henriette. Il avait aimé ses filles toutes ces années et ne pensait pas pouvoir les aimer davantage. Mais il constatait à présent que c'était possible. Il aimait un peu plus Henriette à chaque nouvelle seconde passée avec elle, et il aimait un peu plus Élise à chaque mot que sa sœur disait sur elle. Il brûlait de lui expliquer la situation, de lui raconter ce qu'avait été sa vie durant toutes ces années. Lui dire qu'il ne lui avait jamais fait de mal, qu'elle lui avait manqué et qu'il avait pensé à elle, chaque jour, chaque heure. Toujours. Qu'il voulait toujours être son père, qu'elle lui en donne le droit ou non. Il avait envie de discuter de ses études avec elle, de lui parler de son bon à rien d'oncle, le professeur de mathématiques. Il voulait voir quels étaient les motifs de ses robes d'été. Ça n'avait pas été facile pour Élise. Et si ce n'était pas sa *faute*, c'était sans conteste *à cause* de lui. Il voulait arranger les choses. Il y croyait. Il avait commencé. Rien ne pressait. Il regarda Henriette. Elle retroussait le nez en riant. Comme le père de Karsten, se rendit-il compte à cet instant, ce père auquel il pensait bien trop peu (mais qui avait heureusement pu éviter de voir son fils en prison). Et le rire de Henriette, c'était celui de Marianne, ce rire magique, incoercible, qui mettait tout le monde de bonne humeur. Il lui sourit, admira ses dents et cette incisive de travers. Il savait que, quand le verdict de ce nouveau procès confirmerait son innocence, tout s'arrangerait. À ce moment-là, il récupérerait ses deux filles. Il pourrait s'installer sur un banc, comme maintenant, pour regarder le fjord aux côtés de ses deux filles.

— Quand il y a eu les premières révisions de procès, Élise a réagi en s'inscrivant dans une association de protection des victimes d'inceste, reprit Henriette. Elle est parfois très intransigeante, ajouta-t-elle.

Oui, Karsten savait qu'Élise était intransigeante. Élise l'entêtée. Elle avait été une tête de mule dès son plus jeune âge, et ça, ça n'avait manifestement pas changé. Elle avait tapé du pied et exprimé son point de vue. Au départ, il avait admiré sa force de volonté.

—Têtue, oui, rit-il en regardant Henriette. Tu te rappelles la petite fille poitrinaire ?

Henriette secoua la tête.

Quand les filles étaient petites, elles avaient traversé une période où elles étaient obnubilées par les chansons tristes. Elles ne voulaient écouter que des complaintes populaires, et *Dans une salle de l'hôpital* était leur préférée. Elles pleuraient toutes les deux quand la petite fille meurt, à la fin (Élise sans se cacher, Henriette un peu plus discrètement). Karsten leur avait parlé de la tuberculose, et elles avaient bu ses paroles. Parfaitement immobiles, elles l'écoutaient parler de la maladie qui vous ronge, de la peste blanche et des ravages qu'elle avait causés, des sanatoriums et des cures, de la dame aux camélias, qui toussait du sang et trouva l'amour. Un jour, il avait entendu les filles s'activer dans la chambre d'Élise. Il s'y était glissé et avait vu Henriette dans le lit, les yeux fermés et l'air malade, la housse de couette blanche était tachetée de rouge à lèvres de Marianne. Élise était de toute évidence l'infirmière, avec son stéthoscope factice autour du cou. Je crache du sang, murmurait Henriette en désignant les taches rouges. Il ne faisait aucun doute qu'elle avait mauvaise conscience. Je comprends, avait répondu Karsten. Élise s'était levée, était allée vers le bureau et avait sauté dessus, avec une énergie qui avait étonné son père – cela ne seyait pas trop à une respectable infirmière –, et s'était mise à chanter. Dans une salle de l'hôpital, pleine de lits tout blancs, il y avait une petite *touberculeuse*, belle et douce avec ses cheveux d'or, chanta Élise (et d'une très jolie voix, avait songé Karsten, ainsi que Marianne et lui le pensaient avec fierté quand Élise chantait). Debout sur le bureau, la fillette avait chanté tous les vers en balançant son stéthoscope plus ou moins en rythme. Karsten avait applaudi, ému. Mais on met cette housse de couette à la machine avant le retour de maman ? Et pendant qu'on y est, on parle des *tuberculeux*, pas des touberculeux. Non, avait protesté Élise, on dit les touberculeux, parce qu'ils toussent. D'accord, c'est ce qu'ils font, mais ça n'empêche pas de les appeler des tuberculeux. Élise n'avait jamais déposé les armes. Elle refusait d'en parler, se braquait quand Karsten ou Marianne essayaient de la corriger. Elle continuait de chanter : une petite touberculeuse.

— Elle doit toujours dire *touberculeuse*, fit observer Henriette en prenant la main de Karsten.

C'était la première fois qu'il touchait l'un de ses enfants depuis cet automne vieux de plus de quinze ans. La main de Henriette était chaude et ne ressemblait pas à celles de Barbara. Elle était plus large, plus courte et bien plus chaude, presque trop, et la peau était si fine qu'il sentait son sang battre tels des signaux de morse qu'il n'arrivait pas à décoder mais qui lui donnaient envie de pleurer. Oui, Élise était intransigeante. Mais il réussirait à la reconquérir. À condition que le procès se passe bien. Edvard Frisbakke lui avait affirmé que ce serait le cas. Henriette serra doucement sa main.

— J'ai confiance en toi, déclara-t-elle. Mamie croit en toi. Barbara aussi.

— Oui.

— Mais pas Élise, poursuivit Henriette sans lâcher sa main.

Il n'y avait rien de plus doux que de sentir la peau de la jeune fille contre la sienne, et en même temps, ça le gênait et ça le déconcentrait.

— Non, admit Karsten. Pas elle. Mais tu ne penses pas qu'elle le fera quand… si…

— Non, l'interrompit Henriette. Élise croira toujours que tu as commis les pires horreurs. Quoi que je dise. Quel que soit le nombre de juges qui lui affirmeront le contraire. Même si les médecins de la clinique se traînent à genoux et…

Un court instant, il revit le médecin du procès, ce docteur méridional et sûr de lui qui avait exposé à l'assistance que quelqu'un avait pénétré le ventre de ses filles. Il y a longtemps qu'ils auraient dû venir me trouver, moi, en rampant, songea-t-il. Mais ils ne l'ont jamais fait.

— Même si Dieu le Père en personne était descendu pour lui hurler en pleine poire qu'elle se trompe, que tu ne lui as jamais rien fait de mal, elle ne l'aurait pas cru, poursuivit Henriette. Tu ne la connais pas.

— Non, admit Karsten. Sûrement pas.

Environ un demi-million de personnes vivent à Oslo, peut-être un million en comptant la banlieue. Un million de personnes. C'est beaucoup, mais pourtant pas assez pour lui éviter de penser qu'il rencontrerait ses filles. Il espérait à présent croiser Élise. Au cas où le procès ne suffirait pas à la convaincre. À un moment ou à un autre, par un matin frisquet d'automne, ou une journée d'hiver avec de la neige fraîche et des décorations de Noël dans les rues, ou par une belle soirée de début d'été comme celle-là, Karsten Wiig et Élise Henriksen se rencontreraient par hasard dans la rue. Il l'a pensé. Il s'en réjouit. Il l'espère chaque jour en posant les pieds dans la chambre, que *ce* jour-là est celui qui va lui permettre de regagner Élise. Et il a pensé que si seulement il parvient à lui parler, si seulement elle le voit, le regarde en face, elle comprendra. Elle comprendra qu'il n'a jamais rien pu lui faire. Elle aura la confirmation de ce que la révision du procès lui apprendra.

Après être rentrée dans son meublé ce soir-là, Henriette briqua son argenterie, ce qu'elle n'avait pour ainsi dire jamais fait auparavant. Elle ne pensait même pas avoir le produit pour, mais en trouva malgré tout un flacon intact dans la petite boîte laissée par la précédente locataire. Elle avait bien songé à la rechercher (Henriette présumait que c'était une *femme*), mais ne l'avait toujours pas fait. De toute façon, il n'y avait rien d'important ou de précieux dans la boîte : outre le produit pour l'argenterie, il y avait un demi-flacon de shampooing, un carnet de notes vierge, deux ou trois bobines de fil, des aiguilles à tricoter. Elle s'était dit que c'était un scandale de laisser les grandes et belles cuillers de la famille Wiig s'oxyder complètement dans un tiroir. Élise n'avait pas voulu des cuillers qui lui revenaient. Elles en avaient eu huit chacune, de leur grand-mère paternelle. Celles d'Élise avaient rejoint celles de Henriette. Elle se sentait comme une vraie petite mère au foyer et fredonnait une mélodie qu'elle ne reconnut pas avant d'arriver au refrain et d'en entendre les paroles en elle, quelques bouts de phrases où il était question de *dancing, love, bouncing* et *kisses*. Elle frotta jusqu'à ce que les cuillers brillent et que le W du monogramme soit bien net. Il y avait de nombreuses années qu'elles ne s'appelaient plus Wiig. Mais elles n'en étaient pas moins des Wiig ; moitié Henriksen, moitié Wiig. Henriette contempla les seize cuillers étincelantes sur le papier journal maculé. Elle pensait à sa grande sœur. Elle lui manquait. Elle resta longtemps ainsi, à fredonner le refrain d'une chanson qui ne voulait pas lui sortir du crâne, puis elle saisit une cuiller et observa son reflet déformé. Il régnait un silence inhabituel dans la grande maison. D'ordinaire, il y avait toujours quelqu'un pour tirer la chasse, passer de la musique beaucoup trop fort ou se déplacer à l'étage supérieur. Mais elle n'entendait aucun bruit. Les étudiants étaient peut-être tous sortis boire de la bière par cette chaude soirée estivale. Ou peut-être que tout le monde dormait déjà. Le téléphone sonna alors, tout au fond de son grand sac à main. Elle sursauta, heureuse, convaincue que c'était sa sœur.

Henriette alla voir Karsten chez lui dès le lendemain de leur promenade ponctuée d'une pause sur un banc devant l'hôtel de ville. Elle ne prévint pas. Elle débarqua, sonna à la porte et attendait là, comme la chose la plus naturelle qui soit, quand Karsten ouvrit. De son côté, Karsten sursauta en entendant la sonnerie. On sonnait rarement chez eux, et encore moins souvent en matinée. Les témoins de Jéhovah, avait-il pensé en ouvrant prudemment.

— Salut, je peux entrer ? Je dérange ?

Karsten hocha la tête, puis la secoua aussitôt.

— Entre, parvint-il enfin à articuler.

C'était étrange de voir Henriette dans sa robe de la veille, avec la toile à l'acrylique en décor de fond. Il lui proposa du café – elle ne voulait que du thé (mais si Barbara veillait à ce qu'il y ait toujours une chose dans le placard de la cuisine, c'était bien du thé. Il contempla d'un œil perplexe et un peu découragé toutes les boîtes et tous les sachets, avant d'en choisir un que Barbara buvait souvent).

— C'est mamie qui m'a appris à aimer le thé, avoua Henriette.

— Elle n'a pas réussi pour moi, répondit Karsten.

Il avait envie d'un cognac, mais réprima le besoin et se prépara une tasse de café lyophilisé.

Il se sentait gourd et mal à l'aise, mais ridiculement heureux, comme un gamin qui reçoit sa petite copine pour la première fois. Il sourit, ne sachant que faire de ses mains. Le thé est bon ? Oui, excellent.

— Je suis venue te raconter quelque chose, déclara Henriette.

— Oh, fit Karsten en ressentant immédiatement une sensation désagréable dans le ventre.

— Deux choses, non, trois, en fait, poursuivit Henriette avec un sourire qui fit disparaître l'angoisse de Karsten avant qu'elle ait eu le temps de s'installer pour de bon, en ne laissant qu'un malaise léger diffus.

— C'est grave ? demanda-t-il bêtement.

Henriette rejeta la tête en arrière et partit du même rire magique que sa mère. Les oiseaux dans les arbres au-dehors se turent dans leurs chants, en comprenant qu'ils ne pouvaient rivaliser avec elle. Les liquides dans la tasse de thé de Henriette et dans la tasse de café de Karsten hésitèrent pendant quelques secondes avant de se rider en vaguelettes joyeuses, la toile à l'acrylique resplendit de couleurs plus vives que l'artiste les avait un jour peintes. Et le léger malaise que Karsten venait de ressentir disparut définitivement sans laisser de trace.

Henriette expliqua qu'elle avait pensé à une chose que lui avait dite son père quand elle était petite. Oh, répéta Karsten. C'était quand elle avait eu cette cape rouge de princesse. Il s'en souvenait ? Karsten hocha la tête. Comment aurait-il pu l'oublier ? Elle avait tant pleuré et supplié pour cette cape. Et tant pleuré ensuite pour pouvoir la porter. Ils sourirent tous les deux. Oui, elle ne pouvait pas savoir que tout le monde dans la classe s'en moquerait. Se rappelait-il ce qu'il lui avait dit à ce moment-là ?

— Non, répondit Karsten. Mais c'était sûrement quelque chose d'avisé.

— Tu m'as dit de ne pas m'occuper des autres.

— Ah oui ? fit Karsten, curieux.

Il n'en avait aucun souvenir, mais c'était typique des parents de dire ce genre de chose, une formule qu'il avait dû servir sans trop y réfléchir, à l'époque où c'était évident d'être père.

— Oui. Il n'y avait que ça.

— Oh, répéta Karsten pour la troisième fois.

Il pressa ses paumes l'une contre l'autre et maudit sa maladresse verbale inhabituelle. Henriette devait le croire complètement idiot.

— Toi non plus, tu ne devrais pas t'occuper de ce que les autres disent. Quelle importance ça a, ce que les étrangers croient ou disent ? Moi, j'ai confiance en toi. Barbara aussi. Mamie. Ta mère a toujours eu confiance en toi.

— Oui, répondit Karsten comme il l'avait dit la veille. Mais pas Élise. Ni Marianne.

— C'est important pour toi, ce que pense maman ?

Karsten fit mine de réfléchir.

— Oui, répondit-il enfin.

— Maman aussi croit en toi. Maintenant. Elle m'a appelée hier au soir. En plein astiquage d'argenterie.

— Astiquage ?

— Oui. On a parlé un bon moment. Maman est assez raisonnable. Tout au fond d'elle-même.

— Admettons. Alors comme ça, Marianne me fait confiance, maintenant.

— Mais pas Élise.

— Non, répondit Karsten. Et elle ne me fera jamais confiance de toute façon. Dieu le Père. Les juges, les médecins. Rien n'a de prise sur elle. Tu l'as dit. Si je l'avais croisée, elle aurait paniqué et se serait enfuie en courant.

— Papa...

Elle ne l'avait plus appelé papa depuis qu'elle avait huit ans. Personne ne l'avait appelé ainsi depuis ce moment-là. Il ferma les yeux. Ne pouvait-il pas profiter d'avoir retrouvé l'une de ses filles ? Cela ne suffisait-il pas ?

— Papa ?

— Oui ?

— Je crois que tu devrais y réfléchir encore une fois.

— Qu'est-ce que tu veux dire ? demanda Karsten, tout en connaissant la réponse.

Il refusait juste de l'entendre. Henriette le regarda longuement.

— N'intente pas un nouveau procès. Je ne sais pas si Élise le supportera. J'y ai réfléchi. Je crois que tu as raison, et je me trompais. J'ai changé d'avis. Quand tu remporteras ce procès, je crois qu'Élise sera contrainte d'accepter que tu ne lui as rien fait. Qu'il ne s'est rien passé.

— Oui ? répondit gaiement Karsten. Il était tellement surpris qu'il pensa avoir mal compris Henriette.

— Tu le penses ? Qu'elle me croira ?

— Oui, approuva Henriette.

Karsten se leva à demi.

— Mais c'est chouette, ça !

Chouette n'était pas le terme approprié, bien sûr, mais ce fut le premier mot qui lui vint à l'esprit. C'était bien mieux que chouette. C'était merveilleux, incroyablement fantastique, grandiose, divinement exquis. Trop immense pour le réduire à un mot, eut le temps de penser l'ancien chercheur en linguistique. Il eut aussi celui de sentir la joie et le soulagement le submerger. Il exultait. Marianne lui faisait confiance ! Et Élise allait croire en lui. Il regarda alors plus attentivement Henriette.

— Elle va craquer, murmura-t-elle.

Henriette employa ce mot. Craquer. Élise va *craquer*. Karsten pensa immédiatement à une branche fine qu'il pliait d'un coup, rien que pour s'amuser, jusqu'à ce qu'elle cède et casse en deux. Avant de jeter les morceaux et de continuer son chemin. Élise avait dit qu'elle ne voulait plus voir ni Henriette ni Marianne si celles-ci reprenaient contact avec Karsten. Si elles le croyaient *lui* et pas elle. Elle se rappelait ! Qu'il se glissait dans sa chambre. Qu'il l'abusait. Lui, son père, lui avait volé son enfance, avait détruit sa vie, lui avait ôté toute possibilité d'avoir une relation normale avec la gent masculine. Il avait fait des choses impardonnables.

— Ce n'est pas que j'aie peur des menaces d'Élise, avoua enfin Henriette. Élise a toujours été comme ça. Elle adore dramatiser. Mais cette fois, elle est sincère.

— Je ne veux pas créer de dissensions entre vous, intervint Karsten.

Non, ce n'était de toute évidence pas ce que souhaitait Henriette non plus. Élise lui manquait déjà.

— Mais ce n'est pas le pire. Ce n'est pas de ça que j'ai peur.

— Qu'est-ce que c'est, le pire, Henriette ? De quoi as-tu peur ?

— J'ai peur qu'Élise craque, répéta-t-elle. J'ai peur qu'elle se perde elle-même. Elle va devoir être une autre personne que ce qu'elle est depuis le début. Élise, c'est la fille-qui-s'en-est-sortie-malgré-tout. Par bien des aspects, Élise est forte. Elle pense que tu l'as violée, *mais elle l'encaisse*. C'est ainsi qu'elle se voit. Je ne sais pas ce qui lui arrivera si elle ne peut plus être cela.

Quand Karsten et Barbara se couchèrent ce soir-là, Karsten lui raconta que Marianne avait reconnu s'être trompée. Marianne le croyait ! Il était temps, songea Barbara, et même si elle envisagea un instant d'en dire plus, elle tint sa langue ; de toute façon, Karsten ne l'aurait pas écoutée. Karsten lui parla de Henriette. Il raconta tout ce dont ils avaient parlé. Il lui décrivit aussi la lumière de la fenêtre qui faisait luire les cheveux de sa fille. Qu'elle l'avait appelé papa. Avec la plus grande assurance. (En réalité, Henriette avait dû réfléchir longtemps avant d'oser appeler Karsten papa. Il était papa pour elle, c'est comme ça qu'elle l'avait appelé jusqu'à ses huit ans, c'était sous cette dénomination qu'elle avait pensé à lui pendant toutes ces années. Mais c'était pourtant étrange de devoir appeler un homme qu'elle ne connaissait pratiquement pas par un nom aussi... *intime*.) J'adore son rire, déclara Karsten à Barbara. Et sa voix. Barbara rit et déclara vouloir rencontrer cette enfant prodige. Ils ne devraient pas l'inviter à dîner un de ces soirs ?

— Si, répondit pensivement Karsten en lui caressant le dos sans remarquer que celui-ci était toujours fin et ferme, ni que Barbara pointait le derrière vers le ciel sous sa main. Je ne sais pas si Élise le supportera. Pas la seconde fois. Imagine, si elle n'y arrive pas, si ça la brise complètement. Ce sera ma faute. C'est ma fille. Je l'aime. J'ai besoin de temps, il faut que je réfléchisse, Barbara. Je ne crois pas pouvoir le lui arracher, rien que pour montrer mon innocence. Je le sais déjà. Tu le sais. Henriette aussi. Même Marianne le sait ! Je devrais peut-être m'en satisfaire. J'ai récupéré *une* fille. Et un jour, Élise aussi sera ma fille. Mais je ne l'obtiendrai pas à travers un procès, qui ne ferait que la détruire. Ma vanité n'est pas telle qu'elle passe avant la santé de ma fille. Je ne sais plus, Barbara. J'ai besoin de temps.

Il sourit, l'embrassa et lui tourna le dos.

Henriette et Karsten discutèrent beaucoup cet été-là. En l'espace des trois mois d'été, le père et la fille réapprirent à se connaître. Henriette en éprouva un grand plaisir. Certes, Élise lui manquait. Elle l'avait appelée, lui avait envoyé des textos, mais n'avait pas eu de réponse. Élise avait dit à Marianne qu'elle ne voulait pas parler à Henriette tant que celle-ci verrait Karsten.

— Ça va passer, affirmait-elle à son père autant qu'à elle-même. Ça passe toujours. Elle a dit qu'elle ne voulait plus voir maman non plus, mais elle n'a pas tenu longtemps. Oui, ça va passer, répétait Henriette qui, dans l'intervalle, consacrait le maximum de temps à Karsten.

Lui, de son côté, n'était jamais rassasié de sa fille. Ça pouvait faire penser au processus que les couples de jeunes amoureux connaissent, un processus que Karsten avait toujours bien aimé. Il avait toujours trouvé captivant d'en apprendre plus sur une personne dont on voulait *tout* savoir, et ce n'est évidemment pas moins attirant de se présenter à quelqu'un qui ne vous connaît pas, de commencer en tant que toile vierge et de composer un tableau adéquat. Ce fut un grand soulagement pour Karsten de pouvoir raconter à Henriette qui il était, et l'injustice dont il avait fait l'objet. De son côté, Henriette était très apaisée par le rôle qu'elle jouait dans cette histoire. Elle était l'avisée. Celle qui avait *vu*. Elle avait toujours su que Karsten était innocent.

—Bon, d'accord, admettait-elle, ce n'est pas compliqué pour moi d'être avisée après coup. Rationaliser avec le recul, c'est facile pour tout le monde. Mais j'ai toujours été intimement persuadée que quelque chose clochait. Je *savais* que tu ne l'avais pas fait.

Karsten lui sourit, lui caressa le bras d'un geste hésitant. Il aurait aimé oser la prendre dans ses bras, la serrer contre lui. Tout son être brûlait de sentir les bras de Henriette le serrer, comme quand elle était petite, sentir le parfum de cheveux propres blondis par le soleil. Entendre son rire, tout près de son oreille : profond comme les cloches d'une église, frêle comme le son que fait un enfant en donnant des coups sur son triangle, glougloutant comme une carafe d'aquavit pour le réveillon de Noël.

—Je t'aime tellement, ma chérie, déclara-t-il en serrant la main, sans exigence ni espoir de réponse, autour de son bras.

—Moi aussi, répondit-elle sans bouger.

Ils passèrent un véritable été à Oslo ensemble, firent de longues promenades dans le parc Frogner, mangèrent des glaces sur les bancs de Studenterlunden, allèrent se baigner autour des îles du fjord et dans les lacs près de la ville. Henriette changea d'appartement ; elle eut une veine de cocu (c'est ainsi qu'elle l'exprima) et put le louer à bas prix grâce à un collègue de Barbara. Karsten l'aida à emménager, à accrocher les lampes, à peindre la salle de bains et à installer Internet. Marianne cousit les rideaux, passa la seconde couche dans la salle de bains et acheta des lobélies pour la minuscule véranda. Karsten et elle étaient comme des ouvriers travaillant par roulement : ils ne se voyaient jamais, ils savaient juste que l'autre existait.

Karsten rappliquait toujours quand Edvard Frisbakke voulait lui parler, et il tenait scrupuleusement Barbara au courant des évolutions de l'affaire. Un jour, après avoir vu les photos d'Élise et Henriette (Karsten avait la nausée rien qu'en imaginant que des inconnus s'étaient penchés sur les photos des ventres dénudés de ses filles), un médecin avait déclaré qu'« il n'existait pas d'indice scientifique physique permettant d'affirmer que les enfants avaient été victimes d'agressions sexuelles ». Fantastique ! s'écria Barbara. Karsten hocha la tête.

— La commission de révision des procès nous a dit oui, relata-t-il un autre jour tandis qu'ils dînaient. Il ne reste plus beaucoup de temps.

Vers la fin des vacances d'été, quand Henriette se trouva un petit copain, un type aux cheveux longs plein de complexes, elle le présenta illico à sa mère, et peu de temps après à son père pour que Barbara et lui puissent faire sa connaissance. Elle arriva un début d'après-midi d'août avec son copain (Voici Ben. Nous sommes super -amoureux !) et une paire de moufles tricotées main. (— Ouah, ça a drôlement tourné, le pouce est bien trop grand ! — Elles sont parfaites ! J'ai toujours manqué de place pour mes pouces. Merci beaucoup, ma petite ! — C'est en prévision de la prochaine saison de ski !) Oui, Karsten avait retrouvé Henriette. Mais Élise l'Aînée, la fifille à son papa, pensait qu'il était un monstre. Il espérait la croiser un jour dans la rue, car il savait que rien qu'en le voyant, elle comprendrait qu'elle s'était trompée elle aussi. Il essaya de convaincre Henriette de jouer les intermédiaires, mais Élise refusait de voir sa sœur. Elle n'a pas voulu me parler, papa. J'ai essayé plusieurs fois. Mais ça va bien finir par passer.

Depuis la sortie de prison de Karsten, Barbara avait essayé de le faire sortir davantage, elle essayait de le persuader que personne ne savait qui il était, ni de quoi il avait été accusé. C'était seulement quelque chose qu'il se figurait, pensait Barbara, que tout le monde le dévisageait. Il n'y avait jamais eu de photo de Karsten dans les journaux, non, il n'y avait jamais eu grand-chose sur le procès. La lanterne funéraire, lui rappela Karsten. Oui, mais ça fait longtemps, et tu es innocent, tu n'as aucune raison de garder la tête baissée. Barbara n'avait jamais mentionné ce qu'avait dit une de ses amies (Amies, tu parles ! Oui, je t'assure !) quelques années plus tôt : C'est bien que tu n'aies pas d'enfants, avait déclaré Mette un soir où Kari, Barbara et elle s'étaient vues dans un bar. Qu'est-ce que tu veux dire ? avait voulu savoir Barbara.

Rien, je sais qu'il n'a rien fait, mais si c'était le cas, tu vois... Kari avait hoché la tête. Barbara n'avait pas non plus fait allusion à la façon claire dont la mère Andersen, au rez-de-chaussée, serrait sa fille contre elle et dévisageait Karsten (sans équivoque aussi pour Karsten, mais il passait rapidement, les yeux baissés, et ne remarquait rien).

Barbara et Karsten sortaient, au restaurant, au cinéma, à de rares occasions pour des expositions. De temps à autre, Karsten allait faire un tour en ville avec deux anciens collègues de l'école supérieure. Autour d'une bière, ils parlaient du narrateur immanent et des structures de la perspective dans la poésie contemporaine. Ou peut-être parlaient-ils de tout autre chose. Barbara n'en savait rien, Karsten n'en disait jamais un mot quand il rentrait après les avoir vus. Mais il était toujours de bonne humeur. Et quand il l'embrassait, il dégageait un léger parfum de cigarette et d'alcool. Quand ils faisaient l'amour, et ils le faisaient toujours après les expéditions urbaines de Karsten, Barbara caressait la zone ovale privée de poils dans son dos. Il lui mordillait l'oreille, et il lui arrivait de lui chuchoter qu'il l'aimait.

Barbara demanda s'ils ne pouvaient pas aller au cinéma un jour prochain. Il y avait le remake d'un *film noir*[1] qu'elle avait envie de voir. Je suis sûre que ça te plaira, et ensuite nous pourrons boire un verre sur Aker Brygge, écouter le cri des mouettes et rigoler des turbo-touristes japonais. Elle battit

1. En français dans le texte.

des paupières et se donna des airs. Karsten rit, lui embrassa le front et répondit qu'il ne se laissait pas abuser par ce genre de ficelles féminines. Puis il l'embrassa sur la bouche et accepta de l'accompagner à une condition : il voulait faire l'amour avec elle quand ils rentreraient. Barbara leva une main à sa bouche, essaya d'avoir l'air choquée et fit savoir les yeux baissés qu'elle acceptait les conditions, quoique impitoyables. Cette semaine ? demanda Barbara. Oui, on y arrivera sûrement, répondit Karsten.

On fait une dernière promenade pour cet été ? Demain ? demanda Henriette. Une dernière promenade avant que les cours ne reprennent ? Ils se virent donc et se promenèrent longtemps dans la cité-jardin d'Ullevål. Quand Karsten rentra, il se laissa tomber dans le canapé et commanda un verre de cognac et un peu de tendresse.

— On va au cinéma demain ? demanda Barbara.

— On peut, répondit Karsten sans la regarder.

— Je t'en prie, sers-toi, déclara Barbara en posant le verre sur la table et en s'asseyant à califourchon sur les genoux de Karsten. D'autres souhaits, monsieur ?

Il tendit le bras devant elle, attrapa son verre et le vida d'un trait. Puis il l'embrassa et la regarda dans les yeux, très sérieux.

— Oui, je souhaite une oreille attentive.

— Je suis tout ouïe, déclara Barbara.

— Aujourd'hui, Henriette et moi sommes allés nous promener dans la cité-jardin d'Ullevål, commença Karsten. Je me souviens d'y être allé avec Élise et Henriette quand elles étaient petites. Henriette était dans une poussette, Élise marchait avec moi. Ce devait être au début de l'été, car les arbres fruitiers perdaient leurs fleurs derrière les barrières brunes. Il y a eu un coup de vent, et l'air s'est rempli de pétales. C'est de la neige, a dit Élise, il neige des fleurs. Elle ne devait pas avoir plus de quatre ans et demi.

Il se tut et enfouit son visage à la base du cou de Barbara.

— Oui ? demanda-t-elle.

— Non, il n'y a rien d'autre.

Mais ce soir-là, allongé tout contre elle dans le lit double, il lui expliqua qu'il ne reconquerrait jamais Élise, qu'elle le considérerait toujours comme un monstre, une bête. *Mais tu n'en es pas un, Karsten,* protesta Barbara, et elle parlait très distinctement pour quelqu'un dont le nom signifie « celle qui parle de façon incompréhensible ». Mais il ne parut pas entendre. Il lui raconta, d'une voix si basse qu'elle ne comprit presque pas ce qu'il disait, que Henriette avait essayé de discuter avec Élise la veille, sur sa demande à lui, comme une espèce d'intermédiaire. Henriette lui avait dit qu'elle avait appelé Élise et eu le temps de dire que leur père était innocent. Élise lui avait répondu en hurlant ; comment pouvait-*elle,* Henriette, savoir quoi que ce soit, elle qui ne se rappelait rien, avant de raccrocher. Elle n'avait pas répondu quand Henriette avait rappelé. Elle a peur de toi, lui avait dit Henriette. *Élise a vraiment peur de toi.* Je l'ai entendu à sa voix. Puis Henriette s'était mise à pleurer, près de l'étang de Damplass. Elle ne bougeait plus et pleurait. Karsten découvrit que Henriette n'avait pas hérité que le rire de sa mère, ses larmes aussi étaient les mêmes : silencieuses, mais violentes. Il avait voulu la prendre dans ses bras, la serrer, la consoler. Il était son père, et il n'y pouvait rien s'il avait fait presque machinalement un pas vers elle en ouvrant les bras. Et à ce moment-là, chuchota Karsten à Barbara, Henriette avait reculé. Elle l'avait regardé en faisant un pas en arrière. À cet instant, Henriette avait peut-être peur de son père. Elle l'aurait probablement su si elle avait pris le temps d'y réfléchir, mais elle ne l'avait pas fait. Plus tard, elle comprit que ce qu'elle avait dit sur Élise était important, mais elle n'avait jamais pensé que son comportement pût signifier quelque chose.

Si Karsten avait pu être plus longtemps le père des deux filles, il se serait souvenu que les enfants rejettent leurs parents en reculant, en leur hurlant en plein visage qu'ils les détestent, en claquant les portes. Si ça avait été Marianne, près de l'étang, elle aurait haussé les épaules et attendu le lendemain pour avoir le câlin qu'elle voulait. Mais Karsten n'était pas en mesure de se souvenir que c'est ça d'être parent, il ne voyait que le visage de Henriette qui reculait.

Cette nuit-là, Karsten fait des rêves aussi frappants qu'en prison. Il rêve qu'il est au cinéma avec Barbara. Ils sont venus voir un *film noir*. Ils tournent dans la rue où se trouve le cinéma Saga, et manquent de renverser Élise. Karsten la reconnaît immédiatement. Il rêve qu'il lui sourit, et parce que c'est un rêve, il sent que son cœur *à elle* se met à battre à une vitesse folle, que son corps entier est inondé d'une sueur glaciale ; sa gorge se noue, le passage est si étroit qu'elle ne parvient plus à inspirer. Dans un bourdonnement de battements de cœur, elle entend qu'il lui parle. Élise. Élise ! Il approche prudemment, regarde ce visage blanc luisant de sueur, aux yeux noirs qui ne sont plus que deux énormes pupilles aveugles. Et tout à coup, ce n'est plus le visage d'Élise, mais celui de Henriette qu'il voit. Il tend une main, et elle se retourne pour partir en courant à travers la foule devant le cinéma. Elle bouscule un couple de tourtereaux, frôle une mère accompagnée de deux enfants. Les filles de Karsten Wiig courent, côte à côte, comme on fuit un danger mortel, comme on fuit un animal sauvage déchaîné. Sans réfléchir ni savoir où elle va, elle court. Élise. Henriette. Elle le fuit. Lui reste planté là. Barbara pose une main sur son bras, toujours tendu vers l'endroit où se tenait Élise ou Henriette. Karsten se réveille avec les mêmes symptômes physiques que ceux qu'il a sentis chez Élise : il frissonne, il a la sensation étouffante que sa gorge se serre, et il entend dans une brume ponctuée de battements de cœur que Barbara lui parle. Karsten. Karsten ! Il s'assied dans le lit. Barbara allume sa lampe de chevet. Il la regarde comme s'il ne comprenait pas qui elle est. Puis se réveille pour de bon.

— Je ne gagnerai jamais, murmure-t-il.

Henriette était assise dans sa salle de bains. Elle avait poussé le chauffage au sol au maximum, et comme si ça ne suffisait pas, elle s'était enveloppée dans l'épaisse couverture rouge du canapé. Elle avait froid. Physiquement parlant, elle avait plus chaud que nécessaire, la racine de ses cheveux et ses tempes étaient baignées de sueur, elle était assise en tailleur, les genoux pointant en biais vers l'avant comme ceux d'un yogi, et le dessous de ses jambes était moite. À côté d'elle sur le carrelage, il y avait un bol d'olives noires dénoyautées. Elle sortit un bras de sous la couverture, saisit une olive et se la fourra dans la bouche. Elle était salée et tiède, presque à la température du corps. Elle en prit une autre et, entre le bol et sa bouche, quelques gouttes de saumure tombèrent sur sa cuisse. Les gouttes restèrent visibles quelques secondes avant d'être absorbées par le tissu. Son pantalon était noir, dans un tissu fin très légèrement brillant. Elle l'avait acheté juste après Noël. En solde. Malgré tout, il était resté cher, bien plus que les vêtements qu'elle achetait d'ordinaire, mais elle s'était dit que toutes les femmes avaient besoin d'un pantalon de ce genre. Beau, correct, neutre. Classique, avait dit la fille dans le magasin. Élise aurait certainement aimé ce pantalon, mais elle ne l'avait jamais vu. Il était demeuré dans un placard, à attendre une occasion d'être porté. Elle avait oublié de le lui montrer, avant qu'elles se fâchent. Mais Élise l'aurait bien aimé, même si elle n'aimait pas le noir outre mesure. Elle aurait pris le tissu fin entre le pouce et l'index pour faire un compliment, comme elle le faisait toujours quand Henriette achetait quelque chose qu'Élise approuvait. Henriette prit le vêtement et posa le pouce et l'index comme elle pensait qu'Élise l'aurait fait.

Elle se mit à penser à la ferme dans le Vestland parce que la prise lui rappelait la façon qu'avait Élise de saisir son édredon pour le tirer autour de ses épaules. Elles dormaient dans le même lit quand elles étaient en vacances là-bas. On les couchait chacune dans un lit peint en bleu clair, et pendant que maman chantait, elles tendaient les mains derrière leur tête pour pouvoir sentir les reliefs de la tête de lit, la distance se réduisant un peu chaque année. Les boules étaient lisses, rainurées en dessous. Maman chantait *Je connais un océan délicieux*, les embrassait et s'en allait. C'était alors le tour de papa. Il se plantait en plein milieu du tapis pour chanter, prenant des airs comme un chanteur d'opéra célèbre, s'éclaircissait la voix et chantait quelques trilles avant de faire la révérence. Papa chantait toujours *Great Balls of Fire* ou *Mellom bakkar og berg*. Puis il s'asseyait sur le rebord du lit de celle qui n'avait pas entendu sa chanson préférée. (— Je dormais dans ces lits quand j'étais petit et que je venais en vacances ici, disait-il souvent. — Dans lequel ? demandaient les filles. — Je ne me souviens pas, répondait papa. Et il y a encore plus longtemps, c'était votre grand-mère qui y dormait. — Dans quel lit ? répétaient les filles. — L'autre. Ou peut-être le même.) Il passait un moment sur le bord du lit de chacune, leur caressait la joue, chatouillait Élise sous son bras visible, envoyait des baisers au lapin et à la poupée de chiffons de Henriette. Puis il baissait le store, exactement le même que celui qu'avait mamie dans sa maison d'Oslo, sombre avec des étoiles lumineuses. Il éteignait le plafonnier, fermait la porte et s'en allait. Les filles attendaient qu'il soit dans l'escalier, remontaient prudemment le store (il importait qu'il ne leur échappe pas des mains et remonte en claquant, c'est pourquoi Élise était le plus souvent responsable de cette opération). Cela fait, Élise sautait dans le lit de Henriette. Les nuits d'été dans le Vestland sont claires comme le jour, et il arrivait aux deux sœurs de rester longtemps éveillées ; elles bavardaient à mi-voix, se chamaillaient, se chatouillaient l'une l'autre. Avant de s'endormir. Dans le même lit, un étroit lit en bois dont la peinture bleue s'écaillait au niveau des limons et était usée autour des reliefs prétentieux du sommier. Elles partageaient ces instants secrets, privés, tous les soirs. Sans que personne en sache quoi que ce soit. Les parents ne se doutaient de rien. Les sœurs en parlaient à voix basse, l'attendaient avec impatience. Elles y faisaient allusion dans leurs conversations diurnes.

Mais maman et papa ne comprenaient rien. Élise et Henriette bernaient maman et papa. Ni l'un ni l'autre ne réagissait en les voyant le matin chacune dans son lit, derrière un store baissé. Au contraire, le matin, elles se livraient à une course inconsciente pour savoir laquelle des deux serait la plus rapide pour arriver au store. Elles voulaient toutes les deux être celle qui mettrait la journée en marche, qui annoncerait le temps et raconterait d'une voix triomphale ce qu'elle voyait dehors.

Mamie avait vendu la ferme quand Henriette avait eu sept ans. Elle trouvait que cela représentait une grosse responsabilité maintenant qu'elle était veuve, et elle possédait déjà un chalet dans le Trollheim. Henriette avait adoré cette ferme. Cela faisait moins d'un an qu'elle allait à l'école quand celle-ci fut vendue, mais elle avait eu le temps de frimer devant ses copines de classe, d'en parler à la maîtresse et de dessiner à maintes reprises la maison, l'étable et quelques vaches brun et blanc dans son bloc de dessin. Quand papa lui avait appris qu'ils n'y partiraient plus en vacances d'été, elle avait pleuré plus que jamais, et pensé à la ferme chaque soir avant de s'endormir. Les reliefs du sommier. Le bon regard des vaches. Le plafond du salon, peint au pochoir sur les bords. Mais ces idées étaient venues de plus en plus rarement, le manque de la ferme perdait en intensité parce qu'il devenait une habitude, il n'était plus aussi vif et douloureux, et elle pouvait s'endormir sans avoir la tête pleine d'images des étés passés.

Un jour, Élise, maman et elle étaient parties habiter chez mamie et, en rentrant à la maison, papa n'habitait plus avec elles. Et tout avait commencé. Les auditions, les médecins, les psychiatres, mamie qui pleurait, les regards curieux et compatissants à l'école, les questions insidieuses de la maîtresse. Et elle avait presque oublié la ferme où elle avait passé ses premiers étés. Mais à présent, tous les détails lui revenaient : un sol irrégulier et des parois de rondins auxquels elle n'avait pas pensé depuis qu'elle était petite, toutes les casseroles en aluminium rangées par taille sur les étagères de la cuisine, le grand buffet peint dans leur salon. Elle se rappelait l'odeur particulière de renfermé quand ils ouvraient la maison le premier jour des vacances, la sensation sous les pieds quand elles couraient sur le pré où il poussait autant de mousse que d'herbe. Et la tristesse refit surface, bien plus douloureuse qu'elle l'avait jamais été, car elle était adulte et comprenait ce qu'elle avait perdu. Elle pleurait parce qu'elle ne serait plus jamais une enfant ignorante que papa caressait dans la nuque. Elle pleurait parce que plus jamais elle ne dormirait dans un lit au cadre sculpté après avoir écouté une chanson de ses parents. Elle pleurait parce que ça faisait un temps fou qu'elle n'avait pas chuchoté ses secrets contre les cheveux de sa sœur. Elle pleura tant qu'elle sentit les tendons de son cou se crisper. Elle pleura si fort qu'elle en sortit épuisée, ramollie. Elle se redressa, laissa tomber la couverture de son buste et s'essuya le visage du revers de la main. Elle n'avait jamais eu aussi chaud, elle était trempée de larmes et de sueur. Une extrémité de la couverture avait atterri dans le bol d'olives. Elle la tira vers elle, observa l'étoffe imprégnée de saumure. Elle sourit de son propre sentimentalisme, de ses regrets tardifs, de ces étés qui ne reviendraient pas, de ces souvenirs d'enfance perdue. Elle se leva, sans avoir lâché la couverture, alla au lavabo et ouvrit le robinet. Elle rinça d'abord soigneusement le coin de tissu, avant de se pencher pour laisser l'eau fraîche lui couler sur le visage. Elle était sur le point de saisir sa brosse à dents lorsqu'on sonna. Elle se figea en plein mouvement, un bras tendu devant elle, exactement comme dans un film d'acteurs médiocres qui font un peu trop de mimiques. Elle regarda sa montre, il était 1 h 30. On sonna de nouveau. Henriette s'essuya la figure et alla à l'interphone. Elle savait qui c'était. Elle était en tout cas assez sûre de le savoir, et elle n'était pas aussi contente qu'elle avait pensé qu'elle le serait.

— Oui ?

— Salut, Henriette.

— Élise ?

— Je peux entrer ?

— Il est 1 h 30. C'est la nuit. Je dormais.

— C'est ce que t'indique ta montre ?

— Oui.

— Alors elle n'est pas à l'heure. Il est 1 h 25.

— Admettons. Je règle toujours mes montres pour qu'elles soient un peu en avance. Et tu le sais.

— Pourquoi fais-tu ça ?

— Tu voulais entrer ?

— S'il te plaît. C'est à quel étage ?

— Second. Je t'ouvre.

Henriette retourna à la salle de bains, prit sa brosse à dents. Elle l'avait à la main lorsqu'elle ouvrit à Élise.

— On fait du thé ? proposa Élise. (Elle avait déjà déboutonné son blouson, un énorme blouson informe, et était en train de s'en débarrasser plutôt vigoureusement.) Ou tu as autre chose ? Du vin ? Du gin ?

— En fait, je prévoyais d'aller me coucher.

— Je croyais que tu dormais. C'est chouette, ici, soit dit en passant. Le papier peint. Et la vieille commode. Un peu de vin ?

— Ça vient de papy et mamie. Tu ne t'en souvenais pas ?

— Peut-être. Elle était dans le couloir au premier ?

— Oui. Du rooibos, ça va ?

— Oui, gonflé à bloc de vitamines ou d'antioxydants ou de tout autre chose. Mais on s'en ouvre une ?

Henriette abandonna Élise dans l'entrée. Élise ne broncha pas. Très bien ! Elle faisait comme si ça n'avait pas été une journée spéciale, comme si elles s'étaient vues récemment. Henriette entra dans la cuisine et mit de l'eau à chauffer pour le thé, passa à la salle de bains, reposa sa brosse à dents dans le verre sur le lavabo, croisa son regard dans le miroir, ferma les yeux et appuya un instant son front contre la surface froide et lisse. Lorsqu'elle les rouvrit, elle fixa le reflet de ses yeux, mais de si près qu'ils étaient flous, d'un bleu diffus. Henriette avait les mêmes yeux que Karsten. Leur grand-mère maternelle le disait souvent. Maman aussi l'a dit quand Henriette était petite : tu as hérité des yeux gris-bleu de ton papa. Papa l'avait appelée têtard. Parce que tu es ronde, jolie et vive comme un petit têtard. Tâtard, avait-elle répété. C'est quoi, un tâtard ? Ce sont les gens comme toi, avait-il répondu en refermant une main sur sa nuque. *Toi*, tu es un tâtard. Henriette se pencha et ramassa le bol d'olives par terre. Elle laissa tomber la couverture en paquet le long du mur. Quand elle revint au salon, Élise s'était assise en plein milieu du canapé. C'est tout Élise, ça, songea Henriette en déposant le bol d'olives sur la table. Sans rien dire, elle retourna dans la cuisine et s'appuya au réfrigérateur en attendant que l'eau soit chaude.

— Elles ont un goût curieux, ces olives, déclara Élise en en levant une devant elle avant de la faire disparaître dans sa bouche.

— C'est du romarin. Je te sers ? Je crois qu'il est infusé, maintenant.

— S'il te plaît. C'est vraiment chouette chez toi !

— Tu l'as déjà dit.

— C'est plus sympa ici que dans ton meublé.

Élise tira un peu sur ses manches, puis ramassa un coussin sur le canapé, le regarda et fut sur le point de parler, mais se tut. Elles levèrent leurs tasses de thé, soufflèrent prudemment dessus, burent de petites gorgées. Aucune ne disait mot. Henriette regarda ostensiblement l'heure, et bâilla.

— Parle-moi, Henriette, ordonna soudain Élise.

— Qu'est-ce que tu veux dire ?

— Tu le sais très bien.

— C'est *toi* qui es venue me voir.

— Oui, acquiesça Élise. C'est parfaitement vrai.

— Tu aurais pu venir plus tôt.

— Mais je ne l'ai pas fait. Dis-moi quelque chose, Henriette.

— Très bien : le store était baissé tous les matins.

— De quoi parles-tu ? Quel store ?

— Là, tu vois. Ça ne sert à rien.

— Tu n'es pas juste avec moi.

Henriette se leva, traversa le salon et se planta près de la bibliothèque, en tournant le dos à sa sœur. Élise la voyait telle une silhouette fine et agacée contre la fenêtre. Elle se resservit du thé, mangea les deux ou trois dernières olives. Puis se mit à triturer les paillettes du coussin qu'elle tenait sur les genoux.

— Dis-moi quelque chose, Henriette. Ne reste pas plantée là.

— Quoi ? Qu'est-ce que je dois dire ? répliqua Henriette sans se retourner.

— Je ne sais pas. N'importe quoi. Je ne crois pas que ce soit si important, du moment que tu dis quelque chose.

Mais Henriette se taisait toujours, et Élise fit de même avant de reprendre la parole :

— Je me rappelle que nous prenions les boules du sommier dans la main.

Henriette se retourna.

— Tu te souviens de ça ? On n'en a jamais parlé.

— Bien sûr que je m'en souviens.

— On dormait dans le même lit.

— Chaque soir. Chaque été.

— Mais on ne se disputait pas ?

— Oh si, on se disputait, répondit Élise. Mais jamais le soir. On devait être tout à nos petits secrets. Je me rappelle qu'on se disputait pour savoir qui s'assoirait à l'avant du bateau. Qui donnerait sa nourriture concentrée à la vache à lait.

— Je n'en ai aucun souvenir.

— Non, mais moi, si. Tu étais toute petite. Les puces d'eau, Henriette, c'est là qu'elles étaient.

— Pourquoi tu n'es pas venue aujourd'hui ?

Élise ne répondit pas.

— Ça fait des années que tu ne l'avais pas vu. C'était ta dernière chance de lui dire adieu. Maintenant, ce sont des cendres grises dans une petite urne.

— Henriette. Ne sois pas si mélodramatique. Ça ne te va pas. De nous deux, c'est *moi* qui suis la plus encline à la tragédie. C'est ce que tu as toujours dit.

— Tu aurais dû être là. Tu es sa fille. Tu aurais dû lui dire adieu. Maintenant, il est trop tard.

— Je t'ai bien entendue : ce sont des cendres grises dans une petite urne.

— C'est ce qu'il *est*, insista Henriette, et ce disant, elle comprit de nouveau qu'il l'était, qu'il ne serait jamais rien d'autre, et ses larmes se remirent à couler.

— Excuse-moi. Mais ce n'est quand même pas plus bizarre de dire adieu à un tas de cendres grises qu'à un mort dans son cercueil. Je pourrai lui faire un petit signe d'adieu quand l'urne sera sous terre. Ça ne change rien pour lui. Et ça ne change rien non plus pour lui si j'étais présente ou non aujourd'hui. Ou pour moi, en l'occurrence.

— Ce n'est pas ça qui est important.

— Non, concéda Élise. Peut-être pas.

— Il ne verra jamais ses petits-enfants, gémit Henriette, en larmes.

Elle restait plantée devant sa sœur, qui n'avait pas quitté le canapé. Élise lâcha le coussin à paillettes vert qu'elle tenait jusque-là serré contre elle, et se leva à demi :

— Tu es enceinte ? Je sais que tu as un copain. Alors tu l'es ?

— Non. Mais un jour. J'espère.

— Mamie était là ?

— Oui. Oui, bien sûr que mamie était là. Et deux copains d'études ou quelque chose dans le genre. Et ce maudit Edvard Frisbakke.

— Personne d'autre ?

— Non, répondit Henriette. Si, un foutu prêtre, évidemment. Un foutu prêtre grandiloquent qui n'avait jamais rencontré papa.

— Personne d'autre ?

— Si, Barbara était là, bien sûr. Je ne sais pas avec qui ce con de prêtre a discuté, mais pas seulement avec mamie et Barbara. Il parlait comme si papa…

— Elle avait les cheveux roses, l'interrompit Élise. J'étais là. J'étais dehors. Devant la porte, sur le trottoir. J'avais prévu d'entrer. Mais je n'ai pas pu. Excuse-moi.

Henriette regarda Élise, assise au milieu de la pile de coussins pastel. Des paillettes scintillaient sur ses genoux. Elle était habillée pour l'enterrement. Une jupe étroite noire, des collants noirs, des bottines noires, un pull à col en V gris anthracite. Et Élise ne portait jamais de noir. C'était le rouge sa couleur préférée. (J'ai *besoin* d'un peu de gaieté !)

Barbara était allée bosser, elle était plongée dans son travail consistant à trier les lettres d'une femme d'évêque morte en couches au XVIIIe siècle. Elle se souvenait qu'elle avait ensuite regardé par la fenêtre, à une heure et quart. Il régnait un silence étrange, aucun tramway, aucune voiture hormis deux taxis qui attendaient une course, moteur éteint. En quelques minutes, la chaleur était devenue intense bien que septembre fût déjà avancé. Barbara se pencha par la fenêtre et regarda sur Solli plass, elle remarqua que les gens avaient quitté leurs manteaux, qu'ils regardaient le soleil avec surprise.

C'était le genre de journée qu'adorait Karsten. Un jour de chaleur inattendue, un jour où l'automne avait changé d'avis, ou en tout cas décidé de se calmer encore un moment. Le ciel était dégagé, comme il l'est seulement dans le Nord en automne. L'herbe était encore bien verte, depuis l'été, mais sur certains arbres, les feuilles jaunissaient. Il était allé jusqu'à un lac qu'il avait toujours beaucoup aimé. Il avait retiré tous ses vêtements qu'il avait disposés en une jolie pile, couronnée par les moufles tricotées par Henriette (pourquoi les portait-il ?). Il était resté un instant sur le pont. Peut-être avait-il sauté immédiatement... Il faisait froid dans l'eau. On était en septembre, et le lac était profond. Il ne faisait que huit degrés dans l'eau, avait précisé la police à Barbara par la suite. L'eau glacée avait probablement provoqué un arrêt du cœur. Avait-il été exposé au stress ces derniers temps ? Beaucoup de boulot ? Mouais, Barbara avait hésité. Il buvait beaucoup ? Non, il n'y a rien à en dire, avait-elle répondu. La mort était survenue à 13 h 15, et c'était un accident, avait conclu la police. Barbara s'était cramponnée à ça. *C'était un accident. Karsten voulait juste se baigner.* Mais en son for intérieur, elle savait que ce n'était pas un accident. Karsten voulait le calme. Il ne gagnerait jamais. Il voulait dormir dans l'eau sombre. Rester tout à fait immobile sur le fond, parmi les tiges de nénuphars, voir les bulles remonter sans bruit vers la surface, très loin au-dessus. Une eau de velours noir.

2007 fut l'année où Benazir Bhutto fut assassinée dans un attentat. La Bulgarie et la Roumanie devinrent membres de l'Union européenne. Ce fut l'année polaire internationale. On ouvrit un petit restaurant japonais juste à côté de l'appartement de Karsten et Barbara, un restaurant devant lequel ils étaient passés à plusieurs reprises, dont ils avaient discuté, mais où ils n'étaient jamais allés.

Il avait dit qu'il l'aimait, elle aussi. Il mentait parce qu'il savait qu'elle en avait besoin. C'est en tout cas ainsi que l'interpréta Barbara. Tout comme elle lui avait menti quand il en avait plus besoin que de n'importe quoi d'autre. Barbara avait toujours été persuadée qu'il lui avait fait confiance, et elle aurait aimé pouvoir croire en lui à présent. Mais s'il n'avait pas menti, serait-il resté auprès d'elle ? À moins qu'il ne s'agisse d'un accident. Il *fallait* que ce soit un accident.

Pour Edvard Frisbakke, le fait que Karsten se soit volontairement donné la mort ou qu'il ait été victime d'un accident tragique ne changeait rien du tout. Edvard Frisbakke savait que, de toute façon, il était trop tard. Car aussi intensément que Karsten avait espéré qu'Élise le croirait, que Henriette ne douterait pas, ne fût-ce qu'un dixième de seconde, aussi intensément que Barbara avait espéré que

Karsten ne la quitterait pas, Edvard Frisbakke avait espéré que Karsten changerait d'avis. Ça avait été au tour d'Edvard Frisbakke de s'effondrer dans un fauteuil quand Karsten lui avait fait savoir qu'il ne souhaitait pas la révision de son procès. Et quand Henriette, la fille de Karsten, l'avait appelé pour lui parler de son père, Edvard était resté longtemps assis à son bureau, la tête entre les mains, à se balancer d'avant en arrière. Il avait mal, mais ce n'était pas la douleur sourde habituelle. Celle-ci était différente, située plus bas, plus vive. Elle avait des causes physiques. Le docteur Dueken lui avait dit que son état ne tarderait pas à se dégrader. Il savoura sa douleur jusqu'à ce qu'Alma l'appelle. Il devait lui préparer son café de l'après-midi. Et puis plus rien.

De temps à autre, Barbara regarde les étoiles, renverse la tête en arrière et regarde vers le ciel, comme on l'a toujours fait. Elle regarde le ciel nocturne et pense à l'Homme qui était le seul qu'elle aimait, et aux bagages qui se perdent dans les aéroports. Marianne regarde les étoiles et pense à une étoile dorée qu'il lui avait un jour collée sur le nombril. Henriette penche la tête en arrière et pense à papa chouette avec les étoiles des États-Unis sur les yeux. Élise y pense peut-être aussi.

Élise tourne sur elle-même. Elle devrait être couchée depuis une demi-heure, mais Karsten a eu la faiblesse de céder à ses suppliques. Marianne est au cinéma. Papa, je peux te faire ma danse ? S'il te plaît ! Alors on passe à la salle de bains d'abord, décrète Karsten. Il lui brosse les dents, joue à l'hélicoptère qui entre et sort de la bouche. D'accord, Élise, alors je descends, tu passes ton pyjama et tu descends plus vite que l'éclair. Karsten regarde l'heure, on a juste le temps pour un *petit* spectacle de danse avant que tu ne doives sauter dans ton lit. Arrivé dans le salon, il s'assied et attend, boit une gorgée d'un verre abandonné, mais découvre que c'est du jus de pomme rehaussé de miettes. Celui de Henriette – qui a un rhume carabiné, par-dessus le marché. Élise descend l'escalier à petites enjambées, pas en pyjama comme convenu, mais dans son vêtement préféré du moment : un tutu blanc. Élise danse pour papa. Elle tourne et virevolte, fait la révérence, elle lève les bras en cercle au-dessus de sa tête comme elle a vu les danseuses étoiles le faire. Karsten la regarde. Il se renverse dans le canapé, sent à quel point il est fatigué et ferme les yeux un instant, mais les rouvre pour regarder Élise. Elle danse. En bonds et sauts pataauds, avec un petit cul d'enfant et une brioche de gosse. Elle ne sera probablement pas danseuse. Mais peut-être Premier ministre. Ou écrivaine : Élise a beaucoup d'imagination. Il croit en ses filles. Tourne, demande Karsten. Élise sourit et virevolte, rit, manque de tomber. Jolie pirouette, complimente Karsten. Il faut que tu fasses la révérence, maintenant. Élise s'exécute, soulève sa robe de tulle aussi haut qu'elle le peut et s'incline. Tu continues ? Élise se remet à tourner jusqu'à ce qu'elle heurte la table. Le jus de pomme clapote dans le verre de Henriette. Viens t'asseoir ici, Élise. Elle le regarde, puis grimpe docilement sur ses genoux. Il entoure de ses bras la petite carcasse. Elle se blottit tout contre le corps chaud de papa. C'est le plus meilleur endroit au monde, contre papa, le plus sûr. Il l'embrasse derrière une oreille. Ma petite fille. La grande fille à son papa. Ils restent ainsi quelques minutes. Maintenant, il *faut* que tu ailles te coucher ! Allez, au lit ! Elle monte l'escalier en courant, s'arrête à mi-chemin. Mais il faut que tu me chantes une chanson. Je veux *Great Balls of Fire*... deux fois ! Bien sûr, répond Karsten. N'oublie pas ton lapin, ton lapin jaune est ici, par terre.

Remerciements

Merci à tous ceux qui ont lu et commenté ce manuscrit (par ordre alphabétique) : Anne Katrine, Camilla R. S., Eli-Ann, Geir, Helle, Ingolv, Ingvild, maman, Otto, Per. Vous avez fait des remarques judicieuses, tous autant que vous êtes. Et comme toujours : Merci à toi, Kristin ! Et à Christine pour une contribution extraordinaire un dimanche de février. Camilla Selman m'a aidée sur l'aspect juridique – merci, merci beaucoup, Camilla. Tu as été exceptionnellement obligeante avec une écrivaine ignorante ! Ce qui reste d'inexactitudes et de méprises est évidemment de mon fait. Merci à tous dans la maison d'édition pour votre patience et vos encouragements ! Merci aux relecteurs : Bjarne, Eva, Gro, Irene, Parisa, Trude. Et surtout à ma rédactrice, naturellement : Merci beaucoup, Kari ! De temps en temps, le regard des autres est d'un grand secours quand il faut *voir*…

Achevé d'imprimer par GGP Media GmbH, Pößneck
en octobre 2010
pour le compte de France Loisirs,
Paris

N° d'éditeur: 61420
Dépôt légal : novembre 2010
Imprimé en Allemagne

Composition : Soft Office (38)